素浪人刑事《デカ》

東京のふたつの城

SRONIN COP
THE TWO CASTLES OF TOKYO

川崎大助
Daisuke Kawasaki

早川書房

素浪人刑事《デカ》　東京のふたつの城

SRONIN COP: The Two Castles of Tokyo

装画／寺田克也
装幀／岩郷重力＋Y.S

本作を我がミューズ、麻由美に捧げる
登攀口に気づかせてくれた、マイケル・シェイボンにも感謝を

目次

登場人物

桑名十四郎……………………………素浪人刑事。停職中の二等同心
赤垣ジェシカ光津子…………………警視庁第一保安局情報本部外事部捜査官。一等同心
伊庭大広………………………………警視庁捜査局刑事部第一騎兵捜査隊警部補。同心長
加賀爪忠直……………………………警視庁第一保安局情報本部内務監査部部長。与力正
金林
村末……………………………………同・捜査官。一等同心
時実登志江……………………………警視庁防犯局風俗管理部第四風紀課課長。同心長
菩流土バートルゆうじ………………警視庁第四保安局治安維持本部機動警備部第十機動隊隊員。邏卒
ホセアントニオ・リカルド・シノダ……情報屋
マリア…………………………………ホセの母。グマメーラ食堂店主
伊庭芳江………………………………伊庭の妻
リル・シス・X………………………ハッカー
宮崎……………………………………家系図屋
馬場壇恭二……………………………小説家

章の一：ラジオが俺の名を呼んだ

〜八相《はっそう》、陰の構え・鏡〜

1

また高くバウンドした漆黒のジェネシスGV２００の助手席では、桑名十四郎《くわなじゅうしろう》が、より強く不満の意を表しているところだった。よれた薄紫色のバンダナで、無精髭だらけの口元をぬぐいながら、車体全体を震わせて鳴り響くサイレン音に負けじと声を張る。

「だから俺は、やらないと言っている」

運転席の赤埴《あかはに》ジェシカ光津子《みつこ》にそう告げる。しかし彼女は、右方の助手席には目もやらずに、無言で右手の人差し指を垂直に立てて桑名を制すると、ステアリング・ウィールを鋭く切る。桑名の腰から上が横方向に振られる。これのせいでさっき、朝めし代わりのコーヒー牛乳が入った紙パックを大きな手で握りつぶし、顔じゅうに浴びてしまったのだ。

「聞こえてないのかよ？」

桑名の口調がつい険を帯びる。自分よりひと回り以上歳下の若い女性警官に対して、あまり威圧的にはなりたくない。しかしこいつときたら——まるで機械みたいに同じ応答を繰り返すばかりなのだ。こんなふうに。

「ご主張の意図がわかりかねます。もう一度説明してください」

そのくせ運転を最優先しているので、桑名の話を平気で遮《さえぎ》る。一刻も早く現場へと到着したいのだろう。あるいはもしかしたら——彼がなにを言っても、聞き流しているだけなのかもしれない。いまの桑名は、送り届けられるだけの荷物なのかもしれない。

ふたりが乗ったGV200は、緊急時の警察車両らしく、サイレンと警光灯で一般車両を排除しながら猛然と前進していた。音だけでなく光も桑名の喋りの邪魔をした。グリルおよびダッシュボードとフロント・ウィンドウの上部、そして両サイドミラーのそれぞれ前面に設置されたLEDの、あざやかな赤と青に細かく明滅し続ける強烈な発光の連鎖が、サイケデリックに痙攣する。ぬめるような小糠雨《こぬかあめ》に覆われたガラスやフードに衝突しては、反射し続ける。

「籠城犯と果たし合いをせよ」

これがついさっき、赤埴の口を通じて桑名に下された命令だった。首都東京の中心部、千代田区は半蔵門のすぐ近くにあるFMラジオ局の、新宿通りに面したサテライト・スタジオにて立て籠もり事件が発生、DJの女性が人質となっていた。その籠城犯が、桑名と決闘したがっているという。だから建物前の路上にて、衆人環視のなかで斬り合いをして、その機に乗じて籠城犯を取り押さえるのだ、というのが作戦である、らしい。

この指令を、間抜けにも桑名は、クルマに乗って移動中に初めて赤埴の口から聞いた。寝起きだった彼は、急用だと彼女に急《せ》かされるままにＧＶ２００に乗り込んでしまう。そこからまずは、事件の概要を説明された。そしておそらくはタイミングを測っていたのだろう。もうすぐ外濠通りかというところで、赤埴の口からようやく任務の話が出た。そのとき即座に桑名が思ったことはふたつ。

「なんで、俺が」というのと、「この野郎、クルマに乗せて、逃げられなくしてから切り出しやがったな」だった。

汚い手を使いやがる。それに、そもそもいまの俺は、刑事であって刑事じゃない。停職中なんだ。仕事してほしいんだったら、先に給料払えよ、とも。


いったい全体、なにがどうなっているのか。

寝不足の頭で、桑名は思い出そうとした。自分がここにいる理由について。初対面の赤埴に叩き起こされて、連れて来られた――いや違う。ラジオがまず、俺の名を呼んだのだ。

「桑名刑事、十四郎さん、ここに！　いますぐここに来てください！」

ＦＭ番組の女性ＤＪが、たしかにそう言った。叫ぶように、言った。目覚ましがわりに鳴らしていたラジオからそんな声が聞こえてきたもので、まず最初に、桑名は自らの正気を疑った。しかしほどなくして、まあどっちでもいいかと思い直す。それからなんとか、もぞもぞと起床を試みた。悪天候の正午前の、ほとんど色のない、側溝の隅のぬるい水たまりみたいな弱い光のなかへと、そろそろ這い出していく決意を固めようか、などとおぼろに検討し始めたころ――ひとり暮らしの部屋のドアにノックがあったのだ。

ドア口に立った赤埴の姿、細い体躯のてっぺんに大きく膨らんだカーリー・ヘアがのっかっている様は、寝ぼけまなこだった桑名に、70年代のアイルランドを代表するロッカー、シン・リジィのフィル・ライノットを一瞬連想させた。しかし全体的にもっと、いやきわめて、洗練されていた。桑名と同じか、もうすこしぐらいある長身を、バーガンディーにも近い深い褐色の瀟洒《しょうしゃ》なパンツ・スーツで包み、左腰に伸縮警棒を吊り、黒革のサイドゴア・ブーツを履いていた。髪のすぐ下にあった、昆虫を連想させる緑じみた藍鉄色の大きなレンズのレイバン・アヴィエイター調サングラスを、話しながら彼女が外す。すると驚くほど長い睫毛に囲まれた淡い青灰色の瞳があらわれて、くっきりと高い鼻梁を媒介にして、小麦色の頬と落ち着いた調和を成すのだった。かつて派遣されたマグレブ地域の人々を桑名に想起させる、そんな調和だった。

しかし彼女はファッション・モデルではなく、マグレブからの旅行者でもなかった。言うなれば「お目付役」、停職中の桑名の保護観察官としての役割を、今日一日、キャリア組の一年生として与えられていたのがこの赤埴だった。

GV200は、三十六見附のひとつ、四谷見附の交差点から外濠を越えて新宿通りに入る。四谷門の番所の監視ポッドに入っている若い衛兵が、ふたたびサングラス姿となっている赤埴に敬礼してクルマを通す。そこからは一路東へ。通行車両が一気に減る。ほどなくして第一停止線に行き当たる。話しかけようとした桑名をまたも制した赤埴が、停止線にて赤い誘導棒を振る邏卒《らそつ》と無線で通信。ブロックを解いて通すのではなく、右折して裏道から回り込み、現場至近の位置から新宿通りに復帰するよう指示を受ける。

サイレンは消して、警光灯のみとなったクルマのなかで、意を決して桑名は口を開く。甲州街道の一里塚の碑が立つ小公園の手前を左折して、まもなく新宿通りというあたり。

「いいや、もう指は立てんなよ。もう結構だ。現場に着いたところで、俺は帰る」

「ではその旨を、直接、上長にお伝えください」

「お前――いや、あんたが言えよ。俺を誘い出したのは、そっちなんだから」

桑名が言い終わるか終わらないかのところだった。ウィンドシールドが突然爆《は》ぜた。

ステアリングがよれてタイアが鳴る。長く引き伸ばされた金切り声のあいだを縫って、制御を失ったジェネシスGV200が、左へ右へと激しく蛇行する。車中にいるふたりが振り回される。

しかし正面ガラスの右上段隅のそれを弾着だと判断する前に、桑名は反射的に助手席の背中側、フロア・コンソールの奥を後ろ手で探っていた。アメリカのポリス・カーなら、ショットガンをキャリーするためのガン・ラックがある場所だ。だが今日はそこになにもない。日本の警察車両にあるべき、い、い、い、い、い、い、いものも。

軽い落胆とともに「まあ、当たり前か」と桑名が認識するまでのほんの刹那《せつな》に、赤埴はクルマの挙動をなんとか押さえ込む。しかしこのときすでに、韓国製SUVの頑丈な鼻っ先が新宿通りの隅っこの停止柵、五、六個をふっ飛ばしたあとだった。完全に静止したクルマのなかで、なお両腕の全体でステアリング・ウィールを抱きかかえたままの彼女が、ため息と聞きまごうようなハスキーな声で、

「……でーむ」

と小さくひとつ毒づいた。

一方の桑名は、直撃ではなく跳弾だったかと気づく。赤青の光の乱舞のなか、防弾ガラスの表層をすべり落ちゆく雨水のひと撫でが、まるで尻の穴の周囲のしわみたいなひび割れの筋の、ひとつひとと

つのなかへと順に染み込んでいく様を、眺めるでもなく眺めながら。そんな彼の場所にまで、鉄砲隊が連射しているサイカM7の輪唱が響いてくる。

要するに、これが「現場」だった。

2

四年前、二〇二〇年代最初の経済構造改革の一環として、放送および通信事業の一部民営化が幕閣議決定された。その結果誕生した、いくつかの小規模FMラジオ局のうち、半蔵門のすぐ近くに所在するトーキョー・シティ・エフエムを、桑名はたまたま好んでいた。アメリカやイギリスのクラシック・ロックをかける時間帯が多かったからだ。

そのスタジオが襲われた。人質はDJの安西ゆかり。歩道に面したスタジオの大きなウィンドウは、早々に粉々に砕け散っていた。窓の内側には容疑者が弾除け目的で積み上げたデスクやソファの乱雑な山があったのだが、一様に5・56ミリ弾に引き裂かれ、はらわたを剝き出している。窓の外では、あらゆる破片が建物の外壁に沿って撒き散らかされている。ビルの足元の、手入れ時期を三週間ほど逸してしまったトイプードルの背中みたいな、むくむくしたツツジの植え込みにめり込んだガラス窓の残片のいくつかだけが、午後早くの陽をきらきらと無為に反射していた。一円の混乱の隅っこ、スタジオの入り口付近には犯人が乗り付けた日本製の小型車が一台あって、やはりこれも撃たれていた。薄っぺらなシルヴァーのボディ・カラーの印象どおりに、まるで銀紙でこしらえた模型だったみたいに、車体は弾着のたびに圧力でくしゃくしゃになっていた。

こうした騒ぎは、一階のあたりに集中していた。だから瀟洒な褐色砂岩造りのビルの高所ほど無傷に近く、最上階の五階ともなると、外壁には流れ弾の痕ひとつもない。大通りの両側には、まるで全体主義下の亀の行列みたいに、同じ高さで一直線にすらりとビルの頭が並んでいる。ちょうどその直上のあたりを越していた十一月の末の太陽から、時雨空《しぐれぞら》を抜けて光が落ちかけてくる。この一番底辺のあたりにのみ集中して、破砕されたごみくずと硝煙、そしてそれら全部を次から次へと量産できる能力をそなえた人間どもが、吹き溜まっていた。そんななかに、車外へと出た桑名も立っていた。

彼が乗せられてきたＧＶ２００は、警視庁の警官部隊にぐるり包囲された一角の、ちょうど最外周あたりに突っ込んでいた。バンパーで弾《はじ》き飛ばしてしまった停止柵は全体のほんの一部でしかなく、計六車線の新宿通りの端から端までを、半円を描くように覆いつくしていた。甲州街道が新宿通りに一瞬成り代わる、その起点の場所だ。柵のすぐ内側には、警察車両の一群があった。車列は横に長く、バリケードとして機能させるため、流れるような半周を成していた。これは最前線に配置された防弾盾群が連結された円弧と平行していた。

この三層構造のあいだのいたるところに、すぐ近くの所轄署から動員されたらしき邏卒、そして機動隊員らが大量にいた。それほど高くない上空には、警視庁航空隊所属のヘリコプターが一機、秋の空のトンビよろしく、大きく大きく旋回している。その機体とまるで追いかけっこでもしているみたいに、報道の代表ということなのだろう、公営放送局ＪＢＣのヘリも一機飛んでいた。

「これはやり過ぎだろう」

桑名はそう思う。この程度の規模の事件で、これほどの大騒ぎというのは、なんなのか。いかに世界に名を馳せる、いや悪名高き、荒事《あらごと》自慢の日の本警察とはいえ、あまりにも不細工な現場に思えてしょうがなかった。警察官としての桑名の、短くはない経験に鑑みても。

もっともこの場で一番不細工なのは、客観的には桑名当人だった。周囲の警官たちから不審の眼で見られていることを、彼自身ひしひしと感じていた。たしかに今日は——というよりも、今日もまた、桑名はしょぼくれていた。

この日の桑名は、たまたま目の前の床に転がっていたものを、あわてて身に着けてきたせいで、庭いじりの最中に拉致されてきた世捨て人みたいだった。ダンガリー・シャツとカーゴ・パンツは古びて白茶け、元はインディゴ・ブルーとカーキだったものが、いまはどちらも曖昧な同じ色に見えた。ただ頭に乗せたロサンゼルス・エンゼルスのベースボール・キャップだけは、まだ赤々とした地色が残っていた。だからそれが、最も場違いだった。

桑名としては、短く刈り込んでいたはずの硬いくせっ毛の髪が、もはや制御不能な形と方向に伸びているのを、このキャップで覆い隠したつもりだった。しかしたっぷりと茂った無精髭が、昨日今日のことではない、このところずっとの、日常的な不摂生《ふせっせい》を能弁に物語っていた。だから差し引きは優にマイナスだった。キャップのつばが顔に落とした影のなかで、ドングリまなこふたつがぎょろりと光る。

しかし彼の容姿のなかで最も人目を引いたのは、今日もまた、両腕と手だった。防具でも着けているかのように張り出した肩から伸びていく、あまりに太く、かつ長過ぎる腕から、節くれだった指がぞろりと並ぶ、熊手のように大きな手にまで至る、その全体だ。まるで大型類人猿の両腕を、現生人類に無理やり接合させたみたいな、野卑《やひ》な逸脱を感じさせる異貌だった。ただ左の手首に巻き付けられた腕時計――古ぼけてくすんだアルミニウム色の、偽物かもしれないロレックス・デイトジャスト――だけが、これが人間の手である可能性を示唆していた。

そんな桑名の巨大な両肩には、いま、M‐65風フィールド・ジャケットがケープみたいに引っ掛けられていた。元はネイヴィーだったこれも、やはりひどく退色していた。だから全体的に寒々しく、こんな弱い雨にすら、すでにして打ち負けているかのようだった。

毎日のように雨が降り続いていた。長い秋霖《しゅうりん》が明け切らぬうちに、東京では、そのまま時雨の季節となった。観測史上屈指のひどく暑い夏からずっと、ロスビー波のせいで偏西風が蛇行して止まず、ぐずぐず居座るすすき梅雨《づゆ》が、死に損なって化けた。秋雨を喜んで伸びる猫の顔は三尺にもなるというが、それどころじゃない、馬鹿でっかい顔した猫又みたいな雨が、今日も今日とて、霧のごとく桑名を包み込んでいた。

雨のなかに立つ彼はひとり思う。こうした現場からは離れて長いなあと。もっともいまは、あらゆる現場から引き離されているのだが。

そんな桑名の背に、かつて聞き慣れていた声が響く。

「あー、なんだ。やっぱりお前かよ?」

快活かつ押しが強いその声の主が、桑名が振り返るより先に肩甲骨のあたりをどやしつける。記憶どおりの、ぶ厚い手の平で。

「なんだなんだ。しょぼくれやがって！　最初わかんなかったぜ。シローよお、ひさしぶりじゃねえか。この『もうすぐ四十郎』がよ」

「もう四十郎だよ」

と桑名は応じる。

満面の笑みをたたえながら、旧友の伊庭大広《いばだいこう》がそこにいた。伊庭は小兵《こひょう》力士の趣で、顔も腹も丸い。その体軀を窮屈そうに尾素歩《びすぼ》のチャコール・グレーのスーツのなかに押し込んで、透明の雨合羽をひっかぶっている。頭の上には、貼り付いたようなポークパイ・ハット。つばの下から顔の両側に、もしゃもしゃした揉み上げがはみ出している。左の腰には、お馴染みのでっかいやつがあった。

彼は本庁の第一騎捜、つまり警視庁捜査局刑事部の花形、第一騎兵捜査隊の生《は》え抜きだった。かつてはそこに、桑名も所属していた。伊庭とコンビを組んで、ヒョンデ・グレンジャーを走らせていた。桑名のほうが数歳年上だったのだが、入庁は同期だった。しかしいまとなっては、両者の立場には比較しようもない差がついていた。

現在の伊庭は、騎捜の小隊ひとつを率いる警部補だった。階級は同心長で、桑名よりもふたつ上。伊庭が順調に昇進しただけじゃない、桑名が降格していった。転属された先の部署で、二度の停職処分を受けた。最初の停職が明けたあと、またしくじって一等同心から二等同心へと落とされた。そこからもいろいろあって、いまは降格後の、つまり二度目の停職がまだ解けやらぬ身の上だった。

北から流れてきた微風が、地表近くに滞留していた空気の澱《よど》みを巻き上げる。雷管のトリネシートが燃焼したあとのあの独特の匂いが、桑名の鼻腔の奥を突く。同じ匂いを伊庭が感じたのかどうか、ぐすぐすと鼻を鳴らす。そしてメモパッドを繰りながら、桑名にひととおりのレクチャーをおこなおうとする。

「さっきあのお姐《ねえ》ちゃんに『やっとくように』って、言われたんだ」

「赤垣が？　なんで彼女が、お前に指示出すんだよ。キャリアみたいだが、まだ駆け出しで、お前のが階級上だろうが」

「まあそうなんだけどな。でもなんにしてもさあ、いい女だよなあ」

と、あちらの方角に目をやりながら、しみじみ言う。彼の視線の先、十数メートルほど向こうには、作戦用小型無線機AN／PRC－148のPTTスイッチをかちかちやりながら、通信している最中の赤垣がいる。いまはサングラスを外してたたみ、片手でつまみ上げるようにして、顔のすぐ脇で支え持っている――のだが、たしかにそんな姿ですら、まるで映画の一シーンみたいに見えるのだ。

伊庭が続ける。

「要するにここ、現場の仕切りはイチホだからさ」

ああ、そうだったのか、と桑名は理解する。だからあの女が俺のところに来たのか、と。この現場の指揮権はイチホが掌握している。つまり「幕調関連の事件」なのだ。

「ご公儀案件だってことだな」

と、伊庭はハンカチで鼻をかみながら言う。

たしかに、自宅ドア前で桑名に提示された赤垣の警察手帳、そのなかの身分証には、外事部所属の一等同心ながら、「イチホ」こと警視庁第一保安局は情報本部の重要セクションである、内務監査部の預かりだと記されていた。つまり彼女は、イチホのあの野郎の配下の「目付」だということだ。

イチホが連携する幕調とは、中央情報調査局の通称だ。幕閣直属の調査機関という意味で、幕調と呼ばれている。しかし実際のところは、調査ではなく諜報機関だ。つまり、むかしならば公儀隠密の総元締めにあたる。

そして、かつての徒目付《かちめつけ》となるのが、警視庁の保安局だ。よって、とくに第一保安局は幕調関連の事案にあたることが多い。大目付と徒目付の関係だ。この大権があるゆえに、ときに、イチホの与力格が他部署の同役よりも優越して、作戦において指揮権を発動することがある。

だからこの現場では、鉄砲隊こと、制圧や武力行使専門の部隊である「特高隊」――正式名称を特別高等武装強襲隊、つまり第四保安局は治安維持本部機動警備部麾下《きか》の精鋭集団だ――もまた、桑名もよく知るあの男、イチホの監査部長の指揮下にあった。つまり畑違いの者の下に。そこで混乱した指揮系統が、さっきの乱射劇に結びついてしまったのか。

「いまはまあ結構、ホシも落ち着いてきたんだけどな」

と伊庭が言うので、桑名は返す。

「どこがだよ」

「あの交渉人の長さん、熟達の泣かせ職人が現場入ったんだよ。籠城犯の母親の名前出したりして。長さんがやさしーくやさしく、電話で話してさあ。そしたらね、ついさっきは、握り飯を差し入れられるぐらいにまでは、なってた」

「じゃあなんで、鉄砲隊が撃ってたんだよ。かなりやってただろう?」

「まあな。挨拶がわりかな、あの連中の。ホシがさあ、一度、長さんの電話に出なかったらしいのよ。そんで『起きてるか〜』てなもんでな。あらためて威圧しといたんだろう」

などと伊庭はとぼけたことを言う。まあたしかに、鉄砲隊を好きにやらせてれば、そんなこともあるのかもしれない。

「とにもかくにも、ま、山は越えたんだと思うよ。現場をモニタリングしてる本庁の分析官の評価も、大枠そんな線だったって、さっき俺んところにも流れてきた」

続いて伊庭は、事件のおおよそを桑名に説明する。

「そもそもはイチホが、幕調の指示を受けて、とある若造のマルタイの内偵をしていた。ところがだな、そいつが仲間とトンズラして。追っていくうちに、こうなった。俺らは籠城が始まってすぐ真っ先に駆けつけて。それから出店がいろいろ。こんなふうに」

「容疑は？」

「クスリだな。クリスタル・メスからオピオイド系、あとはGHBほか合成モノ各種を売ってたんだと」

妙だな、と桑名は引っかかる。たかが非合法薬物の密売人相手に、幕調が動くわけはない。どんな裏があるのか。

「ラジオのスタジオには、最初ふたりいた。局のディレクター、これは中年男。一発食らったものの、すぐに逃げ出した。重傷だが、まあ命に別状はないってやつだ。いま人質になってるのは、ディスクジョッキーの女の子ひとりだな。籠城者もふたりいたんだが、ひとりは倒した。エムナナで、間違いなく頭をやった。残ったひとりが、抵抗し続けている。得物はテック9――の、まあ、パチモンだな」

「そんな雑な銃持って逃げるとは、素人くさいな」

と桑名は評する。フルオートに改造しやすいので、ふた昔前のストリート・ギャングに人気があった小型のマシン・ピストルだ。とはいえひとたびフルオートで撃ったならば、ホースの横腹に開いた穴から水が噴き出すかのごとく、無秩序に9ミリ・パラベラム弾を撒き散らすしか能がない銃だ。限定空間内で乱射する以外には、ほとんど使い道がない。

「まあな。でもそれなりなモンモンは入ってたよ。弾もしこたま用意してたみたいで、これがちょっと面倒くさい。あとは、二尺超えの白鞘《しろさや》、つまり長ドス一振りが邏卒に目撃されている。だからまあ、一応ヤクザなんだろうな。フィリピン系だそうだから『ピンざむらい』ってところかな。しかしまあ、それにしても――」

伊庭は話を中断して、しげしげと桑名の顔を見やる。もっさりした無精髭づらを。

「なんでまたお前が、呼び出されちまったんだろうなあ。果たし合いだとかなあ」

「俺も同じこと思ったよ。交渉人の長さんが勝負すりゃあいい」

「それもアリなのかなあ。まあ基本、こっちの大部隊でホシを無力化するって線だろうから、だれかが『果たし合いに応じるフリ』だけすりゃあ、どうにかなるんだろうけどな」

「だよな?」

「ああ、そうだそうだ」

「いいえ。それではダメです。困ります」

突然耳に入ってきた機械的な声に、桑名と伊庭のふたりはびくっと飛び上がる。振り返ると、すぐ近くに赤埴が立っていた。いつの間にか静かに接近して、ふたりの話を立ち聞きしていたのか。むかっ腹が立った桑名は、詰め寄るように彼女に言う。

「どうダメなんだ? 言ってみろよ」

赤埴が静かに答える。

「それは、籠城犯はあなたがよく知る人物だからです。つまりあなたを指名したことには、犯人なりの意味がある。だからあなたは、闘わねばならない」

機械みたいに喋ってんじゃねえぞ、と思いながらも、桑名は伊庭に確認してみる。

「そういえば、名前聞いてなかったな。ホシの名。俺と因縁があるってのか？」

どうだろうねえ、と伊庭はまたメモパッドを繰る。

「フィリピン系で、ええと、名前はホセアントニオ・リカルド・シノダ――」

「なんだって？」

「ん？　なにが？」

ものの見事に穴だらけになっている、サテライト・スタジオの方角を桑名は見やった。あの弾痕だらけの残骸の向こうに、いるのか。あのホセが。

「あいつが、売人なんかやるわけがない。俺の知っているホセならば」

伊庭が携帯端末に呼び出した容疑者の手配書を、桑名は見る。たしかに、あのホセの写真だ。付き合いがあったころよりは、すこし年食っちゃいるが。

「お前は知らないだろうが、俺が風紀課に飛ばされてから――」

「飛ばされたわけじゃ、ねえだろう」

「いいんだよ、それは。とにかく俺がだな、八年前に風紀課に行ったあと、一時期なにかとよく使ってた情報屋が、ホセだった。奴は最初、ハタチそこそこの小僧だったんだが、よく働いてくれたよ。ちょっとにやけた奴だったが、利発で、芯は真面目だった。言い逃れも、嘘もつかず」

「密告屋が、嘘つかないってのか？」

「ああ、少なくとも俺にはな。仕事を頼み始める前に、しっかり話したんだ。飲みながら。そこで、俺とあいつのあいだには、取り決めができた。その範囲内でなら、信頼できたんだ。あいつ、兵隊あがりだったから」

「なるほど」

「……それが、なにがクスリだってんだ！　間違いじゃないのか？　ここ数年は連絡とってないが——」

六年前に降格させられてからは、桑名の一方的な都合から疎遠になった。だがそれにしたって、さして長い空白ではない。最後にホセを見かけたのは、二年ほど前、丸子多摩川の温泉歓楽街で風俗案内人としてかいがいしく働いている姿だった。桑名はホセの親族にも面識があった。つまり籠城犯の母親というのは、あのマリアのことだったのか。

「じゃあ、ホセが俺を呼んでたってのか？」

桑名の問いかけに、赤埴は無言でうなずく。この野郎、だからいまのいままで、籠城犯について詳しく教えなかったんだな。桑名はあらためて怒りが湧いてくる。この女、今日初めてツラ見てからずっと、後出しジャンケンばっかりじゃねえか、と。

3

ＧＶ２００の後部、跳ね上げられたテイルゲートの下に頭を潜らせた桑名は、ラゲッジ・スペースを覗き込んでいた。身をかがめたそのままの姿勢で、彼はいま一度強硬に、赤埴に抗議をおこなう。

「お前みたいに不誠実な奴の、言いなりにはなるものか。ふざけてんじゃねえぞ。隠し事ばかりしやがって。この俺を、くそっ、手玉にでもとってるつもりかよ？」

桑名の目の前には、停職になる前にいつも身につけていた、刑事としての装備一式があった。白い段ボール箱ひとつと、黒い厚手の不織布《ふしよくふ》に巻かれた細長いものがひとつ、あった。停職になるとき、自らの手で詰めて巻いて上官に手渡した、そのまんまだ。

こんなものが、さっきまで乗せられていたクルマの後部に積まれていたとは。そんなクルマで赤埴は、そ知らぬ顔して自分をここまで運んできやがった、とは。

これらの一切合切が、より一層桑名の気に障った。もちろん任務そのものも、てんで理解できない。なぜ俺がホセと、殺し合いをしなければならんのか。桑名が記憶するかぎり、恨みなど買った覚えはない。理由がまったくわからない。

だから桑名は、赤埴に決定権がないことは重々承知の上で、幾たび目かの拒絶の意を伝えていたのだった。

ここで赤埴が、ふう、と小さな息をひとつつき、落ち着いた声音で桑名に訊く。駄々っ子のごとき彼を、大きな目でじっと見つめながら。

「では最後に確認させていただきますが、それは覚悟の上での、ご発言なんでしょうか」

「ああ？」

「命令を拒否されるというのは、あなたの本意なのですね？」

なにをしゃっちょこばった物言いしてやがる、と桑名は言い返そうと身を乗り出すのだが、赤埴は彼の言葉を待たずして、

「わかりました」

と背中を向けて、無線機を手にする。ほどなくして、出るべき奴がＰＲＣ－１４８の向こうから、桑名に向かって話しかけてくる。

「上官から命を受けたなら、可及的速やかに実行せよ。それだけだ」

加賀爪《かがつめ》忠直《ただなお》、与力正。イチホの内務監査部の、部長様だ。この命令を出した奴だ。現場を仕切っている、責任者だ。いまはどこにいる？　停止線の果てに鎮座ましましている、あの大きな指揮車のなかか。

桑名は加賀爪に、腹のうちで横柄に答えてみる。てめえの命令、しかも無茶苦茶なやつなんて、一切御免こうむるんだよ——などと。

しかし実際にそう言うわけにはいかない。だから質問へとすり替える。

「決闘って、まずいんじゃないのか——ですよね？　違法行為でしょう、私闘は」

無線機の向こうで、加賀爪が冷笑したような気がした。口の端だけでふっと笑う、むかしのアメリカ製カートゥーンの毒蛇みたいな、黒い微笑だ。

「違法だ。しかし、さむらいの心根のなかには、四角四面の法ばかりでは如何《いかん》ともならぬ領分がある。よって、お上が以下のように裁可されたこと、貴様もよく知っておろう。五〇年代以来、決闘は禁止された。法律的にはな。だがしかし、そこには例外がある」

もったいぶって、一呼吸置き、加賀爪は続けた。

「上様いわく『それが武門の者どうし、士分どうしの公正なる果たし合いなれば、違法なれども、世に黙認の風あり』と。のちに最高裁も、このお言葉を追認した」

こう言われてしまうと、桑名には返す言葉がない。

実際問題「HATASHIAI」は、近ごろは外国人観光客にも人気らしい。運よく遭遇できた奴は、動画を撮ってＳＮＳにアップロードする。映像が生々し過ぎる場合が多いから、大抵はすぐに削除されてしまうのだが、それでも結構な視聴数が稼げるのだという。

問題は「やらされる立場の者は、たまったもんじゃない」ということだ。そこで桑名は、最後の望みを託して、ホセと直接話させてくれと頼んでみる。意外や加賀爪は、条件も出さずに許可してくれる。

桑名はこう考えたのだ。伊庭が言ったように、本当にホセが「落ち着き始めている」のだったら、果たし合いなどやりたくなくなっている、かもしれない。そもそも奴がそんなことを望む理由に心当たりがない。だから話し合えば誤解が解けるかも――と桑名は淡い期待を抱いて、スタジオの固定電話にかけてみたのだった。

最初に電話口に出たホセは、どちらかというと脱力した、暗い声だった。ごく平板に、もしもし、とだけ応えた。しかし桑名が、

「よお、ホセ」

と馴れ馴れしく呼ばわった瞬間に、豹変する。

「んがあああ、でべえっ、ぶっごろじてやるぞごらあっ!!」

耳を聾《ろう》する怒声が、桑名のKフォンから彼を襲う。こんな声音のホセと接するのは、初めてのことだった。自らの軽率さのせいで事態が一気に悪化してしまったことを、桑名は思い知る。

彼がいま手にしている、通称「Kフォン」と呼ばれるスマートフォンは、警視庁支給の特製品だ。サムスンのギャラクシーS50TE改、つまり米軍用に開発されていた携帯端末を、本邦の警察仕様に調整し直したものがこれだ。桑名に与えられたこの端末は、さっきまでGV200の後部に積まれていた、あの白い段ボール箱のなかに入っていた。銃や手錠や警察手帳などと同様に、桑名の手から取り上げられていた。つまり現在の彼は、停職中に、だれがどのような連絡をとってきていたのか、まったくわかっていなかった。たとえば、ホセが。

スタジオの固定電話にかける前に、桑名は一応、Kフォンの通信履歴やメールを確認してみたのだが、いまはなにもかもが真っ白だった。四ヶ月前に停職になったその日から、桑名のもとに入ってきていたすべての情報は、端末から一掃されていた。管理者たちの手によって、一度目の停職のときと同様に。

ゆえにいまの桑名には、なぜホセがかくも怒っているのか、その対象がどうして自分なのか、皆目見当がつかなかったのだ。

「どうしたんだよ、お前?」

返事はない。んごおおお、ぶふううう、という荒い息遣いだけが聞こえてくる。

「果たし合いなんてやる、そんなタイプじゃないだろう。おまけに、クスリなんか」

息遣いが、すこし落ち着いてくる。

「よく考えてみろよ。俺を倒したとしてもだな、周りじゅう、お前の敵ばっかりなんだぞ。取り囲まれてんだよ、すでに。意味ないんだよ」

端末の向こうから、音がほとんどしなくなってくる。だからそこで畳み掛けようとして、桑名は失敗する。

「お袋さんも、喜ばねえぞ」

立ち入った物言いに反応したのか、瞬間的に電話が切れる。そしてスタジオの方角から、破裂音のような銃声がひとつ。

「撃ったぞ、また撃った！」

だれかがそう叫ぶやいなや、サイカM7の花が咲く。スタジオの窓周辺の外壁四方、数十センチから数メートルの範囲を狙って十数発が叩き込まれる。そして拡声器で「銃を捨てろ！」との呼びかけ。桑名が到着する前から、押しては返す波のように続いていたルーティーンが、また繰り返される。

と、ややあって桑名のKフォンが振動する。ホセじゃない声が聞こえてくる。

「……助けてください」

いまにも息絶えそうに小さく、女性の声が言った。DJの安西ゆかりだ。いつも桑名が寝床のなかで聴いているときは、それが何月だろうが真夏のひまわりみたいに明朗溌剌《はつらつ》としている声だった。それがいまは、くすみきった弱々しいトーンで、怖い、怖い、死にたくありません、死にたくないんです、と彼に告げてくる。

「撃たれたのか？　怪我してるんですか？」

桑名は訊く。だが彼女は死にたくないと繰り返すばかりで、言葉の途中で電話は切れる。

4

不織布の包みのなかには、桑名の刀があった。

刃長二尺四寸二分の打刀《うちがたな》、無銘の軍刀だ。勤務中、いつも彼が腰に佩《は》いていたものだ。私物の剣を、拳銃同様、登録して公用としていた。伊庭の左腰にある、威風ただよう備前長船《びぜんおさふね》みたいな名刀じゃない。ましてや加賀爪が身につけている太刀なんかとは、似ても似つかない。二尺六寸超えで大きく反《そ》って、赤鞘に赤黒の諸撮巻《もろつまみまき》の柄《つか》、まるで室町幕府期の宝刀みたいな、豪奢だかファンシーだかわからない、奴のあのありがたそうな一振りなどとは、まるで違う。

漆《うるし》の黒、墨の黒、鐵《くろがね》の黒。つまりは黒ばかりの簡素な拵《こしらえ》の、幾度も酷使された古い武具だ。大叔父が戦場で使い、のちに桑名に与えられた剣だった。

胸の奥のかすかな疼きを、桑名はひそかに感じる。この刀を備えていてこその、俺なのだ。折り合いの悪かった父親ではなく、大叔父との関係性のなかに、少年期の彼の心の置き所はあった。それらすべての記憶の依り代こそが、この古びた戦場刀だった。

そんな一振りを、桑名はブラック・レザーの剣吊りベルトに装着する。腰骨の上に固定したベルトの左側に、バックルふたつの装具によって刀を留める。刃先を上に、棟の側を下に。彼の長い手ならまっすぐ下ろした前腕の、ちょうど真ん中ぐらいに位置する高さに、武器が吊るされる。そのほかの装備もすべて身につける。

人質が危険に晒《さら》されているのだから、これ以上命令から逃げ回ることはできない。相手がホセであろうが、だれであろうが、制圧しなければならない。桑名は腹をくくった。だから、始める前に根回しをした。

まず彼は、加賀爪とのやりとりを遠巻きに眺めていた伊庭を呼んだ。そして、ほかの者には会話を聞き取られない場所に連れていき、質問する。狙撃手が何人配置されているのか。

「二人だな。通りをはさんだ、向かいの建物の屋上に。鉄砲隊の、フドウ持った奴らだ」

桑名は伊庭に、スナイパーの掌握を頼む。彼の小隊には、副長含め七人の部下がいた。それらをうまく動員して、ホセの射殺を阻止してもらう。

「俺が黙らせるから。ホセのことは、責任持って無力化するから。だから、不用意に撃たせないでほしいんだ。絶対に」

桑名の頼みを、よっしゃわかったぜ、とふたつ返事で伊庭は引き受けてくれる。

「地上にいる鉄砲連中も、小隊長あたりとはだいたい顔なじみだから。しっかり言っとくよ。イチホのダンナがなんか言ってきても、まあとりあえずは『撃たないでくんなよ』と」

桑名の左肩を軽く叩きながら、安心させるように伊庭が言う。

「お前が本当に危険になるまでは、撃たせねえよ」

「いや俺がぶっ殺されてからでいいから、撃つのは」

と桑名は念押しする。なんとかそれまで抑えててくれよ、と。

拡声器がひと吠えした。抵抗をやめて、出てきなさい――いやそっちじゃない、と桑名の使いっ走りになった赤埴が、担当者に耳打ちする。咳払いのあと、拡声器が言い直す。

「……これより、そのほうの望みどおり、果たし合いに応じる！」

しかし、スタジオからはなんの反応もない。

桑名はＫフォンでスタジオに電話してみる。呼び出し音は鳴るが、いつまで経ってもだれも出ない。だから彼は、端末を右の首と肩のあいだに挟んで、歩き始める。

そこらじゅうにいる警官の目が、自分ひとりに注がれていることが、桑名にはわかる。目の端に伊庭がいる。桑名に向かってなにか言いつつ、親指を立てている。加賀爪は相変わらず見えるところにはいない。指揮車のなかでモニタでも見ているのか。

耳のなかで響く呼び出し音以外は、なにもかも静まり返っている。上空のヘリまでもが去っていったようだ。

踵がつぶれたキャンバス・スニーカーをスリッパのように引きずりながら、桑名は歩いていく。両肩にかけたジャケットが、一歩ごと、ゆるやかになびく。新宿通りの車道、スタジオに近い側から三本目の車線上に立ったところで、彼は歩みを止める。電話を切って、端末をカーゴ・パンツのポケットにしまう。そして後ろ足で蹴り上げるようにして、両足のスニーカーを脱ぎ飛ばす。雪駄《せった》を弾き飛ばすみたいに。

靴下は履いていない。だから裸足の指の十本が、濡れた路面を感知する。ぶるっと軽く、身震いする。さっきより、雨が強くなってきた。驟雨《しゅうう》が本降りになってきた。ぼろい身なりのなにもかもが水気を吸って、古雑巾みたいな臭いを発し始めているような気がする。

桑名は、大きな左手を腰のものに当てる。柄の下端部に、そっと置く。そして叫ぶ。声のかぎりに。

「ホセぇ！　出てこいよ！」

左手を、すこしだけ動かす。鍔《つば》を超えて鞘のほうに。そしてそのまま親指で、鍔を前方にぐっと押し出す。音もなく、鯉口《こいくち》が切られる。肩の広さに両足を開き、ほんのすこしだけ爪先を内向きに、「八」の字のように。上体を軽く前傾させる。ゆるく曲げた膝で、バランスを取る。

「お前の望みどおり、相手してやる。どうした？」

桑名は右手を柄の上へと下ろしていく。ゆっくりと。そして、手の平が柄に触れたその瞬間、肘を支点に前腕を半回転させ、一気に刀を抜き去る。

一挙動で白刃の、あざやかな銀の光輝が解き放たれる。抜いた弾みで斬り裂かれた、無数の雨滴があわれ砕け飛ぶ。黄色味を帯び始めた午後の陽が、乱反射しながら、大きく波打つ刃文《はもん》の上をすべり流れては散っていく。

ひさしぶりだな、抜いたのは、と桑名は思う。

重ねが厚く、刀身も柄も幅広で、彼の大きな手によく馴染む。切っ先まで、いやその向こうにまで、神経が通っているみたいだ。いま急に通ったわけじゃない。ずっと通っていた。しかし、引き離されていたのだ。つまり、かくあるべき場所に、かくあるべきものが、いまここに復活していた。彼の腕先に、再接続されていた。

桑名は柄を片手持ちのまま、二度三度と振り回す。まるで濡れた手拭いの、しずくを飛ばそうとするかのように、ぞんざいに軽々と。そして今度は右上から、刃先を立てて直下へと空を斬り下げる。ぶんっという音が風を割る。次に手首を返して、右下から左上に。さらに返して、左最上段から右方向の中段へ。右足を大きく一歩前方へ踏み出しつつ、足元から生じる重心移動をそのまま刀身に乗せて、相対する者の素《そ》っ首《くび》あたりを、角度のない斜めに斬り裂く——。

これら一連の途切れぬ挙動の最後、右腕を、身体の真横に伸び切ったところでぴたりと止める。四方八方にちぎれ散った水飛沫、その中心点にいる桑名から波紋が湧き立って、周囲の空間全体へと拡散していくかのようだった。彼は静かに刀を移動させながら、ゆっくりと息を吐く。吐きつつ力を抜いて、刀の棟のほうを、右の肩上にかつぐ。さっきまでKフォンを挟んでいたあたりだ。どこかでだれかの指笛の音が鳴る。

桑名は、もう一度ホセを呼ぶ。

「出てきやがれよ！　怖気《おじけ》づいたのか？　てめえ、それでもさむらいか！」

言い終えた直後だった。スタジオの出入り口ドアから、躍るように飛び出してくる人影がひとつあった。上半身裸のホセアントニオ・リカルド・シノダが、路上に突っ立っていた。左手には抜き身の長ドスが、右手にはテック9があった。

ホセはさっきの手配書とすら、また違う顔をしていた。これまでに一度たりとも桑名が見たことも、想像したこともない顔だ。

元来の彼は、よくもてる男だった。桑名の担当地域の、業界の女も男も、ホセに色目を使わなかった奴なんて、ただのひとりも見たことなかった。カラスの濡れ羽色の、豊かな黒い髪がウェーヴした、細身の色男だった。いつも胸元が大きく開いたシャツを着て、細いゴールドのチェーンを見せびらかしていた。嫌になるほど真っ白な歯と同じぐらい、いつもそのチェーンはぴかり光っていた。

そんな男が、いまや見る影もなかった。乱暴に剃り上げられたでこぼこの頭にまで、単色の刺青《いれずみ》が入っていた。締まりなくたるんだ体つきの両肩から背中いっぱいには、和彫の真似事だ。どこを見ているのかわからない、とろんとした目つきと、口の両脇に溜まった泡がやけに目立つ。あーあーあー、と言葉にならない叫びを、あまり大きくない声で発し続けている。そして、テック９の銃口を桑名に向けようとする。

周囲の警察官が息を飲む。しかし桑名は一向に意に介さない。かついでいた刀身を、ゆっくりと立てていく。頭上へと、持ち上げていく。そして一閃、空を割って左下方に斬り下げる。ホセを睨み据えて、怒鳴る。

「やるのか、やらねえのかあっ！」

ここでホセが、ようやく反応する。あああ、やるぞおれは、とかすれ声ながら叫ぼうとする。

「よーし」

桑名は、構えに入る。静かな動きで、斬り下げられたままの刀の柄に左手を添える。右手がある位置から離して、柄の末端の側、いまは最も高い位置にある柄頭に近いあたりを左手で握る。そして地を指していた切っ先を、今度はゆっくりと上方へと動かしていく。半円を描いていくように。

「……騙しやがって、俺を騙しやがって」

よく聞いてみると、歯の抜けた口でホセはそんなことを言っている。そしてそのまま、桑名のほうへ近づいてこようとする。

桑名は、柄を握る両手のバランスを静かに切り替える。刀を動かしながら、柄の下方を握っている左手を主とする。こっちで刀身を押し上げるようにして、眼前に立てる。正中《せいちゅう》よりも左側に剣を置いて、顔の側まで引き寄せる。八相、陰の構えを逆に、つまり左利き状にしたような形。剣を立て、バランスをとっているのは柄の最下方を握っている左手で、右手は軽く添えているだけだ。左足を、半歩ぶんだけ軽く前に出す。

「さあ斬ってみろよ、俺を！」

七メートルほど前方で、ホセは桑名の声にびくっと反応して、停止する。そして奇声を発する。腹の底から絞り出したような、にごった銅鑼声《どらごえ》とともに、テック9を投げ捨てる。そして両手で、白いサラシ巻きの長ドスの柄を握りしめる。両腕がわなわなと震えている。刀を頭上へと高々振り上げてから、意外な速さで歩き始める。口を開けたまま、桑名のいる場所に向かって一直線に、ベタ足でずかずかと進んでくる。

「あああー」

ホセはどんどん近づいてくる。距離は四メートル——。

ここで桑名は、右手を柄から離す。

ホセには、いや周囲の者全員には、桑名が左手で素早く前方に押し出した刀身のほうしか、目に入っていなかった。だれも右手の動きは追えなかった。一瞬の動作で左脇の下に入って出てきたその手が、ミネルヴァP9を握っていることを、轟音のあとに全員が知った。

9ミリ弾は、正確にホセの刀の上端近くの重要部、物打《ものうち》を撃ち砕いた。ほぼ正面から当たった弾丸は右方向に弾き飛ばされたものの、その際に安造りの刀身をかき取っていった。弾着の衝撃がホセの両手をしびれさせ、長ドスを取り落とさせる。待機していた伊庭の部下ふたりが、すかさずホセに飛びつく。そのまま次から次へと警官が押し寄せて、あっという間に彼の姿は見えなくなってしまう。驚いたように見開かれたホセの目が、人波の奥に埋もれて消える。

左手に刀、右手に自動式拳銃を握ったままの桑名は、大きな肩を揺らして、荒い息をついていた。

左脇の下のホルスターからP9を抜く際に背中側に落ちたM‐65風ジャケットを、近づいてきた伊庭が拾い上げる。それを桑名に手渡しながら言う。

「お見事。腕は鈍ってねえな。手品もな」

まあ、なんとかな、と桑名は受ける。以前に何度かやったことがある手だった。剣術だけじゃなく、抜き撃ちについても、桑名には見せ物程度の腕はあった。

いやな汗が吹き出してくる。あとからあとから、汗が湧く。斬り合いの真似事など、いったいいつ以来か。あるいは、斬り合いと見せかけて、銃で制圧したのは。

そんなことを考えながら、ひとり桑名は、クルマへと戻っていく。片手に靴を、片手にジャケットを持ちながら。静かな場所で座って、ひと呼吸入れたかったのだ。寝起きのまま連れて来られたあと、ひと息にここまでやるのは、さすがに、きつい。組み敷かれたホセが取り囲まれているあたり、幾重にもなった人垣のほうを遠目に眺めながら、ゆっくりと彼は歩き去っていく。

停車中のGV200まで戻った桑名は、剣吊りベルトの装具から刀を取り外し、助手席に座る。フロア・コンソールの奥にある、専用の剣立てに刀を載せると、金具で固定する。ガン・ラックの要領だ。そしてシートを倒すと、ドアは開け放ったまま、目を閉じる。胸の上で腕を組んで、濡れそぼった身体を伸ばしてみる。

ものの数分もしないうちに、桑名の休息は破られる。銃声、短銃のもの。一発じゃない。重なるように二連続――クルマから飛び出して走りながら、桑名は思考した。だから見る前に、結果は予想できていた。しかし実際に目にした瞬間、彼は両膝をついてその場にへたり込んでしまう。

胸元を血まみれにして白目をむいたホセが、仰向けに大きく路上に伸びていた。頭のほうを抱きかかえている警官がいる。傷口のあたりを押さえている者もいる。大勢が走り回っている。すでに彼が息絶えていることが、経験上、桑名にはわかる。

水たまりのなかで自分が大きな声を上げていることに、桑名は気づく。さっきホセが上げていたような、意味のない、わけのわからない奇声と同じようなやつを。さっきまで生きていたあいつが、発していたようなやつを。

それら混沌の一切合切は、一本道でお濠《ほり》まで続いていく、だだっ広い新宿通りの路上に無秩序にぶち撒けられていた。

お濠の向こうには、門があった。半蔵門だ。

下々《しもじも》の喧騒を高所から睥睨《へいげい》するかのようにそびえ立つ、大きな大きなその門は、十九世紀までの櫓《やぐら》門の意匠を残しつつ、鋼鉄とコンクリートで周囲を固めた、要塞の軍門だった。最上段のトーチカだけでも、30ミリ機関砲二門、重機関銃八丁分の銃座を常設、そのほか無数の銃眼を擁するこの門が、敵に破られたことは一度もない。

門の奥には、城があった。近代以降に三度の戦火をくぐり抜け、なおも屹立《きつりつ》し続ける、世界史上稀に見る堅城にして、戦旗はためく不落の砦——その象徴である大天守が、黒々と遠くにそびえ立っていた。その高さは優に一〇〇メートルを超え、本邦最大、七重九層を成している。この層塔型天守の全体もまた、近現代戦用に強化されていた。

半蔵の門の向こうには、日の本の、さむらいの、おびただしい数の魂魄《こんぱく》と献身のすべてを飲み込んでなお、冴え冴えと、晴れ晴れと君臨する高楼を本丸に擁する巨大城塞、江戸城があった。

章の二：大日本連合将国と南蝦夷小史
〜小栗忠順《ただまさ》の三角飛びから、コンバットウのその後まで〜

1

東京都と四十四の府県は、四つの州に分かれている。これらにひとつの自治区を加えた地域の全体が日本国を成すようになったのは、さほど古い話ではない。三つの大きな内戦を経たあとで、この形でひとまずの安定を得た。

一九五三年に終結した第三次列島戦争のあと、現在の日本国が誕生した。正式名称を「大日本連合将国と南蝦夷《えぞ》」。征夷大将軍を国家元首とする、立憲君主制にして、議院内閣制の民主主義国家だ。英名は「The United Shogundom of Great Nippon and South Ezo」。略称はUSGN、もしくはGN。

すべての内戦において、まさに「最後の砦」となったのが、江戸城だった。城下が、東京がいかに戦火に包まれようとも、この城は生き延びた。言い換えると、ここを拠点として神出鬼没の戦いを繰り広げた幕府軍の戦略が、いつも最後には、敵軍の進撃をくじいた。征夷大将軍を棟梁《とうりよう》として戴く、日の本のいくさ人たちの誇りがここにあった。

ゆえに一八六九年、幕府軍が江戸城を奪還した際の小戦闘は、内濠《うちぼり》に迫った三度の戦火のうちに含めない。その直後、東征大総督府の残存部隊、つまり薩摩や長州、土佐藩などを主力とした反乱軍がふたたび入城を試みようとしたときに、幕府側がこれを退けて大敗させた外桜田御門の戦いを「一度目」とするのが普通だ。第一次列島戦争こと、世に言う戊辰《ぼしん》の乱、その最終盤の大戦闘がこれだった。

この戦争において、当初より一貫して劣勢にあった幕府軍の反転攻勢は、同年六月の東北南部は白河口の戦いから始まった。第十五代将軍徳川慶喜《よしのぶ》は、謹慎先の駿府《すんぷ》に海路向かうと見せかけて反転、小名浜《おなはま》より上陸したのちは陣頭にて直接指揮を執った。そして、わらべ歌にもうたわれた小栗忠順《ただまさ》の「三角飛び」にて、最新鋭のアメリカ製銃器を大量に調達できたことが戦況を一変させた。

幕府の陸軍奉行並であった小栗は、慶喜将軍より表向き罷免《ひめん》されたあとで密使となって走り、アメリカ軍人脈と接触した。かつて遣米使節団の一員となったときに培《つちか》ったネットワークがここで生きた。当初は中立姿勢を崩さなかった米国側を説得し、見事協力を引き出すことに成功。このとき小栗が用立てたのが、四万丁余のスプリングフィールドM1861銃だった。

さらにそれだけではなく、小栗の交渉力によって米アジア艦隊までもが重い腰を上げる。列強国のうちで唯一アメリカだけが、戦後の日本における権益面での優位性を考慮して、戦闘に直接参加することになったのだ。米軍の日本初陣となった白河口戦では、USSポーハタン号率いる同艦隊が平潟《ひらかた》沖の海戦を軽々と制したのはもちろん、効果的な艦砲射撃と合わせて、多数の東征軍兵を葬った。米海軍陸戦隊も活躍した。これら友軍と長岡藩の河井継之助《つぎのすけ》が差配したガトリング砲部隊が協調して、進軍してきた東征軍を完膚《かんぷ》なきまでに叩き伏せた。

またこのとき、幼年兵を主力としながらも、幾多の犠牲もいとわず鬼神のごとき戦果を上げ続けた会津藩の白虎隊の活躍はすさまじく、以降その雷名は、日本陸軍最強の特殊偵察連隊へと引き継がれていくことになる。

東北での勝利から勢いを得た幕府軍はこのあと連戦連勝。本来の主の座に戻った江戸城にて東征軍を迎え撃った外桜田御門の戦いにて戦闘は終結、乱は平定される。じつはこのとき初めて江戸城に入った徳川慶喜将軍は、大政奉還の返上を奏上。天皇がこれを勅許《ちょっきょ》し、明治は二年目の一八六九年で終わり、「新慶應」と元号が改められる。

だがしかし、このあとだれも元号のことなど気にしなくなる。公的に、社会的に、西暦のみが使用されるようになったからだ。それまで元号のなかにちぎり取られていた一般的な日本人の歴史観が、初めて、連続した時間軸のなかへと解き放たれることになる。西暦という「長暦」のなかに。

ふたたび政権を掌握した幕府は、急速に近代化を進めた。幕閣の構造改革、政治改革などが主だ。適度な西欧化も進めた。ここで初めて、将軍を国家元首として、イギリスのごとく諸侯が合従《がっしょう》した連合王国のような国家像が模索されることになった。

そして四民平等が宣言されると同時に、一方では貴族階級が設定される。武家は原則全員が士族となり、そのうち旗本および禄高《ろくだか》一万石以上の大名格の当主には、公家および皇族らと同様に爵位が与えられ、これが貴族層を形成した。それ以外のほとんど全員が平民となった。京都に居を戻した天皇は、中世以降のヨーロッパにおけるローマ法王的存在となった。

このあと幕府は、薩摩・長州の士族を中心とした大規模反乱である西南の変に端を発する、第二次列島戦争こと薩長土肥の乱を一八七七年に制したのち、正式に連合将国の建国を宣言する。ここからが第二幕府制、いわゆる東京時代の始まりだ。これと対を成す形で、江戸開府からこの乱の終結までの第一幕府制の世は、江戸時代と呼ばれることになる。

東京時代が幕を開けたこのとき、琉球王国が完全なる再独立を果たす。薩長土肥の乱を幕府側にて戦った琉球は、反乱軍、なかでも薩摩に対して効果的な遊撃をおこなった。その功を将軍より高く評され、もって独立自尊の王国、連合将国の友邦としての永続的地位を勝ち取った。

すでに第一次列島戦争当時から幕府の後見の立場にあったアメリカと日本の紐帯《ちゆうたい》は太く、一九〇二年にはこれが日米同盟へと発展する。去る二〇二二年に締結百二十周年を迎えた、世界史上類を見ない長期間にわたる安定した軍事同盟関係の起点はここだ。日本との同盟を強く望んでいたイギリスをしりぞけての、二国間同盟だった。そしてこの同盟の成立前にもやはり、さむらいが多くの血を流した。海外にて、戦い散った。

一八九八年の米西戦争が、その端緒だった。ちょうどアメリカ視察に赴いていた使節団のうち、文官の八名を除く十五名が観戦武官として戦場同行を強く希望。結果、キューバにてその全員が戦闘に参加した。なかでも白眉がサンチャゴ要塞包囲戦での奮迅で、重軽傷を負った三人を除く十二人のさむらいが戦死した。このときの日本兵の勇猛果敢さは、のちに米大統領となるセオドア・ルーズヴェルト――義勇騎兵としてキューバ戦争に参加していた――に、深い感銘を残した。

徳川幕府開闢《かいびやく》より、二百六十余年もの長きにわたり太平の世にあったものの、しかし日本の武士の身中には、つねに「いくさ」の血が流れ続けていた。中世の長き延長線上にあった第一幕府制、江戸時代よりもずっと前、言うなれば古代より、連綿と引き継がれているものがあった。それが第一次列島戦争にて、ふたたび覚醒したのだった。

先祖代々、生活文化の根幹に近い領域で「戦争に慣れている」こと。あるいはまた、自らの命をおそろしく軽く見ていること……さむらいのこれらの特徴が、アメリカ軍人のみならず、新聞などを通じて同国の社会全体に強い印象を与えた。そしてこれ以降、日本兵はアメリカの戦争に、実質的な「雇われ兵」として参戦を続けていくことになる。まさに身を盾にして、いや矛にして、外貨を稼ぎ出したわけだ。

米西戦争の第二幕、フィリピンでの戦役には、およそ三個師団の日本兵が投入された。かつて米海軍が「幕府を助けるために」血と汗を流したのだから、逆のケースには、日本兵による同等の尽力が期待されたのだ。さらにアメリカ側には「動員できる兵力が絶対的に足りない」という悩ましい事情もあった。

一八七一年に終結した、いわゆる「南北戦争」、つまりアメリカ内戦が、両軍痛み分けの終幕を迎えていたからだ。休戦条約にて確定したことのひとつに、北米大陸における「大小ふたつのアメリカ国」の併存があった。南軍側、同海軍旗サザンクロスの地色にちなんで「赤い州」と呼ばれる七つは、通常一般的に呼称されるところの「アメリカ」である合衆国（ＵＳＡ：The United States of America）には合流せず、アメリカ連合国（ＣＳＡ：Confederate States of America）との名のもとに、そのまま独立国家として存続することになった。だから合衆国内部には、戦争のこの帰結について「アジアを重視し過ぎた『失政』のせいだ」との声も少なくなかった。戦中においてもなお、あの規模でアジア艦隊を温存するなどという愚を犯してしまったがために、北軍艦隊の陣容に不足が生じて南部諸州の沿岸における海上封鎖作戦の完遂ままならず、ゆえに南軍は武器・物資ともに完全には干上がることなく、もって戦線の膠着化《こうちゃくか》を招いてしまった——との見方だ。

そんな両アメリカ国は、対外戦争時には融通し合って連合軍を編成するのが通例ではあった。しかし歴史的経緯ゆえに、双方の軍の連携には理想的とは言い難い点も多々あった。この「溝」を、まさに見事に埋めたのが日本兵の献身だった。

フィリピン戦役の終結直後に日米同盟が成立したのと同時に、日米和親条約、日米修好通商条約ともにその内容が大きく見直され、両国の平等な地位が強調されたものへと修正された。そして第一次、二次世界大戦はもとより、第二次キューバ戦役、ヴェトナム戦争、湾岸戦争、アフガン・イラク戦争など、アメリカ合衆国がおこなったすべての戦争に、精強なる友軍として日本のさむらいが馳せ参じた。国連PKFにも漏れなく参加した。

2

素性のいい日本刀ならば、よく研いだカミソリの切れ味と、鉈《なた》や手斧に匹敵する剛性を合わせ持つこと、稀ではない。そんな一振りの、たとえば二尺四寸、つまり七三センチ前後の刃渡りのものを得物として、訓練された使い手が用いた場合、腕とその延長である刃の回転半径内のことごとくを瞬時に切断してみせること、さして難しい芸当ではない。刺突《しとつ》も同様で、敵と正対したならば、銃を構えて狙い引き金をひくよりもはるかに速く、刃先は相手の急所へと到達し得る。ゆえに抜刀したさむらいの肉体中心線の周囲、ごく標準的に言っておよそ二間、つまり三六〇センチほどの円周内が容易に「殺しの間」となった。

といっても、剣による戦闘は、第二次大戦以降は激減した。戦術の変化によって、白兵戦の機会そのものが減っていったからだ。

ゆえに戦地への刀の持ち込みそのものも、儀礼もしくは象徴的な意味合いのほうが次第に大きくなってくる。たとえば自陣の歩哨をつとめる際は佩刀《はいとう》していたとしても、一歩そこを出て偵察や戦闘に赴く際は、より小ぶりで機能的な「ブレード」が求められるようになった。そこで、ネパールのグルカ兵におけるククリ・ナイフのような、多用途の大型ナイフ形状のものが開発され、新たなる戦場刀として、一九六〇年代中盤以降は兵士の装備の主力となった。これが世に言う「コンバット刀(Combat Katana)」、略してコンバットウ、六三式万能脇差《わきざし》刀シリーズだった。

どんな刀を持ったとしても、まぎれもなく、日本の主要輸出品目のひとつは「さむらいの戦闘力」だった。

よって必定《ひつじょう》の反射として、ふたつのことが起こった。派兵されていった先で、つまり海外で、のちに残虐行為、人権蹂躙《じゅうりん》行為と呼ばれるような戦争犯罪への、日本兵の加担とされる事件の頻出がひとつ。自らの命が軽い「さむらい」は、もちろんごく当たり前のこととして、敵の命も、その周辺にいるすべての者の命も、等しく「軽く」あつかった。

だから武士の刀が、残虐性の象徴ともなった。首を狩るもの。一刀にして、相手の胴を真横一文字に両断するもの。脳天から肛門まで、幹竹《からたけ》割りにしてしまうもの……現実的には、いや物理的にはあり得ないほどの誇張が施された荒唐無稽な噂話も含めて、さむらいと刀にまつわる野蛮と恐怖のイメージは、どんどんひとり歩きしていった。これらのほとんどは無根拠な風説でしかなかったのだが、しかし明らかに高い威圧効果を発揮した。だから日本兵は「刀」を捨てられなかった。

ふたつ目の反射は、日本が移民大国となったことだった。フィリピンから、ヴェトナムから、ラオスから、イラクから……多くの移民が日本にやって来た。戦争という形で関係を取り結んだがゆえに、戦後には人の流れが生じた。ゆえに日本国の市民権取得にかんして、第二次大戦後には正式に出生地主義が認められるようになった。総人口六千万人強の中規模国にして、人種・民族的多様性が低くない水準にあるのは、そのせいだった。


絶え間ない戦争のなかで、いや「戦争を絶やさない」ことで国家運営せざるを得なかった日本の経済規模は、さして拡大してはいかなかった。戦時好景気と、戦後の大不況、そのあとの復興景気、そしてまた泥沼の不況に戻る……という連環のみを繰り返す。

第二次大戦後の日本の命運を決したのが、第三次列島戦争こと、蝦夷事変だった。大戦後の安定成長など、これでしょっぱなから断ち切られた。赤化した蝦夷地が突如独立を宣言、本州へと侵攻してきたところから、戦争は始まった。ソ連を後ろ立てとする蝦夷共和国軍は強力で、日本軍は米軍の支援を得るも苦戦、一時は首都東京が陥落寸前となる。核以外のほとんどすべての兵器が使用されたこの戦争は酸鼻をきわめ、連合将国のいたるところ、および蝦夷地を荒廃させた。

渡島《おしま》半島の北部にＤＭＺを置き、両国が休戦状態に入ってからも、つねに小競り合いは絶えなかった。また「南蝦夷解放」を旗印とするテロ攻撃が日本全国で頻発。都市部での爆発物を使用した無差別攻撃では、多く一般市民にも人的被害が生じた。

こうした状況が双方の政治的歩み寄りにより鎮静化したのは、一九九〇年代に入ってからだった。ここからが第三幕府制、世に言う将国時代となる。中将が治める三州、つまり奥羽越州、中四国州、九州と、征夷大将軍直轄の関州の計四州、そして南蝦夷自治区が連合して現在のUSGNを形成した。

加えて当代、第十九代将軍、徳川家宣《いえのり》の治世である二十一世紀に入って、改革・開放政策が推し進められるようになった。徳川幕府開闢以来四百年を超えて、新しい時代の幕開けとなったわけだ。これを第三のご新政と呼ぶ。民主主義とは名ばかりの軍事独裁国家だという、日本についてもはや定着しきった国際的評価をくつがえさんと、経済の一部自由化および大いなる発展が高らかに称揚された。二〇一〇年代の後半に足踏みが始まるまでは、名目GDPベースでは、ようやくマレーシアの背中が見えてきたところだった。

3

直接的な派兵以外でも、日本は戦争で外貨を稼いだ。そのひとつが、銃だった。日本には、世界に冠たる小火器メーカー、銃器製造会社がいくつもあった。

日本では元来、農業、漁業、林業など、第一次産業の従事者が圧倒的に多かった。また同時に、素朴な工芸もしくは家内制手工業に近いほどの軽工業も盛んだった。つまり江戸時代より連綿と続く、百姓の生業《なりわい》の延長線上のものが、東京時代になってもなお、産業構造の基層部分に分厚くあった。これらのうち企業化されたものに従事する労働者が、サラリーマンなる和製英語で呼ばれるようになる。「給料取り」を逐語訳しようとして失敗したものなのだが、平民層のこの部分が、そのまま新時代の百姓階級を成した。こうした背景ゆえなのか、日本では伝統的に重工業も自動車も家電も安造りの低品質で、先進諸国の模倣しかできなかった。

しかしただひとつ、銃だけは例外だった。日本製の銃器は、国際的に高い評価を獲得していた。無数の実戦使用からのフィードバック、つまり戦場の兵士からの厳しい要求が、業界全体を錬磨していくことに直結した。製造現場にすら求められた真剣勝負が、日本の銃を一級品にした。

AR系統カービンの決定的名品と呼ばれたM7を開発したサイカも、そんなメーカーのひとつだ。薩長土肥の乱の当時に起源を持つ同社は、アメリカにおけるコルト社に比して語られることが多い、総合銃器メーカーだ。実際に一九七〇年代より、コルト・ブランドの下請け生産も請け負い始めたのだが、それらの製品が世界各地で絶賛される。高精度かつ、緻密で丁寧な職人の手仕事が好まれて「ジャパニーズ・コルト」は名品の代名詞となる。以降、高級モデルや限定品などの製作工房として、サイカ社は大コルトの一翼を担っている。コルト・パイソンならば日本製が一番だとの声が国際的に定着してから長い。

拳銃から重機まで製造する、サイカと並ぶ大メーカーが羽間工業だ。社名および破魔の矢にもかけた「HAMMA（ハマ）」以外にもブランドは多く、「Minerva（ミネルヴァ）」もそのひとつだ。とくに後者の自動式拳銃P9は名銃の誉れ高く、ドイツの名門ザウエル&ゾーン社から請われてライセンス供与したものが、ヒット作のシグ・ザウエルP220となった。とくにP9最初期型のR1A2は、日本陸軍の一部精鋭連隊にのみ試験的に支給されたものだったために個体数が少なく、いまもマニアのあいだで人気が高い。

そのほか、芸術的なまでの完成度を誇る銃メーカーとして、不動明王の名を冠するフドウがある。狩猟用ライフルやショットガンが主力なれど、スナイパー・ライフルを中心に軍や警察からの信頼も厚い。

とはいえ、こうした躍進の裏には影の領域もあった。一流企業の発展を支え、しかしのちに見放された下請け業者の、中小から零細の町工場のなかには、国内や海外ブランド銃のコピー品密造をおこなうようになる集団もいた。こちらはこちらで、世界に冠たるコピー銃の闇市場として巨大化していった。

どんな銃だろうが、日本製のヤミ流通品があった。もちろん粗悪なものも無数にあった。しかしとにかく、安かった。だから国際機関から幾度非難されようとも、国内の司法機関がいかに摘発に励もうとも、ヤミ銃器の輸出の波は、一切止まる気配はなかった。高品質にして信頼性抜群の、日の丸メーカーの正規銃が日々輸出されていく、そのかたわらで。


これ以外の目立った産業としては、観光がある。総合リゾート、つまりカジノと管理売春を基軸とする公営の大型娯楽施設が、全国各地にあった。奥羽越州、中四国州、九州にひとつずつ、関州は関東と中部と関西にひとつずつ、あった。このうち関州の三つは、医療目的でのみ大麻関連薬物の摂取をおこなえる療養施設も併設していた。これらはアジアで初めて開設されたものだった。

総合リゾート以外にも、東京なら新吉原など、表向き当局非公認ながらも半ば公然と売春をおこなう地域、いわゆる岡場所が多くあった。歓楽街と一体化したこうした場所では、無許可大麻そのほかの薬物取り引きや違法賭博も盛んであり、警視庁防犯局の風俗管理部、第一から八まである風紀課を尖兵として、厳重な監視下に置かれていた。その方策の一環として、官憲主導で半官半民の組合各種が設立され、引退後の、あるいは現役の警察官が直接的に業界を管理した。つまり浄化するのではなく、違法業者を生かさず殺さずの、灰色の関係を長くそのままに継続させることで治安を維持した。

そしてこれらすべてが、あなどれない額の外貨を獲得し続けていた。飲む・打つ・買う、三拍子揃った、音に聞こえる東アジアの「悪場所」と言えば、日本各地にあるものをこそ指した。

これほどではないにせよ、日本産の漫画も国内外に固定ファンがいた。浮世絵の伝統ゆえ、一種独特の発展を遂げていたからだ。これは斜陽化していった国産映画の代替品でもあった。六〇年代初頭ぐらいまでは、娯楽映画の勢いはあったのだ。とくに剣戟《けんげき》を見せることを主としたアクション作品は、海外でも一定の人気を得ていた。殺陣の考案やスタントダブルなどで、退役軍人の格好の稼ぎ口ともなっていた。

しかし、たんに暴力や性への欲求の捌《は》け口として特化され過ぎたその内容が、良識ある人々の支持をしだいに失っていく。漫画ももちろん、同様の轍《てつ》を歩んでいく。ゆえにどれも二十一世紀以降は、国外はもちろん、国内においてさえ昔日《せきじつ》の面影はない。

剣戟についてては、かつてはTV放送においても人気があった。「時代劇ドラマ」が繰り返し製作され、放送されていた。第三のご新政以前は唯一の認可放送局だった日本放送公社、今日のJBCの四つのチャンネルが大河から小河まで、史実にのっとった風情の、しかし明らかなるフィクションを繰り返し製作しては、飽きずに放送し続けていた。

これをもって民族史的感受性を涵養《かんよう》すべし、との幕閣の大方針を受けてのものだったのだが、しかし徐々に衰退していく。決定的だったのが経済民営化の影響だ。新設された民営放送局群との競争に敗れ、そして外資系配信企業の進出に追い詰められ、番組製作本数もその内容品質も、凋落《ちょうらく》の一途を辿っていく。かつてのステーション・ネーム「NHK」が、じつは「日本秘密警察」の略ではないかと揶揄《やゆ》されるほどの強権的姿勢が顕著だった同局なれど、時代の大波には逆らえなかった。JBCへの改称後、あらゆる意味で刷新に継ぐ刷新を試みてはいるのだが、いまだ確たる成果は上がっていない。

4

一方で、東アジアの優等生として発展したのが、お隣の半島の上から下まで一帯に君臨する、韓国だった。正式名称を「大韓共和国」。十九世紀、諸外国からの干渉をしりぞけて、自力で市民革命を成功させた結果、全アジアでどこよりも早い近代化を達成した。

東学党の変、あるいは甲午《こうご》農民戦争と呼ばれる人民蜂起が一八九四年二月に勃発。干渉を続ける清国を、同十月、農民軍を主体とする韓清戦争にて撃破。これによって自主独立を確定させ、民主制を敷いた大韓共和国が誕生する。これが「東洋のフランス革命」と世界中で賞賛される。さらに一九〇四年から翌年にかけての韓露戦争にも勝利する。

この韓露戦争にイギリス、アメリカとともに義勇軍として出兵した日本は、しかし、苦い思いのもとで韓国の勝利を見届けることになる。日本軍の行動が、領土的野心からの干渉であるとして、韓国知識層および同国軍の一部から強い反発を受けたからだ。こうした声に、逆に日本国内の世論は沸騰、日比谷での暴動および焼打事件にまで発展した。なぜならばこの戦役も日本軍の戦争らしく、兵の損耗率がきわめて高いものだったからだ。恩知らずめ、と憤《いきどお》る声が大きかった。

ゆえにアメリカが調停役となるまで、韓国に対する日本大衆の敵対感情は危険な水準へと達していた。このとき以来のわだかまり、「隣の優等生」への、劣等感まじりの屈折を抱き続ける日本の保守層は、その後も少なくはない。なぜならば実際「領土的野心はあった」からだ。薩長以外の連中のなかにも、いつまでも恋々と。

もっとも、重工業も自動車も家電もコンピュータも、学術も芸術もエンターテインメントの本流も、国内にないもの、育てきれなかったもののすべてを韓国からの輸入に頼っている国が日本であることは、あまりにも長いあいだ当たり前に続いてきたので、ほとんどの市民はもう、意識すらしていない。空気のように、韓国の製品や文化に毎日親しんでいる。東アジア随一の経済大国である、韓国のすぐれた輸出品の数々に。

そして「矛」の日本がアメリカと組んで世界各地に出張っているあいだ、まさに自陣にて、拡張する共産主義の防波堤となっていたのも、韓国だった。蝦夷事変以降の共産勢力の跳梁跋扈《ばっこ》が、東アジアにおいてはそれ以上大きな紛争にまで至らなかったのは、ひとえに大韓共和国が睨みをきかせていたお陰だった。韓国こそが「盾」だった。

五〇年代に端を発した、いわゆる共産中国、中華人民連邦と自由主義圏の中華民国とのあいだの紛争は、休止期間を経ては幾度も再燃を繰り返し、極東地域の安定を脅かしていた。しかし一方でこれは「必要な措置」でもあった。大きくは冷戦、小さくは時折の「適度な規模の熱い戦争」にて、赤化のドミノ倒しの勢いを削いでいくのが、アメリカが率いる自由主義陣営の大戦略だったからだ。そして両中国の抗争を陰に日向《ひなた》に操作していく際に小さくない役割を果たしたのが、米国の事実上の保護国である満洲国だった。満洲国、中華民国、韓国が手に手を取り合って民族共和を合言葉に連帯し、自由世界を守り、共産中国のみならず、「ふたつのロシア」の赤い側、つまりソヴィエト沿海州連邦とも対峙した。こうして冷戦は継続されていった。

韓国に追いつけ追い越せを合言葉に、二十一世紀の日本では、経済発展が称揚された。江戸城の周辺も限定付きで「開放」された。これ以前は、閣僚や政府職員、諸外国の公館職員、国会議員および国営・公営企業の関係者以外の者には、「外濠の内側」は原則立ち入り禁止だった。つまり貴族や士族、平民の一部以外の者には容易に立ち入れない聖域だった。

とはいえ一九七〇年代以降は、なにか特別な事情がある場合には、自治体の役所に越濠許可証を申請することはできた。が、この審査に平均で二週間以上かかることには、根強い批判があった。また審査そのものも、通過率が四〇％そこそこしかなかった。

この審査基準をゆるめること、あるいは、越濠パスを恒久的に保持する者の紹介状があれば許可証と同等とみなすこと――などの改革が、〇一年におこなわれた。これによって、加速度的に外濠内部の経済活動が活性化されていった。域内の地下鉄駅を特別列車以外に開放できる可能性も、年々高まっている。

5

第二幕府制、つまり戊辰の乱以降の東京時代の当初より、軍人以外でただひとつ、つねに帯刀を義務づけられている職業があった。それが警察官だった。

もっとも帯刀の権利自体は、士族の全員が有していた。地元警察署に届け出さえすれば、帯刀許可証を得られた。当初は男子への許可のみだったのだが、一九二〇年代の婦人運動のなかで高まった「士族であれば、女子にも同様の権利を認めよ」との声を受けて関連法規が調整され、これ以降は女子も脇差より大きな刀を常時帯刀できるようになった。

銃器もほぼ同様で、士族であれば、所持および許可を得ての携帯が許された。そして銃も刀も、堂々と他者に見えるようにして持ち歩くこと、つまり「オープン・キャリー」が公的に推奨されていた。第一幕府制期までは当たり前にあった権利、いわゆる「切捨御免」として知られる一種の殺人権、個別的治安維持権を、士族のみは変わらず有し続けているのだ――と声高に主張する保守層は、平時であっても少なくはなかったからだ。

とはいえ、好んで帯刀する者は減少の一途を辿った。第二幕府制以降、あらゆる面で近代化が進められ、洋装が一般化していったことも大きい。これは日米同盟締結後急速に変化した、日本軍の新兵装がそのまま影響した。同時にこのとき、長きにわたって日本男子の頭上にあった「ちょんまげ」が、その姿をほとんど消した。太平の長き眠りから、戦闘者としてのさむらいが目覚めた途端、髷《まげ》がその歴史的役割の大半を終えることになった。

これは共同作戦をとる米軍から、日本軍のとくに陸軍兵に対して、共通性の高い西洋式軍服・戦闘服姿であることが強く求められたためだった。戦場での視認性向上を主眼に、兵卒には常時着帽が求められた。それも米軍の兵装同様のカウボーイ・ハット調のものが推奨され、実際に大量に支給もされた。この軍帽を着用する際には、髷を落としていたほうが収まりがよかった。とはいえこれに難を示す兵も少なくなかったため、幕府は一計を案じ、「髷よりも近代化が重要」なる趣旨の一大キャンペーンを広く展開。「ざんぎり頭を叩いてみせて、文明開化の音を鳴らそう」の一行で有名な都々逸《どどいつ》の流行などが代表例で、幕府の意を受けた草の者が仕掛けた官製ブームだったのだが、これが意外なほど大きな効果を発揮した。兵以外の一般市民層まで、我も我もと髷を落としては洋装を試みる者が増えていく端緒にもなった。

一方、士官以上の階級の軍人は兵装共通化の必要性が低かったため、髷を残したまま、近代式陣笠や韮山笠《にらやまがさ》、とんきょ帽姿にて洋式軍装を着用していた。このため髷は高い社会的地位の証明という意味が強調されることにもなり、その後の日本における将官、警察官僚の最上級、裁判官や幕閣高官などは、礼装時においては古来より変わらずの「髷姿」となる伝統として今日まで生き続けている。

洋装化がほぼ完成の域に達し、庶民が髷を結わぬことも一般化した現代においてもなお、正月などの祝い事は、和装にて参加すべき伝統行事として広く認識されていた。こうした場合は、当然に帯刀されることが多かったのだが、近年は刃引きをおこなった脇差か、これを模した、より小さな儀礼用のバトンが人気だ。

だからいつのころからか、本身《ほんみ》の刀を常時帯刀している者は、その義務を有する軍人か警察官だけとなり、これがひとつの権威の象徴ともなっていた。また逆に、軍人か警察官になりさえすれば、士族ではなく平民の出自であっても、例外的に勤務時のみは帯刀と銃器携帯を許可された。両方の人員徴募の際には、この特権も大きく喧伝され、一定の効果を発揮した。蝦夷事変ののち、一時的に徴兵制度が敷かれた時期を除けば。

要するに「さむらい」とは、日の本の文化の内部で生きる者の、理想像の最たる姿だった。刀を振るう者、必要なときに振るえる気概と胆力をそなえた者への憧憬の念は国内に広く浸透し、その結果、現実存在としての士族から「さむらい」の語を遊離させた。ゆえに尊称の言葉としての「さむらい」は決して士族の独占物ではなく、平民でも貴族でも移民でも、男でも女でも、ひとたび白刃を手に勇気を持って立った者はすべて、その先に長く続くさむらいの道へと足を踏み入れたとして、相応の敬意をもって遇された。それが犯罪者だったとしても、刀を抜いている者ならば、適切なる作法のもとで制圧されることが多かった。多数にて一方的に射殺するのではなく、抜刀した刑事や刺股《さすまた》を構えた邏卒など、ほぼ同等の戦力にて、あたかも「仕合い」めいた対決により無力化することが推奨されていた。ひとつ固有の哲学的価値が反映された精神の状態にある人物を「さむらい」と呼ぶのだと、日本の人々は理解していた。

軍人と違い、古式ゆかしい打刀や太刀を好む者が多かったのが、警察官だ。とくに私服警官にその傾向が強く、洋装の腰もとに剣吊りベルトを装着した上で、そこに刀を佩《は》いた。職務上、威圧効果が最重要視されたからだ。

とはいえ、たとえば張り込みなど、私服警官らしく正体を明かさぬ形で職務遂行しようとする場合は、もちろん佩刀などできない。また邏卒など制服警官も、制服自体が警察権力の象徴なのだから、その上に重ねて刀を帯びても、威圧の意味がとくに増すわけではない。拳銃もオープン・キャリーしているのだから。

かくして、警棒などを刀の代用として腰に吊る風潮が邏卒より発生。これが私服警官にまで、ある程度広まった。九〇年代に入ったころ、スティール製の伸縮警棒が一般化して、この傾向はより顕著となる。

一方、銃器や刀剣類を用いた粗暴犯は、伝統的に日本においては多発の傾向があり、とくに近年は、長引く不況のもとで増加の一途を辿っていた。そうした犯罪に対処するため、あえて大きな刀を「いつでも使える」状態にしている警察官も少なくなかった。暴徒鎮圧部隊内の抜刀隊はもちろん、機動的に犯罪現場に駆けつける騎兵捜査隊もそれに該当した。

章の三：ゴラック・インはバラの香りのなかに

～十四郎は食欲がない。そして山道で知恵比べ～

1

言われてみれば、似ていなくもない。ヒラメよりはナマズのほうがカエルに似ている、という程度には。

桑名の目の前には、車椅子に腰掛けたひとりの老人がいた。似ているというよりも、自ら扮装して、積極的に似せているのだ。掛け軸なんかによくある、あの有名な、東照大権現《とうしょうだいごんげん》の肖像画に。つまり江戸幕府、今日の東京幕府の開祖である、徳川家康公の姿に。

老人は担当の介護師に車椅子を押されながら、桑名とともに中庭まで移動していくのだが、そのほんの数分のあいだにも、周囲の者が彼を放っておかない。すれ違うあらゆる人が、声をかけてくる。

「ああら大権現さん、ご機嫌いかが？」「神君さん、こんにちは」――この老人ホーム「岩倉楽々《らくらく》郷《ごう》」の入居者や、職員たちから、笑顔とともに、次から次へと挨拶される。そのたびに彼は、思わせぶりに深くうなずいたり、軽く手を挙げたりして、鷹揚《おうよう》にこれらに応えるのだった。

しかしこの人物が、本物の家康公であるわけはない。いくらここが地の果て、青梅だとはいえ、生きている彼の肉体が地上に残っているはずはない。そもそもがあの肖像画に比べて、痩せ過ぎている。なにもかもが貧相にしなびている。

老人は、黒の束帯《そくたい》――のようなものを、身につけている。しかし頭上のひん曲がった冠から、ピンクのブランケットに覆われた膝下まで、装束は全部、ありあわせの布っ切れでこしらえた、色が褪せた、安造りのまがいものにしか見えない。それぐらいのことは、まるでひどい二日酔いみたいな状態の桑名にもわかる。一滴も飲んでいないのに、こんなになっている彼にも。


将軍はもとより、幕閣の重鎮たちの束帯姿を、桑名は直接見たことがない。江戸城内でなにか重要な儀式があるときは、全員揃ってこんな装束となって執り行われるのだ、という話だけは、小学校のときに教師から教えられたような気がするのだが。

桑名のような下級士族の下級同心は、御目見《おめみえ》以下のさらに下だった。つまり江戸城内に足を踏み入れることなど、普通一生あり得ない階級ということだ。だから彼が将軍の動いている姿を見ることができるのは、平民と同様の機会のみにかぎられていた。毎年の新年祝賀の際、TVで放送される映像などがそれにあたる。本物の将軍の本物の束帯姿も、そんなときにちらりと見たような記憶があるだけだった。

といった程度の桑名の目から見ても、この「大権現さん」の出来は悪かった。先代の十八代将軍、家頼《いえより》公の異母弟でありながら認知されなかったがゆえに流浪の日々、いまや老いさらばえて、このようなところにおるのだ——と自ら称する、「徳川英忠《ひでただ》」と名乗るこの老人の。

我こそは将軍家の落胤《らくいん》なり、と声高に主張する人物は、定期的に世にあらわれてくる。大衆向けタブロイド紙あたりが面白がって記事にして、官憲から厳重注意を受けることが、一九三〇年代あたりまではよくあったという。

その後この種の話題が減ったのは、メディア側の腰が引けたせいではない。「落とし胤《だね》」だと世に名乗り出てくる者があまりに多く、本当に掃いて捨てるほどいるので、いつの間にやら、だれも注意を払わなくなったからだ。そしてそのことごとくは詐欺師か、精神に変調を来《きた》した者でしかなかった。

そもそもが二〇世紀以降の徳川宗家は、江戸時代のとき以上に血統主義に縛られてはいなかった。御三家、御三卿も同様で、ともに養子縁組も積極的におこないながら、お家のさらなる発展を図ろうとしていた。つまり「徳川」の姓を持つ者でなければ将軍にはなれないのだが、だからといって遺伝子的に「徳川の血を引いている」ことやその濃淡が、お世継ぎ決定の際に最重要視されるわけではなかった。まずは人品骨柄《じんぴんこつがら》、将軍たるに相応《ふさわ》しいだけの人物であること——これが選考の出発点になるという大方針は、第二幕府制開始と同時に側室制度が消滅して以降、幕閣において確固たるものとなっていた。こうした点もまた「ご落胤」騒動への大衆の興味を徐々に減じさせていく一因となった、と言われている。

ゆえにこの老人、「徳川英忠」と名乗る彼は、いつのころからか、ひとりひっそりと、この場で「ご落胤ごっこ」を続けていたというわけだ。広い世間やマスコミからは、一切注目を集めることもなく。ただしここでだけは、ちょっとした名物男となって。

この老人ホームに満ち満ちている、一種のこうした、時空がねじれたような違和感が桑名に影響していた。まるで異界に通じているかのような「世の果て」ぶりが、体調を悪化させていた。ああ早く家に帰りたいなあ、と、彼は心の底から思う。ずっと同じシーツを敷いたままの、ひんやりと湿った、万年床のベッドが恋しかった。

ホセのせいで、桑名はここにいた。彼は個人的な捜査を始めていた。だれに命令されたわけでもなく、だれに報告する義務もない。だがしかし、彼自身がまず、あの半蔵門の一件の真相を知りたかったからだ。納得できなかったのだ、「組織側の説明」には。警視庁が彼に与えようとしたストーリーには。

事件のあと、桑名の刀も銃も、そのほかの警察官としての装備同様、ふたたび取り上げられていた。唯一、Kフォンだけは手元に残された。事件の後片付けが完全に終了するまでは、また呼び出して聴取する可能性があるから、という名目だが、これが桑名の行動を逐一監視しておくための措置にほかならないことは、火を見るよりも明らかだった。彼をGPS網のドットのひとつに据え置くことで、一切の秘密行動をさせぬための。

だからこの日の桑名は、Kフォンを自分の部屋に置いてきていた。私用のスマートフォンだけを手に、ここまでやって来た。

しかし警察手帳もないので、刑事と名乗るわけにもいかない。ゆえに桑名は歴史ファンのふりをして、老人に接触を試みていた。彼の落とし胤話を信じている者を装ったのだ。そんな訪問者もたまにはいたから、施設側も老人も、快く桑名を受け入れてくれた。

そんなせいもあったのか、老人の機嫌もよく、明け方からずっと降っていた雨もいまは小休止の様子なので、じゃあ中庭で話そうということになった。小さなバラ園のあいだを縫う小径《こみち》の脇にある白屋根の東屋《あずまや》に車椅子を停めると、老人は桑名にベンチを勧めたあと、あらためての挨拶もそこそこに、介護師に指示をする。手招きして、いつものあれを、と言う。

がっちりした体格の、髪の短い日本人の女性が英忠老人に付き添っていた。はいはい、わかってますよお、言わなくても、と答えた彼女は、仕事着のポケットから小ぶりなハサミを取り出して、老人に手渡す。うむ、と小さくうなずいた彼は、そのハサミで、平べったく長く伸びていた灰色の顎髭の先端を、横一線に無造作にじょきじょきと切り落とす。

その毛束を手に、桑名に言う。

「これをやろう。出会いの記念に、わしのＤＮＡ。これはなあ、ありがたいものなんぞよ？　あの東照大権現様の遺伝子、入っとるんだから。ちゃんと入っとる。持っとれば、運気が上がるんよ。貴種の血なんじゃから」

爪が浮き上がるほど痩せた黄色い指先で毛束をつまんで、ほれ、と老人は桑名に突き出してくる。手を出して受け取るよりも先に、桑名は、強い目眩《めまい》を感じる。激しい疲れだけが理由じゃない。英忠老人のこの行動に、彼はショックを受けていた。

老人はいつも初対面の相手にこれをやるのだと、介護師の女性が桑名に教えてくれる。つまり、ホセに対してもやったのだ。

どうやらホセは、この老人に会っていたらしいのだ。足繁くここに通っていた時期もあったという。

だから桑名は、今日初めて、この岩倉楽々郷までやって来た。公営鉄道とバスを乗り継いだ。どうせ停職中ですることもない身だ、時間などいくらでもあると高をくくっていたのだが、交通機関のあまりの接続の悪さに、到着したときにはすでに疲労して、へこたれていた。さらに彼をへこたれさせたのが、英忠老人のこの行動だった。

桑名は情報の糸という糸をかき集め、探り続けていた。しかし少なくともこの糸の先にはなにもなかった、ということだ。乾き切った木の繊維質だけみたいな毛束を手の平の中央に載せられながら、桑名はそのことを実感する。まだ咲きやらない英国種の秋バラの、ほのかなる甘い香り漂う東屋のなかで。

2

桑名が個人的な捜査をおこなう決意を固めたのは、青梅の岩倉楽々郷にて疲れ切る、ちょうど十五日前だった。嗅ぎまわり、ほっつき歩く、野に放たれっぱなしの自由な猟犬のごとき日々が、そこから始まった。かつての第一騎捜時代のような内なる規範が、行動指針が、何年かぶりに桑名のなかに蘇ってきていた。出発点となったのは、半蔵門事件から三日後のやりとりだった。

その日の桑名は、ずいぶんひさしぶりに八丁堀の本庁に呼び出されていた。事件の二日後に報告書を提出した彼は、翌日、担当官と面談させられたのだ。内務監査部の専門職、査察官の男だった。桑名がこれまでに取り調べを受けた幾人かの査察官のなかで、最も仕事ができそうな奴だ。つまり組織の一員として、たった一個で大昔の真空管アンプの性能を飛躍的に向上させる部品みたいな、そんな機能を自らに課しているかのごとき、非人間的な、ミスター・ロボットだった。

そのロボットが桑名に伝えた、組織としての公式見解による、事件の概要は以下のとおり：まず、人質となっていた女性DJ、安西ゆかりは無事だった。怪我ひとつなかった。桑名の電話を切った直後の発砲は脅しで、ターンテーブルを撃った。ホセについては、桑名の想像どおりの経緯で死んだ。混乱のなか、ホセを制止しようとした警察官に撃たれての即死だった。ひとりの警官の緊急避難的な行動だったそうだ。ホセが突如抵抗し始めて、周囲に危険が迫ったので仕方なく撃った。威嚇でもなく、足などを狙ったわけでもない、ダブルタップで、至近距離で、急所を狙った、そんな射撃で。

そしてこの射手、撃った警官の氏名も所属も、桑名には「教えることはできません」とロボットは機械的に述べた。

ホセは三十一歳だった。スタジオ内でホトケになっていた、もうひとりの籠城犯はウィリー・チェン、四十五歳。麻薬密売で前科二犯の札付きだったという。このふたりは安アパートメントに同居して、クスリを吸ったり、売ったりしていた。警察部隊が同所を急襲したところ、チェンだけが室内にいたが逃亡、ホセと連絡を取り合って地下に潜伏。そこを追い詰めていった、とのこと。

なぜ麻薬取締課ではなく、幕調あつかいの事件となったのか、との桑名の質問にも、もちろん答えは与えられなかった。じゃあ俺今度、麻薬課の知り合いに聞いてみようかなあ、ホセを内偵してたときの詳細とか――などと桑名が水を向けてみたところ、

「それはあなたが自由に決めることです」

と担当官は、早口でやはりロボットのように答えたあと、本当に、まるで振り付けみたいにメガネ

のつるに右手をやると、くいっとそれを持ち上げた。

それから停職前の桑名の直属上官である第四風紀課の課長、時実登志江《ときざねとしえ》同心長があらわれた。彼女は情のあるひとことふたことを述べたあと、この先最低二ヶ月は続く謹慎期間の過ごしかたの諸注意をレクチャーしてくれる。もちろんその内容すべてを、桑名はすでによく知っている。

いまの桑名は、彼女の「情」のお陰でなんとか食いつないでいた。停職中の彼が困窮きわまらないようにと、単身組合に掛け合って、死なない程度の貸付給付金をもぎとってくれたのが、時実だった。そんな彼女は、うら若き入庁当時でさえ、すでに岡場所の女たちから「おっかさん」呼ばわりされて、慕われていたのだという。そこから結婚もせずに仕事一筋、現在はまもなく定年という年齢ながら、その精力に衰えるところはない。邏卒《らそつ》から叩き上げ、のちに内勤に転じ、警務部にて事務畑に長くいたあと、課長見習いとして第四風紀課に戻ってからのちは、ほとんどここの「主《ぬし》」と化している。

四角い骨格に、四角い顔。短い髪をぺったり油で撫でつけて、ガマロのように左右に大きく広がった唇にだけはいつも真っ赤な紅《べに》を引いている。その口が、むずむずしたあと、ついに我慢できなくなった様子で桑名をなじる。「おっかさん」時実、情は厚いのだが、そのぶん言葉もきつくなる。

「まったくもう！　あんたってねえ、ほんと……なーんでこう、一向きちんとできないのかなあ？　査察官との面談の日にはねえ、普通、髭ぐらい剃って来るもんでしょう！　そういうところ、人は最初に見るんですよ？　子供じゃないんだからさあ。いっつまでも、いつも、だらだらと。けじめがないのよ。けじめが！」

などと、百年一日のごとく早口で叱られる。

「だいたいねえ、責任から逃げ過ぎなのよ」

時実は手元の湯呑みに入った番茶をぐいっと一息に飲み干すと、空の器を、音を立ててデスクの上に戻す。警視庁の公式マスコット・キャラクターである「ゴョーくん」のイラストがプリントされた湯呑みだ。「御用」にかけた五葉のクローヴァーという触れ込みだったのだが、葉っぱのそれぞれに一つ目が配されたグロテスクさなどから、遺伝子が暴走増殖中のミュータントに違いないとネットで話題になった。そんな絵が付いた器が、ちょうど桑名の目の前の位置に。だから彼はなんとなく、右脇にあった魔法瓶を取り上げて、お代わりを注いでしまう。自分は飲んでもいないのに。

「ああ、悪いね。それでね、いーい？　あんたの口癖って、こうじゃない。『それ、俺がやんなきゃいけないことっすか？』とかね」

「えっ俺、そんな口調で課長には一度も――」

「いいんだよ、そこは！　あんた無言でもね、いっつもそう言ってんだから。わかんのよあたしは。でもねえ、『やらなきゃいけない』ことだけやってて、それで俸給ごっそさんってのが警察の仕事だと思ってんだったら、こりゃあもう大間違いってのよ！」

「はあ」

「義務以外から逃げててね、それで公僕なんて、やれっこない。ないない！　だからあんたも、もういい加減に、もうちょっとぐらいは大人になって――」

そんなふうに叱られながらも、しかし桑名は別のことを考えていた。まるで出来が悪い小学生が、授業中に空想にふけっているかのように。

このときの桑名は、つい三日前までの彼ではなかった。停職中の自堕落な生活は終わっていた。ただ考えるのに忙しくて、髭は剃っていなかったのだが。

ホセの事件について、桑名は考え続けていた。後悔も続いていた。

もし俺が、あそこでもうすこし、うまくやっていたならば――ホセは死ななかったんじゃないか。なぜクルマに戻ってしまったのか。あいつに付いていてやれば、撃たれなかったかもしれない。いや俺がスタジオに入ってって、人質の代わりになっていれば。そこで落ち着いて、膝突き合わせて、あいつの話さえ聞いてやることができていたなら――。

そんなあれやこれや、「起こらなかった」ことについてばかり考え続けていた。しかしいつも最後には、たったのひとつの答えが、桑名の脳裏に浮き上がってくるのだった。

「俺のせいで、ホセは死んだ」

彼が救ったつもりだったホセは、じつはそのとき、銃口の前に立たされたにも等しかったのだ。失態というよりも、まるで処刑人の手伝いをしたみたいじゃないか。なによりもまず、桑名はその事実が許せなかった。彼は自分自身が許せなかった。

ゆえにこの日の彼には、ひそかに心中期するところがあった。当初組織側から彼に与えられた事件の概要や、ホセが死に至った経緯などは、どこもかしこも、信用できないことばかりだった。しかし直接聞いてみれば、ほんのすこしぐらいは、わかることがあるのではないか、と考えてもいたのだ。お互い警官どうし、さすがにこれ以上、嘘に嘘を重ねられることはないのでは、といったような、淡い期待が。

しかしその期待は、裏切られた。査察官から今日与えられた情報のことごとくが、相変わらず桑名には納得できないものだった。組織はまた彼に嘘をついた。

もちろん時実からも、なにも情報は得られなかった。というか、聞いてみただけ無駄だった。

「そんなの知ってるわけないじゃないのよお、このあたしが！」

と頭ごなしに怒られてしまって、話はすぐ終わった。


桑名の前には、ただ謎だけがあった。

ホセが幕調に追い立てられた真の理由も、拘束後にあの場で「射殺されなければならなかった」理由も、わからなかった。これですよ、と桑名の目の前に差し出された「答えらしき」もの、そのどれもが矛盾に満ちていると、彼の直感が警報を発していた。

ホセを消したかった理由が、裏にある。警視庁という組織には。いやおそらくは、幕調の奴らのなかには。だからそんな奴らの集団のどこか一点をついて、正面からまともに質問してみたところで、答えなど得られるわけはなかったのだ。最初から。

ここに至ってついに、桑名はそう確信した。ゆえに自らの手と足を動かして、市中に埋もれている真相へとたどり着かねばならない。「自分自身でやるしかない」のだ、と。彼のなかに、どうあっても真相を知りたい、との渇望が生じていた。

知ったあと、どうするのか。自分になにができるのか。それは、まったくわからない。ただ灼けつくような衝動だけが湧き上がっていた。時実課長の、よく動く大きな口を眺めているあいだに、彼の内なる熱は、ひとつの明確な方向へと収斂《しゅうれん》していった。

だから桑名は、本庁中央棟の正面、ゴシック建築調の大仰なエントランス前の石段を、三つ飛ばしで駆け下りながらすでに、私用の携帯で伊庭に電話をかけ始めていた。個人的なこの捜査への、協力を依頼するために。

「まだそんなこと言ってんの、お前?」というのが、伊庭の開口一番だった。そして自らの言を解説する。「『まだ』ってのは、このヤマのことだけじゃなくってさ」

「わかるよ。言ってることは。『シローよう、お前はいつだってこうだ。こだわりごとがあると、とにかくもう、しつこいやら、くどいやら』って」

「そう! そうそう!」

「前からお前によく言われてた、あの病気かな。それがいま、また出てる」

「そうそうそう! ま、わかってんならよ。一歩前進ってとこ、あんのかなあ……」

「かなあ?」

「……しょうがねえなあ。おいそこ、右だ右! ちゃんと見とけよもう!」

移動中の警察車両の助手席にでもいるのか、伊庭が部下をどやしつける。

「ちょっといま、取り込み中だからさ。あとで俺からかけ直すわ。この番号でいいんだよな?」

「悪いな。今度おごるよ」

「いいねえ、そうこなくっちゃ!」

と伊庭が応じて、それから彼は戯《ざ》れ歌を口ずさみつつ電話を切る。桑名ーのお酒ーは、おいしーいお酒ぇ――とかいった伊庭の歌声が、桑名の耳にまだ残っているころだった。駐車場の隅にいた彼の前に、ご一行があらわれた。

加賀爪忠直、イチホは内務監査部の部長様と、取り巻き連中だ。ちょうど外回りから帰ってきたところだったのだろう、従者のように付き従う二名を連れて、肩で風を切って、エントランスへと向かってくる。遠目に桑名を視認した加賀爪の両眼が、なにか面白いものでも発見したかのような、ぎらりとした光を放つ。

加賀爪が歩くと、周囲の者はさっと身を引き道を開ける。邏卒だけじゃない。同心だって同じようにする。彼の階級が高いからそうするだけじゃない。なにしろこの男、加賀爪は、目付の大物なのだから。いま駐車場に向かおうとしていた本庁の職員ですら、反射的に身を引いている。桑名の後方にいる門衛のふたりも、より一層居住まいを正して、直立不動で凝固し始めている最中に違いない。

そんな男が、桑名のすぐ目の前にいた。聡明そうな広い額の上には、ボルサリーノ帽が小粋にあみだに乗せられている。白くつやのいい面長《おもなが》の顔の中心にある、小ぶりなかぎ鼻を別にすれば、まるで博多人形みたいな貴公子様だ。あるいは、蛇のような目つきに気がつかなければ――。

英国風なのか、日本橋産の尾素歩《びすぽ》ことビスポーク、仕立てのいいピンストライプのダークスーツを、加賀爪はさらりと着こなしている。さっきまでトレンチ・コートを羽織っていたんだろう。連れの者というか、従者にそれを持たせていた。いつもの赤鞘の大きな太刀が左の腰にある。

「くわなぁ」

と、第一の従者が馴れ馴れしく呼ばわった。加賀爪の右後方にいる、キツネのようなつらをした痩せぎすの男が金林《かなばやし》で、コートを持たされている。そして、

「その手はくわなの、なんとかだよなあ」

などと、下卑《げび》た笑いを浮かべつつ合いの手を打つ、餅にネズミの絵を描いて踏んづけたような顔の、

猫背で小太りの小男が加賀爪の左後方にいた。こっちが村末《むらすえ》で、第二の従者だ。加賀爪の真似をしたような、朱塗り鞘の長めの打刀がこれら二名の腰にある。どちらも内務監査部の捜査官で一等同心なのだが、ほとんど従僕のように、加賀爪のいるところ、どこにでも付き従っていた。一度など桑名が嫌みのつもりで、

「お前らって飛車角みたいだよなあ」

と言ったことがある。すると、おおよ、おおさ、と嬉しそうに意気揚がってやがったことを、桑名はよく憶えている。前回の、つまり一度目の停職を告げられたころ、六年ほど前の話だ。

そう。桑名の停職や降格には、すべて加賀爪が関与していた。八年前に第一騎捜から飛ばされた——異動させられた——のも、確証はないのだが、きっとこの男のせいだったのだろう、と桑名は目星をつけていた。

いつ目をつけられたのか。根本的な理由は、なんなのか。そこのところは一切わからない。しかし加賀爪がいつも執拗に、桑名の行状を追い続けていることは間違いなかった。警視庁内に幾人かいる要注意人物のひとりとして。あるいはもしかしたら、筆頭として——箸の上げ下ろしから頭の中身まで、加賀爪とその手下どもは彼を常時監視しては管理下に置こうとしているように、桑名には思えていた。

「貴様——」

加賀爪は、桑名の名前など呼ばない。彼の眼前に立ち、口の端からただそう吐き捨てる。あるいは、冷笑したときに吐いた息が、そう聞こえるような音を立てる。

「現場ではろくに果たし合いもせず、いかにも独断で好き勝手に行動しておったようだが。それで担

当官には、存分に釈明できたのか？」

なるほど、さっきの査察官からすでにこいつに報告が上がっているのか、と桑名は理解する。つまり当たり前ながら、あのロボットが口にした嘘っぱちは、あらかじめ与えられていた、加賀爪印の認証マーク付きのものだったということになる。

いやまあ普通に、いつものごとく、どうにか、こうにか——そんなふうに桑名がぞんざいに答えると、二匹の忠犬、金林と村末が、我先にと反応する。なんだお前、上官にその口のききかたは、と吠えるのだが、俺はいま停職中なんだよ、と理由にもならないことを桑名は口走る。

「桑公よお、お前、据物斬りがお得意じゃねえか」

からかうように村末が言うと、金林があとを受ける。

「おお、おお。サッカーのフリーキックみたいにな。だから動くもんの相手は、苦手なんだろうぜ。それで銃で誤魔化しやがったに違いない」

そして手真似で居合術を模しては、なにが面白いのかふたりで嘲笑する。

外野を無視して、桑名は加賀爪に言う。

「それよりも、あれだ。どうにも納得できないんですよ、俺は。本庁側から説明された『事件の経緯』ってやつが」

ここで桑名は、冷笑よりもあからさまな、加賀爪の笑いらしきものを初めて目の当《ま》たりにする。思わずこぼれ出した、どうやら苦笑のようだ。表情の印象そのままに、いかにもおかしそうに彼が言う。

「納得できなければ、じゃあ、どうするというのだ？」

「えっ？」

「なにができる？　服務規定を満足に守ることすらできない問題警官の、札付きの、たったひとりの、貴様ごときに」

階級に縛られた警察や軍隊稼業を長く務める利点のひとつは、なろうと思えば、抑圧や屈辱に鈍感になれることだ。あるいは日本人という、かつては身分に、いまは階級にがんじがらめになっている民族の「普通」に甘んじる、という態度の利点も同様に。

だから桑名は、あえてここでは口にしなかった。俺にだって、仲間はいるんだ——という、ひとことを。そしてこのささやかな我慢が、逆に彼の心の奥底に、強固なる決意の足場となって結晶化するかのごとき効果を生んだ。やってやろうじゃねえか、という。

しかし彼は、そんな意志についてはおくびにも出さず、ひとまずは曖昧な微笑を浮かべながら、こう言っておいた。

「さあて、どうなることやら。一寸の虫にもなんとやら、てなことが、あるかもしれない」

加賀爪はもちろん、これを鼻で笑い飛ばした。そして金林と村末が、尻馬に乗ってにぎやかに囃《はや》し立てては、もはや聞き飽きた文言で桑名を慢侮《まんぶ》した。

3

それから三日後、桑名は両国スタジアムを訪れた。フルコンタクト相撲の聖地だと、ファンなら迷わず断言する場所だ。ホセを撃った男に、会いにきた。

その男、苦流土《ぼるど》バートルゆうじ。第十機動隊に所属の邏卒にして入庁二年目の二十五歳だと、資料には記されていた。警視庁フルコンタクト相撲チームの選手なのだという。桑名の求めに応じてくれた伊庭が、第一騎捜の小隊長という立場を利用して、事件の報告書の該当部分を調べてくれた。その上で、いま桑名が携帯電話上で――もちろん私用のスマートフォンで――見ている、この資料ファイルを引っ張ってくれた。本来は部外秘、つまり桑名が見てはいけないものを。

巨大な両国スタジアムの地下に設置された、全部で十二室もある練習場のひとつに、桑名はいた。ここだけで、土俵を模したリングが四面ある。周囲には、ウェイト・トレーニング用の器具やら、サンドバッグ、パンチング・ボール、おそろしい太さの巻藁《まきわら》やら、そのほかのものが、壁際に雑然と列を成していた。滑り止め用チョークの炭酸マグネシウム、ロジンの松ヤニ、ゴムと革、それぞれの匂いが、多種多様な男の汗の臭気と混じり合った上で、すえた空気の澱《よど》みと化して部屋じゅうに滞留していた。うなり続ける換気システムは、音ほどの効果は発揮していない。

室内には、いろんな尻があった。すべて男の、いろいろな色の、裸の尻だ。人種・民族構成が、まず多様なのだ。そこに個性が加わっているから、色だけじゃなく、形も大きさもヴァラエティに富んだ男の尻が、下帯に締め上げられたのちに、そこらじゅうにあった。もっとも、裸なのは尻のみならず、肉体のそのほかの部分も同様で、これら全部が、ぱしーんと大きく鋭い破裂音とともに、あっちこっちでぶつかりあっていた。

これがフルコンタクト相撲というものか、と桑名は感じ入っていた。あんなのに正面衝突されたら、たまったもんじゃないな、と。

TVでスポーツ中継を観る習慣がない彼には、相撲との接点は、これまでの人生においてほとんどなかった。少年時代に、友人どうし遊びで真似事をやってみた程度しか、なかった。ましてや、いま眼前にて展開されているフルコンタクト相撲についての知識は、まったくと言っていいほど、なかった。

隅田川の東岸、両国橋からほど近い位置にあるこのスタジアムは、およそ十年前に竣工した新しいものだ。都内のスポーツ施設として屈指の規模であることから、オフシーズンには野球やサッカー、音楽コンサートなどに貸し出されることもあるのだが、そうした場合には悪い評判しかない。使い勝手がよくないからだ。ただ純粋にフルコンタクト相撲のための施設として建設されたスタジアムこそが、ここだった。

フルコンタクト相撲とは、古代の相撲よろしく当身《あてみ》や関節技を復活させ、スリー・ノックダウン制とした格闘技の名だ。プロ・リーグではラウンド制が導入されていて、通常は5ラウンド。第一幕府制期より寸分変わりない伝統的な相撲興行に対するオルタナティヴとして、七〇年代あたりから徐々に発展してきた。スケートボードのようにストリートで産声《うぶごえ》を上げ、軍や警察における格闘術の影響も受けつつ、非合法の野試合を含む幾多の試行錯誤を経たあとで、スポーツとしての体系が固まってきたのが九〇年代中盤ごろ。そこからは早かった。あっという間に準メジャー・スポーツとしての地位を得た。

これは桑名ですらうっすらと記憶する、世界格闘技界の大事件があったせいだ。〇六年、エキシビション・マッチながら、フロイド・メイウェザー・ジュニアの再来と目されていたプロボクサー、W

BA世界ウェルター級ランキング高位のアメリカ人選手を、実習生レヴェルのフルコン力士が1ラウンド早々に倒してしまう、という椿事《ちんじ》があった。ラスヴェガスでの出来事だった。

力士の体重だけは、ウェルター級をすこし超えるぐらいはあった。しかしこんなのは、相撲取りとしてはソップもソップ、鶏ガラあつかいされるような体格でしかない。そんな力士が、張り手の四発だけで相手選手をノックアウトしてしまったのだ。決着まで、ゴングから三十秒とすこし。立ったまま脳震盪を起こし、腰から落ちたボクサーの頭のすぐ上を、五発目の張り手が音を立てながら空振りしていくほどの、快勝だった。

この事件によって、まず海外の総合格闘技ファンが沸騰した。ほとんど未知だったがゆえに、「SUMO」が彼らにとって魅惑の新大陸と化す。立ち技系総合格闘技の各種国際大会に招待される力士が急増し、有力スポンサーも次々あらわれる。この勢いを逆輸入する形で、日本におけるフルコンタクト相撲は大きく花開いていった。アマチュアのみならず、プロ・リーグも大人気となった。発展途上だった日本の民営放送局のドル箱番組のひとつが、フルコンタクト相撲の試合中継だった。伝統相撲の連中、地方の神社や寺の境内《けいだい》やその駐車場にて、細々と巡業を続けていくしかないほど零落していた彼らとは、まったく逆方向の大成功への道が、フルコンタクト相撲の前に広がっていった。

こうなると、腕自慢の連中が国内外から雪崩を打って集まってくる。しかしプロはきわめて狭き門。だから現実的な受け入れ先の主力となったのは、実業団だった。アマ選手として経験を積んで、そこからスカウトされるなり、トライアウトを受けるなりして、栄光の両国スタジアムのセンター土俵に、いつの日か——という成り上がりコースが設計された。ゆえに優秀なアマ選手には、限定付きながらもこの地下練習場が一部開放されていた。警視庁のフルコンタクト相撲チームの、トップ・チームに所属する力士たちにも。

　桑名が会いにきたのは、そんなひとりだった。菩流士バートルゆうじ、という名前から察するに、モンゴル系だろうと桑名は推測していた。かつての苗字は、モンゴル名の「ボルドバートル」に当て字した「菩流士芭取」ではなかったか。それを縮めた場合に、ミドル・ネームとして名前の後半部を残し、こんなふうに収まることが多い。もっとも今日のこれは、偽名かもしれないのだが。よくあり過ぎる苗字とミドル・ネームだから。

　そんな菩流士、桑名の目の前にあらわれた彼は、すさまじい肉体の美丈夫だった。鎖骨から上がすべて、菩流士を呼んできてくれたアンコ型の力士の頭上にあるほどの長身。だから二メートル近くはあるか、超えているか。しかし全身を視野に入れると、それほどの長身には思えない。格闘する者の肉体として、おそろしく均整がとれているからだ。太い首の両脇に盛り上がる小丘のような僧帽筋から、それぞれハンドボールとソフトボールの試合球みたいな三角筋と上腕二頭筋が、ぱんぱんに張り詰めて、輝かんばかりの乳白色の皮膚を内側から押し上げている。左右それぞれ、広げたキャッチャー・ミットを三枚積み重ねたみたいな大胸筋の上にある乳首だけは、ほんのりと桜色。そして臀部《でんぶ》から腰と背中を通り抜けて肩口のあたりまで、見事な和彫りの刺青《いれずみ》があった。極彩色の波をかき分けながら、鯉が天へと泳ぎ上っていくという図柄だ。かちかちに引き締まったシックス・パックの腹に巻かれた黒い下帯の胴周りには、水平に白のスリー・ストライプスが入っているから、きっとアディダスがスポンサードしている選手なんだろう。

「えーと、桑名さん、ですよね？」

さわやかに、にっこりと微笑んだ菩流土は右手を桑名に差し出して、はっと気づいたように一度引っ込めてから、アンコ型力士のほうを向く。と、アンコは素早く走って、清潔そうなタオルを一枚持ってきて、菩流土に手渡す。頭を下げながら。

「ごめんなさい、アップ中だったもんで、汗くさくって」

と菩流土は詫びながら両手や顔をぬぐうのだが、どこも臭わないぞと桑名は思う。麝香《じゃこう》が汗に混じっているわけはあるまいが、まるで、かぐわしく蠱惑的な香りがどこかから漂っているかのような男っぷりだった。切れ長の目が、微笑むと糸みたいに細くなるのだが、そこ以外は彫りが深く立体的な、まるでガンダーラの仏像みたいな顔立ちだ。細く長く編み上げたボックスブレイズを束ねてまとめ、髷《まげ》のように高く結い上げている。

ふたたび手を差し出して、桑名と握手した菩流土は、やはりさわやかに訊く。

「どんなことを、お話しすればいいんでしょう？　僕がお役に立てることがあるかどうか、わからないんですが」

一方の桑名は、一気に老け込んだような気分になっていた。輝かんばかりの若さを、その裸体を目の前にしているせいか。急速に自分の全身から脂っ気や水っ気が抜けて、皮膚という皮膚が弛《たる》んでくるような気がしていた。

だから桑名は、ここは老獪《ろうかい》にやってみようと考える。遠回しに探るのではなく、逆に、最初に核心へと突っ込んでみる。相手が警戒して構えるよりも先に、斬りつける手だ。

「ホセを射殺したときの話を聞かせてほしいんだ」

と、桑名は口火を切る。

「六日前、半蔵門での立て籠り事件で、撃ったんだよな、あんたが、ホセを。ホセアントニオ・リカルド・シノダを」

顔色がどう変わるかと、桑名は菩流土を、じっと観察していた。しかし表情に一切の変化は見受けられない。頬のあたりの微笑ですら、張り付いたようにそのまんまだった。

「あれえ？　そんなお話だったんでしたっけ……あっ、口実だったんですね。まいったなあ、もう！　息子さんのお話というのは！　中学生のお子さんがフルコン始めたがってるので、危険がないかどうか、選手から話を聞きたいというのは――」

「ああ。口実だ。口から出まかせの」

今日の桑名は、伊庭の助けを借りた上で、警視庁のフルコンタクト相撲チーム気付で、菩流土との面談の約束を取り付けていた。息子が道場に通いたがっている、との設定で。本当は桑名には息子はいない。娘もいない。いまは妻もいない。

そんな桑名を前にして、なーんだ、そうだったのか、と菩流土は面白がっているような様子だった。微笑が本格的な笑いへと変化する。なんら含むところなさそうな、屈託のない笑い。そして如才なく言う。

「思い出した！　被疑者と最後に、果たし合いされたかたですよね？　見てましたよお、僕。剣術と抜き撃ち、かっこよかったですよねえ！」

こいつは本格的に怪しいな、と桑名は読む。

嘘をついて会いに来た男に、突然に数日前の殺しの話を質問されて、動揺しないとしたら、それは、変なのだ。菩流土の反応は、この点で不自然だった。

そもそもが、事件から一週間も経っていないのに、のうのうとここでトレーニングしていられるはずがない。普通なら謹慎期間内だ。内務監査の結果は、最後はどうせ正当防衛という決着となるのだろうが、しかし、殺しは殺しなのだから。

また通常、こんな場合の射手は、強制的なカウンセリングの対象となる。精神的外傷をできるかぎり残さぬように、組織として対応すべきメソッドが、しっかり確立されているわけだ。もしそのメソッドのなかに「相撲で汗をかくといい」というのがあったとしても、こいつは効き目がよすぎるぜ、などと桑名はいぶかしく思う。

だから、彼はさらに踏み込んでみる。そうだよ、俺はあの場にいたよ、と認める。

「ホセのことは、むかしからよく知ってたんだ。だからいまは、個人的な捜査をやっている。どうしても知っておきたいことがあるんだ。そこで、教えてくれるかな？　現場の、あのときの状況を」

「ううーん、僕、全部報告書に書いたんですけども……」

と、さすがに菩流土はすこし眉を寄せる。しかし桑名は畳み掛ける。

「ああ、俺も読んだよ。でも、本人からじかに聞いておきたくてね。なんで撃ったのか、しかもダブルタップで、とか」

ダブルタップとは、連続して二度引き金を引くテクニックのことだ。比較的小口径で、装弾数の多い銃、たとえば9ミリ弾以下を使用する自動式拳銃などに適している。標的となった相手の動きを確実に「止める」ため、肉体中心線付近の急所の、できるかぎり同じ位置に、できるかぎり連続して弾丸を撃ち込む技術がこれだ。警官ならば全員、基礎的な射撃訓練で叩き込まれる。

だから桑名は、菩流士が、

「いやあ、つい、癖で」

と答えるだろうことは、あらかじめ予測していた。紋切り型で答えやすい質問から聞いた。逃げずに答えてくれるなら、まずはそれで上々だ。だから次に進む。

「じゃあ、なぜ撃った？　どうなってホセの拘束が解けたんだ？」

これにも、一切の言い淀みなく菩流士は答える。

「タイラップが、ちゃんとはまってなかったみたいなんですよ」

報告書どおりの答えを、菩流士は口にする。法執行機関がスティール製手錠の代わりに近年よく使用する、樹脂製の簡易手錠というか結束バンドの、代表的製品名がこれだ。

「被疑者が何人か押し倒して逃げようとしたので、止めようと。それで僕は、咄嗟《とっさ》に銃を抜いて」

「じゃあ『撃て！』って大声は、だれが出したんだ？　耳にした奴が、現場にはいっぱいいたみたいなんだが。命令というか号令みたいなその声があってから、銃声がしたらしい」

この情報は、報告書には記載されていない。ホセたちからほど近い位置にいた第一騎捜の隊員から、伊庭に上がってきていた話だ。

しかしやはり菩流士は表情を変えずに、小首をかしげて、考えている様子。

「そんな声、したかなあ……『撃て！』？　どうだろう……」

「覚えてないか？」

「うーん、みんな、あのとき焦ってたんで。被疑者が、すごい勢いで急に暴れ出したから。混乱して……だれか、そんな声を上げたのかなあ。ちょっと記憶が」

伊庭の部下は、その声の主が菩流土じゃないかと思う、とまで言っていた。さらには、現場に落ちていたタイラップは、ストラップ部分にまるで鋭利な刃物で切られたような跡があった、とも。

ゆえに桑名は、そもそもこの菩流土の正体を怪しんでいた。警官になる前は高卒で消防団、つまり火消の組で専任の臥煙《がえん》だったという経歴にも、引っかかるものがある。だからさらに突っ込んでみようと桑名が考えていたところ、菩流土が後方を振り返る。

「あれれ？　もうですか？　あちゃー」

「どうした？」

「いやあ、呼ばれちゃって。スパー、俺の番らしいんですよね。スパーリング。まあ、ぶつかり稽古みたいなもんなんですけども。えー、もっとあとだと思ってたんだけどなあ。ちょっと行ってきて、いいですか？」

「まあ、しょうがないよな」

と桑名は受ける。

「あーすんませんっ！　ちゃちゃちゃちゃっと、すぐに仕上げてきちゃいますんで！」

まるでゴムまりが弾《はず》むような軽い足取りで駆けて、菩流土は土俵リングのひとつへと向かっていく。固く締まった両方の尻のほっぺたが、足取りに沿って上下に踊るのを、桑名は見送る。

ふたたび桑名が資料ファイルに目を落としている最中だった。時間にして、菩流土が去ってから七、八分といったところ。室内に突然、悲鳴とどよめきが同時に湧く。足音が重なる。人垣の向こうで怒鳴っている奴が、何人もいる。

混乱のあいだを縫って走った桑名は、たどり着いた先の騒ぎの中心に、土俵から崩れ落ちるようにして倒れている菩流土の姿を発見する。

足はまだかろうじて、徳俵のあたりに残っているのだが、そこから逆落《さかお》としに頭が下がっているところを、持ち上げて支えてやっている力士がいる。閉じた両瞼が、切れかけた蛍光灯みたいに不規則に痙攣している。口元からは泡が湧いている。

桑名はすぐ側にいたさっきのアンコ型をつかまえて、なにが起きたのかと詰問する。アンコは土俵のちょうど向こう側にいる巨軀の力士を指さす。丸々と肥えて全身に茶色い毛が生い茂った、小型のクロサイほどの体格の彼が放った喉輪を、菩流土は真っ正面から食らってしまったのだという。コーチだろうか、トラックスーツ姿の中年男が、うつむいているクロサイ力士の肩に手を置いて、なにか耳元で囁いている。

4

結局のところ、菩流土は救急対応の病院へと運ばれていった。スタジアム付きの医者がどうにかできる段階をはるかに超えていたからだという。

シャッター音を消した携帯でクロサイを撮影し終えた桑名は、菩流土を載せた担架に付き添うようにして、今度は動画を隠し撮りした。しかし救急車に同乗するわけにもいかない。彼を残して発進した救急車は、大きな音でサイレンを鳴らしながら、そのままスタジアムから去っていく。

目黒区は碑文谷《ひもんや》にあるカトリック教会に、桑名がようやくたどり着いたときには、ホセの葬儀はほぼ終了していた。

こんなはずではなかったのだ。しかし菩流土が担ぎ込まれた病院を割り出して、そこで彼の容体を確認できたときには、すでに桑名の左手首のロレックスが、信じがたい時刻を指していた。だから鉄道を乗り継いで、最寄り駅から教会まで走ったのだが、遅過ぎた。

参列者たちは、教会裏の広大な墓地のほうへと移動していくような段階だった。急ぎそっちへ向かおうとした桑名を、敷地入り口の受付にいた男が止める。

「どちらさんですか?」

と、彼は慇懃《いんぎん》に訊いてくる。頭を丸刈りにした、大柄な若者だ。すぐ近くにいる、同じぐらいの年頃の青年といっしょに、会葬者に白いユリの花を手渡していたようだ。フィリピン系に見えるから、ホセの親類なのだろう、と桑名は瞬時に判じる。

「ホセの同僚だったんだ。今日は仕事で遅くなった」

丸刈りが、ふっと鼻で笑う。

「同僚? 嘘だろ、おっさん。見りゃわかるよ。あんた警察、コップだよな?」

彼の言葉に、周囲の数人が反応する。

「えっ、こいつなの? ホセくん撃ったのは?」

「ポリ公がナニ用でここ来てんのさ⁉」

まずいな、これは、と桑名は身構える。

「違う。俺はホセを撃っていない。刀を折っただけだ。同僚だってのも、嘘じゃない。付き合いはあった。仕事でいろいろ助けてもらった。俺は警官だが、あいつを見送りたい。そして親族のみんなにも——あんたたちにも、お悔やみを伝えて、自分の不手際を詫びたいんだ」

だが気色《けしき》ばみ始めた青年たちに、桑名の言葉は届かない。それどころか、彼を叩き出すつもりなのか、人を集めようとする者までいる。おおい、ここにサツがいるぞ、と呼ばわる者、携帯でどこかに電話し始める者がいる。

「あんたさあ、悪いこと言わない。帰んなよ。ひとりなんでしょ？　逃げたほうがいい」

上目づかいに桑名を見上げた丸刈りが、脅すような、なだめるような口調で言う。たしかに彼の言葉どおり、受付へと人が集まってくる。墓地の奥からも、幾人か駆けてくる。

くそっ、と桑名は奥歯を噛み締める。こんな場所で、騒ぎを起こすわけにはいかない。ここは丸刈りの言うとおり、逃げるほかない。

「……わかった。悪かった。俺のことは忘れてくれ」

言うなり桑名は、きびすを返して受付を背に、早足で歩き去ろうとする。しかしそのあとを、二、三人の足音が追ってくる。仕方なく桑名は走る。かなりスピードを上げて、数ブロックを駆け回るあいだに、追っ手を引き離して撒く。

こんなはずでは、なかった。

住宅街の片隅の、閉じたまま錆びたよろず屋のシャッターの前で、桑名はようやく足を止める。店にもたれかかるように傾いている、もはや動きそうもない古い自動販売機の、缶入り煎茶の見本だけが何種類も並ぶすぐ脇で、両膝に手を突いて、肩で息をする。なにからなにまで今日はうまく行かない、とつぶやいた彼の上に、雨まで落ちてくる。

追っ手に気を付けながら、桑名は徐々に教会のほうへと戻っていく。今度は墓地の側から近づいていこうとする。雨がどんどん強くなってきた。墓地全体を取り囲んでいるフェンスのところまで来た桑名は、そこから敷地内を覗き見る。

かなり離れた距離の向こうで、ホセたちきょうだいをひとりで育て上げた母親、マリアが大きく肩を震わせているのが見える。周囲には、彼女を支える喪服姿の親族が大勢いた。さっきの若者連中も、勢揃いしていた。乳幼児を含む、幼い子供たちも何人かいた。雨中に幾本か開かれている、子供用の小さな傘の花のみが、階調の様々なグレーだけが支配する空間のなかに色彩を投じていた。

まるで、事件のあの日のように。雨の一粒一粒が急に重くなってくる。垂れ落ちる水飴みたいな雨滴に間断なく突かれるがままに、ホセのお棺は、六フィート下の暗い土のなかへと、ゆっくりと沈んでいったのだろう。桑名の位置からは見えない、人垣に囲まれた長方形の穴の底から、雨がお棺の蓋に当たっては砕ける硬い音だけが、彼のもとにまで漏れ伝わってくるような気がした。

それからの数日、桑名は菩流土の周辺を調べに調べた。彼の怪我は頸椎損傷で全治二ヶ月程度だということがわかる。当分、話ができる状態にはならない。クロサイの身元も調べたのだが、サモア系の看護師だということ以上は、なにも出てこなかった。菩流土の怪我はアクシデントであり、ひとまずのところは口封じのようには、見えなかった。経歴も洗い直したのだが、すでに知っている以上のことはなにも出てこなかった。

そこで方向性を変えて、ホセの周辺を細かく漁った。報道機関はなんの役にも立たなかった。桑名が必要とする情報の断片を抜いてきてくれるようなジャーナリストは、どこにもいなかった。お濠端での籠城事件など、滅多にあるニュースではない。なのに公営放送も民放も、TVもラジオも新聞もすべて、独自になにか探っているわけではなく、警視庁広報が発表したままの内容を口移しするのみだった。まるで企業のプレスリリースを書き写しているだけの、業界新聞のごとく。唯一独創性があった大江戸スポーツにしても、ホセの出自を間違えた上に蝦夷《えぞ》共和国の工作員呼ばわりするありさま。その記事のすぐ脇には「続報・赤坂心字池《しんじいけ》のカッパ伝説を追う!」との大きな見出しが掲げられていた。

だから桑名は、人に当たる捜査をおこなった。ホセの足取りを追った。まずは直近の勤務地だった調布は上布田宿《かみふだしゅく》を訪れた。いまやさびれ果てた、甲州街道の調布は布田五宿《ふだごしゅく》に広がる歓楽街だ。ここでのホセの評判は、散々だった。客引きをさせてみたところ、問題ばかり起こしたのだと、禿頭で鶴のように痩せたキャバレー店主は鼻息荒く桑名に訴えるのだった。

「去年の夏ぐらいからかなあ。欠勤を繰り返すようになって。そうするとね、俺だってよ、辛抱できなくなるじゃない?」

ということで店主はホセを馘《くび》にして、最後に電話で話したのが、いまからおよそ九ヶ月前の、今年の二月。あれ以降、まったく噂すら聞かないね、とのことだった。丸二日かけて、深大寺の参道あたりまで網を広げて聞き込みを続けてみたのだが、めぼしい成果はまるでなかった。

調布のあとは、丸子多摩川に行ってみた。あっちと比べるといまも活気ある、温泉歓楽街だ。ここは調布以前のホセの勤務地だった。彼とは入れ違いなのだが、一時期の桑名もここを担当地域にしていた。だからすぐに口をきける相手も多い。しかしここでも、事件につながるような、あるいはホセの変化を理解するための糸口になるような情報は、得られなかった。ホセの評判も、人々の記憶に残っているそれは、調布と五十歩百歩だった。風俗案内所で同僚だったという男も、まかない付きでホセの面倒を見てやっていた人足《にんそく》旅館の給仕女も、みんなまるで枕詞みたいにして「気のいい奴なんだけどねえ」と言ったあとで、異口同音に、こんなふうに続けた。

「いい加減過ぎるんだよね、あいつ、ちょっと」

「愛想笑いしてりゃあ、なんでも許してもらえると思ってるっていうか」

「けじめがなさ過ぎる。仕事に関して」

「続かないよねえ、あんなじゃあ。なにやってもさあ」

こうした話を聞きながら、途中から桑名は、まるで自分が時実課長に叱責されているような気分になった。同時に痛感した。俺が知っていたホセは、あいつは、どこ行っちまったんだよ、と。肝心のところでは、決して嘘をつかない情報屋。本質的には真面目な、信頼できる奴。そんなだったあいつが、いったいなんで、こうも評判を落としていたのか。どこでどうなって、こんなに変わってしまったのか——。


こういった一連の効率が悪い捜査を続けているあいだじゅう、桑名のもとに、定期的に目付の赤垣から電話がかかってきた。

平日の二日に一度、規則正しく日中に、彼のKフォンに着信がある。とくになにか話があってのことではない。彼の行動を管理するためだけの、定期連絡だ。出歩いているときに、つまり自宅に放置していたKフォンに着信を受けた場合は、桑名が帰宅してからかけ直す。いやあ、ずっと寝てたもんで、かかってきたのに気がつかなくってさあ、などと嘘を述べながら。警視庁がその気になれば、彼の私用携帯電話の移動記録など、あっという間に調べ上げられることを、よく知りながら。

そして一方、桑名は桑名で、二週間に一度、自ら時実に電話しなければならなかった。停職中の日々において、どのように自己を見つめ直したかについて、服務規定どおりに報告しなければならなかったから。なにも見つめ直してなかったとしても。

そんな日々のなか、ときに桑名は、じっと我が手を見ては嘆息することが、ままあった。なんと俺は「使えない」男なのだろうか、と。

なにしろ、地べたを這いずり回っているだけなのだ。そんな動きですら、伊庭の協力がなければ一切おぼつかない。警視庁内部の捜査関係情報にアクセスできないからだ。捜査部隊の力を借りて、分業体制で動くこともできない。桑名にとって、これが初めての停職ではないにせよ、「個人的な捜査」などやるのは、初めてだった。それゆえに生じた各種の「やりにくさ」に彼は、ほとほと参っていた。

警察官という身分から引き剝がされてしまうと、ここまで動きにくいものだとは。いかに警察官としての訓練を受けていても、現場での経験が豊富でも、いったん警察権力から切り離されて、たったひとりの身の上となってしまったならば、俺はこれほどまでに無力なのか、と桑名は痛感していた。警察官とは、つまりは「組織の一部」であるからこそ機能するものであり、「いまの俺は、そうではない」のだという空虚感を、ただ焦燥のなかで嚙み締めていた。折につけ、幾度も繰り返して。

こうした行き止まり、手詰まりというよりも、真相に近づいていく道筋すら見えてこない閉塞状況を打開するために、一念発起した桑名は中目黒訪問を思い立つ。半蔵門事件から、ほぼ二週間が経過していた。

5

公鉄東横線中目黒駅周辺の高架線路の下とその両脇に延々と広がった、都内屈指の大規模移民街、闇市のような界隈《かいわい》の一画に、ずいぶん前からその店はあった。ホセの母親、マリアがひとりで切り盛りする小さな料理店「グマメーラ食堂」を訪問しようと、桑名はその地に降り立った。かなりひさしぶりに。

増築を繰り返した雑居ビルが、それ自体まるで生きているかのごとく増殖し、菌類の巨大な群棲みたいに、両隣と融合し、電信柱を飲み込んで、電話線を吐き出し、かろうじて路地から見上げることができた細い空すら覆い隠してしまうほど、黒々と密集しては建ち並ぶ——そんな一帯に、桑名は馴染みがあった。

以前に数年間、この地域に住んだことがあったからだ。一度目の停職と同時に離婚したころの話だ。最低限の生活のための設備すら欠いているような安部屋で、ひとり暮らしを始めた。だから室内ではなく、外の通りにあるものが、彼の冷蔵庫であり、キッチンであり、シャワー室であり、憩《いこ》いの場ともなっていた。怪しげな商店街こそが彼の生命維持装置だったのだ。そのひとつが、マリアの店だった。

フィリピン料理を起源とするカレカレ丼の店なら、いまや大手チェーンのものが日本中どこにでもあるが、本場の味の名店となると、おのずと数は限られてくる。まさしくそのひとつがマリアの店で、小エビの塩辛であるバゴーンの切れ味がとてもよく、そこが桑名の好みに合っていた。

そもそもは、しつこいほどに、いつもホセから聞かされていたからだ。ママのご飯は最高なんだぜ、と。かつての桑名の部屋から、軒下から軒下をうまくたどって行けば、よほどの豪雨でもないかぎり濡れないほどの位置に、彼女の店はあった。

何年かぶりに訪れたマリアの店は、記憶のなかにあるものと、ほとんど同じだった。時間の経過ぶんだけ複雑性が増した街路やビル群と同様に、店構えの全体がより煤《すす》けて傷み、着実に崩壊へと近づいているところにのみ、ゆるやかな変化があらわれていた。あとはマリアの腰が曲がり始め、左足を軽く引きずっていたことと、店内の壁に政党のポスターが貼られていたこと。

ポスターは民主共和党のもので、以前はなかった。キッチンから流れてくる湯気などにあおられたせいか、裾のほうがところどころ破けて、右下隅はめくれ上がって丸まり、逆に上端は両側が浮いて、いまにも落っこちてきそうになっていた。まるで古いアズテック・カメラの歌のなかで、ジョー・ストラマーのポスターの状態が描写されていた一節みたいだな、と桑名は思う。

一見したところ、マリアの様子は、落ち着いているみたいだった。すでに警察とのやりとりはひととおり終えて、安堵しているようにも見えた。顔を見るなり、お玉とか木べらみたいな調理器具で叩きまくられることを桑名は予想していた。だから拍子抜けした。

マリアはやさしげにも見える、ぼんやりとした微笑のもと、「あらあら、大変だったらしいよねえ、このあいだは。教会で」と開口一番、桑名に言った。葬式での一幕について、彼をいたわってくれるのだが、しかしその目は暗い。型通りのお悔やみを述べようとする桑名を、手の甲で蠅を払うかのようにして遮《さえぎ》ると、「いいから。もう、いいから」と繰り返しては、忙しそうに厨房に入っていったり、出て来たりする。

それからマリアが言葉少なに薦めるがままに、桑名はカレカレ丼の並盛りをひとつ食べた。こんなときだが、美味かった。いらぬと言われたが、押し付けるようにして料金を支払ったあと、サーヴィスで淹《い》れてくれたモリンガ茶をすする。そこでふと気になった桑名は、ポスターについて訊いてみた。

「あの人はねえ、偉い先生なんだよ。議員さんなの」

マリアは、ポスターの被写体となっている人物について教えてくれた。「みどりかわ由紀子」と、名前が大書されている。聞けば、来年実施される次期総選挙に民共党から立候補する予定なのだという。都議会議員だったのだが、次は国政へと打って出る。平民院選に出馬するから、その応援をしているのだ、と彼女は言う。

世襲制の貴族院とは違い、平民院にはだれでも立候補することができた。しかし実質的には、ここで首班を成すのはいつも「自公党」こと自由公民党であることは、蝦夷事変の沈静化以降、決まりきっていた。幕閣中枢——つまりは枢密院と大統領府の機能を合わせ持つ、大老から老中格に至るまで、将軍を直接支える最高権威集団だ——および、地主階級以上、貴族や資産家の意向に、つねに忠実に動く自公党が万年与党であることが、日本が「実質的な独裁国家」と呼ばれる理由のひとつだった。日本国政府の全体を丸ごと覆いつくしている「幕府」という概念は、この構造によって担保され続けていた。

一方、野党は伝統的に離合集散を繰り返すばかりで、いま現在の寄り合い所帯の第一党の名が「民共党」こと民主共和党だった。しかしこの名前のなかに、日本では終始一貫して非合法組織である共産党にも通じる「共」の字が入っていることが、いつになっても党の内外から揶揄《やゆ》され問題視されるという、そんな程度の体《てい》たらくだった。だから政権交代など望むべくもないのだが、その社会民主主義的な政策が、移民や学生、低所得層などにのみ、一定の人気はあった。

だからマリアの店に民共党のポスターがあるということ自体は、不自然ではなかった。しかし、聞き捨てならないことを彼女がつぶやく。

「あの子がね、先生の事務所によく行ってたから。ポスターもらってきたの。それで『これ店に貼ってよ』って」

「ちょっと待って。あのホセが、政治に首突っ込んでたんですか？」

「うーん、政治っていうわけでも、ないんだろうけどねえ……」

「でも、民共党の支部には、出入りしていた？」

「うん、うん。それはそう。それでね、なんか『すごい人を見つけたんだ』って、言っててね」

「ポスターのこの議員のこと？」

「ううん、その人じゃないの。なんでも、ええと、ゴラック・イン？　なんて言うの、隠し子みたいなの」

「もしかして、ご落胤？」

「そうそう！」

笑ったせいで、マリアの表情が一瞬輝いて見える。

「あの子ね、将軍様のね、伯父さんにあたる人を見つけたんだって。全然知られてない人で、隠居してるんだけど、介護師している友だちから聞いて。その人に民共党から出馬してもらうか、応援してもらえば、きっとすごく議席が増えるはずだって。その話を、ずっとしててね。それで支部の人に話してみたら『それはいい。ぜひ頼みたい』って。このポスターの先生にもね、ホセ、会ったんだよ」

「なるほど」

「だからね、その人の血筋を証明するんだって、張り切っちゃって。将軍様のDNAと比べてみなきゃって」

「えっ？」

桑名は思わず聞き返した。

「それってつまり、今上《きんじょう》将軍のDNAを手に入れて、そのご落胤の人のと、科学的に比較してみるってこと？」

「悪いことじゃ、ないよね？」

マリアが心配そうな顔になる。

「まあたぶん、刑事事件にはならないとは思うけど。DNA入手の方法が、まずいやりかたじゃなければ。その段階で、法を破ってさえいなければ」

「よかった！」

「民事はわかんないけどね」

と一応付け加えてみた桑名は、ここでふと気づく。ふたりとも、まるでホセがいまも生きているかのような気分で会話していたことに。刑事訴追も民事訴訟も、死者にはもうあまり関係はない。しかしおそらくは同じ気分のまま、マリアが続ける。

「あの子のね、お友だちが『それできる』って言ってて。DNAをもらえるって。ちょっと難しいと思うけど、お城で働いている人につながりがあるから、聞いてみようって」

「じゃあホセは、その大作戦——みたいなのを、進めていたんだね」

マリアはうなずく。

「いつごろの話なのかな?」

「去年の暮れぐらい、クリスマスの前ぐらいかなあ。あの子、何年か前からお仕事、転々としてたから。ここにも帰ってこなくなって。だからねえ、私もやっぱり『変な話だなあ』とは、思ったのよ。もちろん! でもねー、またよく顔見せてくれるようになっただけでも、ちょっと嬉しかったのね」

「うん」

「その前にね、女の子のことでね、ちょっとあったから。私が言ったこと、あの子、怒っちゃって。お相手がね、神様違ったから」

「カトリックじゃなかった?」

「そうなのよ。パキスタンの子でね。いい子なんだけど……でもちょっと、習慣違うじゃない? 最初は難しかったんだけど、私、頑張ったのよ! だからね、それからは逆に私、前向きに薦めてたの。けじめって大事よ、ちゃんとしなさい、身を固めなさいって、言ってたんだけど。それはそれで、嫌だったみたいよ。重荷っていうのかな」

すこし長めの溜息をついて、マリアは話題を変える。

「その先生の話もね、私、よくわからなかったのよ。いまでも、わからないの。あの子が熱心だっただけでね。私たち、政治ってすこし縁遠かったから。区も都もね、お国も、これまでに何人も議員さん応援したんだけど、なんにも変わらなかったから」

雨漏りのせいか、天井板が薄黒く変色して膨らんで垂れ下がっている箇所が、店の奥の壁に沿って、横長の帯状になっている。そこのあたりを、ぼんやりとマリアは見やる。

「だから私はね、いまさらとくに、政治とか、なかったんだけど。先も長くないしね」

「そんなことはない」

「ありがとうね！　でもあの子はね、まだ若かったから……なんか、希望になっちゃったの、かな」

ホセは六人きょうだいの末っ子だった。戦争でふたりの兄が奪われた。ホセは帰ってくることができた。彼は桑名と同じ、イラクだった。派遣先で会ったことはなかったのだが、この共通点から、桑名はホセに取り入ることに成功したのだった。マリアを前にして、彼はそんなころのことを思い出していた。

6

ご落胤と称する老人の名前――の、アルファベット表記――と、彼が入居しているという老人ホームの、おおまかな立地をマリアから聞いた桑名は、そこから先の探索をまた伊庭に頼んだ。伊庭は、警視庁支給のラップトップ――Kノートと呼ばれているが、桑名のこれもいまは取り上げられている

——で、本庁内のサーバーにプールされている、近郊の老人ホームの入居者情報などを当たってくれた。そして「徳川英忠」と名乗る老人の存在が、あぶり出されてきた。

この調査結果を桑名が教えてもらえたのは、伊庭邸にて食事会が催された、その最中だった。マリアの店を訪問してから、三日後のことだ。もっともその食事会への誘い自体は、桑名は当初、断ろうとしていた。とてもそんな気分じゃない、と。しかし伊庭が痛いところを突いてくる。

「お前さあ、頼みごとだけで済まそうってのは、よくないよお。義理果たしてくれよ、俺の家族のためにもさあ」

だから桑名も参加せざるを得なくなる。そんな食事会の途中で隙を見て、件《くだん》の人物がいる老人ホーム「岩倉楽々郷」に電話してみる。意外や翌日の午後にアポイントメントがとれる。

伊庭家は、由緒正しい家柄だ。九州北部の半官半農の家の出である桑名と比べて、というぐらいの「由緒」ではあったのだが、しかし代々の当主やその親戚筋は、関州はもとより、父祖の地である奥羽越州各地の官職に就いていた。そんなところから、千駄木に小ぶりな数寄屋造りの屋敷があって、そこに、まさにかつてはお姫様だっただろう面影を残した高齢の祖母と、快活な母親と、伊庭が自分でこしらえた家族である妻と四人の子供と、みんなでいっしょに住んでいる。

この食事会は、恒例のものだった。第一騎兵捜査隊でふたりが相棒どうしだった当初から、つまり伊庭がまだ独り身だった時分から続いている、儀式みたいなものだ。

騎兵捜査隊とは、新慶應のご新政の際に北町奉行所内に設立されてから今日まで存続する、伝統ある部隊の名称だ。つねに車上にて——かつては、馬上にて——受け持ちの市中を巡回し、事件を察知したならば即応することを任務とする。だれよりも早く現場に駆けつけて、初動捜査に当たる。それゆえに、被疑者制圧のための切った張ったの先鋒となることも多かった。だから、手掛けた事件をなんとか大過なく片付けられた際には、一種の打ち上げという意味合いで、いつもこの会が開かれていた。

伊庭が独身だった時分は、彼と母が料理をふるまってくれた。祖母はお姫様なので、とくになにもしない。後輩や部下ができてからは、それらも呼んだ。今回は桑名と、赤埴だけが招かれていた。

「なんであいつを呼ぶんだ?」

と企画を初めて聞いたとき、桑名は伊庭に訊いた。

「おいおい、嫌みなことを言うもんじゃないよお。あんなかわいこちゃんに。赤埴だから『ハニーちゃん』とか呼んでさあ、仲良くやんなよ」

「俺は奴に、騙されたんだ」

「任務だったんだろうが。根に持ってんじゃないよ。それになあ、彼女、お前の目付だから。呼ばないわけには、いかないんだな」

「じゃあ一応、呼ぶだけ呼んだ上で、プライヴェートな会だからってことで、奴のほうから辞退してもらえばいい。俺がうまく言っとく」

「あ、ダメダメ。もう手遅れ。『喜んでお伺いします』って、本人からもう聞いてるから。声かけた時点で、すぐに」

「喜んで、とか言うのか? あれが」

「ああ。愛想よかったよ。俺が話したときは。いい子だよなあ」

そんなわけで、日本庭園に面した二十畳ばかりの広間に配置された、紫檀《したん》の大きな座卓の一番隅っこのほうに、桑名はいま、ひとりぽつねんと座っていた。卓の上にはビールやワインの空瓶が並び、ほとんど食べ残しもないまでに平らげられた空き皿がいくつもある。最初はそこに、天ぷらや刺身、オードブルや寿司などが、色とりどりに載っかっていた。しかし桑名は、あまり箸が進まなかった。不規則な生活が、事件以来、さらにひどいことになっていたからだ。酒には口もつけなかった。だから当然そこが、伊庭とその妻にからまれる火元となった。

「ええぇ、お酒、やめちゃったんですかあ？　完全に？」

と伊庭の妻、芳江《よしえ》が目を丸くする。

「な。俺が言ったとおりだろ？　この野郎、あんなに飲んでたくせに」

「ちょっとお！　どこか悪いのかもしれないじゃないの。無神経なこと言って、もう」

などという夫婦《めおと》漫才に押されながらも、桑名は一応釈明しておく。

「いや、身体は大丈夫だから。たぶん。頭のなかもまあ、こんなもんだよ。ただ、やめただけ。『やめようかな』と思ってね。こないだ停職になったのを、いい機会にね」

実際問題、酒を断っていなければ、よりまずい状態へと陥っていたに違いないことは、彼自身が重々承知していた。もっとも飲まないなら飲まないで、不眠から始まる一連の機能不全は、それはそれで悪いほうへと転がっていく一方だったのだが。

しかし、とにもかくにも実情に近いところを、伊庭はともかくとして、芳江に知られるわけにはいかなかった。芳江は桑名の元妻である千景《ちかげ》と、大学時代からの親友どうしだったからだ。新聞記者だった芳江を見初めた伊庭が猛烈にアプローチし始めたころ、ダブルデートが企画された。伊庭に桑名が呼ばれて、芳江が千景に声をかけた。

現在の千景は、マーケティングのプロフェッショナルとして、韓国はソウルの映画会社で職を得ている。芳江は相変わらず、彼女と頻繁に連絡を取り合っているそうだ。千景は仕事の調子もよく、充実した日々を送っている——らしい。桑名自身は、ここ数ヶ月はメールのやり取りもしていない。その前は、一年ぐらい音沙汰なしだったかもしれない。いかにも人生を謳歌している様子の千景に、いつも彼が気後《きおく》れしてしまうせいなのか。それとも彼女の言葉の端々から、いま現在のボーイフレンドの存在を感じてしまうことが、つらいのか。いずれにせよ、桑名の側の一方的な都合によって、彼と元妻とのあいだのコミュニケーションは、切れかけの細い糸みたいなものになりつつあった。

こんな桑名とは違って、食事会の場にいる全員から大人気だったのが、赤埴だった。この日はすとんと縦に長い淡いブルーのプレーンなニット・ドレスに、カーディガンがわりの上品なネイヴィーのパーカを羽織っていた。いわゆる週末カジュアルと呼ぶべき格好だろうか。週末ではなかったのだが。

伊庭の調べによると、アメリカの大学院を出た赤埴は、一度本庁に採用されたのち、FBIで一年間の研修を受けていた。だから将来は外事部のホープとなるよう期待されていることは、考えなくともわかる。さらに赤埴家は加賀爪よりも格上の、きわめて長い系図を誇る、武家の名門なのだという。本家筋は、もちろん爵位持ちの貴族様だ。そんなところもあって、仲良くしといたほうが得だぜ、なんて伊庭は桑名に言っていたのだろう。

そんな赤埴の笑顔というものを、桑名は初めてここで目撃した。

たしかにそれは、一瞬にして他者を吸引する力があったかもしれない。まるで花が咲くように。しかも電球の点け消しほどの速度で一気に開花する、現実にはあり得ない特殊な花冠みたいな、ある意味不自然な笑顔だった。伊庭家の上から三世代の女性陣だけじゃなく、その次の世代の子供たちも彼女の周囲にくっついて、離れようとしない。

人見知りのひどい者にまで人気だった。伊庭の長男、広樹《ひろき》だけはちょうど反抗期なのか、幼少期にかわいがってやった桑名にろくに挨拶もせず、自室に引き籠っていた。その態度の悪さに、ティーンエイジャーの意気やよしと桑名は感じ入っていたのだが、宴たけなわのころ、台所に飲みものを取りに来た広樹が赤垣と遭遇、ここで態度が豹変する。そのまんま座敷に居ついてしまい、よく笑う、無防備な、まるで幼児のころの表情を、初対面の彼女にだけは見せ続ける。

だから桑名は、一瞬の隙を突いて赤垣に話しかけた際に、攻撃を試みる。広樹らにようやく解放された彼女がひとり、グラス片手に縁側に佇んで、小さな内庭を眺めていたところだった。

「いやはや、見事なもんだよな。ＦＢＩ仕込みの人心掌握術ってやつは」

桑名を振り返った赤垣の表情に、笑顔はない。そして予想どおり、機械のように言う。

「そんな術は、ありませんが」

「知ってるよ。嫌みで言ってんだ俺は」

「嫌みですか?」

「あー、そうそう」

開き切った障子の桟《さん》に、大きく上げた左の肘をついて、伸びをしているかのような体勢になって、桑名は続ける。

「いいか？　伊庭と俺は、付き合い長いんだよ。すごく、長い。何回も命を預け合った、まあ戦友みたいな間柄だな。だからこういう会は、これまでに何度やったんだか、もはや数えきれない」

「そうでしょうね」

「ああ。だからお前——あんたみたいな新参者が、ここに来てだな、いろんな奴の歓心を買おうだなんて——」

おいおい、なんで俺はこんなこと喋ってんだよ、と桑名は自らの言に心中で驚く。馬鹿な中学生じゃあるまいし、なんの嫉妬だ？　早くやめなければ、と頭の片隅でブレーキをかけようとするのだが、意に反してこれが止まらない。あることないこと、赤垣にからみ続けてしまう。伊庭の家族たち同様、彼女の大きな目でじっと見つめられたせいで、自分が平静ではいられなくなっていることに気がつくまで、桑名のくだらない話は続いた。

そんな話がひと段落したところで、冷静な声音で赤垣が締める。

「ご迷惑をおかけしたのでしたら、お詫びします。私が至らないせいで、みなさんがご気分を害されたなら」

「いやまあ……べつに、詫びろとか、そういうんじゃないんだが」

と桑名は意気地《いくじ》なく引き下がる。なんだかとても、居心地が悪い。すべての言葉が撥《は》ね返されて自分のところへと戻ってくる、特殊な磁場に迷い込んでしまったみたいな気分がする。なんでこうなったのか？

ここで助け舟のごとく、芳江と子供たちが縁側にやって来てくれる。赤垣がそっちの相手を始めたところで、桑名はうまく透明人間化して、その場から退散する。結局のところこの日の彼は、赤垣のあの微笑を真正面から見ることはなかった。笑顔を向けられることは一度もなかったからだ。

ひとり台所近くまで逃げてきた桑名を、伊庭が捕まえる。お前も手伝えとそのまま厨房内に。もう食えないと桑名は主張してみるのだが、いいや俺の料理でシメなきゃならんのだよ、お前も味見るんだよと譲らない。

「これが、ラーメンってやつなんだ」

沸き立つスープ鍋の前で、自慢げに伊庭が言うので、桑名は訊いてみる。

「それって民国の支那そばのことか？　それとも、中共のなにか別のやつなのか」

「どっちも違うんだなあ。まあ、ルーツは大陸なんだけどな。もっと創作っぽくやってもいいっていうかな。これは豚骨のダシに白味噌を合わせてみたんだよ。あとは、秘密。俺、将来、店やろうかと思ってんだ。真剣に。警察稼業、引退してから」

「そばなんて、本邦にいくらでもあるだろう。和式だけじゃなく、フォー屋だって、タイの麺屋だって、どこにでもある」

「けど違うのよ、ラーメンてのは！　将来性があるんだ。まあ、食ってみてから文句言えよ。ひと口でも」

そんなふうにやりとりしながら、伊庭は桑名の私用携帯に、様々な調査結果のデータを投げてくれる。同時に、ホセが接触していたという友人、今上将軍様のＤＮＡを持ち出せる、と称していた人物も、だいたいの目星がついてきたことを教えてくれる。

「お上の日々の生活のお世話をする使用人、つまり料理やらお召し物やらを準備する者らの関係者だろう。といっても、身辺調査は厳しいから。どんな下働きだって、滅多な奴がご城内に出入りできるわけはない」

「まあそうだろうな」

「だから逆に、おのずから『筋』は見えてくるのよ。労働組合作ろうとして、馘になった奴らとかな。いやほんと、そんなアカの阿呆がいたんだよ！　せっかくの、いい職をなあ。まあそんなこんなから、ちょちょいと絞ってだな。明日あたり、ひとり、直接様子を見てこようかな、と思ってる」

「忙しいところ、悪いな」

「いやいや、これで中間管理職なもんでな。ちっとは意識して、自分で体動かしとかないと、勘が鈍ってしょうがない。ただまあ、お前も、ほどほどにしとけよ。弱きを助けてって正義の心は、お前のいいところなんだけどな」

「そういうのとは違う。今回のは」

「まあ、聞けよ。関わった相手全員に、なんか無闇に情持っちまうのが、お前って奴なんだよ。むかしから、ずっとそうなんだ。でもなあ、なにもかもお前ひとりが抱え込むってのは、無理なんだぜえ？　そういう類の責任感ってのは、ときに身を滅ぼすもんだって。長いものには、巻かれなきゃしょうがないときもある。知ってるよな？」

「知ってる」

と即答した桑名に、やれやれと伊庭は首を振る。

「わかってんなら、いいんだけどな。俺はもう、そこらへんは清く正しくやってないから。清濁合わせて、いろいろ飲みまくりだあ」

伊庭の言うことが、桑名もよくわかる。彼自身、とくに風紀課に移ってからは、常識的な範囲内の賄賂《わいろ》などは、心して受け取るようにしていた。課内で孤立することは、すなわち身の破滅を招くからだ。だからいまの桑名には、「みんながやっている」程度の汚職や逸脱などを、ひとり咎《とが》め立てするような趣味はない。イチホの目付に言いつけもしない。

なぜならば標準的な「汚い警官」行為とは、そもそもが目付の監視と管理のもと、無言の承認の範囲内でこそ、おこなわれるものだったからだ。こうしたシステムが、この阿吽《あうん》の呼吸こそが、地べたに近いあたりで、日本国の治安維持の基層を成しているのは、昨日や今日に始まった話ではない。

しかし、こうした呼吸を読めるようになってからも、桑名はどこかずれていた。処分されるたびに、そのことを思い知らされた。ここのところを、遠回しに伊庭は気にかけてくれているわけだ。

「長い付き合いだから、俺にはわかってるんだけどさ。でもシロー、お前ってどうにも——誤解されがちと言うかなあ。目付に『目を付けられがち』っていうか……だから、ほんと、無茶だけはやるんじゃねえぞ。今度こそ」

わかったよと応えてから、桑名も自らの最新動向を報告する。昨日の民共党支部訪問が空振りだったこと、というか、門前払いされてしまったこと。正直に自らの身分および現在の状況を相手に伝えたのだが、逆に不審がられてしまった。そこを突破しようと一策思いついたのだ。電話口に時実課長まで呼び出して、民共党の受付と話してもらおうとしたのだが——

「おおい、お前、そりゃちょっと」

と伊庭が目を丸くする。

「ああ。まあ、逆効果だったかな。時実課長には電話口でえらい剣幕で叱られて、受付にはより一層不審がられた。やりとりが全部終わったあと、最後にまた、課長に説教された。かなり長い説教を。」

彼女を頼ったのが、間違いだった。停職中に勝手に動き回ってたこと自体が、問題視されるものだったんだから」

「ようやく気づいたかよ」無言でうなずく桑名を見て、伊庭が苦笑いする。「やっぱりなあ。あの六角形の日章、代紋付きの警察手帳がないとなあ。俺らはどうにも示しがつかんよなあ」

「ああ、まるで素浪人になったような気分だよ」

「不安か？」

桑名はすこし考えてみる。しかし意外に、そのことについては、とくに悪い気はしていない。彼の表情の変化を追っていたのだろう、伊庭が吹き出しながら言う。

「しょうがねえ奴だなあ、まったく！」

「面目ない」

それからふたりは残りの情報を交換し、今後の動きかたのすり合わせをおこなう。

ちょうどいいところで茹《ゆ》で上がったそばを、伊庭が小鉢に取ってくれる。熱いスープとともにすすり上げてみた桑名は、ちょっとびっくりする。だから控えめに、

「悪くはないな」

と言っておいたのだが、伊庭は大袈裟《おおげさ》に、

「知ってるよお、そんなことは！」

と両眉を上げて答える。

ふたりは手分けして、大広間に運んでいくための、熱々のラーメン鉢を準備していった。それが昨日のことだった。

7

桑名が訪問した青梅の老人ホーム、岩倉楽々郷での英忠老人との会話は、やはり実り多いものとはならなかった。老人は、ホセのことをよく知っているかのような口ぶりでいながらも、じつは違った。記憶そのものが曖昧であるのに加えて、訪問者の歓心を買おうとして作り話をしたがるせいで、すぐに内容がしっちゃかめっちゃかになる。介護師の記憶と付き合わせてみることで、ホセがここを訪ねてきた時期のおおよそがわかったぐらいが、収穫と言えば収穫だろうか。しかしそれとて、来訪者名簿を見せてもらえれば、より正確に把握できるような類の情報でしかない。

なので桑名は、老人に丁寧に礼を述べた上で、早々にお暇《いとま》することにした。もらった毛束は懐紙に包んで、一応は持ち帰ってみる。

その帰路のことだった。後を尾けられていることに、桑名は気づく。岩倉楽々郷のすぐ前の、バス停の時刻表のあまりの真っ白さにあきれ、腕時計の針と見比べたあと、待ち続けるよりも歩いていたほうが気が紛れるかと考えた彼が、来た道をそのまま徒歩で戻り始めてから、ずっとだ。

日本製の白い豆粒みたいな4WD車が、のろのろと、彼の後方一五〇メートルあたりを付いて来ている。夕暮れどきの薄暗い、蛇行する山道を、見え隠れしながら。

そもそものクルマ通りも少ないのだから、すぐに発見される可能性は、あっちも織り込み済みだろう。つまり、いずれ実力行使するための追尾だということだ。遠からず、仕掛けてくるということだ。

バスを使った往路で尾けられていた気配はなかった。だから桑名が楽々郷のなかにいるあいだに着いて、施設の門のすぐ近くで待機していたのだろう。要するに、待ち伏せだとしても、さして芸があるわけではない。

ゆえに桑名は、古典的な手で相手を試してみることにする。ちょうど追尾者たちの視線が切れる曲がり角の先に、いくつ目かのバス停がある。その脇には、郵便局兼小さなコンヴィニエンス・ストアがある。路肩に竹藪と農地が交互に出てくるだけの田舎道の途中に、一瞬だけほのかに、文明らしきもののかけらがある、そんな場所だ。

そこで桑名は、バス停の日除けの下にあるベンチに腰掛けて、靴ひもを結び直す芝居をしてみる。白豆をやり過ごして、様子を見るのだ。もし相手が想像より馬鹿で、突然停まったり、すぐにクルマを戻してきたならば、隣の店に飛び込む。今日の彼は丸腰で、伸縮警棒すら身につけていなかった。だがコンヴィニエンス・ストアなら、なにがしかのモノはある。さらに、店の備品や什器《じゅうき》などを有利に使えば、小型車一台ぶんぐらいの相手なら、捌《さば》けなくはないはずだ。突然撃ってくるような、最低の馬鹿者でもないかぎりは。

そんなことを計算しつつ、うつむいて芝居をしている桑名のすぐ側を、クルマは通り過ぎていった。同じ速度で、そのまま。

なるほど、馬鹿といっても中程度だったか、と得心した彼が顔を上げ、ベンチから立ち上がったところで、コンヴィニエンス・ストアから出てきた二人組が目の前に立ちはだかる。よく見えないが面を着けている。とっさに後方へと跳んで距離を稼ごうとした桑名に向けて、ひとりが銃みたいなものからなにかを発射する。左胸にそれを受けた彼は、テーザーじゃないか、と電撃の激しい痛みのなかで、意識が遠のく寸前に理解する。最も馬鹿なのは自分だったことも、同時に。

章の四：拷問農場に毒霧が湧く

～赤埴の十字撃ち、夜闇を突いて～

1

ラマディの夢を見ている。イラク国土の中央部、バグダッドの西にある激戦地の夢だ。タクティカル・ヴェストの襟とヘルメットとの隙間の後ろ首を焦がす、峻烈な直射日光を桑名は感じている。うつ伏せの彼は、兵装姿だ。砂を噛みしめている。粗い砂粒がほっぺたの内側全部に張り付いて埋めつくし、口内の水分を吸収しようとする。乾燥して膨れ上がった舌が、呼吸を妨げる。だからせめて上半身を起こそうとするのだが、うまくいかない。

「まだ寝てるの？　こんな時間なのに、もう、なにをしてるのよ？」

千景の声が彼をなじる。すでに彼女は身支度を整え、いまにも出勤しようという様子。妻は彼をなじり続けているのだが、ふと気がついてみると、どうやら彼女は、桑名の背中に乗っかっているようなのだ。そこで正座しているみたいだ。それじゃあ動けない、ちょっとどいてくれよ、と言おうとした桑名の口から、ものすごい勢いで大量の熱い砂があふれ出す。口内からまっすぐ前方に、つまり地面のほうに向けて奔出して止まらない。砂はだんだんに粘り気を増して、鉄の味がする泥みたいになってくる。じつはこれこそが、さっきまで自分を窒息させようとしていたものの正体、口腔内の血だったことを桑名は知る。全部吐き捨ててから咳き込んで、そして、完全に目を覚ます。

乾燥しきった中東の地ではなく、日本のどこか湿った薄暗い空間のなかに転がされている自分を、桑名はあらためて認識した。結束バンド状のものによって、後ろ手に拘束されている。全身のいたるところから、火が吹き出すような激痛。気を失うまでのあいだ、執拗に暴行されていたことを思い出す。

納屋のような、農機具の収納小屋みたいな、簡素な建物のなかに彼はいた。土が踏み固められただけの地面に置かれた小型のＬＥＤランタン一基のみが、光源だ。貧弱なその光に照らし上げられた人影が、四方どころか屋根に至るまでを構成しているトタン波板の陰影に沿って誇張され、おどろおどろしげに浮かび上がっているさまを、桑名は盗み見る。戸口に近いあたりに人がいる。三人、いや四人の男がいるようだ。

テーザー銃で自由を奪われ、拘束された彼は、白豆４ＷＤに積まれて運ばれた。舗装道路を外れ、農地に分け入って、そしてこの小屋に連れて来られてから、暴行が始まった。すぐに殺すわけではない、ということは、最初にわかった。痛みと恐怖によって威圧して、精神的自由を奪うのが、まず最初の目的なのだろう、と桑名は推測した。

最初は椅子に座らされて、地面に落ちて転がってからは、そのままそこで、桑名は無言で殴られ、蹴られ続けた。なにを要求されるわけでも、質問されるわけでもない。ただ淡々と、しかし強く激しく、全身を暴行され続けた。そしてさっきまで、一瞬気を失っていた。

襲撃者たちが把握していなかったのは、桑名が「痛み慣れ」していることだった。心理的拷問慣れ、と言おうか。彼の脳は、ある種の恐怖については、不感症のようになっていた。もちろん肉体的な攻撃には、それはそれで苦痛が生じる。痛みを感じない、わけではない。しかしそれら苦痛からのフィードバックが恐怖へと転化することは、ほとんどなかった。戦地でくぐり抜けた暴風雨のような破壊と暴力の影響も大きかったのだが、それだけではない。苦痛の影響を受けないまま思考するという訓練を、人知れず彼は積んでいた。訓練せざるを得ない状況が多かったせいで、いつの間にかそうなった。

だから桑名は、この襲撃の意味について、早々にこう理解していた。これは彼が調べようとしていること、その方向性の正しさの証明なのだ、と。同時に「調べられたくない」勢力の側にある、強い焦りや怯えの発露なのだ——と。

あとは、どうやって脱出するかを考える必要があった。こういう下請け連中は、脅すだけだったはずなのに、ついやり過ぎて対象を殺してしまうこともよくある。「すぐには殺さない」からといって、危険度が低いわけではない。

白豆4WDには、桑名以外に三人が乗っていた。コンヴィニエンス・ストアから出てきた二人と、ずっと運転していた一人。こいつらはみんな、面を着けていた。おかめとひょっとこ、それから夜叉か。いまどき、どこのお祭りでも売っていなさそうな古くさいモチーフのセルロイドの面で、全員が顔を隠していた。

いまこの三人が、ついさっきまで——桑名がここに到着した時点では——この場にいなかった奴と、小声で会話している。そのプラス1の奴が面を着けているのかいないのか、桑名の位置からは見えない。声もよく聞こえない。

逆によく聞こえてくるのが、ひょっとこ男の声だ。大柄で、いちいち拳が重くこたえたので、こいつのことはよく憶えている。いまは桑名に背を向ける格好で、強力なフックの根拠ともなった、よく発達した僧帽筋、広背筋から前鋸筋《ぜんきょきん》の向こう側でだれかと会話をしている。本人としては声を抑えているつもりなのだろうが、よく通る言葉の端々が、桑名の耳にまで飛び込んでくる。日本語なのだが、ところどころに外国語由来らしい訛《なま》りがあることもわかる。

このアクセントに、桑名は覚えがあった。そこで試してみる。

「よお、お前、そこのひょっとこ。マン族だよな？」

ひそひそ声が止む。その沈黙に向けて、桑名が続ける。

「英語のほうが、いいか？　俺は陸軍だったから、マン族系の奴は何人か知ってんだよ」

押し黙っている様子が、桑名の当て推量が正しかったことを物語っていた。最初にあらわれたふたり、つまり、おかめとひょっとこは、マン族系日本人のヤクザだ。

ヴェトナム戦争当時、いわゆるホーチミン・ルート、北から南のヴェトコンへの補給路を断つため、ラオス領内でおこなわれた秘密作戦にかかわっていたのが、マン族の戦士たちだった。ＣＩＡが指揮するその現場に、日本兵の特殊部隊もいた。同じアジア人だから隠密行動もいろいろやりやすかろう、というアメリカ側の判断からだった。三者は、共同で作戦に当たった。

ゆえに戦後は、マン族の一部がアメリカのみならず、日本にも移住してきた。共産勢力の報復から逃れるという意味もあった。その子孫は米日どちらでも、少なくない数が軍人になった。しかしあぶれて、アウトローとなる者もいた。日本においては、汚れ仕事も平気でやる危険なヤクザになる奴らもいた。博徒《ばくと》ふうの看板を上げる古典的な組ではなく、最初から地下にいて、その位置から請け負い仕事をするような輩《やから》だ。たとえば、いまのこいつらのように。

「ウィリー・チェン」

桑名が挙げた名に、ひょっとこの面の向こうで男がぎくりと身構える。どうやら、また図星だったようだ。

桑名は思い出していた。チェンというのは、たしかにマンの苗字だったと。響きが北京語圏の名前みたいなのだが、十八しかないと言われるマン族の姓、クランのひとつなのだ。つまりひょっとこは、ホセといっしょに逃げていたヤクザ男の身内だという可能性が高い。

だとしたら、桑名の武器は、生命線は、この舌先三寸にあるのかもしれない。寝転がったままで、しかし無理矢理顔を上げて、彼は話を続ける。

「チェンは四十五歳だったよな。前科二犯。ラジオ局で最初に撃たれた奴。あいつの身内なんだろう、お前？　同じ組だったって感じか」

「……なにーか、用か？」

乗せられて口を開いたひょっとこの肘を、隣にいた夜叉が引っ張って注意する。面があるのか、ないのか、影のなかにいる四人目の男が、より暗い場所へとあとじさりしていく。

「こっちこそ『用はなんなんだよ?』と聞きたいぜ。まったく」

また口内にあふれ返ってきた血を、桑名は顔を傾けて吐き飛ばす。歯が何本か根本で折れて、そこから血が湧いてきているようだ。

「どうせ、俺がチェンの仇《かたき》だとか、吹き込まれたんだろう」

「ああっ?」

ひょっとこがまた反応する。抑えが効かない性格のようだ。

「お前、そんなんだから、かつがれるんだよ。いいか? チェンを殺《や》ったのは俺じゃない。俺のわけがない。結構なカービン銃持った武装警察部隊が、やった。嘘だと思うなら、聞いてみりゃいい。そこにいる夜叉の面、そいつ日本人だよな? 現場責任者って感じか。で、影のなかにいる奴、それが指示役というか、発注側の担当者ってところだろう」

面白いほどにあわてた「影のなかの男」が、トタンのドアを押し開けて、小屋の外へと逃げるように退出していく。

「おい、ひょっとこ。俺と組んだほうが、得だぞ。少なくともお前は、本当のチェンの仇、それがだれだか、わかる。俺が教えてやるから」

「……本当ーか」

「ああ、嘘は言わない」

まだ完全に空約束と決まったわけではない。だからいまの時点では、嘘ではない。

「いいか? 俺も『かつがれた』んだよ、お前を騙した奴らにな。チェンを殺した奴らだ。だからお前も、そんな奴らに使われるってのは、割に合う話じゃない」

いまや、おかめまでが無言で桑名のほうをじっと見ている。ひょっとこの耳元で、夜叉がなにやら囁いている。話を聞くんじゃない、とでも言っているんだろう。

「命令どおりに、俺を痛めつけるのは、いいさ。でも全部終わったあと、お前自身がどうなるか。さすがにこれは、教えてやるまでもないよな？　チェンの末路を思い浮かべりゃいい。口封じされるだろうな、お前とおかめも。そこの夜叉が、やるのかもしれない」

おかめが夜叉から身を離す。とりなそうとしたのか、彼のほうへと伸ばされた夜叉の手を、おかめがぞんざいに払いのける。

「それよりも、俺の質問に答えてくれ。お前らに仕事を依頼した連中の情報をくれ。代わりに俺は、お前が知りたいことを教えてやる」

おかめがひょっとこに耳打ちする。ふたりが小声で、マン族の言葉で会話する。それを邪魔しようとした夜叉が、ひょっとこに突き飛ばされる。夜叉が腰の後ろに手を回したのを見て、残りのふたりも得物を手にする。夜叉はコンバット・ナイフ。だから分が悪い。おかめはS&WのM19リヴォルヴァーの4インチ、ひょっとこはAMTハードボーラーの、たぶん両方ともコピー銃だ。さらにおかめは、逆の手にごつい作業用手袋をはめて、小瓶をひとつ持っている。ビールの三五〇ミリ缶ぐらいの大きさの、広口のガラス瓶だ。そのなかに、透明の液体が満たされている。

勝負あったな、そこらへんにしとけよ、と桑名は止めに入ろうと思う。だが突然、地響きとともにトタン壁が弾《はじ》け飛ぶ。腰高の白豆4WDが、車体を激しく横回転させながら小屋のなかに転がり込んでくる。スタンドオフ状態にあった三人が巻き込まれる。無数の破片の突風にまみれて、ランタンの明かりが一瞬で消し飛んでなにもかも見えなくなる。

しかしほどなくして、白く強い光が桑名の目を刺した。もうもうと立ち込める土埃をつらぬいて、小型のフラッシュライトの光の帯が、小屋のなかを素早くひと舐めする。走り抜ける光にあおられて、白豆の車体が浮かび上がる。右側面から屋根、左側面の順に右回りに数度転がって泥まみれとなり、いまはとりあえず車輪を下にして停止している。そのフードの、右側のフェンダーに近いあたりから、異様な量のにごった白煙が湧いていることがわかる。まるで塗装が沸騰しているみたいに。

なんとか立ち上がった桑名は、移動して身を隠した。農業用トラクターの後ろから、白豆によって破られたトタン壁の方角と思えるあたりを、闇を通して凝視する。どこかからうめき声はしているものの、さっきの三人がなにをしているのか、桑名にはわからない。だから彼はひとつ用を足してから、結束バンドの切断を試みる。背中のほうにある錆びた鉄骨の柱に、拘束部分をこすりつける。

と、フラッシュライトを持った人影が、小屋のなかへと侵入してくる。土埃の対流の、ちょうどあわいにある壁の破れ目から、ゆっくりと、慎重に、ライトで前方を照らしながら、歩を進めている。

その影は、逆手にした左手にフラッシュライトを掲げている。左肩のすこし下まで上げた肘を軽くたたみ、前腕を倒し、握り拳状にした小指球のあたりから、前方に向けてライトを突き出していた。左手の甲、手首の部分には、自動式拳銃を握った右手の手首が軽く乗せられている。だから両の手は手首で十字に交差していて、ライトの放射口と銃口が、つねに同じ方向を狙う格好になっている。コンバット・シューティングの教科書どおりの構えだ。こんな体勢で周囲を警戒する人物の横顔が、ほんの一瞬、反射光に照らされて桑名の目に入る。白煙や土埃を、まるで劇的効果を高める舞台演出みたいに背負った、上下ともに黒一色、レザー・ジャケットにジーンズ姿の細長いシルエットの主は、赤埴だった。

だから桑名は声を上げた。

「撃つな！」

と、これは赤埴を制止したつもりだった。しかし彼女が、瞬時にどう判断したのかはわからない。このときちょうど、落ちかけたひょっとこの面を片耳からぶら下げたマン族の男が、影のなかに傾いて立ちながら、血まみれのハードボーラーの銃口を赤埴に向けようとしていたからだ。だから教科書どおりに、赤埴は二発、男の胸に叩き込む。光の輪のなかで、男は後ろに吹っ飛んで視界から消える。

2

こいつは、なぜここにいる？

桑名の頭に浮かんだのは、まず、その疑問だった。だから単刀直入に、赤埴に訊いた。

「俺を尾けてたのか」

しかしやはり、彼女は返事をしない。ウィンドシールドの前方を見つめながら、自前の真っ赤なジープ・レネゲード・トレイルホークを運転している。このクルマのブルバーで、白豆4WDを脇から押して転がした。あのトタン小屋は、すり鉢状の窪地の底みたいなところにあった。そこから数メートルほど高い位置に、クルマを停めやすい平地があって、白豆はそこに駐車されていて、落とされた。

もちろん彼女は、事前に下見していたのだろう。最初に徒歩で小屋に近づいて、窓からなかを覗き見て、拳銃一丁だけで相手をするには人数が多過ぎると判断した。だから攪乱《かくらん》のために、まずはクルマを落とした――ようだ。

でも俺が下敷きになってたら、どうしたのか。下見をしたから、大丈夫だと思ったのか。それにしても、無茶苦茶じゃないのか、と桑名は腹が立っていた。だから、

「どうやって尾行してたんだ」

と、より具体的に質問してみた。もちろん返事はない。

もっとも桑名も、赤埴に礼すら述べていなかった。そんなものを、口にする気は一切なかった。救ってもらわなくとも、自力で脱出できる自信はあったし、そもそも、あそこまで破壊しつくしてしまったら、もうどうしようもない。せっかくマン族の連中に探りを入れかけていたのに、すべてがおじゃんだ。台無しだ。だから死んでも礼など言うものか、と。


小屋のなかにいた三人の「面の男たち」のうち、マン族のふたりが赤埴によって倒された。銃弾を受けたひょっとこは、まだ死んではいなかったが、重傷だった。おかめは、クルマに弾《はじ》き飛ばされて昏倒し、そのまま意識不明だ。夜叉だけは、いつの間にか小屋から脱出していた。

つまり、桑名が情報を収集できたはずの相手は、一瞬にしていなくなってしまった。だからもうその場にいてもしょうがないので、赤埴に所轄署へ連絡させた。そこから近隣の駐在所に指令が下り、日本製のモペッドにまたがって邏卒《らそつ》ふたりがやって来たのが、約一時間前。その者たちに現場の封鎖と管理を任せ、同時に呼んでいた救急車の到着を待たずして、赤埴と桑名は離脱した。めずらしいことに、桑名の指示に赤埴が従った。

いまこの段階で、桑名は自らの行動を、本庁のお歴々に対して大っぴらにはしたくなかった。襲撃者たちの本隊や、その指揮系統すら判然としないままに、またしても査察官に質問攻めにされるのは、ご免だった。取り調べ室を出たすぐあとに、後ろから刺される可能性だってあり得たからだ。

ゆえに桑名は救急車を待たず、赤埴のレネゲードで移動しながら、車中で自分自身で、ひとまずの応急手当をした。ガス・ステーションに併設されたコンヴィニエンス・ストアで、包帯や絆創膏、消毒液などを買ってきてくれたのは、赤埴だ。彼女が運転席から離れているあいだに、桑名はグローヴボックスを引っかき回し、車両登録証を見つけ、住所部分を携帯で写真に撮った。

都心に向けて、それから十五分ほど走った。そこで桑名は、悪いけど高速に乗る前にトイレに行っておきたい、と言う。すこし先にスナック類や飲料、うどん・そばの自動販売機が並ぶ無人休憩所のネオンサインが見えたところで、タイミングを測って、仕掛けた。お前も降りて休憩しろよ。俺がコーヒーでも奢るから、などと言って連れ出して、ひと気のない小雨模様の駐車場の隅で、桑名は赤埴の右のこめかみに拳銃を突きつける。

「動くな」

M19のコピー銃だ。おかめが落としたやつを、混乱に乗じて拾っておいたものだ。撃鉄を起こし、輪胴を回して、ぴくりとも動くなよと言ってから、赤埴の右腰にあったクリップ式ホルスターごと、彼女の拳銃、サイカ・コマンダーを奪い取る。素早く手探りして、伸縮警棒と手錠とKフォンも取り上げ、ほかに武器や通信機器がないかどうかも調べる。

赤埴は無言で、両手を上げている。彼女の前に立った桑名は、銃口を向けながら、質問を始める。

「はっきりさせとこう。じゃないと、おちおち病院にも行けない。なんでお前、俺を助けたんだ？

もしかして、それも全部筋書きどおりの芝居なのか?」

赤垣の眉がゆがむ。目を細め、不審の表情。

「つまりだな、そもそもお前は、俺を尾行していたわけだよな? きっと今日だけじゃない。あの半蔵門の一件以来ずっと、毎日俺が、どこでなにをしているのか、追っかけ続けてたんだよな? 俺の目付《めつけ》として、というよりもスパイとして。だよな?」

なんだそんな話か、という顔だろうか。赤垣がまた平板な無表情に戻る。しんと静まり返った休憩所には、相変わらずふたりしかおらず、街道を行き来するクルマもほとんどない。桑名は続ける。

「お前の仕事がそうだとして、今日のあいつらはあいつらで、俺を追っていた。だったら、お仲間だよな、お前の。違うか?」

一瞬のことだ。冷笑というよりも失笑のようなものが、赤垣の目元に浮かんで消える。

「おいなんだお前、笑ってやがんのか? 人をこんなにしたくせに」

と桑名が詰め寄ろうとしたとき、驚くほど素早い動作で赤垣が前に出る。蛇のような指が撃鉄あたりに巻きついたかと思った途端、桑名の右腕の全関節が逆方向にねじり上げられる。同時に足を刈られ、大きく回転した彼は地面に叩きつけられる。そしていつの間にか取り上げたM19もどきの銃把を両手でホールドした赤垣は、濡れた地べたに尻餅をついた桑名に照準を合わせる。そして言う。

「あなたは馬鹿ですか」

「なんだと!?」

「私に銃など、突きつけて」

ふうう、と彼女は大袈裟《おおげさ》にため息をつく。肩までも大きく揺れる。

「私が敵だとしたら、それこそ銃は隠し持ったまま質問したほうが、あなたには有利だからです」

「機械みたいに、喋ってんじゃねえよ」

と桑名は嫌みで返したのだが、でもたしかに考えてみればそうだな、といまごろ気づく。きっと、いらいらしていたせいだ。その思考を見すかしたように赤垣が言う。

「ストレスのせいで、感情的になったんでしょう。それは理解できなくもありません」

喋りながら、拳銃の輪胴を振り出して、装弾を抜く。弾と銃をジャケットの別々のポケットに入れてから、桑名に向けて手を伸ばす。ひとりで立てるよと言いながら、桑名はよろよろと身を起こすと、おぼつかない足取りでそのまま移動して、レネゲードのフードのところまで行く。

フードの上には、さっき赤垣から取り上げたものが広げられていた。それらのなかから、桑名はサイカ・コマンダーを手にする。安全装置を外して、赤垣に狙いをつける。

「まだ繰り返すの!?」

「ようやく、本音っぽい声が聞けたなあ」

赤垣の表情がけわしいものへと変化する。明らかに、不快だという影が差す。どっこいしょ、と桑名はレネゲードのフードに腰掛ける。これぐらい距離があれば、合気柔術で突然投げ飛ばされることはない。銃を振りながら、質問へと戻る。

「答えろ。お前が倒した二人、逃げた一人以外の男が、小屋にいた。第四の男だ。こいつと外で会って、指示されて、お前は小屋に来たのか？」

「第四？」

「知らないのか？」

赤埴は首を横に振る。

「じゃあ説明してみろ。そもそもどうやって、あの小屋までお前はやって来たのか。言っとくけど、スパイだってことがバレたスパイは、もうスパイじゃないからな。いまさら俺に隠し事しても、しょうがない」

「たしかにまあ……そうね」

赤埴はまたため息をつこうとして、途中でやめる。

「じゃああなた、具体的に質問してみてくれる？」

なにを偉そうな口ききやがる、と思いつつも、桑名は彼女の要望に従う。

「ならば、まずはこれだ。お前、なんであの小屋の場所が、わかった？　GPSで追うったって、今日の俺はKフォン持ってないから——おい、もしかして、お前」

「わかったのね」

「くそっ、俺の私用の携帯に、スパイウェアを仕込みやがったな？　どうやって……ブルートゥースかなにかで放り込んだか。至近距離でハックして、こじ開けて」

「ええ。チャンスは何度もあったんだけど。昨日、伊庭さんのお宅での、食事会のときに」

「この野郎……」

「基礎的なハッキング技術は、私にもありますから」

「じゃあ、あのとき伊庭が俺にくれた情報もろもろも、てめえ——」

「はい。ファイルはすべて抜き出してコピーして、上に渡しました。それからあなたの携帯電話を遠隔操作して、伊庭さんとの会話を盗聴し、音声も録ってあります。それが任務ですから」

その情報が転用されて、襲撃者たちの動きにつながったのだろう、と赤塇は推測を付け加える。つまり音もなく尾行することについては、今日の彼女も「いつもと同じ」仕事をしていた。しかしそこに、予想外の闖入者《ちんにゅうしゃ》があったのだという。

「そこだ」

桑名は赤塇の話を止めて、あらためて訊く。

「そこでまずお前、直属の上官に報告して、指示を仰いだよな？　つまり部長の、加賀爪に。自分以外の何者かが、俺を追尾していることを知った、その瞬間に」

赤塇の表情が曇る。しかし小さく、ゆっくりと、確実にうなずく。

「ええ、報告しました。それで『問題ない、静観せよ』との指示を受けました」

やっぱり。そうだったのか、と桑名は理解する。そして愕然とする。

加賀爪の野郎が、今日のこの襲撃を管轄してやがったんだ。すべてを知って、やらせていたんだ。あいつが。

そこまで、やるとは。そんなことまで、あり得るとは。こうしてあらためて聞いてみると、不思議な気分がするものだ――と、まるで他人事《ひとごと》のような感慨を桑名は抱く。

ホセを消したかったのは、わかる。理由はまだわからないが、幕調のどこかにそんな動機があっただろうことは、当初より明白だった。だから桑名がホセの足跡を追い始めたことを、加賀爪あたりは気に食わないだろうことは、容易に想像できた。

だがしかし、あんな連中まで使うとは。いくら徒目付《かちめつけ》だと言っても、度を越している。まるで地下ヤクザ専門で対策に当たるタスクフォースが時折使う、汚い手みたいじゃないか。停職中とはいえ、警察官に対してそんな「手」を。それがイチホのやることか。

さらに桑名には理解できなかったことがある。赤垣の行動だ。静観せよ、と言われたのに、なぜ無視したのか。

「つまりお前は、命令違反をしたことになる」

赤垣の表情が、さらに苦しそうなものになる。

「なんでそんなことをした？　俺が生きようが死のうが、お前には関係ないだろう？」

「私は……それは『正しくない』と思ったから。Justiceじゃないと、思ったから。あの情報が……私が報告したものが、あんな形で転用されるのは、不本意だったから」

「それで介入したってのか？」

赤垣はうなずく。

「将来の幹部候補生の、キャリア様が、そんな理由でいきなりの逸脱だなんて……おいお前、もしかして、俺に惚れてるのか？　俺のことが好きなのか？」

「はああっ？」

赤垣の端正な顔立ちが、ものの見事にゆがむ。

「なんでそうなるの？　あなた、ほんっとに、馬鹿なんじゃないの？」

それは前からよく言われる。いろんな奴から。千景にも言われたなあ、と桑名は思い出す。だからつい、すまんなと謝ってしまう。しかし赤垣の鼻息は治まらない。頬に赤みが差したまま、不満そうな顔で、なにやらぶつぶつと英語で文句を言い続ける。

「悪かった、悪かった。銃突きつけたり、いろいろ。今度こそ、コーヒー買ってやるから、機嫌直してくれ」

そういえば、一応助けてもらった礼も言っておくべきだよな、とようやく桑名が考え至ったとき、ポケットのなかで携帯が振動した。スパイウェアのせいじゃない、たんなる電話の着信だ。伊庭の妻、芳江の携帯からのもの。伊庭がかつぎ込まれた病院から、彼女がかけてきた電話だった。

3

酸でやられた。

それを聞いた桑名は、白豆のフードから湧き上がっていた、あの白煙を思い出した。忌まわしい、おぞましい、にごった蒸気みたいなやつを。

伊庭は、顔から上半身に浴びた。浴びせかけられた。それ以外にも、銃創と刃物による刺突創もあった。つまり伊庭は、彼らしく、敢然と敵と戦った。一撃で自由を奪われた桑名とは違って。それが事態をこじらせて、結果を悪くした。

医師によると、両眼を失明する可能性もある、とのことだった。まず硫酸によるすさまじい熱傷が、彼を危険な状態に追い込んでいた。警察病院の集中治療室にて、いま懸命な処置がおこなわれている最中なのだという。もう何時間にもなるというのに。

泣き腫らした目の芳江は、桑名と赤埴の姿を見つけるやいなや、また激しく嗚咽《おえつ》し始める。ひどく動転しているので、彼女がなにを言っているのか、桑名は最初よくわからなかった。まるでオウムのように、芳江はこう繰り返していた。

「昨日の今日だよ、昨日の今日だよ」

たしかに、昨日のことだった。まるで何日も、いや何年も前のことみたいじゃないか、と桑名も思う。伊庭の家で、みんなでメシを食ったことが。

赤垣は、泣いていない。芳江を抱きかかえながら、頭ひとつ高い位置にある顔は、緊張しきった堅い無表情だった。なにかを押し殺し、無言で堪《こら》えているかのような不自然な面持ちだった。


桑名が襲われたのと、ほぼ同じ時間帯に伊庭もやられた。伊庭は勤務中の装備で、つまり銃と刀を持っていたから、それで賊に立ち向かったのだが、襲撃者は全員逃げおおせた。犯行時の目撃者はいない。襲撃現場である集合住宅の敷地から大通りまで這い出した伊庭の姿が、そこで初めて通行人に発見されて、ようやく九一一番に通報してもらえた。伊庭のKフォンは奪われていた。

襲撃は四谷霞ヶ岳のゲットーで起きた。桑名のための調査で、伊庭が手がかりを求めて、ひとり向かった先だった。あの近辺には、江戸城内で下仕事をこなす労働者たちの住居が多い。仕事を斡旋《あっせん》する、各種口入れ屋の窓口もある。だから「今上《きんじょう》将軍のDNAを持ち出せる」とホセに吹聴《ふいちょう》したような輩が徘徊するには、妥当な場所だった。

ひび割れたコンクリート壁のそこらじゅうに蔦《つた》とトカゲが這いまわっている、霞ヶ岳の古いアパートメント群、その中庭で伊庭は襲われた。アパートメントの一室を訪ねて、留守だったので出直そうとして、建物の外に出たところで、やられた。

病院の自動販売機で買ったコーヒーの紙コップを両手に持って、桑名が待合室に戻ってくると、赤埴がひとりで椅子に座っていた。ほんのすこしは、落ち着いてきた様子だった。だから桑名は、彼女に話しかけてみる。

「俺のせいだ」

赤埴は首を振る。

「私のせいよ。私が、あなたたちの情報を上にあげたから」

「それはそうだが、お前のは任務だった」

なだめるつもりで桑名は言って、コーヒーを手渡そうとする。が、赤埴は彼のほうを見ようともしないで怒鳴る。

「だから！　だから私は、自分のしたことが我慢ならないのよ！　私が果たした任務が、命令が、こんなことに使われるなんて！　私の知らないところで」

「ああ。わかるよ」

「わかるんですか!?」

長い睫毛の奥で、燃えさかる真夏の太陽のような光を放つ両眼を見開きながら、赤埴が桑名を凝視する。だから桑名は、声を抑えて諭《さと》す。

「お前は一年生だから、慣れてないんだよ。この屈辱に。この矛盾と、重荷に。自分では、いいことをしている気分になる、そんなときもある。あるいは、疑問が浮かんでも、見えないふりをすることもある。迷いは無視して、命令どおりにやる。でも、うまくいかない。いくはずもない。だから、しこりを抱えたまま、職業人としての日々が過ぎていく。しこりは、どんどん大きくなってくる。癌のように」

「それでいいと思ってるの⁉」

「俺が？　おいおい、相手見てもの言えよ。なんで俺が停職やら降格やら、繰り返してると思ってんだ？　すべてのファイルを見てるだろう。お前だったら」

「ああ……」

「まあ、そういうわけだ」

命令無視、規律違反が日常的にあり、勤務態度が悪く、そもそも、上官の言うことをいつも「そのまま」には受け取らず、自分で勝手に判断しては行動する。そうしたこと多数の集積が、桑名のこれまでのキャリアの、いろいろな火種になっていた。

『――長いものには、巻かれなきゃしょうがないときもある。知ってるよな？』

伊庭の昨日の言葉が、桑名の脳裏に反響する。まるでいまそこで、エプロン姿の友が、自分をおもんぱかって言葉をかけてくれたみたいに感じる。

ああ、そうだな、と桑名は心のうちで応える。でも結局のところ俺は「巻かれなかった」。そのせいで、厚意で手伝ってくれていた、お前までこんな目にあわせちまった。

桑名はぼそりと言う。

「大きな機械ってのが、あるみたいなんだ。どうやら」

はっとした表情で、赤埴が桑名のほうを振り返る。

「ちょうどそれは、機械式の時計のように、細かい部品が集まって構成されている。それぞれの部品は、シンプルな動きしかしない。それぐらいしか、できない。で、その部品になるか、お払い箱になるかってのが、俺らの人生ってやつだ——そんな説教を、軍で新兵だったころの俺は、指導係だった上官から聞いた覚えがある。『さむらい』とはそういうもんだ、とかなんとか。Servant の聞き間違いかと俺は思ったんだが」

「ああ……」

「お前みたいなキャリア候補生とは、関係ない話かもしれないけどな」

「関係なくもない。『道具になれ』と、私は言われた」

赤垣が手を伸ばしてきたので、桑名はコーヒーを渡す。しかし彼女は口をつけるでもなく、湯気が立つ紙コップのふちのあたりに目を据えて、そのままうつむいている。そして、抑揚がまったくない声で、ゆっくりと言う。

「……ホセアントニオ・リカルド・シノダは、彼は、私のせいで死んだ」

桑名の表情が変わる。

「なんだと？　どういうことだ、それは？」

「あの日、拘束されていた彼が、急に自由になって、だれも止めず、私のほうに突進してきた。それで『撃て』と言われて。だれかが、叫んで——」

赤垣はかぶりを振る。全身が細かく震えている。閉じた瞼から涙があふれ出してくる。

「お前のせいじゃない。陰謀だったんだ」

桑名はそう言ってやるのだが、赤垣は聞いていない。

「私は、撃てなかった。撃って、動きを止めることが、できなかった。丸腰の人を、撃つなんて！　それで、機動隊の大きな人が。私のすぐ側で……」

そうか、こいつは菩流土の行為を間近で見ていたのか、と桑名は理解する。だからそれゆえに、眼前での死を忌避するがゆえに、命令違反を犯してまで、俺を助けに来てくれたのか、と。桑名が拷問死することを恐れた、動機の出どころを彼は知る。赤埴という一年生同心の、情の篤《あつ》さを。

「殺人を見たのは、初めてか?」

いまや赤埴は、ぼろぼろと大量の涙を流している。幾度も首を縦に振る。勢いがあり過ぎて、涙の粒が散って、そのうちのいくつかが紙コップに落ちる。

だから桑名は、落ち着いた声で赤埴に言って聞かせる。

「よく覚えておけ。これから、多く見ることになる」

赤埴が桑名を見上げる。

「いいか? 自分がなにをさせられているかわからぬままに、部品や、道具になることを、いさぎよしとしないなら——あらがうしかない。あらがっていく人生を、選ぶしかないんだ。そりゃあ邪魔はあるさ。だから死人も出るかもしれない。でも、やらなきゃいけない」

赤埴の表情が変化し始めていることに、桑名は気づく。だから訊いてみる。

「やるか、お前も?」

赤埴は無言でうなずく。そして彼女は、まるで固めの盃でもあるかのように、紙コップを顔の前へと持ち上げる。桑名はそこに自分の紙コップを寄せる。コップのふちとふちが、軽く触れ合う。そして質問するかのように、赤埴が付け加える。

「……なにがあろうとも」

桑名がそれに応える。

「ああ、なにがあろうともだ。伊庭のために。ホセのためにも。奴の母、マリアのためにも。俺のせいや、お前のせいで、こんなになっちまった。だったらまず、けじめをつけなきゃならない。その責任が、俺らにはある。だから、落とし前をつけてやろうぜ」

ここで赤埴が、ふと不思議そうな表情になる。それはギなのか、と桑名に問う。

「なに、なんだ？　『ギ』？」

と、桑名はおうむ返しをやりかけて、そうか「義」か、孔子の五常のことを言ったのか、と気づく。そして気づいた自分に、腹が立つ。

「そういった忠孝そのほかの道なんて、そもそもがどうでもいいんだ。俺は」

「なぜ？」

仁・義・礼・智・信の五常。儒教が説く、絶対的な徳目五つ。それから三綱。そんなのは、犬にでも食わせてやればいい。むかしっから、桑名はそう考えていた。

日本人ならば、「さむらいの教養」として、だれもが幼児のころから叩き込まれる儒教道徳だが、その押し付けがましさに、つねに桑名は辟易《へきえき》していた。わがもの顔で論語を暗誦《あんしよう》するような輩が、まずもって苦手だったのだ。学校の教師などはずっと、芸術系以外は全員そんな奴らばかりだったのだが。

こうした連中と相対すると、いつも桑名は、しらけた感情しか抱けなかった。だからたとえば長幼の序など、気にしたこともない――いや、どうあっても桑名には「正しく気にする」ことができなかった。

そんなのは、英語で「Bushido」になって、ハリウッド映画の古典となり、幾度も映画化されることで原作者のイナゾー・ニトベの一族に巨万の富を与え続けている、ファンタジーから派生したものでしかない。子供のころからずっと、桑名はそう決めつけていた。ゆえに彼は、これまでの人生、いたるところでつねに、目上から説教ばかりされてきた。

桑名が重視していたのは、なにを置いてもまず「仲間のこと」だったからだ。上下関係ではなく、横並びの、気の置けない友人どうしが、お互いの「背中を守り合う」こと、だった。

だから桑名は、こう補足した。

「ホセと俺は、友だちというほどの間柄じゃなかった。でもまあ、仲よくやってたよ。顔合わしたときは、いつも。あいつ、気がいい奴だったから。そうすると、ほっとくわけにはいかないじゃないか。あんな死にざまで、なんにもわかりませんで、いいわけがない」

そしてこれは、桑名のこの考えかたは、じつは五常における「信」にあたるものだった。人と人が、誠意にもとづいて信頼し合うという美徳にも近いもの、だった。

しかし彼は、これを「信」だと自覚していない。だから桑名は、このとき赤埴のなかにも「信」が生まれ始めていることに、気づいてはいなかった。

加えて、ふたりのこれが、捧げ合う相互の「信」の共振と共鳴が、もって三徳における「勇」へとつながる道筋ともなり得ることにも、気がついていなかった。お互いがお互いの「さぶろう者」になるという、さむらいの矜持《きょうじ》の変種と地続きであることも。

章の五：電子要塞は中華粥の夢を見るか？

～瞬き四回、手がかりひとつ～

1

赤垣ジェシカ光津子は、アメリカ人の父と赤垣姓を持つ日本人女性を母に、カリフォルニア州オークランド市で生まれた。UCBことカリフォルニア大学バークレー校で演劇と舞台芸術の教授だった父は、アフリカ系とチェロキー族、インド系それぞれの血を引いていたのだが、本人の自覚としてはブラック・アメリカンだった。その彼と、留学生だった母が知り合って結婚する。

もちろん赤垣家と悶着はあった。母の両親、つまり宗家である伯爵家もからんでの騒動となった。そこで落とし所として、日本で言う婿養子の立場に、父がおさまることになった。またジェシカにも、長じたならば日本の軍もしくは警察に勤務することが求められた。彼女がきょうだいの一番上だったからだ。弟や妹たちの見本として、アメリカの血が混じってしまった、新たな赤垣家傍流の範として、武門の伝統を絶やさないことを、決意として示す必要があると、宗家側によって決定されたからだ。

よって、物心つく前から彼女は、ジェシカ光津子は、引き裂かれたアイデンティティを抱えることになった。

中学校を出るまで住んでいたサンフランシスコ・ベイエリアにいたときから、ずっとそうだった。学業もスポーツもとにかく優秀だったし、友人も多かった。父の仕事の関係で、演劇の舞台に立ったり、音楽活動に参加することもあった。また抜きんでた容姿は小学生時分から人目を引いたから、芸能界やモデル業界からの誘いも少なくなかった――もっともこれらは、祖父が日本から派遣していた執事によって、いつも丁重に断られていたのだが。執事の彼は、ジェシカの武士としての教養全般の教師でもあった。剣術および格闘技各種、射撃の練習は毎週やらされたし、茶道に華道、そのほか座学もあった。

つまりこれら全部のなかで、彼女は分裂していた。どれひとつとっても、人並み外れていい結果は出せるのだが、しかしだからといって、どのひとつにも「彼女自身」の本質を十全に投影できることは、なかった。

だからいつのころからか、諦念のようなものが、彼女の心のなかに巣食っていった。日々の社会的生活の全般に、腰掛け気分と言うのだろうか。「なんでも最高にうまくやれる」スーパー・ガールとしてちやほやされる一方で、彼女の心中は、空疎だった。がらんどうのなかを、ひゅうひゅうとただ風だけが吹き抜けていた。

「自分」がどこにもいなかったからだ。この世の中に自分がいるという、なんの実感もなかった。ただ一度だけの自分自身の人生を、精一杯生きているという手応えが、なかった。あるとしたら、つねに舞台の上で、かくあるべしと記された、ト書の多い台本に沿って無難に演じている、というぐらいのものだったろうか。

つまり彼女はずっと、人知れずもがいていた。「なんのために、生きているのか」という問いへの答えらしきものがいつも、あっという間に手のなかをすり抜けていく日々こそが、ジェシカが自覚する、まぎれもない自らの人生そのものだった。「よく出来過ぎた」彼女の経歴とはすなわち、それを支えた能力や、もちろん努力のすべてが、結局のところ彼女を裏切っていく過程にほかならなかった。なにもかもが、よってたかって彼女を虚無へと追い立てていった。

「赤埴の血を継いだ」という一点の事実こそが、なによりも巨大なものだとされていたからだ。これがすべての運命を駆動させていく根源なのだ、と。

ジェシカひとりがどれほど「スーパー」だろうが、幾十世代にもわたった「さむらい」名家の系図の貴《とうと》さ重さは、一切比較の対象になるものではない。そもそもの家名の意義とは、人ひとりの命やら人生やらの価値などを、はるかに超えた地点にあるものなのだから。ゆえに、ただただ「系図をつないでいく」ことだけが、彼女に求められたものの最初であり最後だった。赤埴の姓を持つ者として、永遠なる系図のなかに位置する者として、ただ「その名に恥じぬよう」大禍なく過ごせ。子を作れ。さらなる子を作れるような、子を。

でなければ、その「線」は消える。つまり「ジェシカ光津子」から伸びていく線は、どこにも引き継がれていかない、ということになるのだが、しかしまあ、それならそれで、しょうがない。忘れてしまえば——忘れ去られてしまえば、それでいい。線を伸ばしていける者は「そのほかにもいっぱいいる」のだから——。

だがしかし、自らがこの世に存在したとの痕跡を残したいのだったら、その「線」の上にいろ。家名から、系図から、そう申し渡されているように、彼女はひとり感じ続けていた。

ジェシカ光津子にとってのこれが、最大の「大きな機械」だった。

生まれたその瞬間、いや、母の身中にて受胎したその時点においてすでに、この論理、この宿命、いや「呪い」を彼女は背負わされていたのだった。

だからどうやっても、どのように考えても、彼女にはわからなかったのだ。この呪いと対峙できる方法が。自分の人生を、自分の主権において始めてみるためのやりかたが。

ゆえに幼き日のジェシカがとりあえず心に決めたことは、ただひとつ。「父と母を悲しませないこと」だった。赤垣の系図にいる多くの人々から、ともすれば疎《うと》ましがられ、軽んじられがちな両親を、守ること。弟や妹たちの手本となって、この「線」がそれほど悪いものじゃないかも、ということを証明し続けること。もちろん一歩ずつ、小さく、小さく——。

そんな繰り返しこそが、赤垣ジェシカ光津子のこれまでの歩み、そのすべての、偽らざる真実だった。彼女の日々の「小さな一歩」は、往々にして周囲から賞賛され羨ましがられるようなものだった、かもしれない。しかしあまりにも大きな運命にのしかかられていることを自覚していた本人にとっては、それらの歩みすら本質的には達成感のなにもない、ただただその日暮らしの「やり過ごし」でしかなかった。

そんな壮大な書き割りの世界のなかに囚われているジェシカにとって、警察官としての自分、同心の身分など、基本的にどうでもよかった。警視庁ではこの上ない出世コースに乗っているのだ、と関係者から幾度説明を受けようが、はあそうですか、としか、正直思えなかった。だから任官が決まって、祖父がとても喜んでくれたときは、逆につらかった。胸が痛かった。

いずれ遠からず去ることになる場所だから、波風立てずにやり過ごしていればいい——赤垣ジェシカ光津子の毎日、職業人としてのそれは、この方針のもとで、徹底していた。東京で恋人を得てからは、愛のある生活のみを守ることを念頭に、それ以外のところはすべて、いい子ちゃんロボットとして音もなく流していこう、と考えていた。

桑名と知り合う前までは。

あの日、彼が住む部屋のドアをノックするまでは。寝ぼけまなこであらわれた、小汚い、どこかずれた、わがままな小学生のような中年男と、口をきいてしまう、までは——。

口元がにやついていることに気づいた赤垣は、急いで表情を戻す。この無茶苦茶な状況を、生き生きと楽しんでいる自分がいることに、新鮮な驚きを感じる。こうして桑名に振り回されていることに、悪い気がしていないのだなあ、と。

いま彼女は、人生最大の規律違反を犯そうとしていた。法律違反でもあるだろう。だがそれが、なんと喜びに満ちあふれていることか。やりがいのあることか。

「よく覚えておけ。これから、幾度もやることになる」

桑名ならそう言うのだろうか。取って付けたように、偉そうに。

病院での昨夜、桑名とのやりとりのなかで、たしかに赤垣は感じたのだ。思い出せないほどむかしから、彼女の首根っ子にくっついて離れない、重石《おもし》のごとき嫌な質量が突然に減少して、まるで透《す》けて見えるぐらいの密度になったような感覚を。

そうか、人のために生きればいいのだ。

赤埴は、気づいた。そして自らのこの発見に、シンプルな答えに、新鮮な驚きを感じたのだった。

そんな生き方を、なんの前提条件もなく自らに課している桑名という男を前にして、彼女は初めて自覚したのだった。これまでの自分の人生の、積み上げてきた能力の、かくあるべき使い道について、ようやく。


赤埴は、首から下げた身分証で重警備フロアの入り口ドア、そのセキュリティ・ロックを解除する。イチホ発行の身分証だから、かなり奥まで入り込むことができる。

北町奉行所の時代からこの八丁堀に君臨する、警視庁本部庁舎の巨大ビル群、その情報管理局のドアだ。この先に第七サーバー室がある。つまり首都警察官すべてのKフォン・データを一元管理する、インテリジェント・センターの深奥部がある。

赤埴ジェシカ光津子が、いまからそこを襲う。

2

「ちょっとまだ食べてるの？　早くこっち来なさいよお。まったく」

叱責されると同時に、桑名の左耳上端が後方より手荒く引っ張られる。だから口の端から温かい粥がだらっと垂れる。意地汚い小僧のように扱われようとも、彼は茶碗と匙を手放さない。ただそのまま耳の方向へと引きずられていく。口内も歯もひどいことになったあと、初めて食うことができたのがこの粥だったから、執着している。

「あたしのお粥がおいしいってのは、まあ当たり前なんだけどね」

たしかに美味い。干し貝柱の戻し汁をダシに使った、あっさりした中華粥だ。アサツキの分量と火の通りかたが絶妙で、この女、間違いなく料理の腕はいい、と桑名は思う。

「あー垂れてるじゃないの。さっき着替えさせた寝巻き、もう汚しちゃって。だらしない奴だよなあ！　あんたあとで自分で洗濯しなさいよお？」

と、たしかに押しも強いのだが。

大柄な、今日《こんにち》的に言うと「カーヴィな」体軀が、あざやかなグリーンのヨガ・ウェア上下をまさにはち切れんばかりにしている彼女は、「リル・シス・X」と名乗った。コーンロウから伸びた重量感ある無数の三つ編みであるブレイズを、ポニーテール調に後頭部でまとめている。身振りが大きいため、たとえば桑名を叱るたびに、撚《よ》り縄の集合体みたいなぶっとい髪束が、ばさりばさりと生きているかのごとくに踊る。目も鼻も口も、まるで全身の豊満さに対抗しているかのように、大きく、派手で、そして表情豊かだった。声色もまた同様に。

今日の朝から、桑名はこのリルの部屋にかくまわれていた。彼女は赤埴のガールフレンドだった。そう紹介されたわけではない。しかし桑名は、彼女と会うなり熱い抱擁と口づけを交わした赤埴の態度を見て理解した。この愛の生活が、唯一赤埴を日本につなぎ止めていたものの正体なのだ、ということも。

だから桑名は、そのすぐあとで赤埴に小声で謝った。

「ごめんな、セクハラ」

えっなにが、と一瞬怪訝《けげん》な顔をした彼女は、ああこれかと気づいたあとで、あんな程度のをねえ、いちいち勘定なんかしてられないよ、と切って捨てる。


昨夜の、つまり警察病院に駆けつけてからの桑名は、事情聴取から逃れるため、怪我の治療および精密検査を名目に、ひとまずそのまま入院した。そして深夜に病院を抜け出した。赤埴に脱出を手伝ってもらって。

青梅での一件について、桑名と彼女は口裏を合わせた。こんな内容だった：面を着けた三人の男に桑名は拉致されたのだが、仲間割れに乗じて、ひとりで危地を切り抜けた。白豆を転がしたのは、三人組のうちのひとり。仲間割れのあげくの凶行だった。この隙を突いて、桑名はひょっとこを撃ち倒す。そのあと、現場に到着した赤埴が所轄署に通報した——というストーリーを、赤埴は報告書の第一便、簡易版に記して提出した。

だから、まずはこの内容が加賀爪に伝わった。桑名の読みでは、最初にこっち側に振っておけば、奴らが真実にたどり着くまでにプラス数時間ほどは稼げたはずだった。

たとえば、マン族のふたりのどちらかが目を覚まして、口を割るまでは。ひょっとこを倒した弾の旋条痕鑑定の結果が出るまでは。白豆を突き落としたあたりの地面に残った、タイアのトレッド跡から赤埴のクルマを特定されるまでは。あるいは、現場から逃げおおせた第三の男、夜叉面の奴が、依頼者へ報告を上げるまでは——それまでは、桑名たちは比較的自由に行動できる、はずだった。要するに、敵側が昨夜の事件の正しい全容を把握し始めるまでは。

まだいまの段階では、赤埴の寝返りを敵方に知られたくはなかった。だから桑名には文字通り、寝ている暇も治療している暇もなかった。ゆえに、すぐに姿をくらますことにした。

正直言って桑名には、芳江についていてやりたい気持ちもあった。伊庭の子供たちも、おっつけ病院に来ただろうから、赤埴もあの場にいたならば、なにかの助けにはなったかもしれない。だがしかし、事態は急を要していた。敵の陣地が、はっきりとイチホのなかにあるとわかった以上、いまの桑名には、警察関係者全員から逃げ続けている必要があった。また、小隊長がやられたということで、騒然となって血気盛んに報復を叫ぶ第一騎捜の荒くれどもにとっつかまって詰問されるのも、それはそれで、いまはご免こうむりたかった。病院の廊下にたむろし始めた、こいつらを避けながら桑名は逃亡した。


こうして桑名は、赤埴のレネゲードに拾われて、リルの部屋がある、青山のヒッピー村に連れて来られた。桑名の自宅は、すでに敵もしくは本庁の捜査員により監視対象となっているのは間違いなく、近づくわけにいかなかった。しかし道中、彼は赤埴から行き先をろくに教えられなかったもので、

「末広町のお前の家じゃないのか?」

と思わず訊いてしまい、そしてまたしても、ものすごい剣幕で怒鳴られてしまう。

「悪かった。ごめん。あのときは、まだ敵か味方かわからなかったから、念のためにヤサを確認しておいたんだよ。習慣なんだよ。だもんで、これでも悪気はない」

ほんとにもう、油断も隙も、と赤埴があきれ果てたころ、国道が都道に分岐して、そして目的地に

達した。いま赤埴が彼をかくまえる場所は、ここしかなかった。

　江戸城からそれほど遠くない位置にある異常地帯、隠れ里だ。エリアの入り口には堂々と「青山じゆうの城」と記された、手作りのぼろっちい看板が誇らしげに掲げられている。青山の学生街の片隅にある、大ぶりの倉庫が並ぶ一帯が、ヒッピー経由の胡乱《うろん》な雑居地帯となって長いのだが、ゼロ年代以降はその一画が、デンマークのクリスチャニア地区みたいな、一種のアーティスト村になっていた。そのなかに、リルの住居および作業場はあった。倉庫の旧管理事務所の半分ほどを、彼女専用の場所としていた。

　そもそもこの地は、港区は南青山にあった国連大学の一部分だった。同学の広大な敷地のうち、およそ十五万平米程度が学部移転によって空白となり、いろいろ転用されているうちに、青芸こと青山芸術大学や都立美大、穏田《おんでん》美術工芸学校ほか、近隣にあった複数の芸術系学校の連中やそのシンパたちに飲み込まれて、こうなった。住民は、出たり入ったりしているものの、定住者と見なせる連中だけで百数十人はいた。昼間人口は、もっと増える。

　ここから湾岸までは、ボヘミアンが寄り集まった集落が飛び飛びにあるのだが、芝浦にある最大のコミューンに次ぐ規模のものが、この「じゆうの城」だった。

　リル・シス・Xは、こんな特殊地域においてすら、ことさらに目立つ、顔役のひとりだった。中華民国人と日本人の血を引く移民二世だと自称していたのだが、彼女をよく知る者はみんな、幼少期に中華人民連邦から両親とともに政治亡命してきたことを知っていた。父親がロシア人であることも。あるいはまた、「じゆうの城」に住む画学生に渋谷で因縁をつけてきた右翼系大学の応援団の連中を、二、三発の頭突きと大声一喝で引き下がらせた武勇伝も、この界隈《かいわい》のだれでも知っていた。

だが彼女最大の才能は、ハッカーとしてのものだった。リルはこの能力を駆使して、ときにヤクザなど裏稼業の世界とも取り引きすることで、地域の自治および「じゆう」を維持することに大きく貢献していた。だから隠れ先としてだけではなく、いまの桑名たちにとってのここは、戦略的な基地となる場所でもあった。リルの腕を借りる必要があったからだ。もちろんこれまでも、赤垣は折に触れて彼女の助力を得ていた。桑名の私用携帯をハッキングするときにも、リルに技術指導してもらっていた。あのスパイウェアも、中華粥と同様に「リル謹製」の一級品だった。

3

逃げた者は、追わねばならない。

桑名が姿をくらましたということは、目付《めつけ》として、スパイとして彼を監視対象としていた赤垣が、なによりもまず最初に「追手」の第一号とならねばならないことを意味した。こうしたメカニズムは、服務規定に記されているわけではない。しかしそれよりもずっと上位の、警視庁警察官の心得めいた不文律のなかにあった。さむらいの掟じみたもののなかに。

桑名と赤垣は、ここを利用した。正確には、桑名が赤垣に提案し、彼女が乗った。

こんな筋書きだ。まず最初に「桑名の行き先、潜伏先を探るため」という名目にて、赤垣が警視庁本部へと赴く。桑名が自宅に放置していたKフォンに流入していた通信情報の記録を閲覧し、捜査に役立てるため——というのを口実に、その「部屋」に入る。リルの協力のもと、そこから本庁のサーバーにハッキングを仕掛ける。そして桑名が自らの端末からはたどり着けない領域にある、ホセからの通信情報を抜き取るのだ。本来は彼のＫフォンに届いていたはずのものを。

元来は軍用だった韓国製の高性能スマートフォンをベースとしたＫフォンは、防水や防塵、防熱や防磁、耐衝撃の高い性能はもちろん、警察専用の周波数帯域を使用し、警視庁内のサーバーを経由するため、きわめて優れたセキュリティ性能を誇っていた。最下層の邏卒《らそつ》であっても、これだけはかならず、ひとり一台貸し与えられる。逆に私物の携帯電話などを公務に使うことは、厳禁とされていた。同時にまた、Ｋフォンを私用で使うことも。

つまり警視庁という巨大組織は、ＫフォンやＫノートなどの官給品端末のデータを中央にて一元的に、集中的に管理することで、警察官ひとりひとりを統制下に置いていた。

与力以上の階級であれば、自らの部下のＫフォンやＫノートを常時監視することもできた。ＧＰＳを使った位置特定や追跡、テキストや通話などの通信傍受などがそれにあたる。ひとりひとりの言動は、組織の上部から、あるいはその構造全体の各所から適時、捕捉され続けていた。言動を通じて、思想信条や勤務外の日常生活までも。

一方、こうした形のリアルタイムの監視ではなく、記録された電子情報の閲覧には少々手間がかかった。ＫフォンやＫノートに保存されたデータは、各警察官の端末バックアップ用のクラウドに吸い上げられるのと同時に、本庁内のサーバーに一定期間保存された。つまり巨大アーカイヴに格納されるわけだ。この格納情報の閲覧は、資格のある者が手順に従って申請した場合のみ、条件付きで許可されるものだった。

情報保管用のこのサーバーが、特殊だった。警視庁本部庁舎内のローカル・ネットワークからしかアクセスできない構造となっていた。具体的には、情報管理局に捺印した閲覧申請書を出して、それが認められたならば「閲覧室」から有線でのみ接続できる――というものだ。この前近代的な手順が「電子申請も可」とようやく変更されたのが、数年前だった。言い換えると、この手順によって警視庁は格納データを守っていた。

さらに、通常業務内の手順では、ほとんど閲覧不可能な種類のデータもあった。保存データのうち「B記録庫」と呼ばれる領域のもので、ここだけでひとつの独立したアーカイヴを形成していた。犯罪に関与した者も含む、停職や免職となった警察官の職務関連の電子情報が半永久的に格納されていた。該当者のKフォンからKノート、そのほかすべての端末にあったデータを網羅した上で、警官記章の番号ごとに分類して保存されていた。

電話やメールなど、停職中の桑名のKフォンに入ってきていた通信情報はすべて、このB記録庫に保存されていた。一方、彼の携帯端末上のストレージおよび、アクセス可能なクラウド上からは、すべての情報が消去されていた。これはサーバー管理者、つまり警視庁の担当部局によっておこなわれた「通常の手順にのっとった作業」であり、停職も二度目の桑名としては、勝手知ったる措置のひとつだった。

しかしこれらの情報のなかに、「ホセからのもの」があったはずなのだ。そしてこの情報は、確実にまだ保存されているに違いなかった。B記録庫のなかに。

なぜならばB記録庫のアーカイヴは、性質が性質なだけに、敵側も容易に手は出せない。加賀爪やそのほかの連中が、どれほどこの情報を消したかったとしても、滅多な方法でやれるものではなかったからだ。よって、そこには手付かずの「手がかり」が残されている可能性があった。ホセからの通信のなかの、どこかに。

とはいえ、桑名としてもこれは攻めにくい難所だった。ネットワークを通じて外部からここに到達することは、いかなリルとて不可能だった。だから巧みにアナログな方法も交えながら、堅い扉をこじ開ける必要があった。

そして赤埴の潜入こそが、「アナログな方法」の決め手だった。彼女が一般的なアーカイヴへの接続許可を公式に得ておいて、ローカル・サーバーへと一旦アクセスし、そこからリルがB記録庫のアーカイヴに電子的な「侵入」を試みる、という手順だ。

この作戦のために、いま赤埴は、たったひとりで警視庁本部庁舎内にいた。第七サーバー室の手前、電子情報閲覧用の小部屋を管理する係員に、身分証を提示しているところだ。小部屋が並ぶ廊下のちょうど入り口あたりに、門番室みたいな小ブースがある。身分証を受け取った係員は、そこに記載されたQRコードを淡々と機械的に読み込む。

その模様を、リルはディスプレイ越しに見ている。粥の茶碗を抱えた桑名も、彼女の肩の後ろからようやくそれを見る。

今日の赤埴は、ティアドロップ型で太めのフレームの素通しメガネをかけていた。リルの仲間がこしらえた、言うなればスパイグラスだ。テンプル部分に仕込まれた超小型カメラによって、赤埴が見ているものが、そのままリルのもとまで転送されてくる。音声も拾っている。

リルの部屋じゅうに突っ立てられた大小さまざまなディスプレイ、そのひとつがいま、赤埴の視界をモニターしている。映像を通して、リルと桑名のふたりは、赤埴が目的地まで到達したことを知る。

青山から、リアルタイムで彼女を見守っている。

そもそもは、図書館の閲覧室のようなイメージだったのだろう。あるいは、貸金庫にくっついた小部屋とか。

4

照度の足りない蛍光灯が薄暗い緑色にべったりと染め上げる、六十坪ほどの部屋だ。入り口から最も遠い突き当たりの壁の一面だけに、はめ殺しの大きなガラス窓がある。横長のガラスの向こうには、稼働しているサーバー群のみが、暗いなかにぼんやり浮き上がって見える。ちょうどその窓に平行するように、長机がある。机の両翼は、部屋いっぱいに広がるほどあって、これが十列ほど並ぶ。それぞれの机には、衝立《ついたて》で仕切られたひとり用のスペースがあり、各種の端子を差し込んで、有線接続するためのポートが用意されていた。一番向こうの、つまりガラス窓に近いあたりの机には、何人かの先客がいて作業している様子が、おぼろげに見える。

これらの様子を、閲覧室の出入り口ドアを開けた瞬間に赤埴は見てとった。彼女のメガネを通して、青山にいるリルと桑名も見た。出入り口は、机が並ぶフロアよりもすこし高い位置にあった。そしてドアから四段ほど階段を下りきったところに、最後の関門があった。部屋の右壁沿いに突き当たりの窓のあたりまで伸びている通路があって、そこから長机のそれぞれに到達できるのだが、階段とその通路の起点とのあいだに、まるで障壁のように行く手を阻《はば》む、大ぶりな木製カウンターがあるのだ。

そこには町営図書館の司書よろしく、壮年の小男がひとり、ちょこんと鎮座ましましている。ついさっき部屋の外で赤埴に対応した係員は、彼女のQRコードをチェックして、身元の確認をした。部屋のなかにいるこっちの男性は、閲覧申請書にもとづいて発行された、閲覧許可書のプリントアウトそのものをチェックする。分業体制。

赤埴の視点から見える光景について、桑名はつぶやく。

「聞きしに勝る、ひどい部屋だな。安造りの」

「なによ、見たことないわけ？　警官のくせに」

とリルが突っ込む。

「あるわけない。与力以上の管理職じゃなきゃ、ここに入ることもできない。目付だけは別なんだが」

「へぇえー」

「しかし、こんな見てくれだとは。ありがた味がないにも、ほどがある」

と、ふたりが見ているディスプレイが大きく四度明滅し、数字の「4」と太字で大きく出る。

「なんじゃこりゃ？」

「ああ。Shut the Fuck Upだね。四回は」

なんでも、赤埴はこっちに、瞬きの回数でメッセージを送ってくることになっているのだという。

「マイクも装備してるんだけどね。でも、あっちだって気づくかもしれないから」

リルいわく、室内の監視カメラは動画のみを押さえていて、音声を収録するシステムはないはずだ、とのこと。しかしそれでも、無闇に会話していると唇の動きから不審に思われるかもしれない。だから「瞬き通信」のシステムを用意したのだそうだ。

「ええとねえ、あなたね、資格がないから。上の人ともう一度相談してみて」

司書のような壮年の小男が、慇懃《いんぎん》かつ甲高い声で赤埴に言う。彼はこの室内にて最終的に閲覧の認否を決する権限を有す主査、その補助職として長年勤務する警視庁情報管理局情報管理部閲覧第一課の係長並主任、つまりは係員の、児玉信之介《こだましんのすけ》だった。

この反応は、赤埴が予想していたとおりのものだった。だから彼女は、首に巻いたストラップの先にある身分証を持ち上げて示す。

「資格は、あります。私はいま、第一保安局情報本部、内務監査部の預かりとなっている身ですので」

「ふうん」

と不満そうに児玉が受ける。

ふたりのやり取りを、長机に座っている先客のうち何人かが、気にし始めた様子だった。赤埴のスパイグラスから転送されてきた映像の隅に、ようやく、部屋の奥のほうの様子がくっきりと映し出される。坊主頭の男が、自席から首を巡らせてこっちを見ている。頭になにか妙な、黒く小さな丸いものが載っかっているみたいだ。そのひとつ向こうの席にも、同じようなものがくっついた坊主頭がある。さらに向こうにも――。

おいちょっと、これはもしかして、と桑名は気づく。だからリルにささやく。

「部屋にいる奴ら、まずいかもしれない」

「なにが？」

「俺の記憶に、間違いがなければ……」

一度か二度、桑名は本庁ですれ違ったことがあるだけなのだが、あの異様さは、忘れようもない。

大峰山《おおみねさん》大学の、院や研究室の山伏行者《やまぶしぎょうじゃ》どもだ。宗教学部が日本一との世評を得ている、紀伊山地は奈良県の大峰山脈に位置する同大には、全国で唯一の修験道《しゅげんどう》学科がある。ここで学んだ青年たちは、日本各地の霊山や社寺などで指導的地位に立つエリートとなる者が多い。もしくは大学に残って研究者となり、さらに残って、役小角《えんのおづぬ》のごとき八剣山の超人となるべき道を模索する——ようになる連中もいる。つまり、いま赤埴のメガネの向こうにいるような奴らだ。

桑名の緊張が伝わったのか、赤埴が自然な態度でゆっくりと左右に頭を振ると、部屋のほぼ全域をスパイグラスでとらえることができる。間違いない。人数にして十二人ほどの、修験者どもがいる。全員が、山伏の装束を身に着けている。

つまり剃り上げた頭には、小さな黒い兜巾《ときん》。平べったい円柱状の中心部がわずかに尖って盛り上がり、円周部に向けて十二の因縁を象徴する襞《ひだ》が流れている、特徴的な小さな装具。これが生《は》え際にも近い額の真ん中にくっついて、紐で結わえつけられている。生成色《きなりいろ》のゆったりした鈴懸《すずかけ》の上に装着した金色の結袈裟《ゆいげさ》には、前身頃《まえみごろ》の左右の肩下にふたつずつの計四つ、背中には背骨に沿って縦にふたつ、計六個のぽってりした緑色の梵天《ぼんてん》が付いている。

こんな格好の若者たちがみんな、椅子の上にあぐらを組んで座り、手に手に印を結んでは、ろっこんしょうじょう、ろっこんしょうじょう、と小さく繰り返しながら、前後に細かく揺れている。ときに、えいやっと指で空を切っては、目の前のラップトップのキーを叩く。片手に錫杖《しゃくじょう》を握ったまま、これをやっている奴もいる。

たしかに桑名も、噂には聞いたことがあった。山伏連中を、警視庁がピンポイントで起用しているということを。かつては紙で保管されていた、本庁資料庫の情報整理に、傑出した能力を発揮した大峰山大学の学生山伏がいたのが最初だという。法力《ほうりき》の影響が、いかほどのものかはわからない。しかし集中力と直感力、脳の情報処理機能が、常人離れしているのだという。保管情報がデジタル化されてからも慣例は生き続け、だから時折、これら格納情報データも、修験者たちにタテにヨコに漁ってもらっては、整理不十分の点を洗い出してもらい、より効率的なアーカイヴ化の基礎アイデアを得ては、情報技術者が新たなる構造を模索していく。そして運の悪いことに、今日がその半期に一度の、修験者によるオペレーションの日だったのだ。

さらにまずいことに、この者たちは、かなり高度なる武芸の達者ばかりだった。どこのお寺の僧兵と競っても遜色ないほどに、錫杖を駆使した独特の体術の練度はおしなべて高く、もって、お山から降りてきた山伏がぶらり歩いているだけで、里のヤクザ者たちが道の両側に並んでは頭を垂れ敬意を表すというのが、大峰山のふもとあたりではよくある光景だった。

だから赤埴が係員の児玉に不審を抱かれて、もしあれら修験者どもが突如立ち上がり、詰め寄ってきたら――いかな彼女でも、決して無事では済まない。まず絶対的に、逃げ切ることは不可能だ。ディスプレイのこちら側で、桑名は、こめかみから湧き出てきた脂汗を自覚する。彼の困惑が、リルにもすこし伝染する。

「ではもう一度、最初からご説明いたします」

赤埴が、涼やかな声音で告げる。彼女のメガネの先には、相変わらず不満そうな児玉がいる。

「つまり、私の階級は一等同心なのですが、権限がそこまでだったのは、外事部勤務のときの話なのです。いまは第一保安局情報本部、内務監査部の預かりとなっておりまして」

「ええ。はいはい。そう言ってますよねえ。さっきから」

「ご理解いただき、ありがとうございます。そういったわけですので、いまの私は、加賀爪部長直属で目付業務をおこなっているので、この場合、与力もしくは同心長相当の立場を得たものと見なされる、と内規にはあると聞いています」

「はいい？」

児玉は混乱した。彼が体験したことのある「前例」のなかに、こんなものはなかったからだ。

「主任、いかがしましたか？」

野太い声が、児玉の背後から湧いた。赤埴が目をやると、そこに大柄な山伏がひとりいる。まるで火星人かと思うほど、異様に頭が大きい。なのに小さな目鼻が顔の中心に近いあたりに狭苦しく集まっているので、鈴懸装束のこけしみたいにも見える男だった。右手には、これも極太の錫杖がある。リーダー格ということなのか、彼の動きを、部屋じゅうの山伏が作業を止めて見入っている。

「なにか不都合でもあるのかと、気になりまして。拙僧がお手伝いできることなどあれば、なんなりと」

小さな目が、ちらり、ちらりと赤埴のほうを見る。

児玉が応える。

「いやいや。問題なんかねえ、ないんですよ。ただこの人がね、女性が、どうにも妙なことを仰《おつしや》っておりまして」

「ほほう」

「私はねえ、長年この職をあずかってきたんですが……一度も聞いたことない話をね。突然に言ってくるもんだから」

しかし、児玉が知らないだけで、赤垣の主張にはそれなりの根拠があった。

なにもかもが階級で縛られた組織なのが警察なのだが、こと目付業務についてだけは、話が別だった。内務監査をおこなう場合には、ときに「階級を飛び越して」権限を発揮する必要性もあったからだ。だから「目付には、限定付きで特権を与えることも可」という合意が、かつて組織内の一部にはあった。折に触れてこれを行使したのが、加賀爪の一党だった。


日本中の警察組織の階級システムは、そのすべてが、江戸時代の奉行所からの「持ち越し」だった。首都警察である警視庁なれば、東京都奉行という重責を担う与力総監をトップに、与力監、与力長、与力正、与力と階級が下っていく。これに合わせて、職務内容も変化する。与力までは管理職で、その下の同心長からが実働部隊だ。警部や警部補職を務めるのは、伝統的に同心長が多い。その下の一等同心が係長、二等同心がヒラの刑事や邏卒部長、ただの邏卒が、階級および職能の最下層となる。ありとあらゆる命令は、この階級の序列に従って、ただひたすらなる上意下達として、伝達される。

そしてこのシステムの全体像は、軍隊と相似系だった。軍ならば、将から佐官、佐官から尉官へ、そして下士官から兵卒へと命が下り、全体がひとつの「機械」として動いていく。こうした鋼鉄のヒエラルキーこそが、古来より、集団としてのさむらいに「力」を与えていた。軍を、警察を掌握し、まつりごとを統括し、あらゆる民草《たみくさ》を高所から睥睨《へいげい》するための、将軍を頂点に置いた大ピラミッドこそが、すべてのさむらいが住まう「家」だった。つまり階級の上下こそが、幕府の秩序の源泉だった。ゆえに、児玉は混乱していた。彼は一等同心だったから、赤垣とは同格だ。しかし彼女は、なんとキャリア様だ。将来の幹部候補生だ。だから邏卒から始めるわけではなく、一年生の時点で、入庁したその段階ですでに、長年かけて彼が上り詰めた場所である、一等同心の地位にいる。しかしこの場所にて許認可をおこなうのは、私なのだ。だから私のほうが、偉いのだ——そんなプライドおよび憤《いきどお》りが、児玉の胸のうちで渦を巻いていた。決まりは、決まり。秩序は、秩序。なのに、この若い女ときたら——。

「電話をしてみましょうか？」

赤垣が突然そう言ったので、児玉はぎょっとする。

室内では電話どころか通信は一切厳禁だ。ゆえに彼が陣取るカウンターには、携帯電話入れがあった。風呂屋の入り口にある下足箱みたいな仕組みで、携帯を預けて、小さな扉を閉め、鍵を持っていく。赤垣のKフォンも、いまはそこに入っている。

「部長から命を受けて、私はここに来ています。ですから、電話してみれば、すぐに事情をご説明できるかと思うんですが」

「で電話って、部長にかけるの？」

「ええそうです、加賀爪部長に」

ここで児玉は、はげしく動揺する。映像を見ているリルと桑名にも手に取るようにわかるほど、あせり始める。なにしろ、相手はイチホなのだ。泣く子も黙る内務監査部の部長、しかも雲の上の与力正様の直属の部下を疑って、「念を入れて、裏を取るため」に電話をかけるなんて——いったいどれほどの、ご機嫌を損ねてしまうのか。

「だだってあなた、携帯はもう預けているんだし」

ここで大頭の山伏が割って入ろうとする。

「きみぃ、規則を曲げようとするのも、いい加減に——」

と言いかけて、その場で硬直したように固まってしまう。赤垣のメガネのレンズの向こうで、小さな目を精一杯見開いたあとで、ふっと伏せる。でっかい頬いっぱいに、一瞬であざやかな朱が差す。

「おい、どうなったんだよ、これは」

桑名はリルに訊く。彼女は鼻で笑って、自慢げに言う。

「にっこり微笑んであげたんだよ。あの坊やにね」

「なんだよそりゃ」

「彼女のねえ、瞳は100万ヴォルトなんだよ!」

高らかにリルが述べたそのとき、山伏が傍らに身を引いた。うつむいたままで、時折、ちらりちらりと視線を上げる。また見たいのだろう、その瞳というやつを、と桑名は理解する。股間を隠したいのか、錫杖が不自然に彼の股ぐらあたりにある。

赤垣は、落ち着いた動きで携帯電話入れのほうに近づいていく。

「では、私の携帯をいまから取り出します」

「だ、だめですよ! この部屋のなかは、携帯禁止なんだから」

「廊下に出てから、電話しますので」

と携帯電話を取り上げようとした赤埴を、両手を大きく振りながら児玉が制止する。

「わかった！　わかったわかった！　わかりましたよ、もう！」

興奮した口調で、児玉は続ける。

「ほんとは、ほんとはダメなんですけどね！　でも慣例がありますからね。いまだけね、特別にね。そのかわり、よろしく言っといてよ、部長には」

などと、せかせかとまくし立てては、「許可」と記された丸いスタンプを、勢いのいい音とともに、赤埴の許可書のしかるべき場所へと叩きつける。大頭の山伏は、そんな様子を、すこし離れた位置で、突っ立ったまま無言で見つめている。


ふーっ、と桑名は長い息を吐く。大丈夫だとは思っていたのだが、大峰山の連中が詰めていたのは予想外だったので、一瞬緊張した。そこで自分を落ち着かせるために、リルに向かって得意げに言ってみる。

「な？　俺の読みどおり、うまく行っただろう？」

赤埴が利用した「慣例」に本当に沿うならば、本来だと上官からの委任状が必要となる。そこを誤魔化して突破することを、桑名は提案していた。この点リルは、すこし時間をとってでも委任状を偽造するべきと主張して、対立していた。だから桑名は、このときとてもいい気分だった。現場ってのはこんなもんなんだよ、とさらにリルに自慢しようとしたところ、

「うーるーさーい！」

と、叱られてしまう。赤埴も四度瞬きする。

5

門衛を突破した赤埴は、十二人いる先客の、どの山伏とも離れた席に座った。持参した自前のKノートを彼女は開く。そしてデスクに貼られた指示書どおりに通信システムを遮断してから、こちらも持参したケーブルにて、該当するポートのひとつに接続する。

髪で隠れた赤埴の耳には、イヤフォンが入っていた。これはポケットのなかにあるリル謹製の携帯端末と接続されていて、赤埴は桑名たちの声が聞ける――さっきはその音声が、うるさかった――という具合になっている。メガネからのデータもここから飛ばし、そして赤埴のKノートとも接続されている。

この携帯、言うなればリル・フォンは、きわめて特殊な一台だった。「じゆうの城」にて、リルの手伝いをしている者のなかでも、ごく一部しかその存在を知り得ない特製品だ。いまは開発段階であり、ゆえに限定された地域で試験的に運用されているだけの7G通信の基地局を勝手に経由して、データの送受信をおこなうことができた。つまり、この端末を通したやりとりを傍受できる者は、事実上いないに等しい。

この経路から、リルはサーバーにハッキングを仕掛けるのだ。赤埴のKノートは、ついいましがたポートに接続されたのだが、これはほぼなんの役にも立たない。リル・フォン経由のハッキングを導き入れるバイパスとなっているだけだ。

「ようし、入った」

リルのつぶやきに、ディスプレイが二度、大きく明滅する。

「これは『よかった』とかなのか？」

と訊く桑名に、

「いんや。二回はYes。三回がNo」

そう答えながら、彼女は猛速度でキーボードを叩く。

リルの前には、二台の大きなディスプレイがあった。右側が、赤埴のメガネからの映像をつねにモニターし続けているもの。もうひとつが、彼女のKノートのデスクトップ画面をそのまま転送したものだ。

いまはほとんど同じように見えるこれらの画像のどちらにも、中心部に、不吉なまでに真っ黒な背景のウィンドウがひとつ、開いている。言うなればこれが「リルの窓」だ。ハッキングして、半ば乗っ取った状態となっている赤埴のKノートの上の、そのウィンドウのなかで、まるで細菌が爆発的に増殖していくかのように、文字列が湧いて出る。

一方、赤埴は赤埴で、一応は作業をしている。つまり、いま現在は桑名の自宅に放置されているKフォンに入ってきていた通信記録の閲覧だ。「リルの窓」を避けながら、ひとまず赤埴はその情報を呼び出している。案の定、ここ最近はたいした連絡はなにもないことが、ディスプレイから見てとれる。停職開始から、このあいだ半蔵門に呼び出されるまでの期間の情報が消されているせいで、ほとんど真っ白の、空っぽの箱状態だ。

ここでふと桑名は疑問に思う。

「監視カメラのことだが。赤垣のディスプレイは映らないのか？」

「さあね。たぶん大丈夫だと思うけど。さっきの感じだと」

なんとこの女、赤垣が入室して席に着くまでのあいだに、メガネ越しの映像として送られた情報だけでそこまで読んだのか、と桑名は感じ入る。だから、つい訊き過ぎる。

「だけども、Kノート自体には痕跡が残るよな？」

「……まあね。よく調べればね。ちょっと邪魔しないでくれる」

「ああ。でも、それはそれで対策考えといたほうが――」

「もう、うるさいなあ！」

とリルが怒鳴るのと同時に、右側のディスプレイが四度明滅する。

「……わかったよ」

と桑名をおとなしくさせてから数分後だった。気が狂ったネズミがなにかを齧《かじ》り続けているみたいに、高速で切れ目なく鳴り続けていたキーの音が、止まる。そしてリルが鼻息荒く、リターン・キーを叩き込んで言う。

「おーし！」

黒いウィンドウに乗っかるようにして、新しく白い背景のウィンドウが開く。そこに続々とデータが流入してくる。桑名のKフォンの通信データ、今回の謹慎期間中のすべてが、B記録庫から7Gの回線を経由して、あっという間にここまで飛んでくる。ハッキング成功だ。

撤収の段階になって、予定外のことが起きた。本庁内だから、あり得ることではあったのだが、しかし、桑名はまた緊張した。赤垣のメガネから送られてくる映像のなかに、加賀爪がいたのだ。吹き抜けとなったホールの一階を闊歩する彼の姿を、二階部分の通路を歩いている赤垣が上方よりとらえていた。噂をすれば、影だった。

情報管理局の入っている第四ビルから、第一ビルの地下駐車場へとつながる経路のひとつを、赤垣は移動中だった。そして階下の加賀爪は、従者を連れず、めずらしくひとりだ。遅い昼食の帰りかなにかか、楊枝をくわえ、指に引っ掛けた上着を小粋に肩に担いでいる。

そこで赤垣はきびすを返して、二階の逆側にある、セキュリティ・ゲートの向こうの関係者用エレヴェーターを目指す。それで駐車場のある地下二階まで降りる算段だった。

と、彼女の目の前のゲートから、異様な風体の男がひとり、あらわれ出でる。あの大頭の山伏青年だ。赤垣の姿を認めると、小さな両眼を不自然なまでに見開いて、でっかい顔を瞬間的に上気させる。

「こ、これはこれは。これは……意外なところで！」

偶然に出会った風情《ふぜい》で、赤垣に話しかけるつもりだったのか。跡をつけたくせに。彼女が席を立ってから、大急ぎで追ってきたくせに。息まで乱れている様子なのに。

こいつはまずい、と判じた桑名は、イヤフォンから赤垣に声をかける。

「赤垣、すぐに立ち去れ。そいつに構うな――いや、構わせるな」

赤垣は、静かに山伏に応じる。

「先ほどはどうも。急いでいますので、これで」

そう述べた赤垣は、左側に軽くステップして、山伏をかわし、ゲートへと向かおうとする。しかし大きな顔が前を塞ぐ。

「……あの、あのう。あのさっき、笑いかけてくれたじゃないですか！　どどういう意味かなって、思ってしまって」

ちっ、とリルが大きく舌打ちする。桑名の傍で、吐き捨てる。

「このガキ、修行ばかりして女に免疫ないもんだから。おかしくなってやがる……」

くそっ間に合わない、と桑名はあせる。一階をあの方向に歩いていたということは、加賀爪はこのゲートに向かっている可能性が高い——。

「おう、ここで、なにを」

絶対に聞きたくなかったあの声が、赤垣のスパイグラスのマイクロフォンを通じて、桑名の耳にまで伝わってくる。赤垣のすぐ近くで、加賀爪が目を丸くしている。ホールから二階の回廊へとつながる西側階段を上がってきた彼が、そこに突っ立っている。

桑名は息を飲む。リルが押し殺した声で、赤垣に言う。

「気をつけて。微笑だよ、ほーほーえっみっ！」

指示どおり、きっと彼女は、にっこりと微笑んだのだろう。加賀爪の表情に、ほんのすこしだけ変化があらわれる。山伏のほうはもっと極端だ。顔面が沸騰せんばかりの真紅に染まったばかりじゃなく、ぐにゃりと全身の力が抜けて姿勢がよじれる。

「こんにちは」

明るく、落ち着いた声で、赤垣は挨拶する。

「私は桑名刑事の居所を探るため、当ビルの上階で、電子情報の閲覧をしていました。その際、このかたに――いろいろ教えていただきまして、とても助かったのです」

　と山伏を指し示しながら赤埴が述べるものだから、より一層、彼の赤い顔がぱんぱんに充血する。その様子を、加賀爪が蛇の目でじろり睨《ね》めつける。赤埴は、さらに続ける。

「アーカイヴの閲覧申請書は、部長もご覧になられたと思うのですが」

「んん？　申請書？　私は見とらんが」

「昨日の深夜ですが、メールで管理課に送ったものを、部長のアドレス宛にCCいたしました。もしかしたら……うまく送信できなかったのかもしれません。なにぶん、急いでおりましたもので。では念のために、本日のちほど、私のほうから再送信させて頂きます。情報管理課に申請書を提出しましたときのヘッダも付けまして」

「ううむ」

「順序が前後したようでしたら、誠にすいません。以後気をつけます」

　まるで、立て板に水ってやつじゃないか。桑名は感嘆した。

　加賀爪の顔を見た途端、桑名は自分の心拍数が上がったことを自覚していた。それが、どうだ。赤埴はまるで、なにもやっていない者みたいに、ポーカー・フェイスのままで押し通している。肚が据わったその態度に、加賀爪のほうが気押《けお》されている。

　これは、役者というんじゃないな。ここまでの人生のなかで、かなりいろいろ苦労して、そして実地で身に着けていったものなのだろう、と桑名は思う。

「ああ、まあ、それならいいんだが」

　山伏までもが、赤埴に加勢する。

「ぼぼ、僕も、いや拙僧も、見ていましたよ。このかたが書類を提出されているのを」

いらっとした表情のもとで、加賀爪が山伏に向き直る。

「ところで、ウチの部の者に、なにかご用なんですかな？」

「あ……ああ、いやその」

「ご用があれば、私を通してくだされば――いや、私としたことが、名刺を切らしているようだ。これはこれは、失礼を。『イチホの加賀爪』とだけ言ってもらえれば、だれでもわかると思うので。警視庁の、だれでも。私の連絡先は」

ぎょろりと目を剝いて、加賀爪が居丈高《いたけだか》に口上を述べると、山伏の真っ赤な顔が、途端にその色を落としてくる。お山では決して遭遇することがなかった刺激と同時に、強烈なストレスをも感じてしまい、落ち着きを失った小さな目玉がきょろきょろと泳ぎ動く。

彼を威圧しておいて、赤埴に目を転じた加賀爪は、表情を変えて、話題も変える。

「ときに、ご宗家の景成《かげなり》伯爵、お祖父様とは最近会ったかな？　お元気かな？」

けっ、と思わず桑名が吐き捨てる。赤埴家には媚《こ》びてんのかこの野郎、と。

「黙ってなさいよ」

とリルが桑名を叱る。彼女もディスプレイを凝視している。

が、赤埴は穏やかに、朗《ほが》らかに言う。

「ありがとうございます。お陰様で、歯医者以外に用はない、なんて申しておりましたんですよ。先週、祖母の誕生日の折に家族みんなで集まったのですが」

はっはっは、それはそれは素晴らしい、と加賀爪は言う。笑っているつもりで、しかし表情のない目が、妙なところを見ていることに桑名は気づく。奴は赤垣の目を、見てはいないのだ。彼女の正面で、まるで顔全体を見ているような様子なのだが、じつはその視線はもっと下にある。

どうやら、胸を見ているようだ。さらにその視線がすっと下がってから、また上がる。股間のあたりまで、舐めたのか。目の玉の動きに合わせるみたいに、さっきからねぶっている楊枝の、口から突き出した先のほうが、ゆがんだ弧を描いて幾度か回転する。

「じゃあね。まだいろいろ慣れなくて、大変だろうけど。みんな期待しているから。頑張ってね」

との加賀爪の言葉に、赤垣が快活に答える。

「はい。今後とも、ご指導のほど、なにとぞよろしくお願いいたします」

言い終わるか、終わらないかの瞬間。ディスプレイが素早く四度、明滅する。

6

ホセから停職中の桑名への通信は、やはりあった。メールおよび留守番電話にメッセージが残されたものだけで、都合十四回。着信履歴だけのものも含めると、数はもっと増えた。

最初は、七月十九日だった。桑名の停職は七月一日から始まっていたから、そのすこしあとの連絡だ。留守番電話に、ホセはこんな録音を残していた。

「あー、えっとえっと、お久しぶりー！　元気元気？　あのね、ちょーっと俺、聞きたいことあってさ。桑名っちに。電話じゃナニだから、一回会えるといいんだけど……とにかくさ、返事頂戴よ。じゃあね！」

その二日後に、こんなのがあった。

「忙しいのかなあ？　悪い！　返事ちょ——だい。ね？　なんかさ、最近妙なんだよね。尾けられてるっていうか……気のせいだと思うんだけどさ。でも一応、調べてもらったほうが、いいかなーって。付け届けは俺欠かしてないからさ。新しい担当の人にも。だから怒られること、なんもないはずなんだけどさあ」

といった内容の話が数度繰り返され、その途中で録音が切れた。そしてこの日から、連続して三日間に計三度、メールが届く。桑名からの返事が一向にないことに、ホセが徐々に怒り始める。着歴だけの電話も、メールの前後に数回ずつ。

そして翌月の八月九日、妙なメールがホセから届く。

「万事快調？　あのねー俺、ヤサ変えた。チェンのところ。あいついい奴。桑名っちのメールのとおり。紹介ありがとね！　電話頂戴！」

「ちょっと待った！」

ここまで目と耳でホセからの通信を順に追っていた桑名は、声を上げた。

彼はまた、ＰＣを操作するリルの背後に立っていた。彼女に身を寄せるような位置に据えられたもうひとつの椅子に、いまは赤埴がいる。まるでふたりで、ピアノの連弾でもやってるみたいだ。赤埴のほうは厄落としとばかりに、片手に持った大きな缶のモルト・リカーをぐいぐいやっている。リルの手には、対比的にはあまりに小さ過ぎるように思えるワイングラスがあった。こっちは赤ワインをちびちび飲みながら、桑名のためにデータを開いて見せてくれていたところ。素面《しらふ》なのは桑名だけだ。

「あんたが次に言うことわかったよ」とリルが言う。「『なんでだれが、俺に成り代わってホセにメールしやがったんだあっ！』って、怒鳴るんでしょう？」

「あぁっ？」

くすくす笑う赤垣の横腹を肘で軽く突っついてから、リルは桑名を振り返ってウィンクする。

「どお？　あたしの声帯模写、うまいもんだろおっ！」

仕方がないので、桑名は合わせる。ああまるで、俺が喋ってるみたいだったな、と。

「そんなふうに言われるとさあ、ちょー興醒めだよなあ。ねえハニー、こいつってほんと、つまんない。酒落《しゃれ》っ気ないよなあ。よく一緒にいられるよね？」

だって私、我慢強いから、と赤垣は笑顔で話を受ける。桑名はふたりのやりとりを聞きながら、赤垣について、ハニーって呼んでやんなよ、などと軽口を叩いていた友を、伊庭のことをまた思い出す。

リルいわく、IPアドレス含むヘッダ情報すべてを他者のものに「成り済ました」メールを携帯端末に送ることなど、朝飯前なのだという。だから当然、桑名のKフォンには、そんなメールを送信した痕跡はない。どこかから、だれかが、「桑名のふりをして」ホセにメールを送った。

「とくに警視庁は、こういうのが得意な奴ら多いみたいよ。SNSにデマ撒くとか」

自分に成り済ました奴が、ホセとウィリー・チェンをつないだという不快な事実を、桑名は認識する。そして当然、チェンの自宅はイチホに監視されていた。いや「都合よく監視するための檻」に、まんまとホセは誘い込まれてしまったわけだ。桑名の名を騙《かた》る者によって。

ホセが、あいつが俺を頼っていたせいだ、と桑名は忸怩《じくじ》たる思いを抱く。七月の電話から、何度も何度も、桑名が停職中であることを知らない彼は、連絡を取り続けてきた。その事実を、おそらくはまずホセの携帯電話の通話傍受から知った「奴ら」は、次に没収中の桑名のKフォンに残ったデータも確認し、ホセからのメールもすべて、見たのだろう。そして桑名には「利用価値がある」と踏んで名を騙り、ホセを罠にはめていったのだろう。

人と人の結び付きを、情を、奴らは好きに「利用」する。

半蔵門に呼び出されたとき、初めて奴らに利用されたわけじゃない。その前から、停職中の惰眠《だみん》をむさぼっていたころから俺は利用されていたのか、と桑名はようやく理解する。仄暗い、やるせない憤りとともに。

そしてやっと、あの日の構図が見えてきた。半蔵門の現場で、加賀爪が指揮をとっていた理由が。あのときの桑名には謎だったのだ。イチホのなかでも、なぜよりにもよって、内務監査部の部長が仕切っていたのか、理由がわからなかった。しかし桑名こそが「理由」だったのだ。彼をうまく利用するため、八年前の異動から始まって、停職やら降格など、彼を幾度も処分した経験を持つ加賀爪が前に立った。つまり加賀爪は、俺という「部品に詳しい」から、一連の計略そのものを練る役回りを担ったんだろう、と桑名は思い至る。ゆえに奴は現場にまで出張っていたのだ。

次に瞠目させられたのは、九月の二十日、ホセが留守番電話に残した録音だった。ついに、決定的な手がかりが出た。

「俺ねー、もうムカついちゃってさあ。桑名っちが電話くれないのはわかってんだけど、でもね、あの店変なんだよ。悪徳業者なんじゃねえの？　詳しいことは会ったときにでも話すけどさ、去年俺、間違いないＶＩＰ、ヴィ・アイ・ピーとね、知り合っちゃってさあ。徳川家の人なんだぜ！」

ホセの声を聞きながら、桑名は徳川英忠老人の姿を思い出す。岩倉楽々郷にいた彼を。

「でもね、家系図屋が俺に言うわけ。『ＤＮＡ情報がマッチしない』って。将軍様のと、俺が見つけた人のが——」

「ちょっと待った！」

と桑名は再生を止めさせる。

「またなの？　耳元で大声出さないでくれる？」

と怒るリルに、

「もう一回聞かせてくれ。『徳川家』のあたりから」

さっき聞いたのと同じ内容を、ホセの声が繰り返す。桑名は静かにつぶやく。

「わかった。ここだ」

「どうしたのよ」

彼はリルに説明する。

「ここでホセが言う老人に、俺は会っている。赤垣は知ってるよな？」

彼女はでかい缶を乾杯のように掲げ、Ｙｅｓの意を示す。

「ここの家系図屋、ＤＮＡ鑑定屋にホセが持ち込んだのは、十中八九間違いなく、あのじいさん、徳川英忠と名乗る老人の顎髭の切れっぱしだ。いつも訪問者に手渡してたやつ。そんなものを検体にしてだな……プロが『マッチしない』だと？」

「あっ!」

だらけ切っていた赤埴が、ここで多少正気に戻る。

「さすがFBI仕込み。お前もわかったか」

「なによ、なに? どういうことなのよ!」

と、ひとり話が見えないリルが不満げに言う。

「いいか。父系の血族関係をDNA鑑定で追うとき、『切った毛髪』は基本的に検体にならない。引き抜いた髪なら別なんだが。毛根さえあれば」

「へーえ、そうなんだ? 初めて知ったよ」

この場に来て初めてリルを感心させることができたぞ、と桑名は得意な気分になる。しかしそのあとを、赤埴が奪う。

「そうなのよ。髪そのものでも毛幹部の髄質からmtDNAなら取り出せる可能性があるんだけど、それだけだとまず、個人識別まで持っていくことはできない。だから常識的に言って、毛根が必要なのね。毛根の毛乳頭、抜いた髪の毛の一番根っ子にくっついている白いところ、そこからDNAを抽出するのが普通。だから彼が言うように、もし切り落とされた髭を検体としたなら、マッチするもしないも、そもそも鑑定なんて――おそらく99%の確率で、できるわけがない」

ここで桑名が奪い返す。

「つまりこの業者は、ホセに嘘をついたってことだ。『鑑定そのものができない』と言うべきところを『鑑定したが、マッチしない』と。これは、おかしい」

「なるほど……あ、こっちにメールもある。留守電が入ったのと同じ日のやつだ。添付書類もあるね」

リルがPCを操作して、ファイルを開く。業者が作成したDNA鑑定書を撮影した画像データを、ホセが送ってきたものだ。たしかに鑑定結果の部分には、強い右肩上がりのくせ字で「残念ながら、マッチしませんでした」と記されている。さらにすぐ下の項目では、検体についても手書きされている。「検体：（1）顎髭（切片）、（2）お召し物上の付着物（血液・尿）」と、ある。

「これは、出てきたな」

「ええ。手がかりのようね」

と赤埴も身を乗り出す。

画像には、業者名や住所、連絡先もあった。すかさずリルが、これらの情報を当たる。すぐに結果が出る。

「あーやっぱりね。ここ『草』の店みたいだね」

リルが言う「草」とは、密偵や間諜、工作員を指す隠語だ。今日ではおもに幕調に管理されている者が、そう呼ばれる。

一般市民はもとより、政治家や軍人、警察官など、ありとあらゆるところに草は配置されていて、その全貌は、管理者以外には一切わからない。草の者は、日常的には表の顔どおりの生活を送りつつ、情報収集そのほかの活動を地道におこなう。さらに一命あらば、破壊活動だってやってのける者もいる。第一幕府制期までは総元締めである公儀隠密の支配のもと、これが市中の至るところに放たれていた。つまりプロフェッショナルな忍びの者の、下部構造がこれにあたる。もちろん、目付への情報供給源ともなる。

リルいわく、彼女の仲間たちだけが使用できる「草チェックwiki」というシステムが、ネット上にあるそうだ。それぞれが口コミのネットワークで集めてきた情報を積み上げて、お互いに評価し合っては「あぶない奴」の特定をおこなう。身を守るために。

ホセが鑑定を頼んだ店は、五段階評価で最上級の「草認定」を受けた店だった、という。リルが付け加える。

「まあ、ここが特別タチ悪い店だってわけじゃない。家系図屋ってどこもかしこも、こんなもん。みんな似たり寄ったりなんだけどね」

正確な家系図を作るには、ときにはDNA鑑定が必要となる。とはいえ自前で鑑定をおこなえる家系図屋なんて、ほとんどない。たいていは契約したラボに検体を送り、鑑定を依頼することになる。一件あたりの鑑定コストを下げるため、業界団体を作り、いくつかのラボと包括契約する。家系図屋のチェーンや、フランチャイズ化もおこなわれる——。

「つまり、そういう業界全体というか、ギルドの集合体みたいな構造が、そのまま乗っ取られちゃったって感じかな。ずいぶんむかしに。こういう業界の閉鎖性と幕調の草システムってのが、すごく相性がいいのよ。どこにでも耳と目をくっつけられる、のっぺらぼうの千畳敷って感じで」

なるほど、と桑名は納得する。街角のいろんな場所にある家系図屋、その店先に何本も突っ立っている「家系図お作り申し上げ〼」なんて赤や青や緑の幟《のぼり》を目にするたび、よく家賃が払えるもんだな、と彼はむかしから思っていたのだ。実際にはほとんど判子《はんこ》売っているだけで、売り上げなんてなかろうに、と。

「この店を叩いてみる必要がある」

と言う桑名に、

「そう言おうと思ってたところ。私も」

と赤埴が応える。

章の六：南海秘帖を紐解くならば

～地図なんていくらでも。回る恐怖の地獄椅子～

1

「ああ。ご先祖様が八王子千人同心ねえ。うんうん。お祖父さんの弟さん、大叔父さんにそう聞いた、と。それで九州は福岡のご出身。なーるほど、なるほど！　あれですなー。戦火でね、いろいろわかんなくなっちゃったじゃない？　何度も大きな内戦やるもんだからさあ。おっとご公儀にもの申してるわけじゃないんだけどね、僕はね。でもねえ、お寺がかなり焼けちゃったのよ。それで宗門人別《しゅうもんにんべつ》改《あらため》帳《ちょう》も燃えちゃったから。第二次まで、その都度ね。だから途中で、ちょーっと困ったことになっちゃったのよねえ。日本人の、家系のお話って。一部のね、やんごとない方々以外はね。すっごく、わかりにくい。プロの僕らの目からしたら。韓国みたいにね、日本にもむかしからチョクポ、族譜《ぞくふ》がちゃんとあればよかったんですけども……あはっ！　でもでも、お客さんの家柄が怪しいとか、嘘ばっかりとか、僕、言ってませんからっ！　ないない、それはない！　でもねー、代々のご先祖様と縁もゆかりもない、違う州に移ったと称するお武家さんの家系ってのは、往々にして、ね。まあ悪く言うと……」

「知ってるよ」と桑名は短く答える。「よく言われる。どこの馬の骨ともわからぬ奴、どうせ元は中《ちゅう》間《げん》風情、家紋捏造《ねつぞう》してんじゃねえぞ、とか」

「あ。いやいやいや、そんな！」

「いくさ場で後ろから人刺して、そいつと入れ替わって武士のふりした百姓が先祖だろう、というのもあったな。お前のつらは間違いなく農村の産品だから、と」

店主は顔の前で手刀にした手をひらひら振りながら、いやいやいや、と言い続ける。それしか啼《な》く声を知らぬ鳥のように。彼は伸ばした髪をうなじのあたりで束ね、鼻の下から顎の先までぐるりと髭で覆っているのだが、青山のあそこらへんにいた連中とはちょっと違う。利休帽を頭上に乗っけた、易者の相貌だ。こいつが「草」か、と桑名は思う。

桑名は蒲田駅前の家系図屋の店内にいた。昨日の夜見た、ホセから送られてきた添付書類に記されていた場所だ。「斎藤道沖《さいとうどうちゅう》印章本舗」というチェーン・ストアの、蒲田支店だ。つまりリル認定の「草」の拠点のひとつに、彼は単身乗り込んでいた。客のふりをして。

ひなびた商店街のなかでも埋没してしまいそうな、小さな店だった。通りに面した雑居ビルの一階にある、そもそもは和風喫茶店だった様子の一軒だ。こうした店は、七〇年代あたりまではよく流行《はや》っていた。そこが居抜きで家系図屋になった、いやチェーン・ストアの手に落ちたということか、と桑名は理解した。

コーヒーと煙草のエキスが建材の奥にまで浸透したせいで、室内のなにもかもが飴色から薄茶色のあいだに染め上げられ、ほぼモノトーンと化していた。小さなカウンターの上には印鑑や関連小物などの商品が、いまにもこぼれ落ちそうなほどに、ぎっしりと並べられている。桑名の相手をしている店主が、ひとりで店番だ。彼がカウンターの内側、かつてはレジスターが配置されていただろうあたりにいる。ちょうど向かいの位置に、すこし離れて桑名は立っている。彼の位置からは、カウンターの周囲も含めて一望できる。店主のすぐ左脇には、これが和風の証明ということなのだろう、ちゃちな床《とこ》の間もどきのスペースがあって、掛け軸はもちろん、ご丁寧に刀掛けまであった。そこには、たぶん拵《こしらえ》だけの打刀《うちがたな》がひとつと、こっちは模造品じゃなさそうな、ぴかぴかした乳白色の象牙が一本、まるで二本差しを並べたかのように、堂々と掛かっていた。かつてはテーブル席が並んでいただろうフロアには、いまは商品やサーヴィス説明用の什器《じゅうき》がいくつか並び、そして古めかしい応接セットがどっしりとひとつ。

「それであんたが、斎藤さん?」

「え、私? いやいやいや。私、宮崎と申します」

店主はヴェストの胸ポケットから名刺を取り出し、桑名に差し出す。凝った紙に、凝った書体で、凝った印刷をおこなっている。印鑑のほかには、名刺や年賀状印刷、そのほかの印刷の手配などもやる。だから自社で刷ったものなのだろう、自公党タカ派が喜びそうなスローガンを記した、扇情的なポスターが何枚も壁に貼られている。

「エゾ地奪還! 赤エゾ膺懲《ようちょう》!」「アカ即斬」なんてお定まりのから、「韓国は日本に謝罪せよ! 戦費賠償、領土割譲!」など、百年以上前の遺恨に根ざしたものまで、百花繚乱だ。それらがチェーン謹製の広告ポスター「ご結婚、ご就職の前に! 家系図を整えましょう」などと説くものに入り混じって、みんなで仲良く一様に日に焼けていた。

「まあ、家系って重要だなあ、と。この歳になって、ようやくね」

「そうそうそう。そうよねえ」

相槌を打つ宮崎に、桑名が訊く。

「それで、DNA鑑定も含めて、やってもらったほうがいいかなと思ったんだ。桑名姓の何人かの髪の毛、親戚からもらって来ている」

「あ、えーと、ちょっと見せてもらっても、いいですか?」

「ああ、いいよ」

と桑名は、ハンカチに包んだ自分の頭髪を差し出す。途端に宮崎の表情が曇る。

「あーっ、と……これはですねえ、ダメですね。ハサミで切ってるでしょう、髪の毛を。じゃなくってですね、こうして、抜くわけです」

宮崎は、自分の髭を一本引っこ抜く。痛かったのか、うっすらと目に涙がにじむ。

「ね。こうしますと、ここの根本のところに毛根が残るのね。で、ここから検体を採取しますから。切った髪だと、ダメなんですよ」

「それをホセにも言ったのか? 『これじゃ鑑定できません』って」

能面のような無表情で、宮崎が固まる。

「知ってるはずだ。ホセアントニオ・リカルド・シノダ。この男だ」

桑名は携帯電話に表示したホセの画像を見せる。手配書にあったものだ。

「覚えてるよな? あんたのところに鑑定依頼に来て、その直後から官憲に追い立てられ、あげくの果てに射殺されちまった、あわれな男だ」

「…………いやあ、僕にはちょっと、記憶が」

「そうなのか？　鑑定書の原本、そこのラップトップに入ってるだろう。俺が書類番号読んでやるよ。調べてみろよ。思い出すから」

桑名は、昨夜聞いたホセの声を思い出す。この店の話のあと、奴は加速度的にどんどんおかしくなっていった。クスリを与えられていたせいもあるのだろう。このあいだの半蔵門のときみたいな、ろれつの回らぬ舌で、勝負しろ勝負しろ、とブツブツつぶやくものも録音に残っていた。

「なんで俺が、俺とチェンの家がガサ入れされんだよ？　おかしいじゃないか？　カネ払ってたのに！　くそっ、俺を騙してたのか？　ずっと!!」

それが、ホセが桑名のKフォンに残した、最後の意味がある言葉だった。


桑名に押されて、宮崎の顔色がどんどん悪くなってくる。タールが染み込んだ漆喰《しっくい》壁と近いぐらいの色になる。

「……お宅、どちら様？」

「俺か。俺はだれでもない。でもまあ、警官だって言えば、あんたは言うこと聞くか？」

上着のポケットから、一瞬だけ警察手帳を抜いて、すぐにまた戻す。赤垣から借りてきたやつだ。しかしいまどきどんな素人でも、こんな手には引っかからない。そのことは桑名もよくわかっている。だから宮崎が、

「すいませんけど、帰ってもらえますか？」

と慇懃《いんぎん》に言ってきたのも、想定内だった。

「俺帰っていいの？　あ、そう。じゃあ言いふらすよ。『ここは草の店だ』って」

「はいぃ？」

「ここは幕調の息がかかったスパイの店で、お客のＤＮＡ情報やら、家系の情報やら、全部筒抜けで官憲に差し出してる悪い奴らなんだ——ってな」

「そんな……あんたねえ！　そんなこと、営業妨害するんだったら」

「どうすんだよ？　警察行くのか？　上等だよ。ここが『草の店』だってことが、一般警察のデータに残ってもいいいなら、すぐに九一一番にかけてみろ。そうなったら最低でも、幕調からお役御免になるだろうなあ。せっかくの副収入、いや主収入か？　どっちでもいいが、それがチェーン全店ぶんパーになった上で、まあ、口封じは普通にあるだろうぜ」

宮崎の顔色が、今度は白く、自慢の象牙に近い色にまでなってくる。

「ともあれ、俺はそこで待ってるから。あんたが思い出すまで。お茶ぐらい出してくれよ。茶菓子はいいから」

そう言い捨ててから、桑名は応接セットのソファに腰を下ろす。座面が低過ぎるので、そこらへんに乗っかっているクッションのいくつかを尻と背中にあてがう。テーブルの上に捨て置かれていた業界新聞を拾って読む。「印相鑑定の基礎と実践」という、専門用語ばかりの連載記事の、字面だけを眺めてみる。左腕のロレックス・デイトジャストによると、そのまま二十分ぐらい経ったころ、桑名の右耳のなかのイヤフォンに赤垣の声が響く。

「かかった」

今日のふたりは、リル・フォンではないにせよ、それなりに秘匿性の高いリル謹製のスマートフォンを連絡用に使っていた。店の外で張っていた赤埴の網にかかったのは、村末だった。太ったネズミみたいな猫背の小男が、武装解除された上で両手を上げ、赤埴に付き添われて、店の入り口から入ってくる。宮崎が目をまんまるにして、驚いている。

桑名は、驚かなかった。彼がソファに身を沈めるやいなや、カウンターに身を隠しながら宮崎が携帯メールを打っていたことは、横目で観察していたからだ。こういう脅し方をした場合、直接のお守《も》り役が助けに来ることが多い。加賀爪の腰巾着ならば、まさに役柄としてはうってつけだな、と彼は落ち着いて見ていた。村末の右手が見えるまでは。

村末は右手の全体を包帯でぐるぐる巻きにしていた。赤埴に制圧される際に抵抗でもしたんだろう、その一部がゆるんで、外れかけていた。包帯の隙間から垣間見えた手の平の皮膚が、すさまじい熱傷で赤黒く膨れ上がっている。酸で焼けてしまった痕。伊庭を襲ったときに、ついた傷——。

桑名の頭のなかで、なにかが弾《はじ》け飛んだ。瞬間的にソファから飛び出した彼は、村末の胸ぐらを両手でつかむと、そのまま背中からカウンターに叩きつける。両の拳と肘と膝で、幾度も幾度も殴打する。制止しようとした赤埴が吹っ飛ばされて、床に散らばった判子《はんこ》の上を転がる。血まみれとなった村末を、桑名はソファの上に引き倒す。そして腰の後ろに差していたM19のコピー銃を抜いて、まず台尻を、すでに壊れかけている顔のど真ん中にめり込ませる。昏倒しかけた村末の顔を覆い隠すように、ソファの上にあったクッションを被せる。

「やめて！　シロー、ダメ！」

赤埴がそう叫んでいるのは、聞こえていた。しかし桑名は、彼の考えどおりのことをした。より強くクッションを村末の顔に押し付けると、短い銃身をそこに埋め、躊躇なく引き金をひいた。

2

リヴォルヴァーだったから、クッションを使ってもあまり消音効果はなかった。両手持ちでコマンダーを構えた赤埴が、身を隠しながら、ドアロに近い窓より店外の様子を窺う。彼女の見立てでは、どうやら、周辺の人々の注意は引かなかったようだ。室内での銃声だったから、外に出た音はそのぶんくぐもって、ひとつ向こうの通り、大きな幹線道路の車両通行音のなかに埋もれてしまったのかもしれない。

だが十分に脅しの効果はあった。また新しい顔色になった店主の宮崎が、訊いていないことまで饒舌に語り始める。まだ意識が戻らないのか、ソファの上で横になり荒い息をついている村末は、こめかみから少量出血している。当てないよう狙って撃ったつもりだったのだが、失敗したな、と桑名は思う。弾がかすったときに、幾ばくか頭皮をはぎ取っていったようだ。村末の両手は、いまは後ろ手で拘束されている。

宮崎の話では、こうだった。

ホセの来店は、あらかじめ知らされていた。草としての仕事の指示はいつも、名も知らぬ幕調のハンドラーからメールで届く。ホセのことは、そこに記されていた。要注意人物である、と。身近な者――この場合は、チェンだろう――を使い、遺伝子検査をするならこの店に来るように仕向けたので、万事滞りなく処置すべし、と宮崎は指示された。

そして実際にホセに会ってみて、宮崎も自分なりに「これは要注意だ」と判断した。なにしろ今上《きんじょう》将軍様のDNAサンプルと称して洗濯物まで持ち込んでくるのだから、まともではない。

だから宮崎は一計を案じた。彼は桑名に言ったとおりの、毛根の話をホセにも聞かせた。つまり英忠老人の切りっぱなしの髭では困る、と伝えるには伝えたわけなのだが、その場で「検査できない」と言い切るのはやめた。ホセのことがちょっと恐かったし、今後あまりつきまとわれたくはない、と思ったからだ。使えない検体を幾度も持ち込まれたあげく、しつこくされたら最悪だ。だから「一応やってみます、結果はのちほどメールでお知らせしますね」とその場はいなすことにした。同時に、あとでホセに鑑定を諦めさせる際の、補強材料というかアイデアをひとつ、宮崎は思いつく。ホセに自らの髪の毛を抜かせてみて、ついでにそれも遺伝子検査に回してみるのだ。そしてDNAやY染色体についてわかりやすく説明するためのサンプルにしてみよう、と。すると、なんと、驚いたことに——。

「おおい、おおい、なんの話してんだよ！」

意識を取り戻した村末が、ソファの上で吠えていた。桑名は銃を見せて威嚇するが、彼は黙らない。

「くそっ、いらんことを教えてんじゃねえぞ。この野郎どもに」

だが宮崎も引き下がらない。

「でもねえ、僕、巻き込まれちゃってますから。この件では完全に。ですから、自分で自分の身は守らなきゃいけないの。だから説明しないとね。この人、銃持ってますから。さっき撃ってるし」

「てめえ、この！」

とまで言った村末の、出血していないほうのこめかみを、桑名は拳銃の台尻でぶん殴る。気は失わないまでも、少なくとも一時的におとなしくなる。なにやってんのこの野蛮人は、という目で赤垣が桑名を睨みつける。

こうした寸劇が、より一層、宮崎の舌の滑りをよくする。

「いやあっ、僕もすっっごい、驚いたんですけど！　あのホセくん、シノダさん。逆に彼こそがまさに『ご落胤《らくいん》』の血筋だったんですっ！」

そう聞かされても、なんの話やら桑名は理解できない。だから、

「だれの？」

と質問を返してみる。

「将軍家に、決まってるじゃないですか！」

宮崎は、叫ばんばかりの声で言い放つ。両目に異様な光が湧いてくる。

「あの水戸徳川家のですね、貴《とうと》い貴い血脈を、彼は、継いでいらっしゃったんですよ！」

桑名と赤垣は、黙って顔を見合わせる。赤垣が宮崎に、落ち着いた声で訊く。

「でも、ホセさんはフィリピン系ですよね？　シノダ姓は日本と関わりがあるような響きですが、しかしそれも、移住時に日本風に変える人も多いと聞きます」

「うんうん、そうなんですねえ。一般的には！」

専門内の話題となってきたことで、宮崎がより潑剌《はつらつ》としてくる。顔色までましに見える。

「すべては、フィリピン戦役から始まったんですねえ！　我々の業界には――まあ業界のなかでも、プロ中のプロだけが知っている、というレヴェルの話なんですが――『フィリピン徳川家の系譜』と

いう概念があってですね。南海に秘められた、血の系譜です。一八九九年から一九〇二年の米比戦争のときに参戦した、日の本のさむらいのみなさん、いろいろですね、かの地にお子を残されてきたわけなんですよ。正式な結婚というのはほとんどなかったんですが、まあ戦地のね、よくある話で。あとご商売のかた相手に、とか」

ものの見事に、赤埴の顔に影が差すのを、桑名は横目で見る。

「でですね、徳川家の血を引くお子様も、そこにお生まれになったんですね。しかもなにを隠そう、徳川啓治《けいじ》中佐の、ご子息様が！」

「なんだって？」

今度は桑名が反応する。軍歴のある者で、その名を知らぬ者はいない。

「そうです、そうです。あの赫々《かっかく》たる戦果を上げられた伝説的武人の、啓治中佐です！　第十五代将軍、第一次列島戦争を勝利に導いた、偉大なる英雄、徳川慶喜公のご長男にして、フィリピンでは近衛第一連隊を率いてご活躍。しかし終戦間際の〇二年、かの地で戦死なさいます。三十代の若さで、残念にも。

でもですね、この同じ年に、男子のお子様が誕生されていたんです！　啓治中佐の、ご長男です。まるで生まれ変わりみたいなタイミングじゃないですか？……つまり世が世なら、将軍にもなれたお子様なんですよ。あるいは大老や将軍様の後見役、幕閣中枢が約束されたことは間違いない、エリート中のエリートの血脈ですよ。水戸徳川家の祖である頼房《よりふさ》公の血を、いや神君家康公のY染色体を継ぐお子様が、フィリピンにいたんです！

ただ残念なことに、生まれたときには、わからなかった。日本側は、把握していなかった。のちにフィリピンの政情が安定してきたころ、一九二〇年代には、噂にはなった。しかしようやくはっきりしたのが、なんと八〇年代も半ば。ご落胤様ご本人はもう世におられず、お子様どころか、お孫さん、曾孫様の代まで数多くいて……全員は、たどり切れなかった。だから現在、何人いらっしゃるのか、どこにいるのか、これにはねえ、業界内にもいろんな説がありまして。まだ結論は出ていないんです。

でもすでに、いわゆる遺伝子の地図はあるんですよ。啓治中佐の血筋、そのエクソンDNAのローカスは十五箇所特定できていますので、対象となる人を鑑定したならば、まず外れはない。啓治中佐の遺伝子を引く人は、すぐにわかります。でまあ我々、内々にこの血脈を『フィリピン徳川家』とお呼びしている次第なんですが。その血がですね、あのホセくんには、流れていたんですねえ！」

「……本当かよ」

「ええ、本当、なんですよお！」

宮崎の目が興奮で爛々と輝いている。

「啓治中佐から数えて玄孫《やしゃご》、慶喜公から数えますと、来孫《らいそん》にあたる、そんなお立場のかたが、ホセくんだったというわけです！」

「そうか。だから、消されたのか」

桑名の声色に、ぎょっとしたように赤埴が振り向く。宮崎の表情からも、喜色がさっと引いていく。

「そそそんな、消した、なんて」

「だってお前、その話、くだらない血脈の話って、ホセには一切言ってなかったみたいじゃないか？」

「あっ……あー、いやでも――」

「あいつから俺のKフォンに入ってた連絡によると、お前が出した適当な鑑定書、あれで腹立ててただけだったよ。つまりその『フィリピン徳川家』だのなんだのという与太話のことを、あいつはなにも知らなかった。つまりお前は、ホセ本人には教えずに、幕調のハンドラーにだけ密告したってことだよな？　お前の判断で。勝手に、他人の個人情報を。本人すらも知らない、血筋の秘密を。遺伝情報を」

宮崎の顔色が、如実に悪くなってくる。

「そもそも、あいつはそんな話、生まれてこのかた、一度も聞いたことなかったはずだ。聞いてたら、青梅くんだりまで行かないし、ここにも来ない。こんなくだらない、どうしようもない騒ぎに、自ら率先して巻き込まれることはなかった。真実さえ、知っていれば！　お前はそれを教えることもなく……あろうことか、大嘘ついたわけだよな？　英忠老人の切りっぱなしの髭を検査して『マッチしませんでした』なんて。とにかく早めに厄介払いしたかったんだよな？　ご落胤だってことは、死んでも本人に言ってはならない、と指示も受けたしな。ハンドラーから」

「……ぼ僕は、そのう、なんとも、お答えできませんが」

「どうした、急に元気がなくなったじゃないか？　もう二度とホセと、話したくなかったんだよな？　だから遠ざけるために、検査結果で嘘ついたんだろう？　本当のことは、なにも言わず、教えずに。人を舐めやがって。真剣な話には、真剣に対応しろよ！」

「おーい、くだらねえぞー」

ここで村末が割って入る。顔じゅうがゆがんでいる。痛みのせいか、あるいは憎悪か。

「桑名よお。お前、ほんっっっっとうに、馬鹿だな？　なんのために幕調があると思ってんだ？」

「諜報。治安維持および外敵から国土と国家を防衛するための情報収集。情報戦の戦略立案」

と桑名が常識的な線で答えてみたところ、村末が吐き捨てる。

「お前は小学生かよ？　あのなあ、徳川宗家の、お家の安泰が第一、そのために存在してるに決まってんだろうが！　徳川の安泰、すなわちそれが、日の本の安泰ということよ」

へーえ、そうなのか、知らなかったぜと桑名は軽口を叩いてみるのだが、村末は聞き流す。

「いいか？　将軍家の落とし胤《だね》なんてなあ、いろんなところに、これまでずっと、数えきれないぐらいいたんだよ！　いまや遺伝子地図なんて山ほど、何十種類もあるんだ。そこに連なる人物が出てきたならば、その都度、うまくおさめていかなきゃならんわけだ。スキャンダルとか、そんなのはどうでもいい。幕調の指令のもと、イチホの俺らが管轄するのは、落とし胤を担いで、血脈を盾にして、政治に介入してくるような輩《やから》よ。これが一番まずい。見逃しちゃいけない。だからそいつらが跳梁跋《ばっ》扈《こ》しないようにだなあ、いろいろ調整やってるんだよ、つねに！」

「どんな調整だよ」

と桑名は聞いてやる。村末が言いたそうにしたからだ。もう答えはわかっていたのだが。下卑《げび》た笑いを浮かべながら、彼が述べる。

「カネだなあ。まずはな。あとは仕事紹介してやるとか。遠くに飛ばすとか。脅しもやるぜ。落とし胤にも、それを担いでいる奴らにも、とにかく『騒がれないようにする』。口を開けないようにするわけだ。表に出てこないように」

桑名は想像する。もし、事の順序が違ったなら。

ホセが自分の血筋を、Y染色体の来し方を事前に知っていたならば、まとまったカネを稼げたかもしれないなあ、と。

しかしあいつは、こともあろうに、今上将軍のDNAを手に入れようとした。さらに野党と手を組もうとした。つまり宮崎の鑑定が終わったときには、すべてにおいて完全に手遅れだったということだ。

幕調が要注意人物認定して、マン族のギャング、札付きのドラッグ・ディーラーであるチェンのところに押し込んで、社会的に抹殺できる準備まで進めてしまったあとで「じつは、あなたこそが将軍家の血を引く人でした」なんて、わざわざ教えてくれるような奇特な奴はいない。

だれも責任なんてとりたくないからだ。ホセが真実を知ったときに、どう出てくるか。そこまでのオペレーションを監督していた者は、どんな具合に詰め腹を切らされるのか。場合によっては、比喩ではない腹を――。

加賀爪は、これを恐れたんだろう。あるいは、幕調の担当者は。ゆえに、とどのつまりは「ホセだけが、なにも知らないまま消えればいい」となった。

だからホセは、寄ってたかって野良犬のように追い立てられ、殺されたのか。ただ小役人どもの、責任逃れのために。

桑名が黙ってうつむいているせいだろうか。村末が吹き上がる。

「なーにが、フィリピン徳川家だよ！」

首を振りながら、おかしそうに笑う。口元から垂れた血がソファに落ちる。

「全部なあ、黙らせたはずなんだけどなあ、と部長も難儀そうに言ってたよ。ここまでみんな、日々努力してやってきた、長年押さえ込んできたんだって。とくに御三家の、水戸の筋が野党にからむってのは、まずいんだよ。家達公以来、家は御三卿、田安徳川の世で、ずっと続いているんだから。政変にでもなったら、一体何人が損するか。しかもあれだぞ、どこに血が入ったかわかんねえほど色黒の混血児、あいのこの小僧なぞ――」

ここで桑名が蹴り飛ばしたので、村末は床に転がる。うつ伏せに倒れた彼の髪の毛を引っつかんで顔を起こし、赤垣のほうに向ける。

「謝れ」

あらぬことをわめき散らしながら、村末は反発する。赤垣は穏やかに言う。

「気を遣ってくれて、どうも。でもいつものことだから。それよりも、いまは時間が惜しい。ほかのだれかが、ここに駆けつけてくるかもしれない」

言われてみればそうだと桑名も思う。村末を起こして、ソファに座らせてやる。ひとまずは言いたいだけ、奴の口上を聞いてやることにする。

「戦争のせいなんだよ。第二次大戦、あとフィリピン独立運動も。せっかくこっちが、血筋を当たって、きちんと対処していたのに。一部わからなくなって。そこから流れてきた奴が、日本に来てたなんてな。あの小僧のせいで、踏んだり蹴ったりだぜ！　カネかけてんだよ、こっちはよお。お前も会った、岩倉楽々郷のじじい、あれひとり飼ってるのだって、結構かかる」

「あの老人も仕込みなのか？」

と桑名が訊く。

「いやあれは、あの本人は、よくいる勘違いしたじいさんだ。ホームレスみたいなもんだったのを、あそこに保護して、毎日いいもん食わしてやってるのよ。幕調がな」

「なるほど、あれが、エサか」

「ようやくわかったのかよ？　ほんと勘が悪いよなあ。ああいう『自称落とし胤』は、全部糸付きなんだよ、ご公儀の。お前も会ったよな、下村さん。介護師の。あの人のほうが、年季入った『草』なんだよ。ここの阿呆よりも、ずっと出来がいい」

宮崎が恥ずかしそうにすっとうつむく。

「ご落胤、貴種の遺伝子を利用しようってえ不届き者は、この仕掛けでマークされるわけだ。エサと草のセットで、ぱっくり一発、一丁上がりだあ！」

「なるほどな。自称落とし胤に寄ってくる奴を捕捉するための仕掛けに、エサと草のセットに、よもや本物の『消えた血筋』のご落胤が引っかかってくるとは、だれも考えなかったってわけか。それで、混乱した」

村末はくやしそうに言う。

「あの小僧相手に、普通の『黙らせかた』じゃあ、うまくなかった。それでなにもかもおかしくなった」

桑名は話を合わせてやる。それは大変だったよなあ、と。

「最初はなあ、クスリ食わせて病院送りって手で、普通に収まると思ってたんだよ。いつもの手で。それが、じつは落とし胤だったっていうのがイレギュラーのひとつ。もうひとつが、あの野郎、逃げちまったじゃねえか！　しかも武装して。それでお濠ぎわで立て籠りだの、生放送中のラジオ局で人質取るだの……イレギュラー過ぎた。なにもかもが」

「そこで俺を呼び立てて、消そうとしたってわけか」

「あ？」

「だから！　ホセを殺すために、わざわざ俺を引っ張り出したんだろうが！」

苛立った桑名に対して、村末も語気荒く言い返す。

「馬鹿言ってんじゃねえよ！　なんで殺し主体で考えんだよ⁉」

「違うのか？」

「当たり前だろうが！　とにかくあのガキを黙らせられりゃ、それでよかったんだよ。社会的な意味での抹殺でな。いいかあ？　ない頭、ちったあ使って考えやがれ。なんであんな小僧一匹殺すために、わざわざお前みたいな面倒な奴使うんだよ！」

桑名はここで困惑する。一体全体、こいつはなにを言っているんだ？　苦流土は、ホセを撃ったあの怪しい機動隊員は、加賀爪の一味じゃないとでも言うのか？

「じゃあお前らは、ホセを殺す気はなかったのか？」

「おうよ。基本的には、口封じできれば、社会から消えてくれさえすれば、なんでもよかった。しかしよお、あそこまで目立つ事件起こされちゃあ、ひと芝居打ってからじゃないと、収められないだろう？　だから衆人環視のなかで、格好つけたわけだ。そのために、大根役者のお前を呼んだ。あのガキがたまたま、お前と勝負したがってたから、そこを利用した。だからお前があいつを斬って殺す、これもよし。お前が斬られて、ガキが撃ち殺される、これもよし。あいつが死なないまでも、なんらかの形で取り押さえられたら、そのまま病院送り。そしてヤク中のリハビリを延々受けてもらう。まあ一生クスリ漬けだな。別のクスリの。これもよし——そんな筋書きよ」

「だったら、なんでホセをあの場で殺したんだ？　一度は拘束したのに、不自然に逃して、そしてほとんど処刑のようにして、消した。やったのは機動隊員だ。これは加賀爪の指令に沿っていたんじゃないのか？」

加賀爪、と呼び捨てにしたことが気に食わなかったんだろう。聞き取りにくい罵声を二、三吐き出してから、村末が桑名に吠える。

「違わい！　あのなあ、なんで俺らが、イチホがそんな汚れ仕事するかよ？」

まるで自分たちの汚なさに気づいてないかのような口ぶりで、村末が胸を張る。このド阿呆が、と吐き捨てる。それから、問わず語りにひとりごちる。

「俺らぁ、こう見えてもケーサツだからなあ。治安維持のための、公安の、つまり公共の安寧のための、安全安心の保安局だぁ。だから暗殺は、やんね」

ひと呼吸置いて、軽く首をかしげてから、付け加える。

「あんまりな」

たしかに、と桑名もここは納得する。「もう一枚」裏があったということを、あらためて実感せざるを得ない。苔流土を使ったのは、どうやら加賀爪たちじゃない。これは本当のようだ。

考えてみれば、もし単純にホセを消せばいいだけだったら、あれほどの手間暇かけて、大騒ぎすることはないのだ。わざわざ現場に桑名など呼びつけて、さらにイレギュラーな出来事の連鎖を続けていく必要など、まったくない。大ごとになる前に、あるいは、大ごとが収まったあとで、どこかの暗がりで隙を見て、あいつの命を断てばいいだけのこと。ビニール袋を顔にかぶせる、スパナで後頭部を殴る、無理矢理泥酔させた上で東京湾に放り込む、あるいは車道で寝入らせる、それとも――。

「これ以上のことは、俺にはわかんねえ。知ってて言わないんじゃない。俺らみたいな下っ端にゃあ、見えるはずのないところでな。あったんだろうよ、なんか」

村末は不快そうに顔をゆがめると、口のなかに溜まった血を唾液とともに吐き飛ばす。床にまたひとつ赤黒い染みが増える。

桑名はまた村末に訊く。

「じゃあ俺や伊庭がいきなり襲われた理由は、なんだったんだ？」

「ああ？　一緒にしてんじゃねえよ。企画考えたのは、俺だ。伊庭警部補にはだなあ、ちゃんと話したんだよ。スキーマスクごしにな。『嗅ぎ回るのはよせ』って。交換条件付きで、最初に俺がな。でもあの人、意固地でなあ。『カネのためにやってんじゃねえ』って。『ダチは裏切れない』って、言うのよ」

手のなかの、リヴォルヴァーの銃把が汗でじっとり湿っていることに桑名は気づく。

「まったく大笑いだよ。俺は、やめとけって言ったんだぜ？　なのに、多人数相手に大立ち回りやるもんだから、俺までこんな怪我しちゃったよ。災難だよ。でもお前のほうはな、最初っから、説得する気なんてなかったんだよ。残念でしたあ！　外人ヤクザ揃えて、いつでも消せるようにしてから、痛めつけたのよ。俺は死ぬと思ったんだがなあ。お前は絶対折れないから。だからそのまんま、拷問死って感じで。なんたって、そもそもの動機が無茶苦茶だからなあ！」

「そうか？」

「自覚してねえのかよ阿呆！　どこの世界に、使い捨ての情報屋のために死地に赴く刑事がいるかよ！　しかも、すでに手遅れの、死んじまった奴のために。お前みたいな間抜けにカネ積んだり説得したりするほど、俺ら暇じゃねえんだよ！　わかったか！」

「なるほど」

「そうじゃなくても、こっちは忙しいんだよ。ガキのガキだって、放っておくわけにはいかないし……」

「なんだと？」

と聞き返したその瞬間、桑名の脳裏に、電撃的に答えが浮かんでくる。映像が浮かび上がる。ホセが埋葬されていく、あの雨の日の情景だ。穴の周囲に、小さな傘の花が咲いて、子供が何人かいた。幼児もいた。マリアの言葉も思い出す。「けじめって大事よ」と、彼女はホセに言っていたという。「身を固めろ」と——。


ホセに、子供がいたのか！　婚外子が。つまりこいつらが、大騒ぎしている「血」を引く、新たなる子供が。桑名の脳は高速回転を始める。これは、いかん。急いで保護しなければ、危険きわまりない。イチホはともかく、菩流土を使った奴らが、事態をこのまま静観しているわけがない。

桑名は赤埴のもとに駆け寄る。入り口ドアで張っている彼女は、また外を窺っている。人にもの訊いたくせに逃げてんじゃねえ、と遠くで村末が吠えている。

「リルから連絡があったのか？」

「ええ。ついいましがた。新手の到着はあと五分ほどって見立てだった」

「わかった。こっちも用ができた。すぐに急行しなきゃならない」

「じゃあ、撤収ね」

この店を中心として、周囲数百メートル半径内の各所にある街頭の監視カメラ、その要所要所は、桑名がここにあらわれる直前から、リルによってハッキングされていた。またポリス・カー用の警察無線も、一部彼女が傍受していた。

逃走前の確認として、桑名はイヤフォンを叩いてから、リルに話しかける。

「どうだ？　さっきまでのは、録れてたか？」

リルの声が、耳のなかで答える。

『ばっちりだねえ。画のほうは、ところどころで人物が欠けるかもしんないけど。据え付けの防犯カメラ経由だからね。でも音声は、完全に録音できている』

宮崎はもとより、村末が顔色をなくして、桑名のほうをじっと見つめている。

「お前……なんだそれ。録れたか、とかって」

わざと明るく桑名は答える。

「ん？　まあ裁判とか。お前らに法的責任をとらせるための、資料として使う。でもその前に、まずは内務監査部の査察官にしっかり確認してもらわなきゃならないからなあ。だから証拠がないと」

「かっ隠し録りが証拠になるかあっ！」

「そんなにあせるんなら、いい証拠になるんだろうなあ。イチホの名物男、加賀爪のダンナが、こんな不細工なオペレーションやったとあらば、無事にはすまないだろうぜ。ヤクザに警官を襲わせたり、水戸徳川家の血を引く無実の者を、よってたかってなぶり殺しにしたり、しちゃあなあ」

酸素が足りていない観賞魚のように、ぱくぱくと、村末の口だけがただ動く。

戸口にいる赤埴が桑名に告げる。

「来た。通りの入り口からこっちに向けて。覆面が二台」

「わかった。じゃあリル、悪いけど耳塞いどいてくれ」

『ん？』

と、桑名の耳のなかの彼女が聞き返す。

「あと、入力オーヴァーすると思うから、インプット音量も下げておいてくれ」

ああそうお、なにすんのよ、とリルが言い終わる前に、桑名は村末に向けて撃つ。両脚の太腿の付け根あたりの、ほんのすこしだけ外側のソファの座面に着弾する。悲鳴を上げて、驚くほど高く奴が跳ね上がる。そしてソファに落ちる。

「外れたなあ」

と桑名はうそぶく。

「なんで撃ってんのよ！」

と赤埴が叱るので、一応説明する。

「お前を侮辱したから、罰だ」

「なに勝手なこと言ってるの！　自分の腹いせでしょう！」

「まあそうかもな。それでもいいよ」

うう、撃つのかこの俺を、と村末が萎縮しながら言う。声がかすれている。股間が濡れ始めている。

「ああそうだ。目を閉じて祈れ」

クルマを降りて、ドア前までそろそろと近づきつつあった警察官、おそらくはイチホの別部隊の連中にもよく聞こえるように、連続で三発、桑名は村末が沈み込んでいるあたりのソファへと叩き込む。狭い室内でのまとまった銃声が、一瞬、全員の耳を聾《ろう》する。だからきっと、外の奴らへの牽制には十分なっただろう、と桑名は考える。村末は完全に縮み上がったまま、ソファの上で置き物のようになっている。

そして桑名は赤埴とともに、店の裏口へと走る。すぐ外に停めてあったレネゲードに、ふたりは飛び乗る。運転席にはさっきまでラップトップで援護していたリルがいた。すでにエンジンは暖められている様子。だから表の奴らが店に踏み込んでくる前に、三人は走り去っていく。

3

アミーラ・ハッサーンは二十八歳になったばかりだった。王子で働き始めてから、もうすこしで十年になる。幼児期に両親とともに日本に移民してきた彼女は、ここに来る前は、石川県にいた。かの地のパキスタン人コミュニティで育った。そして親戚を頼って上京し、北区の王子で職を得た。美容師の職だ。

イスラム教徒の女性、ムスリマにとって、美容師や美容院はとても重要だ。まずもって、あくまでも女性に手がけてもらわねばならない。夫でもない男性に髪を触らせるわけにはいかないからだ。美顔やムダ毛処理も同様だ。美容師はもちろんイスラム教徒であることが望ましい。ヒジャブをかぶった状態であってもなお、つねに髪が健康で美しく、好もしい状態であることの大切さを理解していてほしいからだ。さらに、美容院の内部が通行人から見えることは、避けなければならない。通行人のなかには、男性もいるはずだから。

広い日本といえども、これらの条件をすべて満たす美容院を探すとなると、なかなかに難しい。普通に考えると、そんな店があるとしたら、イスラム教徒コミュニティのなかだ。つまり逆を返すと、イスラム教徒の女性、ムスリマが多くいる街には、繁盛する美容院がいくつもしのぎを削ることになる。王子界隈《かいわい》は、まさにそんな土地だった。

公鉄東北本線の王子駅周辺には、イスラム教徒向けの商店が数多く立ち並んでいた。このあたり一帯に、パキスタン人を中心に、アフガニスタン人、タジキスタン人も加わった職住一体のコミュニティが形成されていたからなのだが、いつのころからか、首都圏各地より人を集める一種の観光名所ともなっていた。

お客の第一は、無数の品揃えを誇るハラール食品のマーケットへ買い出しに来るイスラム教徒たち。第二は、人呼んで「王子のカレー横丁」目当ての人たちで、こっちは他教徒が主体だった。日本に住むカレー好きならば、上野を超えるインド人街となった葛西のカレー横丁と「どっちが上か」との議論を避けては通れぬほどの名所がここ、王子だった。

そんな街で、アミーラは働いていた。観光客ではなく、住人の女性のための小さな美容室だったから、駅からすこし離れた堀船に所在した。入り口は建物の二階にある。真っ赤に塗られたらせん状の外階段から、小さなドアをくぐって入る。回転椅子が二脚ほどの狭い店内を通り抜けると、突き当たりの窓のすぐ外には、眼下に石神井川を臨むことができた。アミーラはこの店を、二十歳年上の友人女性と共同経営していた。

彼女がホセと出会ったのは、およそ二年半前、渋谷の美容学校へ講師として呼ばれたときだった。ムスリマに対しての美容術全般を実地でよく知るアミーラが、講義をしたのだ。そこに、ホセもいた。彼が岡場所の世話人として「面倒を見ている」女性や男性のなかには、美容師志望の者が少なくなかった。そのうちの何人かが、この日、体験入学のような形で来校していたのだ。引率係としてホセがいて、そして彼のほうがアミーラを見初めた。

アミーラは、ホセにまったく興味を持てなかった。というよりも、そもそも彼女には交際経験すら一切なかった。これらのすべてが、より一層、ホセを燃え立たせた。彼からの熱いアプローチが一定期間続き、そして、上京時に両親が最も恐れていたことが起きる。しかしこのとき、アミーラはホセの人柄の誠実な一面を知ることになる。妊娠の事実を彼女が告げたとき、ホセはまるで古典的な日本人みたいに土下座した。床に這いつくばって、ごめん、本っ当に、ごめん!と彼女に詫びた。

「責任とる。俺、絶対に責任とるから。アミちゃんにつらい思いはさせない。一切させない。子供には、最高の人生を送らせる。間違いなくやるよ、俺は!」

そんなふうにホセは言って、そこからふたりの短い同棲生活が始まった。やはり窓の外には川が見える——このときは神田川が見えた——小さな小さなアパートメントがその舞台だった。しかし息子が、イチタローが生まれた直後から、ホセが不安定になっていく。政治活動している友人に誘われて、そっちに入れ込むようになっていく。デモや街宣活動の手伝いをしては、いっぱしの運動家になったような口ぶりで、アミーラになにやら口上を述べることもあった。

そもそもは、収入を増やそうと四苦八苦していたところから始まったのだろうか。一向に見えてこない「かくあるべき」将来をも、悲観してしまったのだろうか。しかし不安を軽減するためにホセが接近していった先は、よりにもよって、権謀術数渦巻く政治戦とも地続きの場所だった。ホセの存在など、SNSで敵陣営のデマを撒いては潰し合う最末端の細胞連中と大差なかった。徐々に常軌を逸し始める彼とアミーラのあいだには、口論が絶えなくなる。ホセがアパートメントを飛び出してからしばらく経って、家賃が無駄だと考えた彼女が、美容院と同じフロアの一室に、イチタローを連れ、わずかばかりの荷物とともに越してきたのが、三ヶ月前だった。

こうしたことすべてを、望月ライラーはよく知っていた。

この地域を担当する民生委員として、寡婦と緊密な関係を取り結び、つねに注意を払っておくのは当然だったからだ。市民権保持者はもとより、永住権、各種滞在ヴィザにて住む者にまで、まったく分け隔てのない福祉を、太陽の光のようにあまねく届けるのだ——との大方針は、今上将軍による第三のご新政以来、重要な国是のひとつとなっていた。

またこの方針は、日本という国のありかたにも適していた。一八七一年、庚寅年籍《こういんねんじゃく》の復活版として壬申《じんしん》戸籍の制作を試みた幕府は、またたく間に頓挫していたからだ。

そもそも、家長を中心とした「戸」を単位として、国民全員が登録されたアーカイヴを作るという発想に、無理があった。「お家」という概念が理解でき、現実のものとして運営できるのは、国民の一部階層にかぎられた話だったからだ。貴族はもちろん、士族全般、ある程度資産のある平民だけは、これを実現できた。逆に言うとそれ以外の——つまり人口の八割強を占める——国民の大多数にとっては、徹頭徹尾、なんだかよくわからない話でしかなかった。

もっとも、突然に「苗字を持っていい」と言われただけで舞い上がる平民もいるにはいた。自らも上位階層国民みたいになれるのだ、との勘違いからなのだが、もちろん継承する財産や地位などない者ばかり。ゆえにまったく実《じつ》をともなわない、まさに文字通り「名ばかり」の姓もどきが粗製濫造されることになった。一方で制度の本質への国民的理解は進まず深まらず、なにが「戸」か「家」なのかとの混乱のあげく、戸籍登録を嫌がって里を離れ、田畠《でんぱた》を捨てて逃げる者まで全国に続出するありさまだった。

そこでいさぎよく誤りを認めた幕府は、七二年、混乱を収めたのちに方針転換する。そのほかの近代化政策と同様に、アメリカやイギリスの社会制度の部分摂取、もしくは折衷案を日本版とすることにする。たとえば、クルマは右側通行だが議院内閣制を採用、海兵隊と空軍はアメリカ式の軍制でありながら、海軍と陸軍はイギリス式――そして住民登録制度は米英両国と同様に「個人」を単位とするものが、このとき確立された。

すなわちこれが、「市民」なる概念の、日本における端緒となった。日本国民としてのすべての権利を得、また同時に義務を負う「個人」という、立憲君主制国家の主権者たる存在の原型が誕生した。近代国家としての日本の始まりを、ここに見る者は多い。

とはいえ、逆にこのせいで、日本では婚姻関係にない男女のあいだに生まれる子供が多く、長きにわたって社会問題となっていた。両親のどちらかが認知さえすれば、嫡出児と一切の遜色ない法的地位を得られたがために、結果的に母子家庭や父子家庭の比率を高めることにつながってしまったのだ。また近年の核家族化の進行も大きく影響して、見えない貧困や見えにくい虐待が、ひとり親家庭の周辺で頻出することにもなった。

そこで、民生委員の出番だった。ほとんどヴォランティアのような立場なれど、高い志を持つ男女が、この任に就いた。福祉の網の目から「ひとりの落伍者も出さない」ことを第一に、地域社会への想いを胸に抱いた人々が、民生委員となった。宗教的感情、さらには人類愛に突き動かされている者も少なくなかった。

ヒジャブをまとい、街ゆく人々に片手を挙げて、にこやかに会釈する望月ライラーも、そんなひとりだった。通りを歩けば、気のおけない笑顔が次から次へと彼女を歓待してくれるように思えるこの地域が、とても気に入っていた。望月のこの親密な感情が、担当するアミーラへの深い理解にもつながっていた。肩から下げた大きなトートバッグのなかにある黒く固い外装のバインダー・ファイルを見ずとも、彼女の生い立ち、彼女の困りごと、彼女の夢まで、すべて望月の頭のなかに入っていた。だからアミーラが働く美容院にも、これまでに幾度も立ち寄っては、話を聞き、彼女と愛息の様子を見守っていた。この日は共同経営者が急用で留守なこと、いくつか予約が流れてしまったので、普段よりはアミーラの手が空いていることも、望月は知っていた。

建物の外のむき出しのらせん階段は、今朝方に降った雨でまだ濡れていた。その踏み板を、音も立てずに望月は踏んでいく。入り口まで達すると、ちょうど店内のなかほどで、アミーラが掃除をしていた。淡いブルーのヒジャブと同色のスモック姿のアミーラは、柄の短いホウキとチリトリを手に、前屈みで、入り口側に背を向けて、床に落ちた髪を片付けている最中だった。静かにドアを抜けた望月は、背後から、音もなく彼女に近づいていく。トートバッグのなかから注射器を取り出して、アミーラの首筋に突き立てようとする。

「動くな。そこまでだ」

桑名の声が、望月の動きを停止させる。

注射器を持った望月の右手は、アミーラにひっつかまれる。いや、アミーラじゃない。くるりと振り返ったその女がヒジャブを引き剝がすと、カールした豊かな髪があらわれ出でる。赤埴だった。そして望月の斜め右後方の戸口には、M19もどきを手に狙いを定めた桑名がいた。

まさに鼻の差で、桑名たちは先回りしてここで待ち伏せしていた。入り口ドアを入ってすぐ右側にある、キャッシュ・レジスターが載った、コの字型の小さなカウンターの脇に、隣室へと続く引き戸があった。桑名はその奥に隠れていた。

蒲田の家系図屋から逃走した直後、桑名は車中からホセの母、マリアに電話をかけた。三度目にかけ直したときにつかまえた彼女に、ホセの子供に危険が迫っている旨を手短に告げる。驚き狼狽《ろうばい》するマリアに対して、桑名は、大至急その子と母親を保護する必要があることを伝え、アミーラの名と連絡先を聞き出した。そこでふと気になった彼は、マリアに質問する。

「そのアミーラさん、たとえば民生委員なんかの訪問は受けているのかな？」

うんうん、聞いてるよ私、とマリアは答える。

「すごくいい人、イスラム教の女の人がね、三日と空けずにお話聞いてくれるって。喜んでたのよ」

ここで桑名の顔色が変わる。そこまで懇切丁寧な民生委員なんて、聞いたことがない。担当先だって多いはずなのに。岡場所の治安維持が停職前の日常だった桑名にとって、民生委員の存在は身近なものだった。ゆえに桑名は、アミーラの担当者だという民生委員の正体を怪しんだ。アミーラと電話がつながったあと、本人から話を聞いて、疑惑は確信へと変わった。次回は金曜日の訪問予定だったのが、今日の夕方に突然予定が空いたので、ちょっとお邪魔していいかしら、と、さっき連絡があったのだという。

そこからは、赤埴のドライヴィング・テクニックに頼るほかなかった。腕時計の針を見た桑名が、より一層青ざめたからだ。時間はほとんどなかった。蒲田から王子まで、渋滞しがちな、建設途上の首都高速をすぐに見放して降りて、下道を知恵と技術と度胸のかぎり走り抜け、桑名と赤埴がアミーラのいる美容院に飛び込んだのは、望月ライラーが到着するおよそ十五分前だった。

だから準備が、おそらくは十分ではなかった。正体も知れぬ相手への、迎撃態勢が。

「動くな。そこまでだ」

と述べた桑名の「だ」の音が宙に消えたか消えぬ間に、赤埴の右手首が望月にからめ取られる。同時に望月は、左手に持っていた大きなトートバッグを桑名に投げつける。

両手持ちで照準を合わせていた桑名は、暴発を防ぐため、反射的に銃口を上に上げる。思わぬ重量のバッグが両手首のあたりにぶつかり、一瞬、彼の視界が塞がれる。そのときみぞおちに強烈な足刀《そくとう》蹴りをくらう。腰が落ちたところで、側頭部に回し蹴りをもらう。手のなかから逃げた拳銃が、カラフルなタイルの床の上を滑っていくのを、桑名は、その場にくずれ落ちながら視界の隅にとらえる。

「……赤埴、銃だ」

とだけ、彼は弱く叫ぶ。拳銃を出せ、銃でなければこいつを制圧できない、というつもりだった。

しかし赤埴は、桑名の言葉に従うことができない。

トートバッグが桑名に届くまでのあいだに、望月が赤埴の右腕の逆関節を取って、締め上げていたからだ。
合気柔術を得意とする赤垣が、一度も体験したことのない速さの技だった。望月は注射器を握り込んでいた右手を開くと、間髪容れず、腕全体を親指の方向へと急速にねじる。赤垣の指が外れ、今度は望月のほうが相手の腕を取る。激しい痛みを赤垣が感じた瞬間、床に落ちた注射器が固い音を鳴らす。

そこで赤垣は、右腕は捨てて左手で銃を抜いて対抗しようとするのだが、腰のホルスターにたどり着くために、勝手のわからぬスモックをまさぐるぶん手間がかかる。そこを見逃す望月ではない。

望月は桑名に足刀を放ちながら、赤垣の右腕を強く引いて、彼女を回転椅子に叩きつける。そして手を放し、椅子と同期するかのような回転を自らにも与えると、桑名のこめかみを狙って大きな回し蹴りを一発。そのあいだに赤垣が乗った椅子が回ってきて、望月の眼前に的があらわれる。だから望月は、蹴った右足を振り抜いたそのままの勢いで、赤垣の顔面へと右肘を叩き込む。両腕で受けて直撃はまぬがれたものの、大きく崩れた彼女の後頭部が、椅子の前の壁面に設置された鏡へと飛び込んでいく。鏡が砕け散る。

銃を抜けぬままに倒れた赤垣の姿を目視した桑名は、膝を突いて、なんとか立ち上がろうとする。そもそもは、自分のミスだったことを自覚しながら。

こいつは、近接戦闘のプロだ。ならば、あのような制止では効くはずもなかった。

桑名は、なるべく撃ちたくなかったのだ。この女から情報を得たかった、というのがひとつ。もうひとつは、さっき調子に乗って撃ちまくったため、残弾が一発となっていた。だから撃鉄も起こさずに威嚇したため、足元を見られたのだろう。ヤミ屋にタマを買いにいく時間もなかったのだから、意地を張らず、赤埴のサイカを借りていればよかった。

そんな後悔をしながらも、なんとか対抗手段をと模索する桑名の目の前に、望月が大きく立ちはだかる。いま彼女は、まるでムエタイ選手のように両の前腕を顔の前に立てて、心持ち肘を前方に突き出して、戦闘態勢をとっている。右の手には、光るものがある。

コンバットウじゃないか！　望月の右手に逆手《さかて》に握られている小型の刀に、桑名は瞠目する。刀身二十九センチで猪首切先《いくびきっさき》、棟側には多目的用途のノコギリ刃など装備、高炭素鋼ブレードを高機能性ポリアミド樹脂のハンドルで受けた、つまりゼロ年代以降に開発された万能脇差《わきざし》刀に違いなく、桑名たち世代が戦地で使用していたモデルのひとつだ。だから切れ味も、使い勝手のよさも、桑名はよく知っている。そして彼女が、軍の放出品を買っただけのマニアなんかじゃないことは、このカマキリのような構えでわかる。

殺し慣れした奴だ。だから、無駄な動きはしない。桑名が立ち上がるのを待っているのは、彼の動きに合わせて、ちょうどカウンターを合わせるようにして、ひと刺しするつもりなのだろう。たとえば桑名が無防備に床のM19もどきを拾おうとしたならば、一瞬で殺《や》られてしまうに違いない。

桑名が取り落としたそれは、いま、ふたりの中間地点にあった。だからもし彼が拳銃のありかに突っ込んでいったなら、たしかに望月は、最小の動きで桑名の脳天のてっぺんにコンバットウを突き刺すことができるだろう。

だから桑名は、逆に動いた。前ではなく後方へと数歩下がり、ドア前に落ちていた望月の重いトートバッグを拾う。持ち手の部分に左手をからめ、左の前腕に右腕を重ね、ちょうど格闘技道場で使用されるキックミットのように構えると、そのまま、望月へとまっすぐ突進していく。だがこの動きは、彼女に完全に読まれていた。

突進をかわした望月は、垂直に飛び上がると回転椅子の座面に立つ。

赤垣がからんだあげくに昏倒している、店の奥の一脚ではない。手前の入り口近くにある椅子の上だ。そこに立ち、椅子を回転させながら、右手に持ったコンバットウの刺突《しとつ》と足蹴りを、交互に繰り出してくる。桑名はリズムを読んで、重いファイルが入ったバッグで刀を受けて、急所以外の身体各部で蹴りを受けようとするのだが、うまくいかずに、ことごとくずれる。つまり刃を、肉に骨に受けることになる。思わずあとじさる桑名を、椅子から飛び降りた望月が追う。そこで銃声が一発。

「……フリーズ」

顔じゅう血まみれとなった赤垣が、サイカ・コマンダーを構えていた。天井を撃って威嚇したあとで、照準を望月の背に合わせていた。その隙に桑名は、M19もどきまで掛け寄ろうとする。が、赤垣を振り返る。コンバットウはそのままに、半身で望月が赤垣を振り返る。その隙に桑名は、M19もどきまで掛け寄ろうとする。が、その場で固まってしまう。

気配を察知した望月も、桑名の視線を追う。

そこに、幼児がひとりいた。男の子だ。

隣の部屋から、こっちに出てきてしまったのか。店の奥、突き当たりの窓の右側にも隣室への小さな出入り口があって、カーテンで仕切られていた。いまそこに、小学校高学年ぐらいだろうか、理髪用のケープを着たままの少女が膝をついている。泣きそうな顔をして、意外な速さで歩き去る男児の背に手を伸ばすのだが、一歩及ばない。

「ああーっ！」

と少女は絶望の声を上げる。彼女は望月の襲撃直前までアミーラに施術されていた、近所の子供だった。隣室に隠れて、男児をちゃんと抱っこして守っていた。なのに、銃声に驚いて両手で耳を塞いでしまった隙に、取り逃してしまったのだ。イチタローを。

イチタローは一歳から一歳半ぐらい、薄い緑色のロンパース姿の、よちよち歩きの男の子だった。黒々とした豊かな巻き毛と、まるで黒目ばかりのように見える大きな目が、たしかにホセによく似ている。バランスを取るかのように腕を両脇に広げ、また両の手の指も開きながら、前へ前へと歩いてくる。突然のことに驚いて反応が遅れた赤埴の脇をも素早く抜けて、より前へ前へ。小さな声で、あー、だーと言っているのだが、よだれの量のほうが多い。食べ物かおもちゃか、なにか興味を引かれるものに向かい、一心に駆け寄って——いるようなイメージなのだろう、本人としては。M19もどきに向かって歩いていく、イチタローとしては。

「まあぁ！」

望月の表情が一変する。母性本能のわけはない。標的が、最も重要な「的」が、よちよちと、自ら虎口のなかへと歩み出てきてくれたのだから、これほど嬉しいことはない。あーらイチちゃん、こんにちはあ、と望月は言う。

「撃て、赤埴」

と桑名は言うのだが、射線上に彼どころかイチタローまでいるから、撃てるわけがない。

「滅多なことするなよ、ど間抜けども！」

桑名と赤埴が思わず身をすくめるほどの銅鑼声《どらごえ》で、望月が吠える。太くざらついた、虎のような声で。

「私さあ、この刀で子供、串刺しにできるんだよ？　投げてみようかあこれ、いま？」

ふたりは、凍りつく。動けなくなる。逆に素早く動いた望月は、軽々と幼児を抱き上げる。自由を奪われたイチタローは、銃のほうに手を伸ばしたまま、すこし不満そうに、ああーと言う。望月が彼に話しかける。

「ねえぇ、おばちゃんといっしょに、お出かけしましょうねー」

望月は店の入り口に向かいつつ、進路を塞ごうとした桑名の足を刈って倒す。そしてコンバットウを幼児に突きつける。

「邪魔すんじゃないよぉ！　往生際悪いな、てめえは！」

そのとき、どん、となにかが望月の背中にぶつかった。取り落とされたイチタローが、床に衝突する。バウンドする彼を、頭からスライディングした桑名が宙で抱き止める。火が点いたようにイチタローが泣く。

望月の首根っ子、その最下部の右隅に、美容師用の髪切りハサミ、全長六インチのシザーが深々と突き立てられていた。ゆっくりと振り返ろうとした望月が、引き戸の奥からあらわれた何者かに突き飛ばされて、後方へと数歩下がる。

アミーラがそこにいた。入り口近くのレジ裏ドアの向こうで、いざとなったら加勢すべしと様子を窺っていたのだ。そんな彼女はいま、憤怒《ふんぬ》の形相で、さらにもう一本のハサミを構えて吠える。

「わた、私の赤ちゃんに、イチタローに、指一本触れるなあ！」

叫ぶやいなや、アミーラはハサミを振り上げて望月に襲いかかる。望月は、撃退よりも後退を選ぶ。最初の一撃が、おそらく深過ぎたからだ。これを抜いて、早急に処置しなければならない、と彼女は冷静に判断した。だからアミーラの足元を蹴って崩し、床に転がすと、そのあたりを狙ってなにか投げつける。強烈な破裂音と閃光、そしてもうもうたる白煙が湧き上がる。

「煙玉か！」

言うなり桑名は、腕のなかの幼児の目と鼻と口を塞いで守ろうとする。煙幕の向こうで、ガラスが割れる音がする。

最初に拳銃を構えた赤垣が、次にイチタローを抱えた桑名が、店の一番奥の窓に駆け寄ったところ、すでに望月は室外へと脱出していた。石神井川の水中に、一度はダイヴィングしたのだろう。だからヒジャブとともに、カツラも川に流されていた。変装を剝ぎ取った望月は男女定かならぬ短髪だったから、くの一ではなかったのかもしれない。彼女もしくは彼を拾い上げたのは、もうひとりの工作員が運転する水上オートバイだった。緊急用の脱出経路として、あらかじめ裏で張っていたのだ。ふたり乗りしたそれは、石神井川が隅田川と合流する地点を目掛けて猛スピードで去っていく。


その逆側、川の上流の方角に、大きな夕日がいまにも沈もうとしていた。

いつの間にか雲は去って、強いオレンジの光がなにもかも押し包んでいこうとするなかに、一条あざやかな、虹の円弧があった。仄日《そくじつ》の斜照によって片側は食われていたものの、しかしアーチの残りには、くっきりとした七つの色を認めることができた。秋から冬本番へと至るまでの、ぐずぐずした雨の季節、常軌を逸していた今年のそれも、ようやく終わりのときを迎えたことを、桑名と赤垣は、無言のままに実感していた。

美容院の入り口には、騒ぎを聞きつけたご近所の人が鈴なりになっていた。何人かはすでに店内に入ってきて、回転椅子に座らせたアミーラに濡れ手拭いを渡したり、肩を揉んでやったりして、世話を焼いている。彼女の膝の上には、イチタローがいた。相変わらず、あらゆるものに興味を抱いているかのような、大きな黒い目をした幼児が、いまは母に守られてご満悦の様子だった。

このときは、勝利の感覚があった。部分的なものであれ、桑名の胸中にはなにかひとつ成し遂げられたような満足感があったのだ。このときは、まだ。

章の七：鬼が出やがった

～なんで開国しちゃったのかなあ？　直訴者は手裏剣の的になる～

1

それから桑名は、青山じゅうの城にまた潜伏した。いや、させてもらった。早く出ていけと、ことあるごとに、リルに文句つけられながらの居座りだったのだが。

彼女の気持ちを、桑名はわからないでもなかった。一連の事件に巻き込まれて迷惑なのはもちろん、彼がここに隠れていると、より一層リルは、赤垣と会いにくくなるからだ。

だから桑名は、

「悪いと思ってるよ」

と頭を垂れてリルを懐柔しようとしたのだが、

「本当にそう思ってんなら、さっさと出てけよお！」

などと、より一層機嫌を悪くさせるばかりだった。

彼女に嫌な顔をされるたびに桑名は、なかなかに落ち着かない気分になった。これじゃまるで住所不定、いや無宿者みたいじゃないか、と。

赤垣のほうは、病気を装って休職していた。戦いで得た怪我は重くはなかった。しかしあそこまで桑名に協力してしまった以上、当分のあいだ、彼女は彼女で、イチホや幕調の動きを警戒しておく必要があった。そこでより安全な場所ということで、一時的に実家に戻っていた。

あの工作員、望月ライラーは、幕調の手の者だと桑名は推測した。かねてよりずっと、移民街のそこここに「草」として入り込んでいた者のうち、とくに破壊工作や拉致などに長《た》けた奴だったのだろう。ゆえにアミーラの監視係となっていた。そしてあの日、桑名が家系図屋を襲ったために、緊急措置として母子を確保しろとの命を受けた。それを桑名たちに邪魔された。あれ以来、王子で望月の姿を見た者はおらず、その後の行方は杳《よう》として知れない。

あの騒ぎの直後、町内のムスリムやムスリマたちと桑名は相談した。話せないことも多かったのだが、ホセの死とアミーラの店襲撃には関連があること、いますぐに母子は安全なところに身を隠す必要があることを桑名は説いた。そこでアミーラは、ハラール食品流通ネットワークを利用して逃げることになった。これなら足が付きにくいからだ。まずは王子のマーケットから生産地へと戻るトラックに便乗していって、次に生産地から、さらにほかの土地へと移っていく。両親のいる石川県に立ち寄るのは危険なので、福井のコミュニティに一度潜伏したあとで、他州である岡山あたりまで動いていく、という案が最終的に採用された。

いつまで逃げていなければならないのか、との問いが、アミーラより発せられた。当然の質問だった。しかし桑名には、答える術はなかった。当分としか言いようはない、と彼は告げた。状況が落ち着いたら、かならず連絡するから、と。それまでは不便だろうが不安だろうが、とにかく逃げてくれ、と。

そう言う桑名自身も、身を隠す必要があった。逃げていなければ、ならなかった。ありとあらゆる、官憲の目から。あるいは市中に張り巡らされた「草」の目と耳から。

事が事なので、つまり「裏」があったので、まだ指名手配はされていないと桑名は踏んでいた。しかし停職中のありとあらゆる規則を破っているわけだから、警察組織は合法的に彼を追うことができる。だから「見つけ次第、即応すべし」との但し書きが付けられた桑名のデータが、ありとあらゆる警察官のKフォンに送られていることは、間違いなかった。

逃亡者である桑名は、一種の治外法権地帯であるこの場所で、告発の準備を進めようとしていた。ホセの件についての責を負うべき者どもを、一網打尽にするためだ。あるいは、告発をおこなうことによって、いまだ正体が判然としない——村末が言う「下っ端にゃあ、見えるはずのない」ところにいる——奴らにまでたどり着いて、その首根っ子を押さえるために。桑名は、自らの知る一部始終を書類にまとめ上げようとしていた。

望月に斬られ蹴られたあと、アミーラらに応急処置をしてもらった桑名は、王子から直接、じゅうの城に逃げ込んだ。それから高熱を出して、二日間寝込む。なんとか起き上がれるようになってからは、市販薬をむさぼり食っては、書類に向かい、またぶっ倒れる日々のあげく、ようやく書類および、自分自身の体裁の両方が整ってきたのが、つい数日前だった。このころから、普通の食事も喉を通るようになってくる。王子の一件から、十日が経とうとしていた。

リルには愛想をつかされているので、桑名の居場所はもう彼女の部屋ではなく、手下の一室をあてがわれた。造形家たちが軒を連ねるプレハブ長屋みたいな一画で、一日中ノミでなにか削っている、たぶんアーティストの、デンマーク系の無口で大柄な、ものすごい量の髭を顔じゅうに生やした男の部屋だ。

しかしこの男が食事や医薬品を用意してくれるわけではない。そこは自分で、やりくりしなければならない。じゆうの城の敷地内には、ちょうど大学の構内がそうであるように、小規模な街程度の機能が簡素ながら備わっていた。桑名はそれらを利用した。

そこには医務室があり、散髪屋があり、銭湯があり、簡単な購買部があり、図書館があり、そしてもちろん、食堂があった。より正確に言うと、体育館風の大きなホール内のそこここに、各国料理の屋台めいた出店が並んでいるというしつらえだ。桑名はそこで食事した。全部が当たりではなかったが、なかには、驚くほど美味いものもあった。十五種類のフムスが並んだ中東料理の屋台には、やられた。

夕食のあとは、かつては大学の図書館だった建物内で開催されている、古い映画の上映会などを冷やかすこともあった。図書館がある一画は、国連大学時代からの建物が多く残されていた。館内には蔵書もまだ一部あった。映像アーカイヴもあった。じゆう民や学生やらが、車座になって、なにか討論したりしているのを横から眺めるのは、桑名にとって興味深い体験だった。そんなある日に、彼は出会ってしまう。

「……と、かくいう次第で、第二次世界大戦後の日本は、戦争を放棄し、平和憲法を掲げるようになるわけでありまス」

2

教卓みたいな小さな演台の後ろに立つ、まるで少年のような骨格の、しかし猛烈な量の綿毛めいた銀髪を四方八方に伸び散らかした眼鏡の男が語り終えると、周辺から拍手が湧く。どうもでス、どうも、と男は片手を上げ、同時に幾度も小刻みに頭を下げながら、礼を述べる。図書館内のラウンジ・スペースの片隅だ。演台に据え付けられたマイクの上にかがみ込んで、その男が言う。

「ではこの続きは、また来週ね。おおよそは書けていますので、先へと進んでいけることでしょう。正和《しょうわ》時代の後半あたりまで、行けるといいなと思っていまっス！」

また拍手が湧く。

なんだ？　なにが「正和」だ？　平和憲法って、なんなんだ？　その場にいた桑名の頭上に、巨大な疑問符が突っ立つ。しかし男の語りをよく聞いてなかった。最終盤に、たまたま行き合っただけなのだ。だから桑名は、近くにいた者をつかまえて質問してみる。五分刈の頭をピンクと黒の縞模様に染め上げた若い女が、答えてくれる。

「馬場壇《ばばだん》さんはねえ、作家なのよ」

彼女いわく、演台の男は、かつては映画の脚本家として食っていたのだという。しかし業界は斜陽化して失職。そこからは文芸を志し、前人未到のアイデアを手に大長篇小説に挑むのだが、トラブル連発。プロットとともに出版社に持ち込んでいた書き出しのみの原稿が、内容を問題視されて官憲に通報される。そして思想信条に危険性ありということで、監視対象に。さらには家賃滞納のせいで住居を失う。こうして俗世間から追われた彼は、いつの間にやらここに流れ着き、執筆を続けて早十年か、あるいはそれ以上は経っているのだそうだ。

馬場壇恭二《きょうじ》は、SF小説を書き続けていた。日本についての小説なのだという。いわゆる歴史改変もの。「もし、あのとき」史実と違う出来事があったならば、という仮定から始まる別世界を想像する——ものである、らしい。

SFにかぎらず、小説の素養は、桑名のなかにほとんどなかった。だからこの妙ちきりんな話にも、好意的な意味での興味を抱いたわけではない。

ただ引っかかったのだ。「平和憲法」との文言が。「戦争を放棄する」という、ひとことが。元軍人である身として。

そんな桑名の表情を読んでいたのだろう。縞柄女が笑いながら言う。

「ねえ、面白いでしょう？　だって『明治維新が成功していたら』っていう、お話なんだよ！　日本は天皇を頂点とする中央集権国家になって、それからすぐに植民地を作るの」

「なんだって？」

「戦争いっぱいやるんだけどね、一番大きなのは、アメリカとやるやつ。それで本土が火の海に」

「馬鹿言うなよ、アメリカは同盟国だろうが！　長年の！」

「現実はね。でも小説は、馬場壇さんの世界では、違うのよ。えーと、日英同盟はあるんだけど、すぐやめちゃうのね。で、戦うの。とにかく、西欧列強と。大日本帝国が」

「帝国って、なんなんだよ。よその国、侵略でもするってのか？」

「うん。大英帝国みたいなの。台湾と朝鮮を併合して、満洲国も作るのね、日本が。アメリカの傀儡《かいらい》じゃなくて日本がやるから、それでモメちゃって。いろいろあって、中国大陸で戦争して、それから米英ほか連合国とも戦争して。東南アジアと太平洋も大変なことになって。で、アメリカに原爆を落とされちゃって降伏するところまでが、先週かな」

言葉をなくして、桑名は立ちすくむ。ややあって、ようやく彼は口を開く。

「……楽しいのか。そんな空想をすることが？」

「私が考えたわけじゃないけど……まあでも、楽しいのかな？　思考実験みたいなものだから。『ないもの』を想像してみることで、いまここに『ある』と思っているものの真の姿、つまり普段は目に見えない深い沼の奥底にひそむ本質へと接近していく、というか」

「原爆は――」呼吸を整えながら、桑名は言う。「人類史上最初で、いまのところ最後の核攻撃は、陥落せずに粘るベルリンに対しておこなわれた。ヒトラーが籠る地下壕の真上に。この重い史実を、いったいどうやって――」

「馬場壇さんのストーリーではね、広島と長崎なのね。二発。最初ので帝国が降伏しなかったから、もう一度あったの。ひどいよね。でもそもそも日本がナチス・ドイツと同盟なんか組んじゃうから」

「なんだとおっ⁉」

桑名は大きな声を上げる。周囲の者の何人かが、彼を振り返る。いくらなんでも、これは黙ってはおれない。

「いったい何人の日本兵が、ノルマンディー上陸作戦で死んだと思ってやがんだ⁉　そのあとのヨーロッパ戦線でも、いつもいつも、最も危険な前線へと出張ってってって――」

「でもね！　枢軸国側だったのよね。馬場壇世界の日本は。それほどまでにして、植民地から兵を引きたくなかったんでしょうね。結局最後には、なにもかもなくしてしまうのに」

あまりのことに、桑名はめまいがしてくる。ひどいめまいだ。

「それでまあ、敗戦後の日本はアメリカ主導の連合国に一時期占領されるんだけど、そこで新しい憲法が制定されるのね。日本の首脳陣のハト派と、天皇と、占領軍の司令官たちが頭寄せ合って考えたその内容が『戦争を永久に放棄する』っていう、平和憲法。そこのところが、今日のお話」

「……しかし、そうなったとすると」

桑名はしつこくあらがおうとする。

「その日本は、どうやって国土を防衛するんだ？　さむらいは、どうなる？」

「あー、さむらいは、士族はね、解体。貴族もない。いなくなる。征夷大将軍もいない。軍もなくなる。英語で Self Defence Force ってことになってる、つまり『自衛だけする軍隊』は最低限持つんだけど、基本的には軍備も放棄しているようなニュアンス。でもこの英語、軍が自分の身だけは守るって言ってるみたいな、変な語法なんだけどね」

ここで縞柄女は言葉を止める。眉をひそめて、桑名の顔を覗き込む。

「あんた顔色悪いよ。大丈夫？」

ああ問題ない、気にしないでくれ、と桑名は答える。本格的に気分が悪いのだが、それよりも、なによりも、この馬鹿げたストーリーの根本が、気になってしょうがない。

一体全体、なんでそんな日本になるというのか。日本みたいな貧乏国が、どこがどうなったら、帝国なんてものを目指せるのか。イギリスになど、なれるわけがないではないか。まずもってスタートだけでも、数百年程度は遅い。

といったことを桑名は彼女に訊いてみるのだが、いやー私は、ストーリーを聞かせてもらってるだけだからと流される。そういう「まとめ」っぽい質問なら、書いた本人に訊いてみるといいんじゃない、と薦められる。そして馬場壇を紹介される。

「ああああー、それはですねえ、本を、読んでいただければ。まだ全部は、出来上がってないんですけどね。ここにあるだけで」

と馬場壇は、分厚いノートを指で叩く。無数のメモが挟み込まれているために、黒い表紙は膨れ上がり、ゴムの輪っかと靴ひもで縛り上げられて、ようやく抑え込まれている。加えて、いまにも破れそうな汚れた紙袋がふたつ彼の足元にあるのだが、そこにも同様のノートらしきものが、いくつも見え隠れしている。そしてさらに馬場壇は、自らの銀色の頭の側面を、人差し指でこつこつと叩く。

「まだ書いていないものが、頭のなかにはある」という意味なのだろう。

顔を合わすなり思わず桑名が訊いてしまった、どういう意図であんな内容を書いたのか、という質問への答えが、それだった。

演台の脇で、書類をまとめている馬場壇を、縞柄女がつかまえてくれた。これは牛乳瓶の底というやつか、視線のありかすら定かではない、不可解なほどの厚みの丸眼鏡をかけた自称作家の前に、桑名は立っている。

「なんでもー、訊いてくださいな。ご質問、あるならばー」

馬場壇は朗《ほが》らかに応対してくれるのだが、桑名のほうが、さてなにを訊いたものかと混乱している。ええいままよと、思いついたことから訊く。

「ひとつわからないのが、征夷大将軍が第二次大戦後にいなくなるという話だが――」

「あー違いますうー」

と馬場壇に素早く打ち消される。

「違うの？　あれっ、さっきの彼女に聞いたんだけど」

「朗読をー、一度聞かれただけですから。文章を読んだわけじゃないから、ところどころ、記憶が入り混じっちゃうんでしょうねー」

そう受けたあとで、馬場壇は彼の「正史」の概略を教えてくれる。

いわく、まず、戊辰《ぼしん》の乱の時点で、幕府は崩壊する。いくさに負ける。だから大政奉還、王政復古の大号令そのままに、天皇を国家元首とする新しい日本が建設されることになる。

「このときにですね、征夷大将軍様は、いなくなってしまうんですね。徳川慶喜公は、将軍職を解かれたあと駿府にて謹慎され、そのまま挙兵はされません。つまり東北の戦いには、参加されないんですね」

「……じゃあ、そこから先の、なんだ、『明治の日本』というのは、どうなるんだ？」

「天皇陛下が元首ですね。そして首相がいて、議会がある。現実の日本と、ここのところは似ていますよね。違うのは、おもに――」

「薩長か？」

「あーそうですねえー。戦争の結果が、逆ですから。だから薩長閥を中心とした政府は、結局のところは、征韓論のほうに傾いていきまして。ロシアの南下政策が、なんて言いつつも、じつのところはですね、戦国時代の延長線上でー。つまりは秀吉公、豊太閤《ほうたいこう》以来の」

「国内の天下を統一したら、次は大陸だとかいう意味か?」

「そうそうそう、よっくおわかりですねえ! これはですね、もう本能なんでスね。日本の武人のかたがたの。日の本とりまとめたならば、すわ半島進出という。一直線の」

ここで桑名は異を唱える。

「でも江戸二百六十年のあいだはやってねえだろが」

馬場壇の表情が、ぱっと輝く。眼鏡の奥で、目も笑っているようだ。

「そうなんですよ! ですからねえ、そこが素晴らしいところなんですぅ。海外進出も、侵略も、ありません。最後の最後まで、大きな内戦すら、ありまっせん。江戸時代のあいだ、ずっと太平。これすべて、まさに神君家康公のご慧眼《けいがん》のお陰! さむらいの本能を、本当に本当に見事に抑え込んで、黙らせきりました。お見事でした! ゆえにですね、逆に、徳川幕府がなくなってしまうと。もはや歯止めになるものが、なにもなく……」

自分の口が開いていることに、桑名は気づく。あまりのことに、あきれて、知らないうちにぽかんと開いていたようだ。

「……つまり歯止めがなくなると、日の本のさむらいは、まるで猛獣のようになって、攻めかかる。外へ外へと侵略をおこなっては、テリトリーを拡張していこうとする。戦争に負けて破滅してしまうまで止まらない――というわけか」

そそそうなんですよおー、と、馬場壇は答えると、桑名の手をとって言う。

「おおおー！　これが、おわかりいただけるとは、なんと嬉しやー。私のストーリーの、ここまでを、一切お聞きになっていないにもかかわらず！」

いや、まあ、そんな大したこっちゃないよと桑名は手を引っ込めようとする。しかし馬場壇は、妙に骨張って、しかも湿った指で桑名の両手をとらえて離さない。

「日本はね、日の本は、戦争なんかしちゃいけないんですよおー」

握りしめた桑名の手を、馬場壇は上下に強く振り始める。

「戦争していないあいだが、一番幸せだったじゃないですかあ？　江戸時代、平和で。お蕎麦に浄瑠《じょうる》璃《り》、浮世絵に歌舞伎、お寿司にお祭り――」

おいちょっと、と桑名は手を振り払おうとする。離してくれよ、と。

「なんで、なんで日本は、開国しちゃったのかなあ？」

なんとか手を振り払ったあと、馬場壇の眼鏡のレンズ、左右それぞれの下端から一筋ずつ、涙が流れ落ちていることに桑名は気づく。規則正しく、まっすぐに、先のやつが落ちていった経路の上を、あとからあとから、意外なほど大きな涙滴が追う。止まらぬ涙は白カビみたいな髭に覆われた顎の先からしたたって、床に近いあたりに滞留した薄暗闇のなかへと次々に消えていく。

3

桑名が告発書を完成させたのは、クリスマスを過ぎて、大晦日に近いある日の夜更けだった。だから年が明けるのを待ちかねて、それからあらゆる手を試みた。しかしそのすべてが空振りだった。一月の半ばにはすでに、万策つきていた。

じゆうの城の片隅で、桑名十四郎は、頭を抱えていた。

彼が完成させた告発書一式とは、事件の経緯を記した報告書に、手持ちの証拠のコピーなどを添えたものだった。桑名はこれを、まず最初に、イチホこと第一保安局情報本部の本部長宛に提出した。通常こうした書類の受理は内務監査部の管轄となるのだが、なにしろ告発する相手が、該当部局の部長である加賀爪とその一味なのだ。ゆえに通常どおりの窓口は機能するわけもなく、一か八か、より上位に掛け合ってみるほかなかった。与力長という、二等同心から見ると、まるで雲上人《うんじようびと》以上のような地位の本部長様に。

しかし書類は、無言で突き返される。「検討します」もなにもなく、まるで宛先に間違いでもあったかのように返送されてくる。書類送付にあたって桑名は、用心のために知人の弁護士事務所を仮の差出人住所としていた。封筒が届いたのと同じ日に、その事務所にガサ入れがあった。

ならばと桑名は、地方検事局に直接持ち込んでみたのだが、見事に門前払いされる。警察内部の話は、まずはそっちで対応してくれ、という当たり前の理由を述べられた。

さらに桑名は、停職前の直属上官、時実登志江課長にもダメモトで頼み込んでみる。リルに用意してもらった逆探知不能の携帯から電話をかけて、これまでの一切合切を、腹を割って打ち明けたのだ。告発書の一式を送るから、警視庁のかくあるべき筋が、これを受理し、真摯に内容を検討してもらえるように、ぜひ課長のご助力を、と桑名はできるかぎりへりくだった言葉で——もちろん、彼の基準でのそれで——訴えてみたのだが、喋っている途中で頭ごなしに怒鳴りつけられてしまう。

「ああんたねえ！　あたしの人生、終わらせる気かよ！　停職じゃなく、懲戒免職になりたいんだったら、ひとりでやってなさい。巻き込まないで！」

そして、あきれられる。

「本来だったらあんた、もうすぐ停職期間が終わるはずでしょう？」

たしかに、そうだった。明ける予定日は一月三十一日だった。桑名としても、忘れていたわけではなかったのだが。

「なのにあんた……まったく連絡とれないわ、勝手に捜査しては、妙ちきりんな書類こさえるわ……ほんっともう、一体全体なんのつもりで、そんな無茶苦茶やってるのかなあ!?　で、あんたいま、どこにいるのよ？　いくらかけても、電話出ないじゃないの！　いまのこれも非通知だし。連絡とれる番号、教えなさいな。悪いようには、しないから。あたしが、仕切り直してあげますから。査察官にはね、よろしーくよろしく、お願いしといてあげますから――」

「あーすいません」

終わらぬ時実の喋りを遮《さえぎ》って、桑名は言う。

「ちょっとなんか、電波悪いみたいなんで。よく聞こえないんで、またかけ直します」

「なに？　あんたまたそんな見えすいた嘘言って、逃げようったって――」

ここで桑名は、電話を切る。さすがにちょっと、時実に申し訳なく思う。いつもいろいろ、気を遣ってもらっているのに。いつも口は悪いのだが。

このように桑名の告発は、まったくもって、一切だれにも取り合ってもらえなかった。

窮した彼は、マスコミに情報を流すことを考えた。こんな日本にも、一応形ばかりの左派メディアはあった。地方新聞、ウェブサイト、反体制派のブロガーなどに資料を送りつけ、事件の全貌を知らしめて、報道させ、世論という圧力を味方につけ、そこから加賀爪と幕調を追い込んでいく——という作戦を思いついたのだが、これは赤垣に止められた。

「絶っ対に、やめて！　私は許さないから、そんなことやったら」

と彼女は、電話口で桑名を厳しく叱りつけるのだった。

赤垣からひさしぶりにかかってきた電話だった。伊庭の女房、芳江に頼まれて連絡してきたのだという。そして赤垣は桑名に、もう表立ってなにもするな、と言うのだった。

伊庭が一命を取り留めたことは、じゆうの城に潜伏し始めてすぐ、やはり赤垣からの連絡で桑名も聞いていた。その時点で、まず片目は大丈夫だという話も。だが全身の傷は深く、依然深刻な状態は続いていた。長い戦いは続いていく、これから幾度か皮膚移植をしなければならない、という話も教えられていた。

赤垣が新たに芳江から聞かされたのは、なんでも、伊庭の医療保険に関わる話だそうだ。だから桑名に「これ以上、なにもやるな」と伝えるために、彼女は電話をかけてきたのだという。

警察官には、表向き、手厚い福利厚生が準備されている。医療保険もそのひとつなのだが、しかしこれは、あくまでも「勤務中に起きた事態」や「任務のせいで生じた」怪我や障害に対して補償してくれるものでしかない。

つまり伊庭が、任務外の行動中に——桑名のために一肌脱いでいる最中に——だれとも知れない暴漢に襲われた、ということならば、治療費の大半を保険でまかなうことはできない、と、芳江は担当者から聞かされたそうだ。加えて、保険の査定がそう決したならば、もしこのまま伊庭が退職することになった場合の退職金や年金にも影響する。つまり、著しく減額される——と、そんなふうに芳江は、脅されたのだという。子供たちに、まだまだこれからお金もかかるというのに——。

要するに、圧力をかけられた、ということだ。こうした場合の保険の査定には、もちろん、イチホの内務監査部も関与する。通常の業務として、被保険者の勤務内容や行状そのほかを評定した上で、警務部厚生課に所見を戻す。だから加賀爪が率いる内務監査部の査定しだいで、たしかに、生かすも殺すも思いのまま——なのかもしれない。

「あなた、いまどんな顔しているのか、想像つくけれど」

「……そうか？」

「それにしても、マスコミを使うなんて！　よくもそんな、馬鹿げたことを思いつくものね！　もしそれが実現したら、どれほど伊庭さんや芳江さんに迷惑がかかるか、考えないわけ？　想像力ないの？　そこまでやったら、もうなんの大義もない。あなたの腹いせでしかない」

腹いせ呼ばわりは、このあいだの家系図屋でもあったよなあ、と桑名は思い出す。さらに赤埴は、意外な提案をする。

「もしも通常の手段で無理ならば、たとえば民事訴訟なんかも視野に入れるといい。時間がかかろうとも、こつこつと。法廷を舞台に、地道に主張をしていけば——」

「ちょっ、ちょっと待て！　どこの世界に、所属する警察組織を民事で訴える警官がいるってんだ？　まあ、もう『元警官』なのかもしれないが……とにかく！　俺は悠長に時間なんてかけてられないんだよ」

アミーラとイチタローの姿を桑名は思い出す。あの母子に、いつまでも逃げ隠れさせておくわけにはいかない。安心と安全を、できるかぎり早く用意してやらねばならない。

「それにだなあ、だいたい、俺が姿をあらわして民事訴訟なんかやってみろ。あっという間に、消されて終わりだ」

それもそうね、とこの点は赤垣も同意する。

「でも、だったらいまこそ……ここが諦めどころ、なのかもしれない」

「なんだって？」

「ここまで、やるだけのことはやったんだから」

桑名は愕然とする。なにを言ってやがるんだ、こいつは、と。

「なんだよ、それ……お前だって、『なにがあろうとも、やる』って言ってたじゃないか。あれは口先だけだったのか？」

「言いました。『やれるところまでは』なにがあろうともやる、という意味よ。これ以上、なにがどうできるのよ？　もう勝てないんだから、人を巻き込むのはやめたらどうなの？　あなたもいい加減、そういうことも覚えなきゃいけない。引き際というのを」

ぐらり、と足元がゆらぐような感覚を桑名は覚える。まるで下痢腹みたいに、へそから下に心細い不安定感が湧き上がってくる。

「まさか、お前」

桑名は、決して聞きたくはない答えのための質問を、せざるを得ない。

「……もう、俺を助けてはくれないのか？」

赤埴が、らしくない声音で――つまり、やさしげに取り繕ったような話しかたで――なだめるように桑名へと返す。

「助けない、わけじゃない。これこそが、助けなのよ。いまここで『諦める』ことが。無理を重ねて、あなた自身も含めた関係者全員の立場を悪くする一方で、どうするのよ？　伊庭さんだって、いまに至るまで表立っては襲撃者の告発をしていないのよ？　その意味ぐらい、わかるでしょう？　わかってて、駄々をこねているのよね？」

矢継ぎ早に、質問めいた叱責してんじゃねえよ、と桑名は思う。だからまとめて、

「わかんねえよ」

と答えてしまう。そしてこう続ける。

「そもそもお前が言ってる、俺になにもするな、この件から手を離せ、保険のためにってのは、芳江ちゃんが言ってただけの話だろうが！」

「違います」

赤埴は言葉を区切りながら、噛んで含めるように言う。

「伊庭さんご本人も、そう仰っていたと、芳江さんからお聞きしました。意識が戻ったあと、おふたりできちんと話し合って。幾度も話をして、その結論に達した、と」

「…………………あいつが？」

「ええ。『もう、やめてくんないかな』と。こういう言いかたで。『もう十分やったろうが』と」

なるほど、伊庭までがそう言ったのか、と桑名は軽く驚く。そして友の言葉を咀嚼《そしゃく》する。

しかし、やめるわけにはいかない。ここまで来て。

告発が受理さえされれば、伊庭の保険だってうまくいくはずだ、と桑名が言いかけた途中で、赤埴が大声を出して会話を断ち切り、電話も切ってしまう。

「もう、いいっ加減にしてよ！　ワガママにもほどがある！」

という怒鳴り声だけが反響し続けて、後方でなにかを削っているデンマーク人のノミの音と一緒になって、桑名の耳のなかで混じり合う。

電話のあと、本当にひとりきりになってしまった桑名は、最後の手段を思いつく。きっと悪手に違いない。しかしもう、これしかないのだ。幕調の高官への、直訴をおこなう決意を彼は固める。

4

幕調こと中央情報調査局は、そもそも、いずこの省庁の管轄下にもない。幕閣直属、つまり将軍が直接動かせる完全独立型の諜報組織だ。国防省も司法省も財務省も、もちろん警察庁もそれぞれ独自の情報機関を持つのだが、幕調にはそれらのどこよりも優越する権限が与えられていた。そしてその全体像は、謎に包まれていた。

本部は江戸城の内濠のなかにあるのだが、職員の数にしても、組織図にしても、一般に公開されていない情報がとても多い。「顔が見えない」幕調高官の一部は、便宜上、日常的には他の省庁の役人のごとく装っている、らしい。表の身分を隠れ蓑にしているのと同時に、その人物の席がある組織に対して「幕調は目を光らせているぞ」という意志表示ともなっているのだ、という。

だから告発書を持ち込む先を探すのは、苦労した。リルに頼み込んで――この作戦が成功したら、すぐに出ていくから、と説得した――それらしき人物のコンタクト情報を洗い出してもらう。そのなかで最も精度が高そうな人物が、財務省職員の桐山延輔《きりやまのぶすけ》だった。

桑名は彼のオフィス宛に、メールやファクスを送信した。幾度も電話をかけては、取り次ぐように秘書に伝えた。だがなにをやっても、のれんに腕押しだったから、ついに直接会ってみることを考えた。そして、雑司ヶ谷の高級アパートメントの前で、待ち伏せした。夕闇が濃くなってきたぐらいの時間帯だった。

車寄せに入ってきた黒塗りのリンカーン・ノーチラスから、白髪の痩せた男が降りてくる。ふたりのダーク・スーツの男が、付き従っている。運転手と秘書、あるいはカバン持ちという役柄なのだろう。桐山の前と後ろに立つようにして、クルマから建物の入り口まで歩いてくる。そこに桑名が、門灯の届かないビル脇の植え込みあたりから出ていった。過度に警戒させないために、声をかけながら。あくまでも、穏やかに。朗らかに。

「あのー、ちょっとすいません。突然。夜分にこんなところで」

そんなふうに桑名は話しかけた。この日は髭も剃っていたし、グレーのスーツも着ていた。相変わらず自宅へは戻れないので、街道沿いの安売り紳士服店で、尾素歩《びすぽ》とは似ても似つかない吊るしのやつを買った。特異な体型のため、肩から上腕のあたりが突っ張っているのだが、そうした細かいところさえ気にしなければ、常識的な人間に、見えてもよかったはずだ。

だが、ふたりの男は素早く反応した。髪をクルー・カットにした運転手は、自分の懐にさっと手を入れて、すぐに出す。七三分けの秘書は、右手の肘を曲げてから、下方に手を振って伸ばしきったところで、止める。

ふたりの手のなかに手裏剣があることが、桑名には読める。桑名のほうは、両手を彼らからよく見える状態にしていた。片手は空で、逆の手には、書類を入れた茶色い角封筒を持っているだけだ。つまりそんな相手なら、銃を出さずとも手裏剣で倒せる、ということだ。あるいは銃を見せずに、手のなかに暗器を隠し持つことで、敵の油断を誘うことができる場合もある。相手がたんなる暴漢で、桑名のような者でないときは。

こいつらは、忍びだ。桑名は直感した。要人警護の訓練を受けた財務省職員なんかじゃない。例によって、殺しや侵入、破壊工作のほうが得意な連中だ。決して自分からは関わり合いになりたくない奴らだ。このあいだ王子で関わって、ひどい目にあった。

「自分は怪しい者じゃないんです。停職中の警察官で。ぜひお耳に入れたい件があって。この封筒の中身についてなんですが——」

だが白髪の痩せた男、桐山は、桑名の問いかけをやんわりと一蹴する。手短に、順を追って桑名は告発書の概要について伝えたのだが、桐山は、自分は幕調など知らない、関係はない、と物腰穏やかに否定する。

「私はですね、たんなる公務員ですから。おカネ勘定しているだけのね」

その言葉を、桑名は信じなかった。なによりもまず、こんなダーク・スーツの奴らふたりを従えた「たんなる公務員」など、いるわけがない。

しかし桐山は、手裏剣の潜在的な的となっている桑名に対して、相変わらずやわらかな口調で語りかける。

「その書類を、私にお渡しになりたい、と。こういうことでしょうか？」

ええもちろん、と桑名は答える。

「しかし、お役には立てませんよ。私は主税局総務課の、万年課長ですから」

「でも、持ってってください、念のために。すでに秘書のかたには、要約を何度もお送りしています。幕調の工作、その大失態にかかわる件なんだ」

「そうですか」

「だから、せめて、これを――」

「困りましたねえ」

ふう、と息をつきながら、桐山は本当に困ったような表情をする。

「こうしましょう。いまここで、想像してみましょうね。私がそれを、受け取ったとする」

「はい？」

「そして、見たとする。でも、なにも対応できない。私の仕事で、あるはずがないから。なので、その書類はごみ箱行きになる」

「……ということは、つまり」

「はい。お持ち帰りなさい。もったいないですから、ね。どなたか、それを受け取るべきおかたに、お渡しなさいな。私は受け取れませんから」

にっこり微笑んだ桐山は、そのあとすぐにくるりと踵《きびす》を返し、アパートメントのエントランスへと消えていく。桑名のほうを警戒しながら、ふたりの男たちが桐山を送っていく。

5

桐山のアパートメントから、桑名は電車とバスを乗り継いで、わざと遠回りして、青山方面へと帰っていった。尾行を警戒してのことだった。だから新宿の目抜き通り、ニューヨークの五番街を模したような、東アジア屈指の高級ブランド街である歌舞伎町の近くでバスを降りて、花園神社から千駄ヶ谷方面に徒歩で抜けて、裏道から青山を目指しているところで、鬼が出た。

「オーニーは、ソトですかあ?」

小道の脇の暗がりからあらわれた、ひょろりと背が高く若い白人の男が、アメリカ英語訛《なま》りのある日本語で、桑名に問いかけた。真っ赤に染めた長い髪の額のあたりにはカチューシャ状のものが着けられていて、なにかがふたつ、頭の左右両脇で光っている。いや、明滅している。二本の角のつもりのようだ。

よう、このおっさん、怖がってるみたいよ、と、暗がりのなかから別の声がする。でっぷりと太った、おそらくは日本人の、やはり若者だ。頭にターバンのごとくタオルを巻いているのだが、そこにも光る角が二本ある。虎縞が入った着ぐるみ状のものを、首から下に身に着けている。鬼のパンツが、全身を包むツナギになったようなつもりか。

そうか、今夜は節分だったか、と桑名は思い出す。

いまが中国の春節にあたる、日本の真正月《しんしょうがつ》期間であることは、彼も一応は認識していた。だから社会全体としては、長い休みの只中だ。官公庁も、旧暦の正月元日とその翌日しか休まないのが建前ながら、国民一般に合わせて有給を取っている者も多い。そうしたことを意識した上で桑名は桐山の動きを追い、アプローチしていたのだが、しかし節分のことは、まったく忘れきっていた。

近年の節分の夜は、危険に満ちていた。かねてより、仮装した若者が馬鹿騒ぎすること自体は恒例となっていたのだが、ここ最近は、ちょっとばかり度が過ぎていた。荒れる元服式の比ではなく、日本全国のおもに都市部では、邏卒《らそつ》が大忙しになる夜だった。

元来の節分とは、立春の前日の夜に、来るべき一年間の無病息災を祈念する、日本古来の年中行事だった。鬼は外、福は内、と豆を撒き、家族や友人たちと穏やかに笑い合うだけのものだった。

いつの間にやらその意味が、やんちゃな若い奴らのあいだで、変化していく。鬼の役をやる奴と豆を撒く奴のあいだで、荒っぽい対決イヴェントがおこなわれるようになる。侵入者と撃退者、という役割だ。そのうち、どう考えても侵入者のほうがやってて面白いということになり、鬼が増える。さらには鬼の仮装をしているならば、いつどこの家にでも侵入していい無礼講の夜が節分なのだ、という悪しき発展を遂げてしまう。

かくして、家宅侵入、窃盗に暴行傷害、ときに強盗や強姦まで含む、とんでもない騒乱の一夜が「日本の節分」だということになってしまったのは、ここ十年ほどだろうか。

アメリカのハロウィンにおける、若者の悪ノリ騒ぎが影響した、という説もある。とくに暇を持て余した若い米兵か、あるいは軍人の子弟たちから、本国の悪さが伝播《でんぱ》してきて、節分の過激化が進行していったという見方だ。

日本においては、各州ごとに一、二箇所だけ小規模に、同盟国であるアメリカ軍の基地があった。たいていは日本軍の基地の内部かすぐ近くにあるそれが、まるで隔離施設のようだとして、つねづねアメリカ側から問題視されていた。軍関係者は原則、狭い施設内に押し込まれていたからだ。ビジネス目的で、留学で、あるいは移民として日本に住んでいるアメリカ人一般の平均的水準と比べてみても、軍関係者の生活環境は悪いと言わざるを得なかった。しかし待遇改善のための資金援助を求めるアメリカ側の声は、いつも柳に風で幕府に受け流されていた。

そんなところから、軍関係者やその家族などのなかには、日ごろの不満のはけ口として、悪い遊びを次から次へと開発するような連中もいた。そして基地の外にいる、似たような鬱憤《うっぷん》を抱えた若い層がこれに飛びついて、民族や出自を問わず広まっていくことが、よくあった。異形の節分の出どころもこれだったのではないか、と言われている。

そんな節分の「異形」部分については、さらに新しい解釈もいくつか付け加えられていた。「鬼は外」なんだから、つまり家の外は、ストリートは、その夜だけは「鬼の領分なのだ」というのもあった。節分の夜に出歩く者は、鬼の扮装をしてないならば仲間じゃない、だから狩ってもいい――そんな勝手なルールが昨今流布《るふ》されていて、これがより一層治安を悪化させていた。いま桑名の前に立ち塞がっている、赤毛の小僧のように。

桑名が無言で検分したところ、この「鬼」どもには、たいした危険はなさそうだった。本人たちは、こわもてのつもりなのだろうが。でぶの手には、鬼の金棒ということか、金属バットがあるのだが、握りかたがなってない。武術の心得は、絶対にまったくないと桑名は断じた。

だから彼は太ったほうの鬼に、

「どいてくれ」

と簡潔に伝えた。

「今日はいろいろあって、疲れている。早くねぐらに帰りたい」

「今夜は、特別なんだぜ。知ってるか、おっさん？」

でぶが嬉しそうに言うので、桑名は答えてやる。

「特別なことなんて、あるものか。生まれてからこのかた、毎年やってきてるよ、節分なんて。まあむかしは、お前らみたいのはいなかったけどな」

「そうかよ？」

桑名の目の端で、赤毛の小僧が、オーニー、オーニーと繰り返しながら、興奮状態となっている。ふところからハンマーを取り出そうとしているので、桑名はそれを阻止する。小僧の肘を押して止め、やめとけと言う。そのとき、でぶが金属バットを振り上げようとしたので、膝の裏を蹴って足を刈る。丸い尻から落ちて、でぶが転がる。バットも転がる。

「遊びでいられるうちに、やめとけ」

赤毛の小僧の目をじっと見つめて、桑名は言う。小僧の目に、おびえたような影が走る。だから桑名は、手を離してやる。

「それに俺は、たいしたカネも持ってない。カツアゲしてもつまらんよ」

地べたに座り込んだままのでぶを見て、小僧を見て、よし落ち着いたなと判断して、桑名はその場から歩き出そうとした。その瞬間、暗がりから後頭部に一撃くらう。

どうやら、角が光っていない連中がふたりほど、近くにひそんでいたようだ。体格からして、中学生か、小学生か。華奢《きやしや》な小鬼たちが七四センチ長のリトルリーグ用の小さな金属バットを持ってあらわれて、軽い足取りで駆け回りながら桑名を打ちまくる。桑名は急所を守りながら、そのうちのひとりを二、三発はたいてバットを奪う。そのバットで桑名は反撃する。つけ上がって彼に襲いかかろうとしていたでぶと赤毛を、あまりひどくは怪我させない程度にぶん殴る。数分もやり合わないうちに、鬼どもは後退して、逃げていく。

「おーい、忘れものだぞお！」

と言うなり桑名は、金属バットを投げ返してやる。回転しながら飛んで、鬼たちの背中に達する前に路面に落ちたそれは、アスファルトの上をかん高い音を立てて転がっていく。


やれやれ、ひどい一日だったと桑名は首を振る。

口のなかに、血の味がする。子供にぶん殴られても、怪我はする。いつの間にか左膝をこっぴどく叩かれたようで、かなり痛い。ひょこひょこと、足を引きずりながら、なんとか歩いていく。争いごとの最中にも、奪われぬようにと胸に抱いて死守していた茶封筒が、くしゃくしゃになって血で汚れていた。

馬鹿馬鹿しい。あまりにも、すべてが馬鹿馬鹿しい。いろんな奴からよく言われるように、俺はほんとに、阿呆なんじゃないだろうか――。

そんなことだけを、桑名は繰り返し考えていた。怪我の痛みよりも、同じ考えばかりが頭のなかを去来することが、耐え難かった。うるさくて、しょうがなかった。

だから、禁を破ることにした。

荒れた夜のなかで静かに、いや、荒れた夜にさらに燃料を補給するためにか、道路端で煌々と灯りを輝かせているコンヴィニエンス・ストアが桑名の目に入る。

店の大きなウィンドウの上端にて建物の横幅いっぱいに伸びたサインには、オレンジと黄緑のラインが平行に引かれ、そこに「NOWSON」と大きく記されていた。これはナウソンではなくノーソンであり、愛称で農協と呼ばれる日本百姓連盟互助会の直営チェーン・ストアだった。だからその名のとおり、農村から直送されてきた野菜の直販や、それらを調理した惣菜が売りのヘルシー・ストアだったのだが、桑名の求めているものはこれではない。

店の入り口周辺のそここには、喫煙したり飲酒したり、あげくは花火をしたりしている若い鬼どもがいた。それらをよけながら、桑名は店内に入っていく。シックス・パックの缶ビール、それを2セット、テキーラほかのハード・リカーとともにレジに運んで、しわだらけの百両札を手渡す。桑名の顔がひどいことになっていたのだろう、店員は目も合わせずに勘定を済ませる。

ふたたび鬼どもをかきわけて道路に出て、歩きながら、まず桑名は、缶ビールを開ける。

ほぼ半年振りの、飲酒だった。咥内《こうない》の傷口を洗い流すつもりで一気に流し込んだのだが、気管に入って、激しくむせる。気を取り直して、二本目からはちびちびいく。左足を引きずりつつ歩きながら、飲み続ける。

じゅうの城に到着したころには、四本のビールを空にしていた。そのあとも、ねぐらの小屋で痛飲する。飲むことぐらいしか、もうやることがない。缶ビールの残りとテキーラを、ライムと塩で平らげた。デンマーク人が手伝って飲んだ。途中でなにがあったのか、たぶんどうでもいい、ささいな行き違いから殴り合いとなって、また血まみれになった桑名がのされてぶっ倒れたのが午後十一時ごろ。そのあとしばらくして、彼はひとりで目を覚ます。大いびきをかいて眠る即席の飲み友だちの巨体をまたいで、一間《ひとま》のスタジオの隅にあるバスルームに向かい、用を足す。蛇口に口をつけて流れ出る水をそのまま飲む。そして買い物袋のなかにまだ手付かずで残っていたライ・ウイスキーを引っ張り出すと、瓶からラッパ飲みする。


ひとり飲みながら桑名は、赤埴の声を思い出す。

「やめて！　シロー、ダメ！」

という、家系図屋のときのやつ。まるで駄犬を叱るかのように、彼女は言った。ついこのあいだも、叱られた。ワガママにもほどがある、とまで言われて、見捨てられた。

父親のことも思い出す。桑名の父は、東京から郷里の福岡へ転居したあと、平凡なサラリーマンとして製薬会社に勤務していた。桑名が大学二年生のとき死んだ。過労死だと判定された。

質素だった父が、唯一大事にしていた品が、桑名が毎日腕に巻いているロレックス・デイトジャストだった。女きょうだいばかりだったので、形見分けのとき「売るのも忍びないから」という理由で、彼に与えられた。一度も鑑定してもらったことはないので、偽物かもしれない。とくに気にしたことはない。だがずっと、彼の左手首にある。

生前の父親と桑名は、よく衝突していた。実直を絵に描いたような人生を歩んでいる、という強い自負を、父は息子にも押し付けようとしていたからだ。しかしその父が他界したとき、桑名は逆に、糸が切れた凧のような状態となる。ほどなくして大学を中退し、黒田連隊の門を叩く。黒田侯爵家が代々率いる、在福岡の陸軍歩兵連隊の名門だ。

あれほどの真面目自慢の父を追い詰めて殺してしまうような「娑婆《しゃば》」には、未練はなかったからだ。大学を出たところで、そんな社会の、どんな企業にも就職する気はしなかった。ゆえに自ら率先して修羅の世界へと足を踏み入れて、国家と憲法に直接的に忠誠を誓い、父とは違う本物の、正真正銘の「実直」を、形のある社会貢献をおこないたい——そんな熱情に、当時の桑名は突き動かされていた。

桑名が子供のころからなついていた、大叔父からの影響もあった。そのとき彼は、まだ生きていた。親族の大半から忌み嫌われていた、頑固で気難しい、時代錯誤な老退役軍人だったのだが、幼少期の桑名とだけは妙に馬が合った。しかしこのときの桑名の入隊を、大叔父だけが厳しく叱責した。それ以来言葉を交わさぬままに、彼もまた他界した。桑名の、一度目のイラク派遣期間中だった。そしてかの地で、大叔父がなぜかくも彼を叱ったのか、身をもって実感した。

結局のところ、軍も警察も、俗世間と大差なかった。自分の立場を、権益を守るためだけに汲々《きゅうきゅう》としては、徒党を組み、派閥に入り、自らの「ボス」や先輩の顔色を窺うという、娑婆によくいる俗物ばかりが大勢を占めていた。ただ奴らは、銃と刀を持っていた。そして父と同じように、桑名もまた崖っぷちに追いやられた。妻が彼の元を去った。

やっぱり、酒はやめよう。もう二度と飲むものか、と桑名は思う。いやなことばかり考えてしまう。考えてはいけないことばかり、思い浮かぶ。このボトルを空けたら、きっと眠れるに違いない。そうしたら、もう二度と、一滴も飲まないと誓おう。あとで。

ものの見事に、彼は行き詰まっていた。一時の逃避のために、ふたたび酒に手を出してしまうほどにも。やれることはもう、一切、なにも残ってはいなかった。桑名十四郎は、このとき、万策つき果てていた。

6

焦げ臭さで桑名は目を覚ました。

ほとんど寝た気がしない。自分の呼気が依然としてアルコールまみれであることがわかる。だから外はまだ暗い時間帯だと推測したのだが、おおよそそのとおりだった。

なのに、窓の一部に奇妙な明るさがある。夜闇の底を割って赤々と光を放っているものが、さほど遠くない場所にあるのだ。

「火事だ」

そう認識した桑名は、飛び起きる。吊るしのスーツ姿で酒を飲んでいて、寒くなったのでデンマーク人の大きなスウェットパーカを借りて頭から引っ被り、そのまま寝ていた。そんな格好に、だれのだかわからないスニーカーを突っ掛けて建物の外に出ると、そこらじゅうで人が走り回っている。学生連中も、そうではないじゆう民も、声を上げながら駆けていく。桑名の目の前を、右に左に。

桑名のねぐら前の通りは、じゆうの城の敷地の東側にあった。最も北側に、国連大学時代の正門があって、そこは常時バリケードで完全封鎖された上で「青山じゆうの城」と記された手作りの看板が掲げられていた。門から敷地の奥に向けて、かつての大学構内のメイン・ストリートが通っているのだが、いまはそこに人が集中しようとしていた。桑名がたどり着いてみると、通りを北上していく一団が目に入る。工事現場用ヘルメットにハンドタオルの覆面、六尺つまり一八二センチのスギ角材を肩にかついだ、十数人ほどの集団がふたつ、駆け足で通り過ぎていく。燃え上がっているのは、どうやら、正門近くのようだ。

人混みのなかに、桑名はリルの姿を発見する。状況を把握しようと、声をかける。しかし無視される。リルは携帯に向かって矢継ぎ早に指示を発しながら、取り巻き連中の胸ぐらをとったり、こづいたり、頭をはたいたりして発破をかけている。

リルからすこし離れた位置に、赤埴もいた。どうやらリルに会いに来ていたようで、彼女の手のなかにカチューシャがあることに桑名は気づく。宵の口に桑名をぶん殴った若者たちのと同様に、二本の小さな角が付いている。リルとふたりで節分パーティでも楽しむつもりだったか。しかしいまは、それどころではない固い表情をしている。桑名がこれまでに一度も見たことがないような、悲しげな翳《かげ》が額に落ちている。

「一体全体、どうなってるんだ？」

そう訊く桑名に、赤埴は短く、消え入るような小声で答える。

「……どうもこうも、ない。大変なことになった」

ここでようやくリルが桑名のもとに来て、赤埴の言葉のあとを引き取る。苦々しげにつぶやく。

「警察が、攻めてきた。あたしじゃない、城の自治委員会のほかの奴らが対応してたんだけど……穏やかに、交渉していたんだけど、ちきしょう！」

桑名のほうに向き直ったリルは、火を吐くような目をしている。怒りにまかせて、人差し指と中指を伸ばして揃えた先で桑名の胸を強く突く。

「あんたのせいなんだよ!? わかる? 警官が言うのよ。『桑名十四郎容疑者が、ここに匿《かくま》われていることは、わかってる』って。いますぐ出せって!」

たかが指で小突かれているだけなのに、しかし桑名は、いまにも腰から崩れていきそうなほど強い揺れを全身に感じる。暗い目のまま、赤埴は無言でじっと彼を見ている。

「でもそんなねえ、『出せ』と言われて、はいそうですかなんて、やれるわけないじゃん! あんたのことなんかどうでもいいんだけど、ウチらには掟があるからさあ。匿った奴は、このなかに住んだ人はみんな、一宿一飯で、じゆうの仲間だからね。守り合わなきゃいけないわけよ! それが……」

なるほど、と桑名は理解する。聞いていないことまで、わかる。

「そこから、突然こうなったか。バリケードのところで押し問答になるかと思いきや、警官隊は前触れもなく一気に、一方的に扉を破って押し入ってきた」

「なんでわかるのよ?」

よくある手だった。この戦術を、警察は折に触れては採用する。

容疑者が潜伏している場所の守りが固いと踏んだ場合、たとえば労働組合や、ヤクザの事務所、あるいは自警団の拠点だったりしたときには、最初から強行突破の構えでいく。表向きは話し合いから入るのだが、そんなのは決裂を前提とした猿芝居でしかない。警察側には、そもそも交渉する意志はない。相手方の隙を誘うためだけに、嘘をつく。呼吸を読んでおいて、強行突破。そして陣地そのものを粉砕する。蹂躪《じゅうりん》しつくす。

「じゃあ、押し入って来たのは、機動隊の連中か？」

桑名の質問に、リルが無言でうなずく。

「人数は、わかるか？」

「わかんないけど……たぶん、何十人か」

桑名は赤埴に向き直って、質問を重ねる。

「五十人はいたか？」

「もうすこしいた。だから、おそらく……」

「なるほど、そうか」

くそっ、一個中隊が入ったか、と桑名は判ずる。ということは小隊三つに司令官に伝令、最低でも総勢八十人前後の部隊編成だ。だとするときっと、あいつらも出動しているに違いない――。

それにしても、なんでいま、機動隊がここに攻め入ってきたのか？　桑名の頭脳は高速で回転する。桐山と会った帰り道は、尾行されていなかったはずだ――いや違う。今日突然思いついて発動したような作戦ではない。こんな大掛かりな動員は、相応の時間をかけないと、準備しきれるものではない。つまり俺の居場所は、あらかじめ割れてたってことなんだろう、と桑名は悟る。警察側としては、急襲するタイミングを待っていただけだ。桑名の桐山訪問が一線を超えた行為だと見なされて、今夜スイッチが入ったのか。それとも節分対応ということで、あらゆる即応部隊が待機状態にある夜だったから、動かしやすいと考えたか。

いずれにせよ、こんな作戦の指令を出せるのは、幕調のどこかの筋に違いない。

桑名はリルに訊く。

「入り口のあの火はなんだ？　火炎瓶かなにか、お前らが使ったのか？」

「違うよ！　あれはたぶん――失火だと思うんだけど。門の東側のバリケードと、門番小屋が燃えて。そこから火の手が広がって……ちょちょっと、なによその顔。まさか、警察が火を点けたっていうの？」

リルがうなずく。

「可能性は高い」桑名は答える。「火でも水でも、使いたいときに、奴らは使う。機動隊ってのは、基本的にどつき合い専門の戦闘部隊で、腕ずくでの暴徒鎮圧が主任務だから。暴徒ってのは、つまりろくな武装していない、お前らみたいな市民のことだ。出火時、建物内に人はいたのか？」

「でもたぶん、助け出されたと思うんだけど」

まずいな、と桑名は直感する。怪我人でも死人でも、早々に人的被害を出してしまったならば、事態は容易にエスカレートしていく。じゆうの城側も引くに引けなくなって、結果、さらに多数の被害者が出ることにもなりかねない。

「こっち側に武器はあるのか？　銃や刀は？」

「えっ、そんなもん、あるわけないよ」

「じゃあ火炎瓶は？」

「まあ一応は……ほとんど使ったことないけど」

「それを用意しておけ。必要なときに使えるように。あとはなんだ、棒や石か？」

「そうかな、そんなもん――って、なんであんたが仕切ってんのよ？　自覚あんの？　自分のせいだっていう、自責の念は？」

リルの指がまた桑名を突く。だから手短に答えてやる。

「あるから言ってんだよ。いいか、俺はもうすぐ自首する。奴らに投降する」

「な、なによそれ？」

いぶかしげな顔をするリルに、桑名は説明する。

「俺はそうするんだが、しかし基本的には、ここはもう手遅れなんだ。奴ら、中隊規模を動かしちまった。それにお前らが、当然ながら抵抗した。だからもう材料は揃ってる。行くところまで行かないと、今夜の蹂躙は終わらない」

桑名は赤垣のほうを見る。

「わかるよな。お前だったら」

赤垣の端正な顔がゆがんでいる。かすかに顎が動いて、うなずく。桑名は続ける。

「おそらくは、この城を落とすのが奴らの目的のひとつだった。ずっと前から、これをやりたかったに違いない。もっと穏便な方法で、俺をあぶり出すことだってできたはずなのに、わざわざ事を荒立ててるわけだから」

どうせつねに、この城が目の上のたんこぶだったんだろう。だから解体にまで追い込む、いい機会だと踏んだのだろう。

反体制的な学生や、型にはまらぬ若者や中年、初老までが集った「じゆうの城」など、将軍のお膝元、この首都東京にあってはならぬと考える奴らは、幕閣の内にも外にも、いくらでもいた。いくらリルたちが知恵を絞り、リベラルなパトロンを探して庇護を求め、ヤクザたち裏社会の住人と折り合いをつけてみたところで、真なる暴力装置は、ただ国家の側にしかない。そいつらが本気を出したならば、いかなる「じゆう」だろうがおかまいなしで、木の葉みたいに軽くひと息で吹き飛ばせる。そんな奴らがいま、桑名を口実に攻め込んできている。

門の方角から、大きな声がする。怒声とシュプレヒコール、なにかが倒壊する音が連続する。どうやら、バリケードが完全に破られてしまったようだ。ならば、他の出入り口も、あぶない。桑名は赤埴に声をかける。

「そんな顔しているが、お前、動けるよな？」

「あなたに言われるまでもない」

「いい意気だ。得物はあるのか？」

赤埴は無言で、腰の後ろに挿していた伸縮警棒を抜く。引き上げた右手を肩のすぐ上あたりで素早く振ると、三段が完全に伸びきって固定された、漆黒の全長五十三センチ、４１４０クロムモリブデン鋼製の警棒が、彼女の頬のすぐ脇にあらわれる。

「ようし。お前らには、脱出経路を確保してほしい」

正門以外に数箇所ある出入り口を固めるよう、桑名は赤埴たちに指示する。正面から来ている奴らは、陽動かもしれないからだ。敵方に、先にほかの出入り口を押さえられることのほうが、まずい。逃げ道がなくなってしまう。だから手勢を連れて、敵方より先に脱出口を確保しておかねばならない。

ここでリルが異論を挟む。

「なによ？　逃げろっての？　あたしたちに。ここを捨てて、出ていけと？」

「死ぬよりはましだろうが」

桑名は冷静に言う。

「あるいは、適当な容疑でぶち込まれたあげく、覚えのない罪状で実刑打たれたくなければ、とにかく逃げることだ。間に合ううちに。早く行けっ！」

また目に怒りを充満させたリルが、口を開いて、なにか言おうとして、閉じる。目を伏せてから深くひと呼吸して、そして、押し殺したような声で訊く。

「……あんたは結局、どうすんのさ？」

「ん？　俺か。さっき言ったように、自首するんだよ。この首差し出して、奴らの真正面につらを晒《さら》しにいく。そのあいだに、お前らは逃げるんだ。俺が時間を稼ぐから。敵方の注目を集められるだけ、集めるから」

リルが訊く。

「なんだよ、それ……自己犠牲のつもりかよ？」

「どうとでもとってくれ。まあ俺も、ただで易々とはとっ捕まらないから。できるかぎり抵抗して、多少ならずとも奴らを引っ掻き回してやる。そしてお前たちへの恩義の幾許《いくばく》かを返す。一宿どころじゃない、なんとも長く、いろいろ世話になっちまったからな。迷惑かけた罪滅ぼしにはならずとも、ちょいと、逃げる手助け程度のことぐらいはしておきたい」

リルに背を向け、その場を去ろうとした桑名は呼び止められる。

「待った待った！　容疑はなんだとか、気にならないわけ？　あんた、自分が追われてるのに」

言われてみればそうだと桑名も思う。だから振り返って、なんなんだ、と訊いてみる。リルにかわって赤埴が答える。

「蒲田の家系図店にて、店長だった宮崎さんが斬殺された。店舗は放火されて全焼。政治目的のテロだということになっている」

「で、それをやったのは、あんただってさ。押しかけてきた警官が、さっきそう言ってた」

そうか、あいつも死んだかと桑名は思う。そして蒼白な無表情が遠くの焔《ほのお》に照らし上げられているふたりを残して、桑名は歩き去っていく。火のある方角へ。戦場へ。

7

木製の、大きな人型のオブジェがメイン・ストリートの北限近く、むかしは公園調に大きく開けた場所にあった。米ネヴァダの砂漠地帯で繰り広げられるバーニングマンのお祭りみたいに、この次の夏至祭だかなんだかで、燃やされる予定だった人形だ。物見櫓《ものみやぐら》よろしく、高さ六メートルほどはあるそいつに身を隠しつつよじ登った桑名は、周囲の状況を目視で把握しようとする。そして惨状に、歯噛みする。

おおよそ五十メートル程度離れた正門のあたりは、もうダメだ。バリケードどころか、人海戦術でスクラムを組んでいたピケ隊すら完全に破り散らされて、地面に転がされた連中が次から次へと拘束されている。逃げずに棒を構え、一応は隊列らしきものを組んで対抗しようとする集団もいるにはいるのだが、盾を構え、隙間なく一列横隊を組んだ機動隊員に押されきっている。

機動隊員の大盾は、9・5ミリ厚の、透明のポリカーボネート製だ。横500ミリに縦1100ミリの長方形。長辺のほぼ中央ほどの高さには、黒々とした太い書体で横幅一杯に「POLICE」と記されている。ちょうどこの一行と交差する位置に、縦に持ち手が付いている。右上にもひとつある。

この盾を構えた六名ひと組の分隊に、じゆう民の十人が敵《かな》わないのだ。分隊の統率された盾が、棒を止める。ばらばらと振り上げられ、振り下ろされる棒を盾で受けたあと、そのまま数歩前進すれば、もはや長いものは役に立たない。古代ギリシアのファランクス、重装槍歩兵の密集方陣と同様の戦法だ。押して押して、適度な距離まで詰めたところで、警棒で攻める。顔や喉を突くもよし、鎖骨あたりを折るもよし。盾の下部で対抗相手の足の爪先を叩き潰してもいい。ジュラルミン時代より軽くなったぶん威力は落ちたものの、相手がスティール・キャップ入りの安全靴でもないかぎりは、ほとんど、つぶれる。

悲鳴を上げて、ひとり、またひとりと、倒されていく。男だけではなく、女もいる。こうした暴力になれていない連中が、血祭りにあげられていく。

ここに来る前の桑名は、当初、敷地東北東の角あたりにあるリルの部屋を目指して動いた。M19もどきを隠していたからだ。ヤミ屋から弾丸も買っていた。留守中にいじられたくなかったから、彼女の部屋の金庫にしまってもらっていたのだが、それが裏目に出た。

物陰から様子を盗み見た桑名の目に映ったのは、リルの部屋がある管理事務所棟を完全に掌握した上で、ぐるり四方のそこここで、周囲を警戒している機動隊員たちの姿だった。目に入る範囲のドアも窓も、すべて破られている。最初に門を抜けた第一陣の分隊ふたつ、いや三つ程度の小隊規模が、素早くここを襲ったか。電子データの押収を重視したからなのだろうが、つまりリルの部屋がどこにあるか、彼女の役割がなんであるか、敵方は事前に把握していたということだ。じゆうの城のなかにも、幕調の間者《かんじゃ》がいたのだろう。

桑名の計画は、これで初《しょ》っ端《ぱな》から狂う。今夜の彼には、銃が必要だった。顔を晒して名乗りを上げて、さっさと捕縛されてしまったのでは意味がない。桑名十四郎ここにありと知らしめた上で、拳銃でもぶっ放して威嚇すれば、時間を稼ぐことができる。そのまま籠城したっていい。それこそ、このあいだのホセみたいに。

しかし銃を諦めるしかないことを悟った桑名は、移動して、この人型のところまでやって来たのだった。敵が密集している最前線のほど近く、おそらくは本陣にも近いあたりで、偵察をおこないたかった。まだくすぶり続ける小屋の炎の弱い照り返しを避けながら、桑名は考えていた。丸腰で、この状況をどうできるのか。おまけに、宵の口の馬鹿な鬼どものせいで、膝まで痛む——。

突然、空が白く激しく燃え上がる。いや違う。打ち上げられた発光体が、マグネシウムを燃焼させているのだ。そのままゆっくりと降下しつつ、ここらへん一帯のあらゆるものを闇のなかから引きずり出して、照らし上げている。

「くそっ、照明弾だ！」

気づくやいなや、桑名は人型のでかい顔の後ろに身を隠そうとする——のだが、すでに手遅れだった。桑名の全身が、光のなかで丸見えになる。

ここにおいて、今夜の桑名の唯一の優位性が、「所在不明」という絶対的なそれが、完全に失われてしまう。覗き見ていたつもりが、逆になる。しかも、最も見つけられたくなかった人物相手に。

加賀爪が、そこにいた。

破られたバリケードのすぐ外に停められた、マイクロバスを思わせる機動隊の遊撃車の屋根の上に、彼はいた。戦況把握のためか、放水砲のすぐ脇で仁王立ちになり、双眼鏡を用いている。落っこちないようにという気遣いなのだろう、前を開けて裾をはためかしているトレンチ・コートのベルトを、後方から、中腰になった金林がつかまえている。接眼レンズの向こうにある両眼で、加賀爪は桑名の顔を見据えて、認識した様子。そして妙な具合に歯を見せて、まるでカートゥーンの毒蛇みたいに、笑った。

そうか。これも幕調案件だから、イチホが動いたのか。ようやく桑名は理解した。だからこの野郎が、指揮をとっていやがったのか。じゆうの城の攻略を。蹂躙を。

ああ、そうだ。ようやくわかったのか——火でも吐いているかのような加賀爪の口元が、まるでそう応えたかのようだった。桑名は、腹の底におかしな感触を得る。煮えたぎっているかのような、吐き気をもよおすような。ものすごい量の怒りが、渦を巻いて湧き上がってくるのを感じる。

「俺は、ここにいるぞ!!」

気がついたときには、すでに大声で叫んでいた。大きな大きな、血を吐くような怒声で、桑名は名乗りを上げていた。さっきまで身を隠していた、人型の左肩あたりにまたがって、機動隊の軍勢率いる加賀爪に向かって、堂々と全身を晒している。そして原始人みたいな雄叫《おたけ》びを上げる。長く長く吠えて、徐々にそれが言葉になって、ほとばしり出る。

「こりゃあまた、ずいぶんな大所帯じゃねえか。ええ? たった俺ひとりをお縄にするために、上を下への大騒ぎかよ? 迷惑きわまりないぜ、くそったれ! 根性あんならなあ、加賀爪、あんたが——お前がひとりで、いますぐ俺と勝負してみろよっ!」

血という血を頭のてっぺんにまで駆け昇らせた上での、これでも精一杯の、桑名の挑発だったのだ。しかし加賀爪には、まったく通じない。怒らせることができない。この距離ならば、たしかに聞こえていたはずなのに、完全に無視されてしまう。

苦笑のひとつもせずに、冷静に双眼鏡を目から外した加賀爪は、振り返って金林になにか言う。金林は、大慌てで無線機を引っつかむ。次に加賀爪は、ゆっくりと時間をかけて、おもむろに、ふたたび桑名のほうへと向き直る──そして彼のこの動きとシンクロするかのように、遊撃車の屋根に据え付けられた、大きな砲塔がゆるりと首を巡らせる。放水砲が狙いを定める。

まずい、と桑名が身を引こうとするよりも早く、膨大なエネルギーが一瞬で宙を駆ける。射ち放たれた高圧水の噴流が、ぶっといレーザー光線みたいな白濁した液体の槍が、ものすごい勢いで桑名の身体のすぐ脇、木製の人型の胸元へと突き刺さる！ このたった一撃で、人型の上半身は微塵に粉砕される。四方八方へ散っていく無数の破片とともに、桑名は地面に叩きつけられる。水と泥と血にまみれた彼が、かろうじて失神しないままに顔を上げてみると、遊撃車の上に立った加賀爪が、呵呵《かか》大笑《たいしょう》している様がなんとか目に入る。

それから加賀爪は、左腰の大きな太刀に手をかける。優美な動作で、これを抜く。赤と黒の諸撮巻《もろつまみまき》、暗いなかにも目にあざやかな柄を右手で握り、夜闇を突いて、高々と上方へと剣を掲げる。雲間から差し込んできた細い月光が、長大な弧を描く刀身に、ぎらり銀色を反射する。

全軍前進、と彼は言ったのか、言わなかったのか。裸眼で遠目に桑名を見据え、肉食獣の血の歓喜に満ちた凄惨を口元に滾《たぎ》らせながら、加賀爪は気合一閃、太刀を指揮棒のごとく振り下ろす。途端に崩壊したバリケードの周囲、そこらじゅうから湧いて出た機動隊員が、すさまじい勢いで桑名に向かって押し寄せてくる。

8

フル装備の機動隊員の弱点は、さすがに速くは走れないという点にある。だから桑名は、脱兎《だつと》のごとく逃げに逃げた。廃屋や廃車やバラック、使用されていない倉庫に校舎の跡、入り組んだ路地から抜け道まですり抜けて、ここに潜伏していたあいだに培《つちか》った「土地勘」のもと、痛む足を引きずりつつ遁走《とんそう》する。ときには先手をとって攻撃も加えた。隘路《あいろ》から追っ手の側面に回り込み、石つぶてを投げつけて隊列を崩し、追撃を遅らせようとする。遁走のなかで遭遇した、散開して行動している機動隊員には、直接の攻撃も加えた。後方より体当たりして突き転がした。この人数相手にまともに勝負などできるわけないので、卑怯な方法ばかりで、掻き回しつつ、逃げていく。

しかし基本的に、これは気持ちいいものではなかった。同じ警官を、同じ釜の飯を食った奴らを、ほぼ不意打ちで攻撃するのだから。武術の試合や、個人的な喧嘩ならまだしも、こういう場合のやり合いに、桑名の心は痛んだ。指令を受けて、任務として動いている警官を、陰から襲うというのは。ほぼ正当防衛とはいえども、これは。

そのうちに敵は大人数が仇《あだ》となり、桑名に付いて来ることができなくなる。立ち並ぶ物置小屋の隙間を抜けていった際には、桑名の後方で、盾と盾が引っかかって壁のあいだに詰まってしまった機動隊員たちが、お互いに罵《ののし》り合うざまだった。

ひとまず追っ手は撒いたかと判断できたころ、桑名は赤埴の姿を発見する。手入れされていない木立の向こうで、彼女は戦闘中だった。黒っぽいバンダナの覆面で口元を隠して、一分隊の六人を相手に、たったひとりで盾を蹴り上げ、警棒を振るい、果敢に立ち向かっている。ずいぶん動いたのだろう、相手の隊列は乱れている。彼女の後方には、腰を抜かしたようにへたり込んでいる、小太りの壮年男性がいる。医務室でいつも桑名の治療をしてくれていたインド系の男だった。カーン先生と呼ばれている、医者もしくは、医療の心得がある者だ。彼をかばって、赤埴はひとり奮戦していたのだ。

一瞬だけ、桑名は躊躇する。ようやく敵を撒いたのに、ここから態勢を立て直して、元来のおとり作戦を進めようと考えていたのに。しかしあっという間に、それ以上考える前に、桑名は身を動かしていた。細かい理屈など、どうでもいい。ひとりで多勢に立ち向かう、赤埴の闘志に意気を感じた。作戦のことは、あとでいい。

まずは左側面から、桑名は分隊のふたりほどに襲いかかる。死角から足元にタックルして倒した男を、その向こうの隊員にぶつけるようにして、都合ふたりを地面に転がす。盾を持ったままバランスを崩すと、ひどい倒れかたをする。そしてもちろん、立ち上がりにくい。だから顎のあたりを蹴り上げ、ヘルメットごと踏んづけておいて、より起き上がりにくくして、次の敵に向かう。

桑名に気づいた赤埴は、伸縮警棒を握り直す。短い鍔《つば》を利用して、相手の警棒を受ける。機動隊の警棒は、伝統の六十センチ樫材ラッカー塗りの丸棒形状、これを鍔で止めてから手首をひねり、合気柔術の要領でからめ取る。バランスを崩した機動隊員の盾の下部を蹴り上げて倒す。その際に隊員の手を離れ、くるくると縦に宙を舞っていた樫材警棒を左手でつかまえた赤埴は、目もやらないまま、桑名に向けてそれを投げ与える。

さっき目を覚ましてから初めて手にした得物にしては、悪くない。桑名は、まず起き上がってこようとした連中、一、二、三人を次々に殴りつつ駆け抜ける。装備がないかわりに、動きは早い。さらに立っている連中にも突っ掛かり、無線連絡しようとしていた奴の通信機を叩き壊し、盾を蹴り、警棒を警棒で受け、まるでチャンバラごっこの子供のように動き回る。ここまで乱されると、人数の優位性はほとんどなくなる。ひとり、またひとりと機動隊員が、棒の直撃を急所に食らって、倒れて動けなくなる。

ふと気づくと、赤垣と桑名のふたりは、文字どおり背中合わせになって、敵と相対していた。お互いの背を預けあって、そして右へ左へと小さく回りながら、警棒を振るう。こうなると、まるでハリネズミだ。残った機動隊員が威嚇はするものの、打ち込みすら容易にはできなくなってきたころに、じゆう民の加勢がやってくる。手に手に棒や石を持った連中十数人が、鬨《とき》の声を上げながら、敵を追い散らしていく。

桑名と赤垣は、肩で息をしながら、ようやくお互いの顔を落ち着いて見ることができる。どっちも鼻血やら、目のまわりに痣《あざ》やらたんこぶやらを、いくつもこしらえている。しかしとりあえずは、ひどい怪我はしていない様子だと、お互いを目視で軽く点検しては、胸のうちで安堵する。桑名は自分の手のなかの警棒に大きな亀裂が入っていることに気づく。その場に投げ捨てて、じゆう民とともに移動していく。

移動しつつ、桑名は赤垣からおおよその状況報告を得る。出入り口のほとんどは、すでに敵方に押さえられていたこと。それでもある程度の人数は逃がせたのだが、まだ多くの人々がなかに残っていること。最も秘匿性の高い西南の脱出口は、いまのところ敵方には気づかれていなさそうだった。だから赤埴は、脱出前の集合場所に集まっている人々のなかで、応急処置が必要な負傷者の手当のために、カーン先生を警護しつつ引率していこうとしていたところだったという。

彼らが歩いていく先にも、火があった。かなりの大きさの炎が湧き上がっている。建物数棟が、燃えている。その中心に、図書館があった。

到着した桑名の眼前には、作家の馬場壇がいた。焼けただれた全身を毛布に包まれて、路上に転がっていた。小動物のようなか細い声を上げて、私のノートが、私のすべてがー、と泣いている。彼を介抱している者のなかに、縞柄女もいた。彼女いわく、馬場壇の最近の執筆場所は図書館内の一画だったらしい。資料があるからということで、ほとんどそこに住み込んでいて、今日、火に巻かれて逃げ遅れた。馬場壇のノート、彼が人生のすべてを捧げた小説の草稿は、炎のなかに残されていた。彼に駆け寄ったカーン先生が、大きな黒い診療カバンを開けて、処置しようとする。

じゆうの城の域内、南端にも近い奥まった場所に、図書館を含む国連大学時代の建物が大小八棟ほど残っていた。当初そのエリアの最東端の奥まった場所にある小講堂を集合場所として、脱出のためにじゆう民たちは集まっていた。そこに機動隊の襲撃を受けた。このときは赤埴もいたので、彼女の指導と奮戦もあってなんとか撃退できたのだが、戦いの最中、建物のいくつかに火を放たれてしまう。人々は煙と炎を避けるため、建物と建物のあいだにある、エリア中央の中庭のような広場に移動した上で、防御の円陣を組んでいた。襲撃にあった幌馬車隊よろしく、戦えぬ者、怪我をしている者を内側に置いて、戦える者が円周部に立つという陣形だ。赤埴が引率してきたカーン先生は、もちろん最中心部に入っていく。

しかしほどなくして、彼は治療の手を止めざるを得なくなる。

「来たぞ！　また来た！」

だれかが叫ぶと、どよめきが起こる。ヘルメットとマスク姿の数人が、棒を持って立ち上がる。そのほか何人もが、手に手になにか持ち、火を背にして、暗がりの向こうを、かたずを飲んで凝視する。中庭から北方向を望むと、東西にちょうど帯状に走る木立があった。ほとんど雑木林のように生い茂って、伸び切った枝々が、夜のなかにさらに濃い闇を落としている――そのなかを突っ切って、ポリカーボネート製の大盾を構えた一分隊、一列横隊の六人がこっちに向けて行進してくる。後方には、さらにいくつかの分隊も見える。これは小隊規模だな、と桑名は理解する。応援を呼んで、舞い戻ってきたか。ペットボトルの水を飲んでいた赤埴が、口をぬぐって警棒を手に取る。

一番前の横隊目掛けて、ありとあらゆるものが投げつけられる。しかしこっちには、隊列を組めるような構成員はいない。だから乱戦になる。桑名もそこに参加する。赤埴が素早く走り抜けざま盾に飛び蹴りし、分隊半分ほどの体勢を崩す。すこし向こうで、あのデンマーク人が大きな丸太を振り回しているのが桑名の目に入る。さすがに馬力があるから、盾のひとつふたつは、ひと薙《な》ぎで吹っ飛ばしかねない。

が、その彼が地面に転がる。なにかが頭をかすめたのだ。思わず桑名は駆け寄ろうとするのだが、しかし立ち昇る白煙に気づいて止まる。

「ティア・ガス！」

と叫ぶ赤埴の声が桑名の耳に届く。たしかに催涙ガス弾だ。それを水平撃ちしてやがるのだ。至近距離から。

「みんな、伏せろ！　頭を下げろ！　ガスを吸うな！」

桑名が叫ぶやいなや、何本もの白い煙の軌跡をたなびかせながら、ガス弾が次から次へと撃ち込まれてくる。伏せた彼の頭の上を、飛び去っていく。目の前の地面にあった、だれかが落っことした覆面用の白タオルを拾い上げた桑名は、口と鼻を覆って守ろうとするのだが、間に合わない。涙と鼻水をありったけ垂れ流しながら、咳き込み続ける。

「ああっ、いけないよ！　やめて！」

縞柄女の声に桑名が顔を上げると、毛布を巻きつけたまま、ひょろひょろと立ち上がった馬場壇が、なにか妙な音を発しながら、意外な速さで、燃え盛る図書館に向けて歩いていく。たぶん、私のノートが、とつぶやき続けているのだろう。ガスの白煙と、火事の黒煙がらせん状に渦を巻くなかに身を浸すようにして進んでいった馬場壇が、図書館入り口の階段の、その最初の段に足をかけたか、かけないかの瞬間だった。アクリル製だったのだろう、彼が身にまとっていた毛布が一気に発火する。馬場壇ごと、油をかけられた蠟燭のように燃えていく。

そして白や黒の煙に隙間が生じてきたところで、あいつらがあらわれた。木立から、突き進んでくる。やはり、いたのか、と桑名は動揺する。

鬼だ。本物の鬼が、出やがった。

音に聞こえた残虐部隊、抜刀隊が、そこにいた。

9

警視庁第四保安局、治安維持本部機動警備部には、第一から十まで、それぞれ大隊規模の機動隊の部隊がある。三個の中隊で一個の大隊を成し、同じく三個の小隊で一個の中隊を成す。そして三個の分隊で一個の小隊を成すのだが、このとき、「通常以外」の特殊機動分隊が中隊に編入されることがある。「鉄砲隊」と通称される特別高等武装強襲隊もそのひとつなのだが、抜刀隊もまた、事態に応じて、中隊の編成のなかに組み込まれて作戦に従事した。

鉄砲隊とは違い、こちらは部隊の正式名称も、抜刀隊だった。その起源を、一八七七年は西南の変、田原坂《たばるざか》の戦いにおいて勇名を馳せた、警視隊別働第三旅団より編成された同名部隊にまで求めることができる、エリート中のエリート集団の特務部隊だ。

抜刀隊の一分隊は、四人編成だ。中隊規模での出動ならば、これが最大三個分隊、編成に組み込まれる。通常の機動隊員の一個小隊――つまり六人編成の分隊三つ――を、たった四人の一分隊で支援できるだけの、圧倒的な戦闘能力を有するのが抜刀隊だった。

その名のとおり、彼らの腰には、二尺四寸七分の打刀《うちがたな》がある。抜刀隊は、通常の機動隊員のようなポリカーボネート製の盾は、持たない。接近戦において攻撃と防御のすべてをおこなえるのが、日本刀だからだ。そして全身を、高度な防弾・防刃・耐火能力をそなえた黒いコンバット・スーツで包んでいる。特徴的なのは、スーツの上に着用したボディ・アーマーだ。タクティカル・ヴェストと、両肩から上腕の外側、肘まわりのプロテクター、大きな籠手《こて》、そして脛当《すねあて》などはすべて、あざやかな赤に塗装されている。フェラーリみたいな、地中海の陽光をいっぱいに吸い込んだトマトのごとき、抜けがいいイタリアン・レッドだ。

つまりは、赤備えだ。十六世紀の甲斐武田が発祥とされる、いくさ場でここにありと名乗りを上げる豪傑勇者にのみ許された——言い換えると、敵の肝胆《かんたん》を寒からしめるための色である「赤」を、全警察官のなかで抜刀隊のみは、部隊色として身に着けていた。

ヘルメットも赤で、そこに、外側からは真っ黒に見えるシールドを装着して、顔を隠していた。腰の刀の柄巻《つかまき》のみが白一色で、これに血が散ると、まるで日の丸のようになる、と言われていた。また幾度も出動を重ねていくうちに、柄の全体が限なく赤黒く染まりきるほどの人斬りも、隊員のなかには少なくないという。

民衆の暴動鎮圧を主任務のひとつとする機動隊にあって、突出した「鎮圧効果」を発揮するのが、この抜刀隊だった。機動隊員のなかでもとくに武芸に秀でた者、その一部のみが「顔を隠して」この隊の一員となった。


人間は、刃物を恐れる。獣ならず人ならば、カミソリや料理包丁ですら、突きつけられれば硬直してしまう。「切れ味」を容易に想像できるからだ。だから銃よりも、一般的には刃物のほうが怖い。それが日本刀の長さで眼前にあり、持っているのが「完全防備」の手練《てだ》れなのだから、相対した者は、すさまじいまでの恐怖にとらわれることになる。

四人一組の抜刀隊、正眼で抜き身を構えたその者らが、足並みを揃えて迫ってきたとき、恐慌状態に陥らない者は、ほとんどいない。

もし銃を持っていたとしても、迫りくる抜刀隊分隊を至近距離に見たならば、まず倒しきることは困難だ。四人全員を撃ち倒す前に、どの者かの刃が射手に届くことになる。また抜刀隊のスーツ、なかでも赤いアーマー部分の防弾性能はきわめて高く、ライフルで撃ったとしても、５・56ミリＮＡＴＯ弾程度では致命傷を与えることすら難しい。であるから、撃たれたあとで立ち上がってきた抜刀隊員もまた、恐るべき手負いの敵となる。

日本のライオット・ポリスが、諸外国からつねに脅威の目で見られるほどの治安維持能力を発揮できている真の理由は、じつは「これ」だった。労働争議もデモ隊も暴動もすべて、抜刀隊がいれば鎮圧できた。

文明国においては、いくら暴徒相手とはいえ、鎮圧のために軍や警察が市民に銃を向けるのは、絶対的な禁忌とされている。しかしこれを、幕府は伝統的に「銃でなければいいのだ」との暗黙の了承として解釈していた。たとえば暴徒たる集団に盾や棒で対抗し、ガス弾や放水で応戦することは、国際的にも許容範囲とされることが多い。であるならば、相手が長尺の棒、石やレンガなど投擲物《とうてきぶつ》、いわんや火炎瓶などで武装している場合には、白刃をもって対抗すべしとの考えが、日本の警察組織には連綿と息づいていた。

だから全国津々浦々の警察署にまで張り巡らされた機動隊網のどこにでも、ことあれば神出鬼没で抜刀隊は配備された。日の本の武家の伝統である「切捨御免」をいまの世に継ぐ最強集団こそが、この抜刀隊だった。

行進してきた抜刀隊の四人、一分隊の姿を認めた機動隊員らは、次々と乱戦から身を引いていく。そして赤備えの四人が、図書館前の広い空間のなかへと進み出てくる。派手な色調の甲虫みたいな連中が、一列横隊を成す。

最も右の隊員の背には、旗指物《はたさしもの》があった。長いポールの上に長方形の旗が掲げられている。濃紺地のなかに白抜きで、ピラミッド状の絵がある。そのなかには、目があるように見える。同じマークが、アーマーの肩部分やヘルメットなどにもある。分隊の徽章《きしよう》か。

一番左の奴が、分隊長だろう。高く屹立《きつりつ》したタテガミのような、金色のトロージャン・ヘアを、ヘルメット頂上に装着している。だから口元が出るぐらい上方にずり上げられたフェイス・シールドが、トサカの端を押さえつけている。

分隊長の、細く瀟洒《しようしや》に揃えた口髭をたくわえた薄い唇が、ホイッスルをくわえる。彼が長くひと吹きすると、横一列の隊員が、ざざっと足踏みして気をつけの姿勢に。もう一度、今度は短く二回、ホイッスルが鳴る。隊員が両足を軽く開き、柄に右手を置いて、身構える。そして分隊長は、唾を飛ばしながら号令する。

「ばっとーうっ！」

すらりずらりと、刀が抜き放たれる。隊員の三本が揃ったところで、分隊長が差料《さしりよう》をゆっくりと抜く。顔の前、つまりフェイス・シールドの前に立てて構えたあと、ぶつぶつとなにか小さく唱える。鹿島大明神にでも祈っているのか。そして次に、

「かまええっ！」

と叫ぶと、四本が揃い踏み。燃え盛る焔の光をぎらりぎらりと照り返す刀身が四つ、正眼に構えられて、それぞれが切っ先で前方を睨《ね》めつける。分隊長が、ひとつ大きく息を吸って、勧告する。

「ここにいる者、全員に告ぐ！　いますぐ武器を捨て、手を頭の後ろにっ！　その場にひざまずけ！

もしくは、腹ばいになって顔を地面に！」

そしてシールドの向こうから、ぎろり、ぎろりと左右を睥睨《へいげい》する。

このとき、体格のいいヘルメット姿の若者が前に出ていく。ふざけんじゃねえぞ、お前らこそそこから出ていけ、と言いながら。彼の手には、一八〇センチ超の角材がある。つまり全長九十センチ弱の刀よりも、自分のほうが優位にあると考えたのかもしれない。彼は横に倒した角材の、なるべく後方を両手で握る。

その様子を見ていた桑名は、これはいかん、とあせる。

「おおい、やめろ！　逃げろ。立ち向かうんじゃない。お前ら素人が相手できるような奴らじゃない」

と彼は遠くから叫ぶのだが、ヘルメットの若者の耳には入らない。

狙った相手は、よりにもよって分隊長だった。フェイス・シールドのあたりを、角材の先端で槍のごとく突こうとして、突進していく。だが、刀が軽くそれをいなす。刃先で弾《はじ》いて角材を横に流すと、ちょうど棒の側面のひとつに刀身を沿わせるようにして、摺り足のまま前方へと突出。はずみで角材の表面が薄く削ぎ取られ、かんな屑状になって猛速度でくるくるめくれていく。若者は得物を持ち直そうとするのだが、間に合わない。

「ああっ!!」

彼の左肩あたりだった。分隊長の刀の切っ先が、ちょうど鎖骨に平行するようにして、そのすぐ下っかわへと滑り込む。深さにして、四、五センチ刺した程度か。しかし刃を引き抜いた途端に、驚くほど多量の鮮血がほとばしり出る。刃は正確に動脈を断っていた。

恐慌状態になった別のヘルメット、メガネ姿の青年が、大きく振りかぶった角材で分隊長を殴ろうとする。後ろから襲いかかったのだが、気配は読まれていたので、軽く身をかわされる。角材が路面を打ったところで、分隊長の動きに呼応し連動した、右側にいた隊員に斬りつけられる。頬から胸元あたりを軽く撫でられただけで、メガネ青年は悲鳴を上げて地面を転がる。回転する彼を、宙に舞った細い血の筋が追う。ぱらぱらと地面に落ちてきた白い小さなものは、青年の右手の親指以外の四指だった。

10

抜刀隊の分隊長は、歯を見せて笑った。シールドの奥で目を細めて、適切な一刀を放った二番手に微笑みかけている様子。うん、うん、と、ふたつうなずく。そして、じゆう民が固まっているほうに向き直って、言う。

「そうか。抵抗するのか。ならば、しょうがない」

にやにやと口元に笑みを浮かべながら、分隊長は号令をかけようとする。

「少々手荒なれど、鎮圧せねばならんなあ。全員なあ」

そして彼がまた、ホイッスルをくわえようとしたところ——

「ちょっと待ったあ!」

と、大きな声が彼を止める。

声の主、桑名が立ち上がっている。ひっ被っていた、スウェット・パーカのフードを跳ね上げる。さっき拾い上げた白いタオルを、右横下にまっすぐ伸ばした右手の先端に、まるで白旗みたいにして垂らして持っている。

「桑名十四郎は、ここにいるぜ。お前らそもそも、俺を探してここまでやって来たはずだよな？　だったら、いらんことしてないで、さっさと俺を確保してみやがれ。できるもんならなあ！」

ゆっくりと、桑名は確実に、刃が並ぶほうへと歩み寄っていく。縞柄女が彼のもとに駆け寄ってきて、ちょっとやめなよ、と言うのだが、小さな声で桑名はこう返す。

「いいか。これから俺が攪乱するからな。そのあいだに全員、ここを離れて逃げるんだ」

「だって、あんたがやられちゃうじゃない！」

「俺は大丈夫だ」

そして桑名は、抜刀隊の四人を睨みつけ、言い放つ。よく聞こえるように、大きな声で、挑発的に。

「こんな奴らよりも、俺のほうが多く修羅場を踏んでいる。抜刀隊様とやらが、いかに剣術上手だろうが、体力自慢だろうが、たかが弱い者いじめが日課の腰抜けどもじゃねえか。そんな輩《やから》どもに斬られるほど、俺は鈍くはないからなあ！　刀も持たぬ素人を、突っついては痛がらせて悦に入ってるだけじゃあ、さぞやお前らの腰のものは、毎夜恥ずかしい思いを胸に、人知れずさめざめ涙してるこったろうぜ!!」

フェイス・シールドの向こうで、たぶん、分隊長の顔色が変わったように桑名には思える。だから縞柄女に小さな声で言ってやる。

「なんか結構、痛いところ突いちゃったみたいよ、俺。あいつら興奮して、仕掛けてくるはずだ。だから四の五の言わず、いますぐ行け」

わかったよ、と縞柄女が答えると、桑名は左方のすこし離れた位置で警棒を構えている赤垣にも目をやって、小さくうなずく。援護しろ、俺の動きに付いてこい、という合図のつもりだ。そして桑名は、そのまま無造作に、敵にずかずかと近づいていく。伸ばし切った右手の先で、タオルを小さく振ってやる。

「さあ、さあささあ。斬ってみろよ抜刀隊。丸腰のこの俺を。どうせ、生捕りできなくったって構わないんだろう？　首持ってきゃいいのか？　それとも、重いから、耳だけか？」

まだ残りを噴き上げているガス弾が近くにあるのか、図書館からの煙か。視界が一瞬遮られる。そこに飛び込んできたのは、さっきひとり斬った、二番手の隊員だった。

上段に大きく振り上げられ、斬りつけられた刀は、しかし、硬い音に止められる。食い込む肉もないままに、下方へとすべり落ちていった刀の棟を、桑名の足裏が踏んづける。そして彼の腕先に伸びたものが、二番手の首元を打つ。ちょうど喉仏のあたり。シールドも胸元の防具も届かぬ小さな隙間を、下から上に、すくい上げるようにして、彼の得物が強打した。悶絶する二番手を見下ろす桑名の手には、七四センチ長のリトルリーグ用金属バットがあった。

今夜の宵の口、千駄ヶ谷で小鬼から奪い取ったものだ。凶器にもなり得るものを路上に捨て置いていくわけにもいかず、また杖がわりにすると痛む膝にも具合がよかったので、そのまま持って帰ってきていた。さっき催涙ガス弾を頭に受けてぶっ倒れたデンマーク人が、桑名の寝床の脇で見つけて、丸太の前に得物としていたんだろう。彼の近くの地面に転がっていたので、スウェット・パーカの右の袖に隠し持っていたのだ。

しかし桑名の金属バットには、いま受けた斬撃の傷が深々と入っていた。全体的な強度はまだあるが、しかし超々ジュラルミン製の金属バットが、訓練された使い手の日本刀の前にはこうなるのか、と桑名は顔に出さず愕然とする。さあて、あと三人、どうするか？

しかし桑名が思案する必要はなかった。残りの三人は、一気に彼に襲いかかってくる。中段を突いてきた三番手の足元に、桑名は、落ちていた角材を拾いざま投げつける。足をとられた三番手の側頭部を、ヘルメットの上からバットでぶん殴る。そして路上に前転して、横に振って斬りつけてきた四番手の刃をよける。そいつの膝裏をぶん殴っておいて、二回転目。起き上がりざまにバットを捨てるともう一本の角材を拾い上げ、そのまま立ち上がり、右肘を高く上げて霞《かすみ》の構えをとっていた分隊長に殴りかかる。

桑名は、さっきの若者たちの攻撃みたいに、わざと大仰な身振りで振りかぶった。右手を上に、左手を下に、角材の尻のあたりを両手で握って、大上段から振り下ろす。分隊長が構える刀のあたりを狙い、棒の先端に近いところを叩きつけようとする。当然これは、軽くかわされる。だから角材の先は、したたかに路面を打ち付けてしまう――。

この反動を、桑名は利用する。

大きくしなったあと、跳ね返ってきた角材を握っていた手をゆるめて、桑名はそのまま前方へと小走りする。棒尻ではなく、長さの中間のあたりに一瞬で身を入れる。同時に左右の手の位置を入れ換えて握り直すと、そこを支点に、腰を入れ、角材の尻部分を大きく振って、分隊長の背中側、ボディ・アーマーのすぐ下の仙骨あたりを強く打つ。棒術の要領だ。だから振り子の原理で、次は角材の逆側で打つ。突然の衝撃に身を反《そ》らせた分隊長の、無防備に高くなった顔の、シールドの隙間のにやけた口元に、遠心力で加速した角材の一撃を、力一杯くらわせる。

　分隊長の頭が大きくうしろにのけぞって、つられて全身が仰向けに引っくり返る。しかし四番手が間髪容れず桑名に斬りかかってくる。これを角材でいなしていると、桑名の左手、十数メートルぐらいの位置で、赤埴が警棒で三番手の相手をしているのが横目で見える。なんとかこれで、一対一がふたつ。分隊としての抜刀隊は、もうない。だから、奴らの最大の強みである連携攻撃ができない。あとは個別の、腕と胆力のしのぎ合い。そして願わくば、体力とこのひどい状態の左膝が、もうすこし保ってくれれば、なんとかできるかもしれない。

　桑名はそんなことを考えつつ、敵の刃を弾きながら、素早く周辺に目を走らせる。じゆう民は、もう見えるところには残っていない。彼らを追っていったせいで、機動隊員の数も減っている。残っているのは、いいところ分隊ふたつぐらいか。周辺で抜刀隊の戦闘を遠巻きにしていた連中が、三々五々、桑名たちのほうに近づいてこようとしている。抜刀隊側に数的優位を与えて、制圧したいのだろう。しかし連携はうまくいっていない。抜刀隊員とも、機動隊員どうしも。桑名はそこを突く。

「赤埴、俺の真似をしろっ！」

　叫ぶやいなや、桑名は後方へと跳ぶ。そして四番手に背を向けて、逃げる。左足を引きずりながら、走り出す。彼の後方に立っていた機動隊員の人垣のなかへと突っ込んでいく。戦闘態勢ではなかったので、隙だらけだった盾と盾のあいだを抜けながら、右へ左へと角材を振り回す。人垣を突破した桑名は、追ってきた四番手が機動隊員と絡まり合っているだろう位置を、駆けながら振り返る。しかしそこに、混乱はなかった。もっと向こうで起きている騒ぎに、一斉にみんな気を取られている。

　抜刀隊の分隊長が、錯乱していた。広場の北側、彼が桑名に倒されたあたり。いまは立ち上がっている分隊長に取り付いた機動隊員の数人が、なんとか彼の行動を抑えようとしている。朱に染まった白刃を高く掲げた分隊長の口元からは、ものすごい量の出血がまだ続いている。桑名の打撃により、かなり大量の歯を失ってしまったようだ。そのせいで正気を失って、刀を振り回すものだから、介抱していた機動隊員にまで被害が及びそうで、混乱が起きている。

一瞬の盗み見で状況を把握した桑名は、機動隊員の二、三人を突き飛ばしつつ、より暗がりへと走る。まだ黒煙を上げている建物の近くへ遠くへ、駆けながら追っ手を撒いていく。そんななか、前方に逃げていく赤埴と、その背を追う三番手を視認する。そして、ついさっきの乱戦の際に落とされていったものを、足元に発見する。

小講堂の建物の、すぐ東脇あたりだった。桑名が赤埴に追いついてみると、さすがの彼女も肩で息をしている。そのせいか、三番手の真後ろから静かに近づいていった桑名の姿を認めた途端、赤埴の表情が微妙に変化する。これで背後の気配を察した三番手は、素早く時計回りに振り向きざま、肩上あたりの高さで刀を真横に振る。ものすごい速度の斬撃、一刀で桑名の素っ首《そくび》を飛ばすような軌道の刃が——ポリカーボネート製の大盾に止められる。

「なんだ、こりゃあ」

とつい口に出た三番手に、透明の盾の向こう、ちょうど「POLICE」と記されている後方から桑名がうそぶく。

「驚いたか？　いいもんが、いろいろ落ちてるんだよ。足元をちゃんと、注意して見てればな」

機動隊の盾は、刀より強い。拳銃弾程度なら防ぎ切る強度がある。サイカのブラックマンバやトカレフといった、名にし負う強力拳銃から放たれた弾丸を正面から受けようが、単発ではまず貫通しない。盾にめり込んだとしても、粘り気のあるポリカーボネートに止められてしまう。だから日本刀による常識的な刺突や斬撃では、貫き通したり、切り取ったりすることは到底不可能なのだ。

それなのに三番手は、桑名の挑発に乗ってしまう。

「ち、ちぇすとぉぉぉー！」

と大きな気合の声とともに二撃、三撃、上段から下段へと盾に刀を振るう。そして四撃目は、より大きく振りかぶって——と構えたところで、呼吸を読んでいた赤垣が三番手の背面から襲いかかる。喉仏あたりに素早く右腕を巻きつけた赤垣は、肘が首の真正面にくるほどまで深く抱え込み、右手首と交差させた左の前腕を敵の後頭部に回す。ハサミのように頸部をとらえた両の腕を、てこの原理で、絞り上げて締める。あわてて刀を持ち直し、彼女を突こうともがく三番手の手元を桑名が盾の下部で叩く。何度か叩いているうちに、刀が彼の右手から離れる。

「勝負あったな」

と桑名は、三番手に向けて言った。もう抵抗はやめて、おとなしくしろ、と言ったつもりだった。しかし声に反応したのは赤垣で、彼女はおもむろに両腕の締めをゆるめる。すると、ぐにゃりどさりと三番手が崩れ落ちる。どうやら赤垣は、正確に頸動脈を圧迫して脳への血流を断ち、柔術の技のごとく絞め落としてしまったようだ。

しかし三番手の大仰な気合のせいで、機動隊員の連中がこっちに気づいたかもしれない。そこで桑名は、赤垣に合図すると、脇に盾を横抱えにして、歩き出そうとする。しかし左膝の痛みがひどい。だからこの場で戦闘が始まるまで持ち続けていた角材をもう一度拾い上げて、杖がわりにしてみる。なんとか前に進むことができるようになる。

建物と建物のあいだ、普通はよくわからないような小道――というか、隙間を縫って、ふたりは移動していく。と、前方に見慣れた影がひとつ。倉庫小屋の裏口、階段状になっているところに腰を下ろして額の汗をぬぐっていたのは、カーン先生だった。

「ああ、ご無事でしたか！」

と彼は、桑名たちが言いたかったことを、先に言う。なんでも、さっき取り落としてしまった黒い診療カバンを探しに戻ってきて、仲間とはぐれ、しかしなんとか、ここに隠れていたそうだ。

いまはカーン先生の手元にある、黒いカバンから取り出した痛み止めスプレーを吹き付けてもらっているあいだに、桑名は赤垣と手短に相談する。彼女はこれからリルのもとに戻るのだという。じゆうの城の敷地の東の果てに、ほとんど防空壕にでもなりそうな穴が穿《うが》たれた一角がある。そもそもはアート活動だったのだが、いまは絶好の隠れ場所として、何人かまだそこにいる。リルもそっちに向かったはずだから、脱出を手伝いたいのだ、と。

桑名としても、赤垣の手助けをしたい気持ちだった。しかしカーンと赤垣に、それぞれ、口々に止められる。

「とんでもない！」

「あなたはもう、逃げたほうがいい。さっきから、見てられない様子だから」

「なんだと？」

と桑名は赤垣に気色《けしき》ばんでみるのだが、しかし実際のところは、ふたりの言うことが正しいのだ。情けないことに、もはや杖なしでは、歩くこともつらい。無理を押して暴れ過ぎたため、左膝が熱を発している。それに加えて、このあいだから切ったり貼ったりしているいろいろな箇所、そのすべてがうずいている気がする。

とにもかくにも、今夜の桑名は限界だった。だから身体がまだ動くうちにこの城を離れるというのは、まともな判断だった。

桑名はふたりの忠告を容れて、西南の脱出口を目指して逃げていくことにする。ただひとつの問題は、彼がその場所を、よくわかっていないことだった。

「ああ、それでしたら、私がご一緒しますよ。もうここにいる理由もありませんので」

とカーン先生が言ってくれたので、桑名はその言葉に従うことにする。桑名は赤埴の背に、じゃあお前も気をつけてな、と声をかける。しかし先を急ぐせいか、彼女はそれに応えるでもなく、手のひとつを振るでもなく、ただそのまま無言で遠ざかっていく。それから桑名はカーンの肩を借り、彼に盾を預け、棒を右手に持ち、なんとか進み始める。


じゆうの城の敷地の西南端には、解体されたビルのガラや建築資材などが集められ、そこここに適当に積み上げられている一画があった。ろくな夜間照明もなく、初めて来ると迷路みたいなのだが、ここを抜けられる唯一のルートをうまく辿っていくことができれば、人ひとりが通れるほどの隠しドアに突き当たる。まさに最後の最後の、脱出口に。

「ありがとう」

と桑名はカーンに礼を言う。

「あんたがいなけりゃあ、ここ、わからなかったかもしれない。きっと迷ったよ」

「そうですか？　いやまあ、お気になさらずに。こうしているのも、なにかのご縁でしょうから」

ふたりの心中に、ようやく静かなる安堵が湧き上がってくる。隠しドアの目印となっている野積みの古ドラム缶のあたりに到達した、ちょうどそのときだった。

「こんばんはあ」

大きな影が、彼らの前に立ちはだかった。

抜刀隊の装備を身につけているのだが、自分の目がどうかしていると思えるほどに、背が高い。隊の規格どおりの二尺四寸七分の抜き身が、まるで脇差《わきざし》みたいに見える。しかし大柄なものの、おそろしいほど均整がとれているこの体軀に、桑名は見覚えがあった。

「えーと、桑名さん、でしたよね？」

さわやかに、にっこりと微笑む菩流土バートルゆうじの顔が、そこにあった。

ヘルメット姿で、フェイス・シールドはすべて上方にずり上げられていた。しかしそれでも邪魔だったのか、顎のストラップを片手で外して、いまヘルメットを脱ぎ捨てようとしている。特徴的なボックスブレイズ・ヘアが躍り出る。頭を振って、それをほぐす。

すでに何人か斬ったあとなのだろう。菩流土が右手に持つ抜き身の刃先には、いまだしたたり落ちきらない血脂が、ぬめぬめとへばりついている。

11

この菩流士が、抜刀隊のわけがない。桑名は混乱する。だって半蔵門の現場では、後方警備の、盾なしで銃持ちの機動隊員として勤務していたじゃないか。だからホセを撃つことができた。当たり前だが、一般の機動隊員が抜刀隊と兼務することなど、一切あり得ない。

「いやあ、おひさしぶりですよねー」

菩流士がさわやかに言う。だから桑名も、付き合って訊く。

「首は、頸椎のほうは、もう具合よくなったのかよ？」

ほんの一瞬、菩流士は言い淀む。

「……えーと。ああ、あれ！　あれはねえ、うん。もう大丈夫っすよ！」

なるほど、そうか。あれは仮病というか、ニセの負傷だったというわけか、と桑名は得心する。俺の捜査から逃げているための、小細工だったのだな、と。

ここで桑名は初めて、地面に落ちた菩流士のヘルメットに徽章が付いていないことに気がつく。さっきは暗くてよく見えなかったのだが、左側面の、まるで徽章みたいな位置にあったのは、警視庁のマスコット・キャラクター「ゴヨーくん」の安っぽいステッカーだったことが、わかる。そのほか、アーマーのどこにも徽章はない。抜刀隊ならば、さっきまで桑名が相手にしていた分隊の「ピラミッドに目」みたいに、装備の各所にわかりやすく徽章があって然るべきなのだ。それが、ない。

要するに、菩流士はここで、抜刀隊の扮装をして動き回っていたということなのだ。そして勝手気ままに人を斬ったりしていた。どの抜刀隊分隊の指揮下にも、どの機動隊小隊の指揮下にも入らずに、単独で。おそらくは、桑名を探し出すためだけに。

つまりこいつは、警官のようでいて、しかし真実は警官じゃない、ニセモノの仮面を被った亡霊野郎ということだ。ときに通常の指揮系統からの命令「以外」のものにしたがって、隠密行動をとる奴なのだ、と桑名は理解する。

「……そうだな。たしかにお前が『草』でなければ、おかしいよな」

そう納得した桑名は、さらに問う。

「てめえがホセを撃ったのは、たまたまじゃない。加賀爪の一味からの、指示でもない。幕調だよな？　あらかじめお前に指令を出していたのは。あの現場で、張らせてたのは。なにがなんでも、ホセを生かしてあの場から外に出させるな、と、そんなのが命令の中身だったのか？」

菩流土は相変わらず、さわやかに微笑んでいる。

「いやあ、なんの話だか。僕には、ちょーっと」

「そうか。ならば、こう訊けば、わかるか」

ずずっと両足を摺りながら広げ、角材を右手に握った桑名は、戦闘の構えを取る。

「俺はお前を許さない。だから、すべて吐け。俺に告白しろ。お前に指令を出した奴の名前と所属。ホセの件と、伊庭を襲った奴らのこと。王子での一件、蒲田での一件、今日のこの襲撃に関わっている奴ら、幕調のその連中全員の情報もすべて。知っているだけ、すべて言え。しかしその前に、まずは詫びろ。心の底から、土下座して。被害者の全員に」

面白そうに笑いながら、菩流土が聞き返す。

「困っちゃうな、もおう。そんな怖い顔、しちゃってえ。もし僕が、なーんも知りまっせんっなんて言ったら、どうなっちゃうんですかあ？」

ここで、ふたりのあいだにカーンが割って入る。桑名の斜め後方から歩み出てきて、彼と菩流土の中間線のあたりにて、立ち塞がって壁になろうとするかのように。なにも持たない両手を高く上げて、仲裁を試みるように。菩流土に向き合って、語りかける。

「ちょっ、ちょっと待って待って。お巡りさん、いけません。こちら、怪我されてるんですから。暴力はよくない。よくないです」

いかん、やめろ下がれと桑名はカーンを止めようと声を発する。危険だ、抜いた刀の前に立つんじゃない、と。しかし遅かった。

電光石火の速さで、菩流土が前に跳んだ。膝を折って腰を低く落とし、カーンの真っ正面から、向かって右側へと駆け抜けざまに、両手で持った打刀をほぼ地表と平行に、左から右へと大きく振り抜く。桑名のより近くへと着地した菩流土が右手を横に広く伸ばし切って停止したその後方で、カーンの胴が、「く」の字を逆にした形で不自然に曲がる。

まだ彼は、カーン先生は、自分になにが起こったかわかっていなかったのだろう。左足を軸に、後ろを振り向こうとする。桑名のほうに、いま一度向き直ろうとする。

「あれえ、なんだか」

彼は感想を述べようとする。きっと、桑名に質問しようとしたのだろう。これは、斬られたということなんでしょうか、と。

しかし桑名が答えるまでもなかった。言い終わる前に、向き直る前に、大きく横一文字に切開されたカーンの腹部から、まるで粘度の高い大量の吐瀉物であるかのように、ありとあらゆる臓物が一気に真横に噴出する。激しく噴いて、圧力が減じたあとは垂れ下がり、その重みに引きずられる格好で、腹腔内が空っぽになった彼は前のめりに倒れていった。自らの内容物と体液の上に、うつ伏せになるように。まるで出来が悪い野菜みたいにも見える、奇妙にねじれた姿勢のまま、カーン先生は死んだ。

ふたたび立ち上がった菩流土は、刀を振って新鮮な血を弾き飛ばしてから、濡れた切っ先で桑名を指して言う。

「で、なんでしたっけ？　話、途中でしたよね。妙な邪魔が入っちゃいましたけれども」

快活に、歯を見せて微笑む。

「あ、そうだそうだ。『許さない』でしたよね？　そんで僕が『どうなっちゃうんですか？』と。ねえ？　ほんと、どうします――いや、どうできるんですかね、先輩？」

桑名は呼吸を読んでいた。このとき彼が突然跳ね上げた角材が、菩流土の股間を強く打ちつける。あっと声を上げた菩流土は、跳んで後方に逃げる。性器周辺も防具でガードされているから、たいした痛みはないはずだ。しかし、侮辱の効果はある。

「どうなるかって？　そうだな、お前みたいなクズには、金玉、いらないだろうから、まず最初に両方叩き潰してやるよ。きっと身軽になって、もうすこしは相撲もうまくなるだろうぜ。大人から若造への、アドヴァイスだ。半人前の、甘えたクソガキへの」

菩流土の快活な表情に、差し込むような固い影が走る。桑名は、地べたに置かれたカーン先生のカバンの脇にあった盾を拾い上げ、左手で構える。右手の角材を、握り直す。棒の先を菩流土の顔に向けて、振り立てながら言う。

「それともけつの穴に、こいつでも突き立ててやろうか？　入るか、お前のに、これ？」

こうした侮辱は、計算ずくのものではなかった。桑名の意識は、度を越した激怒の奔流のなかにあった。自分で自分が制御できなくなっていた。悪党が笑ってんじゃねえ、と。その上しかも、いま彼の目の前で殺人まで犯したのだ。非武装の、善良なる民間人を、試し斬りのように！

だから、桑名は失敗した。怒りにまかせてはならなかったのだ。逃げるべきだった。

これほど大きな身体で、なぜそんなに迅《はや》く動けるのか。どんなドーピングなのか。右横に小さく跳んだ菩流土は、着地するなり片足で蹴って、そのまま斜めに桑名の眼前に飛び込んでくる。二歩目の跳躍の際に大きく腰をねじり、空中でそれを戻す際の回転力を刀に乗せて、桑名の盾に叩きつける！

がくんと桑名の手首が曲がる。とても片手で受けられる一撃ではない。そして、なんと、ポリカーボネート製の盾の上端が、斜めに切り裂かれている！　刀の軌道どおりに切れ目が入って、いまにも割れ落ちそうにぐらぐらしている。なぜこうなったのか、桑名には理解できない。いくらさっきの戦闘で傷んでいたとしても、こんなこと、常識的にはあり得ない。なんという斬撃なのか。菩流土は、ほおお～と中国武術家のような声を上げて、二撃、三撃、四撃と打ち込んでくる。両手で必要十分な振りを加えて、桑名の盾に亀裂を刻んでいく。たったひと呼吸のあいだに、桑名は窮地に陥る。

だから彼は後退していく。その際に角材で菩流土の足をすくおうと叩く――のだが、一切彼には通じない。左足首あたりを確実に強打したのに、まったく動じない。軽快なステップを踏みながら、今度は突いてくる。細かい突きが、ざくざくと盾に刺さる。ついに割れ始めた盾が、菩流土が突くたびに、細かく砕け散っていく。だから盾を抜けた切っ先が、桑名の肩口を幾度もえぐる。たまらず桑名は盾を菩流土に投げつける。まだ割れていない下方を、菩流土の首元の急所目掛けてぶつけようとする。が、菩流土は頭を下げて、軽い頭突きで弾き飛ばす。表情が輝いている。まるでビーチサッカーでもしているみたいに、楽しそうに笑っている。

守勢に回っては、いけなかったのだ。今日の桑名は、肉体的にも、装備的にも、とてもまともに戦える状態ではなかった。だからさっきまでは、汚い手のみで切り抜けてきた。「まともに打ち合わない」こと。「決して相手に主導権をとらせない」こと。これらで、どうにかこうにかその場をしのいできた。しかしいまは、立場が完全に逆になっていた。押されていた。

桑名は後方へと倒れ込みざま、そのまま後転して、距離を稼いで起き上がり、角材を手に構えをとる。両手に持ったそれを棒術の要領で回転させて、防備が手薄なところを打とうとする――のだが、これも通用しない。すべて刀でいなされてしまう。膂力《りょりょく》や俊敏性だけではないのだ。剣術の腕も、苦流土はきわめて優秀だった。だから桑名は、すぐにまた劣勢に立たされる。

刀さえ、あれば――。

追い詰められた状況のなかで、桑名は渇望する。こんな棒っきれじゃなく、使いなれた、大叔父のあの、戦場刀があれば。まだなんとか対抗することは、できたかもしれない。しかし、こんな角材じゃあ――。

繰り返される苦流土の斬撃に、桑名の得物は、情けないほどまでに削り取られていく。散らされたスギ材の木屑が、製材所みたいな臭いを漂わせる。そしてついに、斬り飛ばされる。苦流土に近い側、棒の先端から順に、ひとつ、ふたつと、すっぱり切断された木片が左右にすっ飛んでいく。三つ、四つ、五つ。握りから上が、ほとんどなくなってしまう。握り直そうとした桑名の隙を突いて、苦流土の回し蹴りが来る。これを左脇腹にくらってしまい、桑名は体勢を崩す。

そこを狙って、体重を乗せた苦流土の一刀がくる。桑名の右肩、首元のあたりを狙っている。上段から斜め下に、逆袈裟に斬り落とす軌道だ。桑名は短くなった棒でなんとか防ごうとするのだが、熱したナイフがバターの塊にめり込んでいくかのごとく、菩流土の刃がスローモーションで角材を切断していく。そのまま刃先は止まらずに、桑名の右鎖骨の上に落ちてくる――のだが、このとき、桑名の左膝ががくっと崩れる。菩流土の刀の狙いがずれて、桑名の右肩から胸一帯を一センチ強の深さで切り裂いていく。

桑名の左膝は、無理をし続けたために腫れ上がり、もはや彼の体重を支えることができなくなっていた。斬りつけられた彼は、体勢を崩したまま、狭い通路脇の側溝のなかに倒れ込む。コンクリート片や錆びた鉄くずなどが投げ出され、山になっている場所だ。通り道よりもすこし低くなっている、ガラの隙間みたいなところに、桑名は落ちてはまる。

息も切らさずに、菩流土が上から見下ろしている。

「いやあ、まったく」

あきれたように、彼が言う。面白がってるみたいに片眉を上げているのが、月明かりのなかにうっすらと浮かび上がる。

「剣術はなかなかのものだって、聞いてたんですけどねえ。全っ然、ぱっとしないっすよね？　まあ今日は怪我してたり、体調悪かったりするんでしょうけど……いやでも、根本的には歳のせいなのかなあ？　老化とか。どうなんすかね、正直なところ？」

知るかよ、と桑名は腹のなかで答える。息が切れて、もはや嫌みのひとつも言い返すことができない。

「で、結局ですねえ、もう逃げ場、ないわけなんですよ。だからこれ以上抵抗すると、手足落としてダルマにしてから持ってくとか……それか、こう一本刺しておいて、やっぱ止血だけして、運んでいくとか。そんな感じになっちゃうわけで」

だからこれを、と菩流土は腰のポーチから取り出した注射器を桑名に投げ与える。王子で望月が使おうとしていたやつと、同じものなのだろう。

「それ、自分で注射してくださいな。首のあたりに。めんどくさいんで。これ以上、僕がなんかやるのは。失血し過ぎて死んじゃったら、怒られるの僕なんで」

注射器を拾い上げた桑名は、しげしげとそれを見る。あー滅多なことは、しないでくださいよ、と菩流土が注意する。口癖なんだろうか、めんどくさいの嫌なんで、と繰り返す。

最後の力を振り絞り、注射器を片手に側溝から駆け上がろうとした桑名を、難なく菩流土は蹴り戻す。たかがその程度のことで、桑名はしたたか地面に後頭部を打ちつけてしまう。吐き気が湧き上がる。衝撃のせいか、絶望のせいか。

「んもう。だっから言ったのになあ」

めんどくさいなあ、とぶつぶつ言いながら菩流土は、溝のなかの桑名を、まずは一度串刺しにしようと刀を構える。膝を曲げて、前屈みになり、刃先を桑名の胸元に当てて、よいしょっと刺そうとしたところで、ぼんっと異音がする。

菩流土の背後で、その音は鳴った。ガラスが割れる音も、重なっていたかもしれない。白熱電灯みたいな強い光が、突如彼の背中のあたりで生じる。

「なにを、なにが――」

後方を振り返った菩流土のブレイズの先が、すでに燃え上がっているのを桑名は見る。炎はものすごい速度で広がっていく。あっという間に菩流土の全身に火が回る。怪鳥みたいな悲鳴を上げた彼は、火を消そうと地面に転がる。しかしそこに、瓶が飛ぶ。火炎瓶が、二本三本と飛ぶ。直撃はせぬものの、弾け飛んだ燃料が、菩流土を包んだ炎に勢いを加える。桑名の反対側の側溝に積まれたガラの上に倒れ込んだ菩流土は、とても不燃性のゴミの狭間にいるとは思えぬほどの火勢で燃え上がっていく。

真っ赤に燃えるその一帯から数メートル離れた場所に、赤埴が仁王立ちしていることに桑名は気づく。その後方にはリルがいて、大きな肩掛けカバンに火炎瓶を満載して、右手には未着火の投射用の、つまり次に赤埴に渡すひと瓶を、左手には火種としているひと瓶を握っている。手元で小さくゆらぐその灯りと、前方で激しく炎上する敵からの灯りの両方にあおられた彼女たちは、まるでそれぞれが紅蓮《ぐれん》に染め上げられたギリシアの女神ネメシス像のごとく、暗中にふたりだけで屹立していた。

章の八：あのセイタカヨシの群生目がけて

～よくもここまで、壊した壊した～

1

遠くから、琉球歌謡が聞こえてくる。歌詞の意味は、桑名にはわからない。ウチナーグチで歌われているからだ。しかしこの、三線《さんしん》のリズムと一体となって、跳ねるように、ゆるやかにたゆたうように、しかし前へ前へとぐんぐん進んでいく旋律の高低が、ただひたすらに心地いい。だから日本でも、近年これを好む者が多いのか、と桑名は理解し始めていた。日々聞くでもなく聞いているうちに。

といっても桑名は、琉球王国まで逃げたわけではない。海は遠くはないのだが、しかし鵠沼《くげぬま》や辻堂の海岸ではないので、波の音が聞こえるわけではない。神奈川県藤沢市は辰巳町界隈《かいわい》に広がる岡場所に、彼は潜伏していた。

藤沢宿は、そもそもは東海道の宿場町だった。ゆえに売春の伝統があった。しかし幾度かのご新政を経たのちに、公《おおやけ》から見捨てられる。一説、神奈川県警のがめつさが原因とも言われている。同町は、領域内の全ビジネスを民間業者のみで管理していた。全国的に見て非常にめずらしい、官憲を排して自律したシステムだ。だから時折、嫌がらせのような手入れはされる。しかし各種優遇策で手なずけておいた県警内の内通者から「もうすぐ、あるみたいよ」と事前に一報をもらっては、辛くも切り抜ける……そんないたちごっこが、かれこれ数十年続いていた。六〇年代から、ずっと。

ゆえに藤沢辰巳町の娼館は、一見娼館らしからぬ装いをしていた。バーや喫茶店、日本風の飲み屋のごとき表向きの店が、細い通りにずらりと並んでいる。日本の男には連綿と、女が酌《しゃく》してくれる店に行くという風習があったので、これはこれで、商売として成り立っていた。しかし店内には、酌するには余るほどの数の女がいて、客待ちをしていた。別の店では男が多くいて、やはり客待ちしていた。店で飲んで、話がついたなら、そのふたりは——ときには、それ以上の人数は——二階へと上がっていくことになる。そこには、狭いながらもベッドとシャワー・ブース、トイレだけはある個室がいくつか並んでいた。

そんな一室に、桑名はいた。安普請《やすぶしん》なので、階下の店に流れる音楽が、つねに薄く濃く、部屋のなかに聞こえてくるのだった。琉球歌謡が。

この店は琉球人の経営だった。同地のポップ・ソングは、日本のヒット・チャートの上位で目立つようなものではなかったものの、こうした悪場所や、肉体労働者の連中に最近は好まれていた。数年前、ボブ・マーリーの孫のひとりが那覇でレコーディングをおこなったのが話題となってからは、一部の学生にまで支持が広がっていた。琉球歌謡の古参のなかには、たとえばアルトン・エリスやトゥーツ・ヒバートといった、伝説的レゲエ・シンガーのアジア版呼ばわりされるほどのアーティストもいた。

一方で日本のポップ音楽産業は、伝統的に貧弱だった。六〇年代からこっち、隣国のＫポップが発信する流行を追っては、上目づかいにあこがれ続けるというのが、日本の標準的なポップ音楽リスナー像というものだった。七〇年代にはタワーレコードが日本に上陸したものの、数年後には静かに撤退していった。

ビートルズの来日失敗が大きかった、とよく言われる。一九六六年、ビートルズは羽田空港まではやって来たのだ。六四年の香港に続くアジア公演であり、しかも独立国としては初でもあるこの栄誉を、数少ないロック音楽ファンは心より喜んでいたという。が、出来たばかりの日本武道館が公演会場となったことが、悪かった。これが運のつきだった。

飛行機のタラップから、揃いのハッピを着たビートルズの四人が、笑顔で手を降りながら、降りてこようとしていた。その瞬間だった。

「排撃せよ！」

との鬨《とき》の声を上げ、日本刀を抜いた右翼十数名が空港滑走路に乱入、そのままビートルズに向けて突っ走った。武道館を穢《けが》すことは許さん、との意志のもと、決死の覚悟で打ち入ったこの集団は、その場を警備していた警官隊と斬り合いのあげく鎮圧される。しかしそのあいだに、ハッピ姿の四人は降りていたタラップを逆に駆け昇り、飛行機のなかへと逃げ込んでしまう。ほどなくして同機は離陸。のちにメンバーのひとりが日本人女性と結婚しても、再来日はならなかった。そのまま解散してしまったからだ。

こうして流れてしまった幻の日本公演とは裏腹に、次に訪れた韓国ソウルのコンサートは大成功をおさめる。だからアジア独立国初のビートルズ公演実現という栄誉は、韓国が得ることになった。そしてソウル公演を目撃した韓国の若き音楽ファンは、次から次へとバンドを結成、Kポップの基礎となるロック・シーンを形成していくことになる。またロックだけではなく、イングランド北部やロンドン同様、アメリカのR&Bに走る層が韓国内に増殖。DJパーティも盛んに開催され、発掘ものも含めた個性的なそのセレクションは、韓国首都圏に住む若者たちが好むという理由で「ソウル(Seoul)」ミュージックと呼ばれるようになる。六〇年代末、これがそのまま新しい感覚の黒人音楽を指すものとしての「Soul」ミュージックへと意味が転化、新名称として国際的に広がっていった。

そんな状況だったから、ここ日本では、お隣の韓国産ポップ音楽か、もしくはその模倣品こそが、長らくマーケットの主流だった。しかし近年、リスナーのあいだで、ひとつの「オルタナティヴ」として認知され始めたのが琉球歌謡だった。日本と遠からずの文化圏にあり、しかし国内産にはない強靭かつしなやかな音楽性をそなえた琉球民謡をベースとした同国のポップ・ソングは、今日、新鮮な驚きをもって日本の音楽ファンの一部に受け入れられ始めていた。ここ藤沢でも、静かな人気を博していた。階下の店では曲を流すだけでなく、しばしば琉球人アーティストのライヴ演奏もおこなわれていた。そんなときは、売春目当てでないお客も——それこそ、青山にいた学生のような連中も——多く詰めかけてくることもあるのだという。

じゆうの城は、落城した。住人や関係者から数多くの逮捕・拘留者と、九人の死者、二十三人の重軽傷者を出して、機動隊の手に落ちた。しかし「じゆう民」の三分の一ほどは、脱出に成功していた。機動隊はもちろん、抜刀隊の侵攻にも屈せず立ち向かったことは、無意味ではなかった。

西南の脱出口は、地下道を通り抜けた先にある小さな池のほとりの、管理事務所のなかへとつながっていた。そこに集結していた支援者たちのクルマに乗せられて、桑名たちは逃げ落ちていった。

しかし桑名が出発しようとしたとき、リルは敷地内に戻ると言う。まだ脱出を待つ者がなかにいるということで、できるかぎり逃したあとで、最終的に彼女は、最も守りが固い芝浦のコミューンへと移動していくという。赤垣もそれに付き合って動くと。

そんな別れ際に、桑名は赤垣に横っ面を一発、思いっきりひっぱたかれる。

「……あなたのせいだ」

それだけ言った彼女の暗い目には、涙があった。その夜くらったいかなる攻撃よりも、これが一番、桑名には堪《こた》えた。

桑名を送ってくれた国産の小型ピックアップ・トラック、鼻先のない、奇妙な形状をしたクルマを運転してくれたのは、リルに似たファッションをした、ウルグアイ人の若い男だった。いい奴だったのだが、安全のため、鎌倉の市街地に入ったあたりで降ろしてもらう。そこからは、徒歩で動いた。ひと気のない小道を選《よ》って歩きつつ、何度かぶっ倒れながら、夕方になったころ、辰巳町までたどり着いた。

桑名がここを選んだのは、人脈があったからだ。県警の風紀課に直轄管理されていない、この地の独立性を好むゆえに流れてきていた者の数人に、彼は貸しがあった。

そのうちのひとりが、桑名の部屋のドアをノックしていた。符牒《ふちょう》どおりのノックだったのだが、用心のため桑名は、寝っ転がっているベッドの枕の下に手を入れて、銃を抜く。安全装置を外してから、どうぞ、と言う。

「あらもういやだ、まーたこの人、そんなの持ち出して！」

と清川作蔵《きよかわさくぞう》、いや、いまはサーヤ清子《きよこ》が、いかにも不満そうに言う。羽虫を追うかのように、手でなにか払うしぐさをする。今日はニューヨーク・ドールズみたいな化粧だなあと桑名は思う。派手に盛られたウィッグの色も昨日とは違う、ヴァイオレットだ。

清川は、かつては警視庁の警官だった。桑名が風紀課に異動したあと、最初に組まされた相棒が彼だった。桑名より若かったのだが、風紀課は長かった。だからなにかと、教えてもらった。しかし本来の自分に目覚めたのち、退職を選ぶ。そしてややあって、警備サーヴィス業を辰巳町で始めた。つまり、十手《じって》持ちだ。

おもに同心の立場の者が、私費で雇い、使役するのが、今日言われる「十手持ち」だ。江戸時代の岡《おか》っ引《ぴき》に近い。一等同心、二等同心ともに、私兵もしくは協力者としての十手持ちを抱えた。十手持ちとなるのは、私立探偵、地回りのヤクザやティーン・ギャング上がり、あるいは元警官が多かった。複数の同心から仕事を請け負う「十手持ち業」のような事業を営む者もいる。いずれにせよ、同心の薄給から手当を受けるわけだから、微々たる収入にしかならない。なのに引き受ける者があとを絶たないのは、「警察がバックにいる」ということが、その者の本業において有利に働く場合が多かったからだ。だから同心より与えられる「十手そのもの」が、ひとつの権威の象徴ともなっていた。

サーヤの十手は、いま、豹柄のレギンスの腰あたりに巻き付けられた、ショッキング・ピンクの薄いスカーフに突き挿されていた。持ち手の根元には、きっと自分の名前が入っているのだろう、一文字ずつアルファベットを刻んだ小さなビーズのキューブをつないだ細紐のほか、なにやらふわふわ、きらきらしたアクセサリーが、ごってりと結びつけられていた。それら全部が、肩に引っかけられた真っ白なフェイク・ファーの短いジャケットの裾あたりで、さっきから揺れている。

桑名がサーヤを頼ったのは、ひとつ、彼が――いや、彼女が――神奈川県警と適度な距離をとることに成功していたからだった。彼女が経営する会社の部下たちが地場でいい働きをしていた。だからこの辰巳町なら、桑名の存在が官憲に察知されない可能性が高い。

とはいえ、ここにも長居できぬことは、桑名は重々承知していた。体が動くようになってきたら、すぐに出ていくつもりだった。青山の二の舞は、絶対にご免だった。

追われている以上、最低限の備えは必要だった。そこで彼は、サーヤに頼んで、グロック17のコピー銃をヤミ屋で買ってきてもらっていた。マガジン計三本と、9ミリの弾丸を一箱分も。それからコンバットウを一本と、小ぶりなナイフ二本。これらをいつも、ベッドのそこかしこに隠した上で、桑名は療養していた。食っちゃ寝をして、ここ二週間ばかりの日々をなにもせず怠惰《たいだ》に過ごしていた。

いまや警官どころか、幕調のあらゆる草にまで、桑名の手配書が出回っていることは間違いなかった。事件のあと、ようやく目を開けていられるようになった彼が初めて観たTVのニュースで、つくづくそれを実感した。

名前は忘れたが、顔は忘れられない、高齢の女性ニュースキャスターが、画面に映っていたからだ。幕府にとってなにか大きな意味を持つニュースは、ＪＢＣにてすべて彼女が読むことになってから、どれぐらい経つのか。記憶のなかでは、桑名がまだ学生だったころから、このキャスターは同じ髪型だった。桑名と友人は、話し合ったものだ。厚ぼったい前髪が、不自然なまでに大きく上方に盛り上がったこの形状は、なんなのか。どうやって、しつらえるものなのか。桑名は、ヘアスプレーを毎回一本使いきるんだろう、と推察した。友人は、いやカツラに違いないと主張した。いまもまったく同じなのだから、きっと友人のほうが正しかったのだろう。和服を着て、穏やかな声で、微笑まぬまでも柔和な表情で、青山じゅうの城の惨劇を淡々と品よく彼女は伝えていた。桑名十四郎容疑者が、警官はもちろん、何人もの学生を斬ったことにもなっていた。刀など、あの夜の彼は一切握ってはいなかったのだが。しかもキャスターはニュースの冒頭で、警察側の被害は明確に示さぬままに「軽微である」と言っていたではないか。この場合の軽微とは、一体何人の警官が斬られたことを指すのか。本当に斬られた奴がいたのか。いたとしたら、それは菩流土にやられたんじゃないのか。

それからすこしあと、体調がすこし落ち着いてきたころには、いろんな知人のことを、桑名は思い浮かべた。

時実課長に連絡しようかな、と桑名は考えた。実行できるわけはないのだが、想像だけは、してみた。彼女にはきっとまた電話口で、大声で叱られてしまうに違いない。しかしうまくやれば、自分がどんなふうに手配されているのか、状況の一端が見えてくるような情報が得られる、かもしれない。もっともいまの桑名には、秘匿性の高い通信手段はなかった。リルが用意してくれていた特殊携帯電話は、手元になかった。

リルたちのことも思い出した。彼女と赤埴が検挙されていないことは、サーヤに調べてもらって、知った。しかしこの先、ずっと無事でいられるわけはない。デンマーク人は脱出できたのか。縞柄女は。そして伊庭は、その後どうなっているのか。

みんな、どうしているのかなあ。

天井を見上げながら、桑名は時折もの思いにふけった。もう二度と会うことはないかもしれない、友人知人たちのことを考えた。ひとり、狭い部屋のなかで。


俺のせいで、じゆうの城は落ちた。

あんなに呑気《のんき》な、穏やかな理想郷めいた場所が、血に染まってしまった。何人も何人も、犠牲者が出てしまった。俺のワガママのせいで。「ホセのため」などと、もうすでに死んでしまった奴への、妙な義理立て、執着のために——。

傷の痛みではなく、これらのつきぬ後悔が、桑名の身中から、ありとあらゆる気力をスポンジのように吸収しては、静かに体外へと排出しようとしていた。だからいまの彼には「もう、どうすることもできない」という事実から目を背けることぐらいしか、やることはなかった。

未来に期することなど、もはやなにもない。ただ生きていて、死にたくはないから、武器を用意しただけだった。自分がいまここにあるだけの、なんの役にも立たない半病人と化していることを、桑名は自覚していた。そのことがまた、彼の深層心理を苛《さいな》んだ。

敗北のなかに、悪臭漂うぬるま湯のなかに、ただひたすらに桑名は沈み込んでいた。肉体的な傷がまだ癒えないことを口実に、なにも考えず、惰眠をむさぼり続ける。そうすることで耐え難い心理的葛藤から、罪の意識から、精神の焦点を逸らしては逃げている日々だった。

そんな桑名だったから、今日も今日とて、サーヤに顔をしかめられる。

「あなた、臭いわよ」

ここのところ、ドアを開けるたびに同じことを言われる。しかし桑名自身は、なにも気にならない。

「ああ、いやだいやだ。部屋じゅうに籠ってるのよ。男の匂いが。脂じみて酸っぱいのが」

「だったら、来るなよ」

「あたしだって、来たくないわよ！　でもね、屋良《やら》さんが――」

屋良さんとは、この店のおかみだ。食事からヤミ医者の手配まで、安い料金でいろいろ世話を焼いてくれている。

「彼女がね、また気にしてるのよ。『本当に、女はいらないのか』って」

ああ、またその話かと桑名は思う。だからいつものように、いらないよ、とだけ答えておく。これ以上俺からカネ引っ張ろうったって、もう無理だよ、からっけつなんだと、胸のうちでは本心を吐露しながら。

しかしサーヤは食い下がる。

「男はね、放っておくとよくないからって。これ屋良さんの自説なんだけど。傷に障《さわ》らない程度に、そっちはそっちでちゃんとしといたほうが、結局は治りもいいってね」

そして彼女は、ふと気づいたような顔をして聞く。

「もし男の子のほうがいいんだったら、お武家さん向きのいい子がこの前――」

「いいや、そっちも、いらない」

「……ふうん。なーんだ、結局は『自分が一番』とか、そういう感じ？　『自分さえいればいい』とかあ!?」

などと不満そうに、ほとんど言いがかりのようなことを述べたあと、なんでもいいから、お風呂ぐらい入んなさいよねほんと、と捨て台詞をひとつ残して、サーヤは消えていく。

桑名が風呂に入る気になったのは、その三日後だった。

身体がなまり過ぎていたのだろう。ベッドの上で寝返りを打とうとして、ぎっくり腰みたいなことになってしまう。訪問してきたサーヤが腰を揉んでくれるまで、ひとり情けなく悶絶していた。そこで、せめて腰湯にでも浸かって、温めたほうがいいという話になった。傷口周辺は、なるべく濡らさないようにして。

二階の最も大きな部屋には、特殊なセックスをおこなうための設備一式があった。児童公園にあるような遊具と大浴場が一体化したように、桑名には見えた。そのど真ん中に、いわゆる「猫足のバスタブ」があった。

白い直方体のタブの上端はゆるやかに湾曲していて、桑名が腕や脚を乗っけてみると、たしかに具合いい感じで収まる。素っ裸になった彼は尻を湯船の底に着けて、持ち上がった両足の腿の中間あたりまで、臍《へそ》は沈めて胸の下あたりまで、温かい湯にひたされてみる。英国産の最上質エプソムソルトを惜しげもなく投入したという湯は、肌当たりがとてもやわらかかった。オイルを加えたのだろう、ラヴェンダーのいい香りもした。ほどなくして桑名は、眠気を誘われる。あとで湯女が背中を流してくれるという話だったのだが、待っていられず、すこし、寝る。

「こんばんはあ」

そんな声が聞こえて、そして、乾いた熱風が顔に吹き付けられて、桑名は目を覚ます。

「いやあ、桑名さん、また会えましたねえ?」

包帯でぐるぐる巻きになった男の顔が、そこにあった。焼けただれた苦流土の顔が、包帯の隙間から垣間見える。そんな状態なのに、たぶん、さわやかに微笑んでいる。ヘアドライヤーを片手に持っている。

「動かないでくださいよお。抵抗したら、これ、投げちゃうんで。湯のなかに。どうなるか、わかりますよね? まあ今日は銃も持ってますけど。見えてますよね?」

たしかに、ドライヤーの逆側、右手にはハマの大口径自動式拳銃レッドブルがあった。

「だからですね、言うこと聞いてくださいねー。めんどくさいんで。もう絶体絶命なんですから、ね? それとも、これで」

と彼は、左手のドライヤーを大きく持ち上げて言う。

「これで感電していただいて、じゅーっと揚げちゃいましょうかあ?」

部屋の入り口のほうから、おずおずとサーヤがあらわれる。今日はプラチナ・ブロンドのボブカットだ。

「くぅわなちゃああーん、怒ってるぅ?」

いいや、別に、と桑名は答える。

「ごめんなさいねえ。ちょっーと最近ねえ、懐具合が思わしくなくてさあ。我が社のね。だからお給金の遅配とかで、下の子たちがヘソ曲げちゃったりねえ」

なるほど。カネのために俺は売られたのか、と桑名は理解する。

「まあそれでね、どうせ遠からず、結局あんたって、捕まっちゃうじゃない? じゃなければ、青山のヒッピー村だっけ？　あそこみたいに、ここ辰巳が焼け野原になっちゃってもさあ、困るし！　だからね、ここまでいい思いさせてあげたんだから、お互い様ってことで」

桑名は、ちょっと驚く。

「そうなのか？」

「そうよ。きっとね！　だってあんた、ここに来るまでのあいだに、何度も何度も殺《や》られちゃってて当然だったんじゃないの？　なのに締めくくりに、こんないい湯にまで入れてもらって……だからあたし、女の子だって、男の子だって、用意してあげようって、せっかく言ってたのに」

どうせそいつらを部屋に入れた途端、いまと似たようなことが始まったんだろうが、と桑名は言ってやろうと思うのだが、サーヤの手に注射器があるのが目に入る。

「まあそんなわけでね」

とサーヤは言うなり、桑名の首筋に針を突き立てる。

「恨まないでよね。あの世で」

これが桑名が辰巳町で聞いた、最後の言葉だった。

2

桑名十四郎は、夢を見ている。夢だ、という自覚があるなかで見ている類の、夢だ。

砂を噛んでいる。しかしイラクの砂ではない。日本のどこの小学校にもある、特徴のない運動用グラウンドの、白線を引いた消石灰《しょうせっかい》の粉まじりの砂を、口に含んでいる。

だからこの夢のなかの桑名は、小学生だ。ゆえに、うつ伏せになった背中に乗っかっているのは、彼の日常的な悪夢のなかに出てくるような、妻だった千景ではない。同じ小学校の生徒たちだ。潰れた腕立て伏せのような格好で、小学生の彼は地べたを舐めていた。犬の糞が、すぐ目の前にあったこともある。

当時の彼にとってこれは事実であり、しかも、よくある話だった。折に触れて桑名の夢のなかにあらわれてくる。精神的に、あるいは肉体的に、弱っているときなど、とくに。

東京で生まれた桑名は、小学二年生のとき、父親の転居とともに福岡へ移住した。父の故郷がそこであり、高齢となった両親の近くにいたい、と彼が言ったからだ。しかし本音は、東京でのサラリーマン生活に疲れ切っていたのだろう、とのちに桑名は想像した。いずれにせよ、このときから幼少期の彼の苦難の日々が始まった。

転校した初日から、桑名はいじめの標的となった。話し言葉が違う、といった程度のことが、最初のとっかかりだったか。転入生なのに態度がでかい、とも言われた。長幼の序をわきまえぬのは当時も同様だったので、それも影響した。ともあれ味方のひとりもなく、止めだてする者のひとりもなく、ただひたすらに桑名は、いじめられ続けた。回避することも、やり返すことも、まったくできなかった。

口を開くたび嘲笑され、からかわれる。私物を奪われ、隠される。肉体的な暴力も多かった。女子の前で突っ転ばされる。服を脱がされかける。そして最も盛んにおこなわれたのが、校庭における

「腕立て伏せ」だった。

東京もんは貧弱やから、鍛えてやろう、などとリーダー格の奴が言う。そうだそうだと、取り巻き連中が囃《はや》し立てる。無理矢理に腕立て伏せのポーズをとらされると、背中に乗られる。だから、肘が曲がって潰れ込む。笑われる。根性が足らん、と怒鳴られてもう一度。今度はふたり乗っかってくるから、より一層派手に潰れる。さらに大きな笑いが湧く。

しかしこうしたいじめの最中、一度たりとも桑名は泣かなかった。痛みを、苦痛を、恥辱による動揺を、強制的に押さえ込んではやり過ごす方法を、彼はこのとき急速に、自己流で身につけていった。そうしないと耐えられなかったからなのだが、しかし、いじめている連中には、より一層それが気に食わなかったようだ。「腕立て伏せ」の強要は、毎日の登下校の際のお決まりとなった。最低でも一日に二度は、取り囲まれた。

桑名が泣くのは、ひとりになってからだった。いじめの連中から解放されて、家まで帰る道すがら、いくらでも涙はあふれ出た。カバンが壊されていることもあったし、顔や口元が泥や汚物で真っ黒になっていることも、よくあった。そして家に着くなり、まず最初に、かならず母親に叱られるのだった。

男は泣くものではない、などと彼女は言ったかもしれない。母は冷淡な性格だった。桑名とは歳が離れた三人の姉とは仲よくやっていたみたいだが、彼にはきつく当たることが多かった。ひょっとすると、跡取りとなる長男を産まないことで、夫への当てつけとも考えていたのに、十四郎の誕生が予想外の展開をもたらしてしまったのかもしれない。もっとも、サラリーマン人生をずっと歩んでいた父の頭のなかには、家督のイメージどころか、長男が跡取りになるという概念すら、そもそも希薄な様子だったのだが。

子供の目から見ても、両親の仲はよくなかった。母にとってはとくに、なんの縁もゆかりもない福岡への転居が嫌だったのかもしれない。

そんな彼女だったから、いじめへの対応は、通り一遍なものだった。担任の教師と連絡を取ることはあっても、それぞれの立場からの事なかれ主義が、なんの解決にも近づかない地点を落としどころにした。父は仕事に追われていることを理由に、こうした問題をすべて母に任せっきりにしていた。

だから母ではなく、父でもなく、いじめの日々の渦中にある桑名の精神的よりどころとなったのは、大叔父だった。祖父の弟である彼は、陸軍兵として蝦夷《えぞ》事変とヴェトナム戦争を戦い抜いた退役軍人だった。強くなれば、おのずから問題は解決する、と彼は言い切った。そして桑名に、剣術の個人授業を始めた。基礎の基礎から、毎日すこしずつ。

少年の成長は早い。大叔父の教えかたも、うまかったのかもしれない。桑名はめきめきと上達した。筋肉もついてきて、身体の動きにも俊敏さと力強さがそなわってきた。そしてある日、教えを生かして、自らの手で桑名は問題を解決した。

いつもの朝のように、いじめ集団は校門で桑名を待ち構えていた。このときは、八人もいた。同級生ばかりではなく、上級生もふたりいた。この日の桑名がいつもと違ったのは、大叔父と訓練する際に日々使用していた木刀が一振り、手のなかにあったことだ。

桑名の腕と決意を前にして、彼らは敵ではなかった。最後のひとり、そもそも桑名をいじめ始めたリーダー格の奴を校庭の隅に追い詰めて討ち取ったとき、吹っ飛んだ彼はウサギ小屋のなかに突っ込んでいった。倒れて動かぬ少年のかたわらで、壊れた小屋のドアロから抜け出したウサギたちが、所在なげにそこらへんを跳ねていた。

この事件のあと、桑名は大叔父から大目玉をくらう。彼からの、初めての叱責だった。

「武とは、そのような目的で用いるものではない」

と大叔父は言った。

じゃあ、なにをすればいいの、と桑名は訊いた。剣がうまくなるのは、強くなるのは、一体なんの役に立つの、と。

「他者を守るために」

大叔父は、他者という言葉を使った。それは桑名が、初めて耳にするものだった。

「自分ではない者に、ほかの人のために。奉仕するために、鍛えるのだ。ときには、ひとりひとりよりも、もっと大きなもののために。おおやけのものに。正義のために」

「それって、ヒーローみたいなもの？」

映画やＴＶ番組で観たものを思い浮かべながら、桑名は大叔父に聞いた。

「そうかもしれん。しかし、それは結果でしかない。そうなることも、逆に世間から叩かれることも、どっちもある。でも、どっちでもいいのだ。結果ではなく、動機が、その者の不動の『誠』の地点から立ち上がったものであれば。そしていつなんどきでも、その動機にもとづいて躊躇なく行動できる者であれば、それでいい。不公正から、搾取から、侵害から、弾圧から、無辜《むこ》の人々を守るために、自らの身命《しんめい》を賭して『壁』になるのが、さむらいの本義だと、儂は考えている」

「自分ではなく、人のために？」

「そうだ。そうなれば、いじめはない。復讐もない。お互いがお互いを守り、思いやり、尊重し合うようになれば。そんな世の中、いいと思わんか？」

母ばかりではなく、父からもこっぴどく叱られたあとの桑名だったのだが、このときの大叔父の言葉が彼の救いとなった。このあともずっと、それは彼の胸の奥深くでこだまし続けた。ただこのことだけで、そののちの桑名は生きていくことができた。

3

「いくらでも寝るなあ、貴様は－」

拷問士は桑名を上から覗き込みつつ、あきれたように言った。

気付け薬のボトルが彼の手のなかにある。両手は黒く分厚いグローヴで保護されていて、それと似たような素材の頭巾を被っている。てっぺんが尖って、全体が三角錐のように見え、両目のところにだけ小さな穴が空いている、黒い頭巾だ。血や体液で汚れるせいか、上半身は裸になって、その上から、これも黒のゴム引きのエプロンを着用している。

捕らえられた桑名は、拷問され続けていた。

気を失っては、起こされて、そしてまた気を失う。これがずっと続いていた。目醒めているあいだは、のべつ拷問されていた。意識を失っているあいだは、おもに、夢を見ていた。

この状態のまま、何日経っていただろうか。

真っ暗な、湿った部屋だった。どれほどの広さがあるのか、よくわからない。その一画の、壁に近いあたりの台に、桑名は手足を拘束されていた。産婦人科の分娩台に乗った妊婦みたいな体勢で、仰向けになって。

部屋全体を照らす光源はない。弱々しい光を放つ裸電球がいくつか、上方のどこかから、頼りない電線に吊り下げられているのみだ。天井に近くなるほど徐々に前方へと傾斜してくる石積みの壁の黒々とした岩肌が、まるで禍々《まがまが》しい生き物の胎内にいるかのような圧迫感を桑名に与え続けている。

時間の感覚は、いつのころからか溶けてなくなっていた。ただ苦痛と、夢だけがあった。


まず最初に桑名は、質問された。それに答えなかったため、拷問が開始された。つまりそもそものこれは、取り調べだった。

質問は、大きく分けてふたつあった。

「どこまで知っているのか」

「知った内容を、記録して残しているのか」

このふたつだ。

桑名が無言でいたところ、ぶん殴られた。殴ったのは、この拷問士だ。そのときはちゃんとまだ服を着て、頭にフィットしたスキーマスクみたいな黒覆面をしていた。

そうでなくとも藤沢で体調が最悪だったのに、麻酔で眠らされ、目が覚めたら、どことも知れないこの部屋なのだ。あらがうほどの気力体力はなかったものの、しかし喋るような気分にもなれなかった。だから殴られても蹴られても、桑名は黙していた。

と、壁際にインターフォンでもあるんだろうか。黒覆面の男がだれかと話をして、そして部屋から出ていく。戻ってきたときは、拷問人の正装ということか、三角頭巾姿になっていた。そこからは、質問よりも暴行の時間が長くなる。そしていつごろからか、淡々と拷問だけが続いていく。

最初は、ここのところの桑名の怪我、その傷口が全部ほじくり返された。次に肋骨が何本か折られる。そこから先は、おもに下半身を破壊された。とくに肛門から直腸、それから陰茎が、念入りに傷つけられた。このあいだ桑名が菩流土に放った下品な侮蔑を、まるでそのまま、実地でお返しされているかのように。両足の爪は全部はがされ、何本かの足指も折られた。

激痛によって桑名が気を失うと、拷問士は彼に気付け薬を嗅がせて、目覚めさせる。意識を失っているあいだに、繰り返し繰り返し、桑名は同じ夢を見る。

「お前、さっきのあれはなんぞ？　うわごと言っとったが」

拷問士が桑名に聞いた。もう何十回も同じ夢を見た気がするのだが、こんな質問をされたのは、初めてだった。

「ハニー、ハニーとか呼んどったが――」

驚いた桑名は、目だけ動かす。そんなことを、俺は言っていたのか、と。

「『ハニー、助けろ。俺を助けろ』とかなあ。言うとったなあ」

拷問士は、覆面の向こうで笑っているようだった。とくに答えを期待しての質問ではなく、ちょっと桑名をからかってみたのだろう。ハニーという語感がおかしかったので、痴話の夢でも見ていると勘違いしたのか。

いずれにせよ、桑名の覚醒を確認した拷問士は、答えも待たずに、銀色にぴかぴか光る手術用具のようなもので、また粛々と彼の下半身に苦痛を植え付け始める。


激痛のなかで、桑名は新たな発見を嚙み締める。

それほどまでに俺は赤垣に、彼女の「助け」に依存していたのか、と。たしかにここのところ、いつもあいつに、助けられていた。甘えきっていたんだ。伊庭にも迷惑かけてばっかりだった。リルにも、もちろん。俺ひとりじゃあ、なにもできはしなかった。

夢のなかの俺も、無力ないじめられっ子だった少年時代の自分も、本当に欲しかったのは、赤垣みたいな味方だったのだ。心の底から、助けてほしかったのだ、あのころもずっと。だれか頼りになる奴に。守ってくれる、仲間に。

大叔父に鍛えられて、自分でケリをつけられるようになる以前、絶望のなかで、ひとり耐えていた幼少期の自分が本当に切望していたものを、ようやくにして桑名は、このときはっきりと自覚した。心を殺して、痛みから恐怖や恥辱を引き剝がしてしまう前の彼は、無垢《むく》なる感情をまだそのままに保っていた幼少期の彼は、じつは、ただひたすらに「助け」を求めていたのだ。苦痛からの、救助者を。孤立した、孤独なる魂への理解と共感を。庇護を。

しかし、だれもいなかった。あのときも、そして、いまも。

かすかに陽光が差し込んでくるかのような時間帯も、これまでの人生のなかにはあったかもしれない。だがいまの桑名は、ただひとり、どことも知れぬこの暗い空間で、拷問され続けていた。幼いころのあの絶望と、まったくなにも変わらぬ性質の闇が、いまその濃度と重量をいや増して、彼の意識の全域を覆いつくそうとしていた。助けてくれる、赤壇のような「味方」はここにはいない。いくら叫んでも、声は届かない。起きても醒めない悪夢のなかに、桑名は完全に囚われきっていた。

すでに彼は、ありとあらゆる精神力を搾り取られていた。痛みと恐怖に支配されたわけではない、はずだった。しかしもう、この状況に対抗し得るだけの精神的エネルギーは、彼のなかになかった。死から遠ざかるために泳ぐ力が、もう残ってはいなかった。だから桑名は、ときに耐えきれず悲鳴を上げるだけの、かろうじてまだ生きている、無言の肉塊のようなものに成り果てていた。


相変わらずなにも喋らない桑名に業を煮やした、ということなのだろう。拷問士がまたどこかに内線で電話したようだ。ややあって、何人かの足音が壁側を流れてくる。拘束されている桑名には、だれが近づいてくるのか、よく見えない。

「おおおーっ、なんじゃこりゃ、ひっどいのぉぉう！　よくもここまで、壊した壊した」

その声に、桑名は硬直する。アドレナリンのせいで、幾許《いくばく》か正気に戻る。まさか、そんなことが。まだ俺は夢を見ているんじゃないか。

「だっからねえ、あんたは、あたしが言ったとおりに、あのまんま引き下がってりゃあよかったのよ。そうすりゃあ、まーだ浮かぶ瀬もあったんだけどねええ！」

第四風紀課の課長、時実登志江がそこにいた。早口で、口が悪い、でもあったかく、みんなから「おっかさん」と慕われている彼女が、いつものとおり唇に紅だけ引いたその顔で、電球から落ちてくる黄色っぽい光の傘の下にいた。

なんで、と言おうとして、桑名は激しくむせる。ここ数日悲鳴しか上げていなかったので、まともな声が出てこない。

「あー、これこれ。水やんな、水」

時実の声に反応して、拷問士が桑名にホースで水をぶっかける。それじゃないよこの阿呆、と叱った時実は、別の者に指示する。そいつが桑名に、ペットボトルの水を飲ませてくれる。美味い美味くないというよりも、ひさしぶりのまともな飲料水だったもので、これはこれで激しくむせる。水を飲ませてくれた奴の、顔を見たせいかもしれない。

菩流士だった。相変わらず包帯姿だが、今日はスーツを着ている。

「まったくもう、手間がかかるよのう。こーの桑名ちゃん、は。あたしの秘蔵っ子まで、こんなにしくさってからに」

菩流士の隣に並んだ時実は、かなり高い位置にある彼の肩をぽんぽん叩いてやる。まるで飼い犬の頭を撫でてやるかのように。

「あんた──あんたが、黒幕だったのか」

かすれる声で、桑名は訊く。

「はあ黒幕？　なーに言ってんだか、この劣等生は」

たしかに、黒幕というのはそぐわない。これは大きな機械の話なのだ。警視庁という大組織のなかに巣くっている秘密の機関、ネットワークが引き起こした事件なのだから。

「……違うな。あんたは、『草』なんだ。警視庁内に配置された、幕調の目と耳だったんだ」

「はあいご名答！　おい、ご褒美に水飲ましてやんな」

時実に顎で使われた菩流土は、はい、と短く応えて、また桑名に水をくれる。心なしか、さっきよりも丁寧な手つきで。

「幕調はねえ、イチホを動かす。これが表のルートね。あんたもよく知ってるとおり。でも、うまくいかないこともある。そこんところをあたしが、陰から逐一チェックしているわけよ。それ以外にもつねに、いろんな角度から警視庁内の情報を吸い上げては、幕調に直接報告する。つまり、警視庁を監視する。内部から。あたしだけじゃない。何人もいるんだけどね。幕調から密命を受けている、課報員や工作員は。本庁内にも、分署にも」

そして時実はまた、菩流土の背中側に手を回す。どうやら、尻を撫で回しているようだ。

「そしてこの子がね、あたしの大事な大事な、工作員の坊やってわけ。お前みたいな出来損ないが、もとから敵《かな》う相手じゃないのよ！」

「じゃあ、あんたが——課長が指示したのか？『ホセを殺せ』と。なぜなんだ？」

「おおい、おおい」

魚のような目をまんまるにして、時実が笑う。

「取り調べするつもりだよ、こいつ！　あのなあ、あんたは解体される寸前なの！　あたしに質問する権利なんか、あるわけないだろうが阿呆！」

彼女が吠えるなり、拷問士が桑名に水をぶっかける。やめろやめろ、頼んじゃないよそんなこと、と時実が叱ると、申し訳なさそうに頭巾が下を向く。

「まったく。あたしまで濡れちゃったよ。もう濡れる歳でもないんだけどね！」

げはは、と笑ったあと、桑名の顔の上に覆いかぶさった彼女は、冥土の土産に教えてやるよお、と言う。

「あんたのだーいすきな、イチホは内務監査部の加賀爪忠直部長。この件は、あの子のチームが仕切ってたんだけどね。で、あんたも知ってのとおり、困ったことになっちまった。だから、あたしが尻拭いしようって寸法だったわけよ。イチホに降りてくる幕調筋の件で、そもそもこれは、あたしの管轄でもあったからね。あたしの上司、まあ幕調のほうの――」

「ハンドラーか」

と桑名が口を挟むと、時実は不快そうに眉を寄せる。

「聞いたふうなこと言うじゃないか、この小僧は？　あ・た・し・の、上司だっつってるだろうが！」

時実がひと睨みすると、拷問士が軽く一礼、工具台からペンチを取り上げて、桑名の局所をねじり上げる。腹の底から悲鳴が出る。それを無視して、時実は話を進める。

「そのね、幕調の上司が、長年この件、落とし胤《だね》がらみの件をお掃除してる人なのよ。でも今回のは、これまでにない面倒事があったから。不幸にも。それで忠直ちゃんが、大変な目にあっちゃまずいから」

忠直ちゃん？　なんだその呼びかたは、と桑名は顔だけで疑問を呈す。これに時実は暴行で応えない。言いたかったのだろう、じつに嬉しそうに話し出す。

「あんたは、知らないだろうなあ。あたしとタダちゃん、忠直ちゃんはねえ、もおう、子供のころから、ずーーーーーっと、仲よしなんだよお？　あの子、男前でしょお。頭もいいのよ。生まれたときから、ずーっとずっと、あたしは見てて。慕ってくれたのよ。『お姉ちゃん、登志江お姉ちゃん』

ってね。ウチらいとこ同士なんだよ。それでねー、あの子、どんどん出世していくから。もう、ほんと優秀なのよ。なのにねえ、こんっっっな、くっだらない件で――」

時実の顔から笑みが消える。魚の目をくっつけた能面みたいな表情になる。

「あんなどうでもいい移民の小僧のせいで、忠直ちゃんの出世に響かせるわけには、いかないじゃないの？　だからね、あたしが。上司には、ちゃんと報告したのよ。その上で『わかった、お前の好きなようにしろ』と。この件は、つまりあのフィリピン人は、どうあっても闇から闇へと、消えてもらおうと。忠直ちゃんの手下らが、きちんと収められればそれでよし。まあ手下はね、あたしの任務知らないから。忠直ちゃんにだけは、あたし、むかしから言ってたんだけどね。『いつも見守ってるからね』って。それで今回も、あたしが尻拭いをね。あたしが、この子を使ってね、汚れ仕事をやってやろうって。だってほかならない、あたしの歳下のいとこだからね！」

なるほど、それが全容だったのか、と桑名はここで初めて理解した。すべての謎が、その経路がつながって、ついに解けた。

最奥にあったのは、これほどまでに俗な情実だったのか。幕調とイチホの「表の」ネットワークを監視する、「闇」の装置のなかに、日本伝来の近親の情ってやつが、からんでいた。それが事件を複雑化させた。時実の情動こそが、カギだった。彼女が加賀爪というプリンスを「お守りする」ために、なんと最終的には、じゆうの城までもが落とされた。あんなに多くの犠牲者や逮捕者を出して。たかが、そんなことのために――。

「くっだらねえ」

と、つい桑名は口走ってしまう。しかし時実は、気にしない。ここで桑名を暴行しない。逆に勝ち誇ったように、笑いながら高らかに吠える。

「あんたみたいなねえ、ろくでもない家の出の、しかも親類縁者からも見放された、出来の悪いクズ、道端の雑種犬とは、出自からして違うのよ！　忠直ちゃんはね、加賀爪家なんだよぉ？　まあね、あんたみたいなのを流してきた上で管理して、監視するのがあたしんところなんだけどもね。風紀の三課から五課なんだけど。でも、なかでもあんたはほんっとうに、出来が悪かった。最後ぐらい、もうちっとは役に立てばよかったのに」

これはつまり、あのときホセを斬らなかったことについて、揶揄《やゆ》しているのだろう。

「でもねえ、まあ。人には器ってものが、あるから。ないところには、これ、ないから。みんな、わかるよねええ？」

拷問士、苦流士、あとそれから数人はいるようだ。ざわざわと、はあ、とか、へえ、とか答える声がする。

「だからね、あんたもう終わりなんだけど、ちゃーんと格好つけてあげるから。あたしが。器以上の格好をね！　切腹させてあげるから」

「なんだと？」

思わず桑名は聞き返す。

「最後の最後ぐらいは、武士らしく終わらしてやるよ！　お腹召しませ、よ。わかる？　このすぐ近くに、いーい場所あるのよ。竹橋の御門の外なんだけど。変な名所になっちゃってるじゃない？　傷《しよう》痍《い》軍人がときどき自決したりして。だからカメラも常設で、監視用のがあるからね。そこでフッテージになるから。だからここ連れてきたんだけどね」

「ちょ、ちょっと待ってくれ。てことは、俺はいま——」

「ああ、そうか。わかってなかったのか。だれも言わなかったの？　困ったな、こりゃ。いい？　あんたはね、いま、江戸城の地下牢にいるの。お城が出来たときからある、古い古い、由緒正しいお部屋よ。拷問と、処刑ね。あと解体も。ぜーんぶここでやれる。この牢であんたから話聞き出して、それから竹橋御門連れてって、そこでおしまい」

そうか。だから俺の顔や両手、上半身は拷問されなかったのか、とようやく桑名は理解する。腹を切らせて、それを映像に撮るときのために、映るところはなるべく無傷で済ましたのだ。俺に罪を押し付けておいて、この件のすべてを闇に葬るために。

「あんたもねえ、男なんだから、最後は男らしく、ね？　この菩流土ちゃんはねえ、力が強い子だから。いーい筋肉してるから、だからスパッとね。介錯《かいしゃく》ばっちりなのよ？　あんたはね、ちょーっとだけ、ちょこっとね、お腹刺せば、いいから。脇差《わきざし》で、ちょんと。一回だけ。そしたらすぐに、首ころーんで。楽になるのよお？」

ほらほら、いーい筋肉なのよ、と時実は、菩流土の胸のあたりをさすっている。

「しかし！　その前に、はっきりさせとこう。『どこまで知ってるのか』『知った内容を、記録して残しているのか』。後者から行こう。あんたの元女房、彼女は知っているのか？」

なんだって、と桑名は驚く。なんでそんなことを聞く。

「……千景は、この件に一切関係ない。いま日本にいない」

「ああ知ってるよ。ソウルだろ？　あっちにも幕調の連絡員はいるから、すぐに当たれる。おおい、急に怖い顔になったなあ？　まーだ惚れてるのかよ、捨てられたのになあ。だーいじょうぶだよ、すぐにはどうこう、しませんから。あんたが死んだあと、どこかに書類が行くとか、それを防ぎたいだけなんだから。その顔見てると、彼女は巻き込んでないか。まあいずれにせよ、あんたが必要なことに答えて、そして筋書きどおり腹切ったなら、親族には手を出さないから。そして、腹切って果てた武人として、きちんと葬式してやるから。警察葬を。そして恩給もね、ちゃーんと手配してやるよ。あんたが受け取り人に指定した相手のところに支払われるように」

ここで時実は、ひと息つく。もしくは、と言葉を切って、続ける。

「あんたが協力しない場合は、以下のようになる。ここで適当に解体して、東京湾かどこかに流す。あんたが資料を送りつけていそうなところ、元女房や親族、同僚、今回の事件でいっしょに動いたお仲間たち、みーんな調査する。抵抗するようなら、こないだみたいに、機動隊の兵隊さんに出張ってもらう。上司は喜んでたよ。『あの青山なあ、前から気にいらんかったんだ』って。いい機会だから、きれいにしちまえーって……だからのう、あんたの心構えひとつなんよ？　まわりのみんなを、地獄に送るのか、いまのままの平凡な毎日を過ごさせてあげるのか。そーれは、ね。全部あんた次第なのよ！」

桑名は白状した。知っていることのあらまし。それらの記録は告発書一式と、書類を仕上げたラップトップのなかにしか残していなかったこと。そして両者は、どちらもじゆうの城に残してきたから、燃えてしまったか、機動隊の手に落ちたに違いない、こと。それ以外のコピーはまったくないこと。告発書を持ち込もうとした先の情報も全部述べた。またこの件に関わっていた者のなかで、事件の全貌を知る者、告発書の内容に至るまで把握している者は、自分ひとりだけであることも。赤埴ですら、詳細はなにも知らないんだ、と。リルは場所を借りたり、ときに手伝ってもらっただけだ。親族や、千景はなんの関係もない。

お願いだから、助けてください、とまで桑名は言った。俺以外の奴には、もうこれ以上、手出ししないでください、と。腹なんて、いくらでも切るから、と。

しかし時実は、桑名の懇願を一蹴した。

「まーだ言ってないことがあるだろうが、こらあ!」

そしてまた、ペンチが来る。激痛に、桑名は痺れ上がる。

「この期におよんで、まだあたしをたばかろうたあ、ふてえ野郎だ! でもなあ、あんたが基本的に嘘つきだってことはねえ、お見通しなんだよ。長い付き合いだからさあ」

激痛のなかで、桑名は釈明しようとする。なにを言われているのか、わかりません、と。

「子供のことだよ、こんちくしょう! あたしに隠し通せるとでも、思ってんのかよ? あのフィリピン人のガキ、どこ逃したんだよあんた? イスラムの母ちゃんといっしょによお。それ吐いてから、寝言いえや!」

くそっ、気づかれたかと桑名は思う。これぱっかりは、喋るわけにはいかない。あの母子に、アミーラとイチタローに手出しさせるわけにはいかない。

「知らないとか言いそうだなあ? 『俺は聞いてない』とかなあ。いいさ。だったらあの一帯、王子のカレーくさいところ、一斉にガサ入れしてやるよ。あと、あの母ちゃんの出身地、親のいる石川の街もなあ」

ちょっと待て、と桑名は時実の話を遮《さえぎ》る。

「違う。俺だけなんだ。親子がいる場所を知っているのは。俺が逃してやったから。あいつらの親族も、ムスリマやムスリムたちも、だれも知らないところに、俺が動かした」

全部嘘だ。しかしこの嘘を通し切るほうが、アミーラたちにおよぶ危険は少なくなるはずだと、桑名は瞬時に判断していた。肉体的にも精神的にも限界の状態だったが、だからこそ、最後の最後に、渾身の力を振り絞って考えて、嘘をついた。

「つまり俺が黙れば、だれにもわからないんだ。絶対に」

そして桑名は、舌を嚙み切ろうとする。

「あっ、この馬鹿」

時実が狼狽《ろうばい》する。菩流土と拷問士が、ふたりがかりで桑名の口をこじ開けようとする。格闘の末、血まみれの口に猿ぐつわを嚙ませられる。桑名の舌は傷ついたものの、切れ落ちてはいない。

「本当に……ほんとぉぉぉーに、こいつは！」

肩で息をしながら、時実が毒づく。

「そんなことやってりゃあ、信じるとでも思ってんのかよ？　居場所を知ってるのは、あんただけなんて嘘を！　どうしてくれよう？　おおい、まずはもいっかい、ペンチだ！」

と彼女が号令をかけるのだが、拷問士は側にいない。彼はまた、インターフォンにかじりついているようだ。受話器を持ったまま、別の男に耳打ちしている。話を聞かされた男も表情が変わる。目を見開いて、えっ真剣に？　と聞き返す。拷問士が、覆面の向こうで静かにうなずく。

「なーにやってんのよ、あんたたち？」

いらついた時実が、そのまま数歩、拷問士たちのほうに近づいていこうとしたときだった。暗い洞窟のような地下通路の、ずっと向こうのほうから、足音がいくつか近づいてくる。時実が不審そうな顔をする。彼女をガードするため、菩流土が前に出る。拷問士たちは横で、縮み上がっている。

「うっはあー、なーんだこの臭い。あーりゃりゃー」

男の声だ。重みのない、どこかすっぽ抜けているような、甲高い声。それに重なるようにして、老人の声なのだろう、なにかを説明しているような、穏やかな声がする。

時実は、拷問士のほうを見る。そして、問う。

「……まさか？」

拷問士は、うなずく。

「その、まさかのようです……」

台の上で動けなくなっている桑名には、近づいてくる一行の方向が見えにくい。首を回して、なんとか見ようと試みているとき、近くの者のあいだにどよめきが起こる。そして時実も拷問士も菩流土も、我先にと音を立てて動いて、桑名からは姿が見えなくなる。

どうやらみんな、膝をついているようだ。

いや違う。正座した上で、平伏《へいふく》している。這いつくばっている。ははあ〜、と無声音のような息を吐いている者すら、何人かいる。

彼らが頭を下げている先から、近づいてくる足音のなかに、ぺたりずるりと、サンダルを引きずるような音が混じっていることに桑名は気づく。集団の、真ん中あたり。首を巡らせれば、いまならなんとか、見えるかも——。

彼の視線の先には、将軍がいた。

徳川幕府、十九代征夷大将軍である徳川家宣が、取り巻きを従えて、そこにいた。

4

ＴＶで見るより、ずっと大きいような気がするな、と桑名は思う。もっともよく考えてみれば、映像を通してすら、将軍の立ち姿の全身像なんて、見たことあったかどうか。束帯《そくたい》姿のバストアップ像が、どことなく記憶に残っているぐらいだ。

徳川家宣は、身長が高い。一九〇センチ近くはあるか。強いくせっ毛の髪を総髪にして、髷《まげ》に結い上げていた。しかし古式ゆかしい和装ではない。部屋着ということなんだろう、上下とも白の、バレンシアガのトラックスーツを着ている。足元は、クロックスみたいな安価なサンダルだ。もしくは、そのコラボ限定品か。

これもＴＶのときとは印象が違う顔つきに、桑名が連想したのは、レッド・ホット・チリ・ペッパーズのドラマーだった。顎のしっかりとした長方形の輪郭。両眼は小さく、色が薄い。眼窩《がんか》の上部に、まるでひさしのごとく張り出した額のせいで、この部屋の照明では、目のあたりに影ができがちで、そのせいもあって、時折どこを見ているのかよくわからなくなる。六十代に入ったばかりだろうか。国民なら知っていて当たり前のことが、どうも桑名の頭には、なかなか入らない。むかしから。

周りをばたばたと走り回っていた者は、護衛官だった。どうやら将軍の意を汲んで、拷問士に指示して、部屋の換気をどうにかさせたようだ。ドアを開けたぐらいかもしれないが、それでも、どこかから涼やかな風が多少は流れてきて、桑名の頰を撫でていく。

彼が勘定できた護衛官は、計四名だった。全員が黒い毛皮製の烏帽子《えぼし》調の高帽子、つまり近衛兵の正装をしている。銃剣を装着したサイカM7に加え、腰には刀を大小二本差し。男と女が、きっちり半数ずつ。比較すると、女のほうがごつい。そして秘書官なのか、燕尾服《えんびふく》姿の初老の男と、黒いスーツ姿の三十代初めぐらいの女がいる。これに加えて、驚いたことに、裃《かみしも》姿の老人がひとりいる。白くなった髪を髷に結い、月代《さかやき》はきれいに剃り上げている。腰に差した脇差の拵《こしらえ》まで完璧で、まるで時代劇の登場人物だ。

これら将軍のお付きの者以外の全員は、地べたに平伏している。桑名はもちろん、台に固定されているので、土下座はできない。寝たままで首だけ巡らせている。

家宣将軍は、部屋を見回しながら、ううーん、ふうーん、と、やはり甲高い声で、なにやら感嘆している様子。裃の老人に耳打ちされて、答える。

「うん、そうそう。僕は――いや、余はねえ、ここ来たの初めてだから」

ほほう、と裃老人が反応する。そうでしたかー、と。

「そうなのよ。だって、部屋すっごく多いんだもん。行ったことないとこ、ばっかりよ。じいやも意地悪するしさあ」

「わたくしが、意地悪と?」

どうやら、じいやとは裃老人の愛称であるようだ。

「うんうん、あれしろ、これしろ、これはダメ。あれはもっとダメ。もうねえ、毎日たいっへんなのよ、僕――いや余はね」

なにかありがたい話でも聞いているかのように、取り巻きの連中はじっとしている。かすかにうなずいている護衛官もいる。若いほうの秘書官だけは、ひっきりなしにメモを走らせている。将軍の言葉を、一字一句間違いなく記録しているのだろう。

ここで将軍は、まるで初めて気づいたかのように、桑名のほうを振り返る。あられもない格好で、台の上で血やそのほかの体液を流しっぱなしにしている、彼を見やる。

「で、これが、その者なの？」

将軍の質問に、そのようですが、と応えた裃老人は、這いつくばっている連中に声をかける。将軍と会話しているときとは、トーンがまったく違う、張りのある強い声だ。

「ここの責任者は、どの者なのか？」

わ、私でございます、と時実が返事する。おそらく頭を下げたままなのだろう、声がくぐもっている。

「あ、そこの人？　面《おもて》を上げて。苦しゅうない。上げなさい」

との将軍の言葉に、時実のあたりから、感極まったような声が上がる。

「ははあっ！」

吐息と混じった、官能的とも言える声だ。桑名が横目で見てみると、たしかに、上半身を起こした時実の顔は、ほんのり上気している。まるで恋する女学生みたいに、頬がかすかに赤くなり、目がうるんでいる。

「時実登志江同心長でございますっ！　警視庁防犯局は風俗管理部、第四風紀課課長を拝命し、日々これ、首都の治安維持のために粉骨砕身──」

「ああ、いいから、いいから」

裃老人が、時実の腰を折る。えーと、これが例の、と言いながら、携帯電話のディスプレイを見ている。

「例の、桑名十四郎なんですかね？」

ははい、そうでございます、と時実は答える。裃老人はうなずくと、将軍に向き直って言う。

「そのようでございます」

なんじゃそりゃ。俺に直接訊けばいいじゃねえか、と桑名は鼻白む。その彼のところに、裃老人が小走りで寄ってくる。彼が手招きすると、拷問士が猿ぐつわを外す。そして老人は小声で、噛んで含めるように桑名に言う。

「ではこれから、上様が、そのほうに質問いたしますゆえ」

「……はあ」

「くれぐれも、粗相のないように。礼儀正しく！　品よく！　正直に！　答えるのですぞお？　わかりましたかっ!!」

なに言ってやがんだよ、このじいさん、と思いながらも桑名は、

「わかってますよ」

とだけ答える。舌を切ってしまったので、すごく話しにくいのだが。

そして将軍が、寝っ転がったままの桑名の、頭の側のすぐ近くにまで歩いてくる。

将軍の質問とは、ホセのことだった。最初に聞かれたのは、これだ。

「その者は、ホセなる者は、似ていたか？　余に？」

　さあ、どうしたものか、と桑名は一瞬迷う。しかしこの場合は、相手が期待していることを言っておいたほうが無難だと判断する。家宣将軍のつぶらな瞳が、興味と期待で爛々と輝いているのを見てとったからだ。

「ええ、すこしだけ。目かな。その目の感じ、まっすぐに見ているときの感じが似ていた――と、思います」

「そおかあ、目かあ！」

　将軍は上機嫌となる。

「これはねえ、伝統らしいんだよなあ。色とね、視線らしいんだな。そこに特徴があると言われていて。遺伝的には、どうもこれ、お始祖様由来じゃないようなんだけどね。でもそのホセくん、遠くても、そこは似るんだなあ！　余から見ると、かなり遠い傍系血族なのに。途中の養子縁組を無視しても九親等ぶんぐらいは離れているんだけど」

　ここで祚老人が合いの手を入れる。

「ほほう、そんなになりますか。お詳しいですなあ」

「当たり前よお」

　将軍は嬉しそうに言う。

「お家を率いる立場、宗家を継いだ余だからね。そこはね、すぐにわかる。計算できる。ホセくんはね、慶喜公、余からすると義理の高祖父なんだけど、そこから数えると彼は来孫《らいそん》だ。余から見ると、曾祖伯父の玄孫《やしゃご》だね。余のひいお爺さん、田安徳川家から宗家に入った家達公からすると、義理の兄にあたるのが慶喜公のご長男の啓治公だから。さらにホセくんは、お始祖様の子である、水戸徳川家の祖である頼房公から数えれば十五代目だ。そこのところ、余は、お始祖様の曾孫である八代将軍吉宗公の子、田安徳川家の祖、宗武公から数えて十代目。そして十六代将軍である家達公から家正公、父上の家頼公ときて、余が十九代将軍となるわけだ」

驚きをもって、桑名は将軍の話を聞いている。こんなことを、すらすらと暗誦《あんしょう》できるほど把握している人間がいるなんて、想像したこともなかった。暗誦できるほど、こんなことに価値を感じているとは。いや、こんなことのほかには、おそらく、とくになにも考えることがないという、そんな立場が世にあることについても、とても驚いた。

そして桑名は自分の先祖について、知っているかぎり思い出そうとした。しかし考えてみるまでもなく、会ったことのある祖父の代で終わりだった。それ以前に、だれが何人いたのか、生きていたのか、まったくわかっていない。想像したこともない。なるほど、だから時実は俺を路傍の雑種犬あつかいしたのかと実感する。

「それで、十六代目なんだけど」

突然に将軍にそう言われて、桑名は話が見えず、きょとんとする。すかさず裃老人が彼に耳打ちする。

「だーかーらー、ホセ某の、お子ですよ。子！」

「ああ。イチタローか」

「イチタローっ！」

将軍が強く反応する。

「そおかあ、そおかあ。日本式の名前を付けたのかあ。うーん、いいよなあ」

「はあ」

「それで、その子は、どこにいる?」

なるほど、と桑名は納得する。将軍の言葉に納得したわけではない。運命に、納得した。

桑名は、自分の目の前に垂らされた、一本のか細い蜘蛛の糸を視認した。いまだ使命が残っていたことを、そこから知る。いまが死ぬときではないことも。まだイチタローたちを、彼が関わってしまった人々を、守る術があったことも。

「えーと、それなんですが」

桑名は、もったいぶって話し始める。

「じつは、とあるところに隠れてもらっていまして。母子ともども。場所を知っているのは、俺――私だけなんですが。ちょっとまあ、いろいろあったもので」

ふふん、と鼻を鳴らした将軍は、意外にも、

「そうらしいねえ。大変だったそうだよねえ」

と応じる。


ここまでの経緯を、裃老人が手短に桑名に説明してくれる。いわく、ホセの一件は、ついこのあいだ、将軍の耳に入ったこと。幕調にあるいくつかの部局、時実につながっていない部局から、この一件についてのご注進が裃老人に上がってきたのは、じゆうの城が落ちたあとだった。そこから彼が大急ぎで内容を吟味し、将軍の耳に入れるべきと判断して、伝えた。そしてようやく本日、桑名が地下

牢にいることを老人が知る。これを報告された将軍が強い関心を示して、ここにあらわれることになった——そうだ。

桑名は想像する。おそらくは、幕調内部の権力闘争や出世競争なんかと関わりがあるんだろう。時実の「上司」とやらは、この一件を、あまりにも強引に進め過ぎていた。だから揚げ足を取ることができたなら、対抗馬の利益になる可能性は、かなり高い。だったら、やらないほうがどうかしている。勝負を分けるのは、まさに「玉《ぎょく》」を、どっちが取るかだ。つまり将軍の耳にさえ入れれば——これほどの血筋マニアなのだから——きっと密告側の有利にことが運ぶに違いない。そんな計算が、どこかで働いたのだろう。

もしかしたら、あの財務省主税局の課長——だということになっている——桐山が役に立ったのかもしれない。彼本人が対抗馬でなくとも、恩を売りたいだれかが、時実の上司と対立する立場の者だった、のかもしれない——いずれにせよ、桑名という蟻が開けた一穴は、どうやらここのところまで、突き抜けてはいたようだ。

ならば、と、さらに桑名は将軍に畳み掛ける。

「さっきも、そこの時実さんに言ってたんですけどね。母子を逃した、隠れさせたのは私なんだけど、いまは、どこにいるのかわからない。知らない。ここから出られれば、すぐに居場所はわかるんですが。だから私がここで、このまま死んじまったら、どうにも伝えようがない。そちらさんが会いたがっても——」

こんな場合、将軍に「そちらさん」と呼びかけるのが妥当なのか。礼儀として、それはどうなのか。桑名にはよくわかっていない。

「まあ会いたくても、会わせられないわけです。それができるのは、私だけ。私が生きていて、自由に行動できてこそ、初めて可能になる」

「なあるほど」

納得したのか、将軍は時実のほうを向き直り、そっちに質問する。

「で、どうするのこの者？　このままここで、処分しちゃうの？」

時実は、ものの見事に困った様子で、口ごもる。えーと、いやあ、その、と逡巡しているところに、袮老人がまた走っていく。そして耳打ちする。時実と老人のあいだで、小声のやりとりが続く。

そんななか、将軍が桑名に訊く。ささやき声で。

「どうなの、それ。痛い？」

「あー、これっすか」

「うん。見てるぶんには、ひどいからさ」

「まあ、本式の拷問ですからね。プロが時間かけて、念入りにやりまくった。だから痛いですね、かなり」

「うー嫌だ嫌だ。見てるだけで、足の裏がこちょばくなるよねえ。臭いし！」

すんません、となぜか桑名が詫びる。徐々に将軍の機嫌が悪くなってくることがわかる。こんな光景は見たくなかった、こんな場にはそもそもいたくないんだ、という態度が、どんどん強くなってくる。焦《じ》れた彼は、時実のほうに向かって怒鳴る。

「まだあ!?　なんでそんな時間かかるのよお。余を待たせるつもりなのかなあ？」

すっすみません、と時実が震え上がる。それをきっかけに、袮老人が押し切ったというところなのだろう。彼が将軍の元にやって来て、報告する。

「この者ですが、割腹《かっぷく》を希望していたそうなのですが」

「ふむ」

ちょっと待てよ、希望してねえよと桑名は割って入ろうとする。それを裃老人が片手で制して、続ける。

「しかし上様のご厚情をありがたく拝領いたしまして、罪一等を減じ、所払いに転じることに。この者、九州は福岡の出なのですが、そこの親元にGPS足輪付きで蟄居《ちっきょ》させました上、士分を剝奪、残りの人生すべて反省の日々を送らせるということに相成りました。警察官としては懲戒免職。東京どころか、二度と関州には立ち入れぬよう措置を取りまして、終幕とするものと」

「ふむ」

「このあいだからの、蒲田事件や青山事件については、嫌疑不十分につき、ひとまずはこの者を取り調べせず、しかし引き続き捜査は進めていく、と、こうなるそうです」

「なるほど、わかった。苦しゅうない。そーれーで、は――」

ここで将軍が、唐突に腰を落とし、両膝を開いて四股立《しこだ》ちする。まるで歌舞伎役者のように左右に腕を広げ、手指を開き切った上で両の手首をゆらりゆらり。そして、よよいのよい。大見得を切ってから、言う。

「……こおぉれぇにぃてぇぇー、一件落着っ！」

ＴＶ時代劇の、お奉行の物真似だったのかもしれない。しかしこれを笑っていいものか、どうなのか、お付きの者たちのあいだに居心地の悪い沈黙だけが流れる。

しかし将軍は、下々《しもじも》の反応など一向に気にしていない。くるりと桑名に向き直ると、また表情が変わっている。期待で目が輝いている。

「ではでは、余はいつ、そのイチタローに会えるのかな？」

できるかぎり安全そうな答えを、桑名は口にする。

「まずは、様子を確認します。本当に安全なのか、どうか。母子の安全が確保できそうなのか、どうか。それから段取りを詰めていきますので……順調にいけば、ここ一、二ヶ月のうちには、なんとか。そう思いますが」

将軍は微妙な顔をしている。なんだ、そんなに待たせるのかよ、という顔か。だから桑名は取り繕う。

「まあ、もっと早くなるかもしれませんが」

「ちぇぇーっ、しょーがないなあ！　もうー」

まるで駄々っ子のような将軍のつぶやきを、周囲の者全員がやり過ごす。聞かないふりをして、あらぬ方角へ目を泳がせている。

構わず将軍は、ひとり語りを始める。

「余はねえ、子供、大好きなんだよなー。九人もいるんだぞ！　ちょっとしたもんだろう、いまどき。家斉公は五十三人も作ったけど、あの時代、大奥あったからね。そのほうは、子はおるのか？」

「いや、いません。妻にも逃げられちまって」

との桑名の答えを、将軍は聞き流す。自分の話だけを続ける。

「子供は、いいもんだぞお。余はね、子供こそが国の未来だと、思うんだよなあ！」

さも自分が思いついたかのように、当たり前のことを彼は言う。

「君主はね、将軍は、父なるものなんだよ。慈父。国民みんなのことを、つねに思いやる、みんなのお父さん！」

ちらりと将軍は、女性秘書官のほうを見やる。彼女がしっかり速記しているのを確認してから、満足そうにうなずく。

「ホセくんも、その子も、みんな余の子供だ。死せる者も、悪行なした者も、無垢な赤子も、みんな等しく。日の本の天下にあるすべての者はね、暖かく、慈しみ深い、余という太陽のもとに庇護されておるのだよ」

それからふと思い出したように、将軍は桑名に訊く。

「そうそう、そのイチタローも、余に似ているか？　目のあたりとか」

「あー。まあ、わりと」

と答えて、しかし桑名は、一度だけ見たあの幼児の姿を思い出して、付け加える。

「でも一番似ているのは、グローグー、ベイビー・ヨーダかもしれない」

大きなひさしの上にある将軍の眉がゆがむ。どうやら、例がわからないらしい。裃老人が彼に耳打ちする。

「ああ、なるほど！　余はまだ、そっち観てないんだよな。『ザ・クラウン』観始めたばかりだからね。あれ、一般的には世に出てないスペシャル・エディションがあるんだけど、知らないでしょう？」

ええ、知りませんねと桑名は正直に言う。

「だろお？　世界のね、王族、皇族しか観られない、特別版があるのよね。余は王族じゃないけどさ、でも似たようなものだから。勉強になるね、すごく。立憲君主制における国家元首とはいかなるものか、とかね。いや立派なものだ、あのドラマ」

祚老人だけではなく、お付きの者のほとんど全員が、うん、うん、とうなずいている。ただ時実だけは、ものの見事に硬直していた。将軍に謁見し、言葉まで交わした興奮と感動と同時に、すべての計画の瓦解、つまりホセ事件の隠蔽およびイチタロー抹殺の失敗をいまだ咀嚼《そしやく》しきれず、ラヴレターをポケットに入れたまま目当ての男子の前で立ちすくむ女学生のごとく、膝立ちしたままで固まっていた。

5

結局のところ、桑名が江戸城を出立するまで、それから二十五日を要した。将軍のひと声のもと拷問台での拘束は解かれたものの、彼の体調が、すぐに福岡まで移動させられるようなものではなかったからだ。まずは痛めつけられた箇所への処置が必要だった。そこで桑名は、江戸城内にある医療施設のひとつにて、入院加療した。これも地下にあった。

時実は、病室にいる桑名を一度だけ訪問した。

「わかっているな」

と彼女は言った。横になったままの桑名の、耳元にささやくように。

お前の一族郎党全員の個人データは完全にこっちにある、だからなにかあったら「わかっているな」ということらしい。ホセの子供を上様に引き合わせたあとは、てめえ、首に気をつけていろよ、とか――。

「蟄居して、静かに口を閉ざしていろ。もしここまでに知り得た秘密をすこしでも漏らしたならば、すぐに消してやる。あんたと、あんたの大事な者たち全員を。いいな？　一生だ。一生涯、いつでも自分は簡単に消されるのだと承知して、家でも外でも、日没後は背後に怯えながら残りの日々を静かに過ごせ。わかったな？」

つまるところ、時実の主張を要約すると、自分の身を守りたい、ということにつきるのだろうと桑名は理解した。

地下牢での将軍の突然の介入は、事態のすべてを沈静化させた。桑名の首は――いや、腹は――かろうじてつながったのだが、同時にまた、時実や彼女の「上司」たちのこれまでの暗躍もまた、基本的にすべて不問とされた。まるで喧嘩両成敗であるかのように、曖昧に「一件落着」とされてしまった。そうなるしか、なかったからだ。

これはよくある話だった。「玉」が、将軍が動いただけで、その件は「沙汰やみ」となるほかなくなる、というメカニズムだ。衝突し、しのぎあっていたすべての勢力、なにもかもがそこで止揚する。

日本の征夷大将軍もまた、表向きは、範としたイギリス同様に「君臨すれども統治せず」を旨とする、立憲民主主義国家の元首だった。ゆえに、たとえば将軍が政治問題に関してなんらかの意志を示すことは、憲法上、一切許容されてはいなかった。しかしまた一方で、いかなる政治勢力であろうが

「将軍の意志」に影響を与えることは、絶対的な禁忌ともされていた。そしてこの大前提のなかにおいてもなお、将軍が、幕閣が、圧倒的な「力」を保持し続けていることが、日本独自の奇妙なる「実情」だった。

こうなった理由は、諸外国から軍事独裁国家呼ばわりされるほどの、隠然たる「裏」の力が、幕閣内に温存されていたからだ。ひとつ、幕調による秘密の諜報ネットワークが、政府どころか、国民の隅々までを監視下に置いていたことが大きい。そして幕調を含む、幕閣中枢すべてを統括する、圧倒的な権力をただひとりで保持しているのが、「玉」である将軍にほかならなかった。

それゆえに議院内閣制の「表の政府」の上部に――いや政府の外周三六〇度すべてを取り囲む卵殻のように――言うなれば「影の政府」のごときものがこの国にはあって、その頂点にはただひとり、将軍だけが君臨していた。ゆえに真なるこの最高権力に頭《こうべ》を垂れ、直接的に使役されることを望む者は少なくなく、彼らは自らを最上級のエリートと規定した。「一般の」国民、つまり大多数の百姓上がりとは混じり合うことのない、上位階層国民としての自意識を抱いたのだ。

この意識が、権力への盲目的な忠誠心となって、幕閣から同心円状に広がり、政府の内外や財界はもちろん、貴族階級や資産家のほぼ全員にまで至る「もうひとつの国家」を形成していた。たかが選挙権を持つだけの平民ごときには、一生涯決して窺い知ることなどできはしない、この巨大なる秘密結社めいたものが、日本国そのものを乗っ取って、完全に支配し切っていた。この同心円の中心域にあるということが、「幕府」の真の意味および価値だった。四百年を超えて続く徳川幕府が幕府たるゆえんは、ここにこそあった。

ゆえに、ときに、将軍の「意志」が、すべての法律を超えて、憲法すらもはるかに超えて、国家そのものを揺り動かした。とはいえ表向きは、日常的には、憲法に基づいて、国会で決議された結果をつねに「承認」するだけの立場でしかない。だからこの二重性が「将軍の顔色を窺う者ども」のあいだにおいて、つねに熾烈なる権力闘争を生み出すことにもつながっていた。言うなれば「玉と実」の狭間にて、今回の件のすべては、溶け込んで消えてなくなってしまったのだ。司法の網には、決してかからぬほどの大きさにまで。

ゆえに時実は、桑名には、静かに消えていてほしかった。蒸し返してほしくなかった。立件されたくない。責を問われないようにしたい。自分自身はもちろん、自らがこれまで指示を受けてきた、幕調の一派閥についても。この体制を守って、崩壊せぬようにしたい。

そのような意志のもと、彼女は桑名を脅しにきたのだった。

もっとも桑名は、途中から寝たふりをしていたのだが。少なくとも、いまこの場でだけは彼女をやりすごしておこうとして。

二十六日目、桑名は車椅子に乗って病室を出た。肛門そのほかからの出血が完全には止まっていないので、大人用のオムツを着けさせられているのが恥ずかしかった。しかし抗《あらが》うほどの気力は、まだ戻っていなかった。

オムツの上には、バレンシアガとは似ても似つかない、トラックスーツを着せられていた。しみったれた薄いグレーの上下で、背中にはデザインされた書体で大きく「EDOJO」とプリントされていた。イドゥージョではなく、これはきっとエドジョーだったから、お濠端の土産物店であつかっている商品の売れ残りだったのかもしれない。

実際問題、黒塗りのリンカーンで竹橋門から出ていくときに、修学旅行生を乗せた観光バス数台と、お濠沿いの道路ですれ違った。関西と東北から、それぞれやって来たバスだった。そこに至る直前、地下駐車場からクルマが出ていくときに、桑名もおのぼりさんめいたことをした。せっかくだから、と車中から窓越しにお城を見上げてみたのだ。しかし視野が限定されているせいもあって、あまり上のほうまではよく見えなかった。間近で見る江戸城がどんな具合になっているのかは、結局のところよくわからなかった。

ふたつの城のあいだで、俺は右往左往していたんだなあ、とこのとき桑名は実感した。大き過ぎて全貌もよくわからないこの城と、青山のあの城だ。俺が動けば動くほど、事態はこじれていって、ひとつの城が、弱いほうのやつが落ちた。手作りの、ぼろっちくも「じゆう」と友愛に満ちていたはずの、あの場所が。そして最後に、俺はたったひとりで、城があったこの街からも追われていくんだな、と。

羽田空港に着いたあと、三人の男に出迎えられた桑名は、荷物みたいに受け渡される。受け取った側のひとりは、まだ顔に包帯が残る菩流土だった。ターミナル・ビルのなかで車椅子を畳み、そこからは菩流土ともうひとりに両側から支えられつつ、桑名は歩いていった。東京も見納めだから、なにか土産でも買っていくか、と、もうひとりの男に訊かれた。いいや結構だと桑名は答える。気乗りがしない。あんな家族に、くれてやるものはないし。どうせ帰ったら、あることないこと言われたあげく、言い返して、険悪な雰囲気になるのが関の山だ。いつもそうなるのだから。

そして菩流土が、飛行機に同乗して桑名を福岡まで送り届けるのだという。ほかの連中は、展望デッキでお見送り。きっと動画でも撮って、報告書に添えるのだろう。

桑名たちが搭乗する便は、新興の航空会社サクラ・エアラインの国内線だった。尾翼に大きく、図案化したサクラの花が描かれている。チェックインが遅かったせいで、得をした。オーヴァーブッキングだったようで、エコノミーからビジネス・プラスに無償格上げされる。

サクラ航空の創業者である、武蘭惣一郎《ぶらんそういちろう》は立志伝中の人物だ。上位中流層の家庭に生まれながらも、次々にビジネスを成功させていく。最初は韓国からのレコード輸入業で当てて、次に琉球歌謡を欧米に紹介し、そこで得た資金で、なんと航空会社を立ち上げて成功する。充実したサーヴィスとポップなイメージで、一躍人気エアラインとなった。国内線においても、人気の秘訣は十分に生かされていた。

そのひとつを、桑名は目《ま》の当たりにする。

ビジネス・プラスなのに、座席に剣立てがついているのだ。ポリス・カーについているのと、ほとんど同じ仕様のやつが、背もたれの端にある。二席ずつの並びだから、右側の席ならば右端に、左側の席ならば左端に、これがある。ちょうど背もたれに沿って刀を固定できるように、配置されている。日系航空会社のファースト・クラスには、座席に剣立てがついているという話を、桑名は耳にしたことがあった。見たのは、もちろん初めてだ。サクラ航空の武蘭惣だからこその、充実したサーヴィスというものなのだろう。

菩流土が面白がって、剣立ての金具をかちゃかちゃやっている。

「へえぇー。こんなの、ついてるんすねえ。だーれが使うんだろ。いまどき、国内線乗るのに帯刀しているなんて、どんな人なんだ？」

自分の目が潤んでいることに、桑名は気づく。がらがらに空《す》いたビジネス・プラスの、やはり空席の前の座席の、空っぽの剣立てを見ているうちに、泣けてきたようだ。あるいは、菩流土の軽薄な声を聞いているうちに。

俺の刀は、もう、戻ってはこないんだよな、と桑名は思う。

大叔父の、あの戦場刀。半蔵門で一瞬この手に戻ってきたあの一刀は、時実たちに——いや、警視庁に——取り上げられたままだ。もともとは私物なれど、自分の拳銃とともに、登録して公務に使用していた。しかしいまは、失職どころか、士分も剝奪されようとしている。だから、もう、あの刀は、俺の手元には……。

「あれえ、どうしたんですかあ？　どっか痛いっすかあ？」

と菩流土が覗き込んでくるので、桑名は、なんでもないと言って座席に座り直す。機首に向かって左側、窓際の席が菩流土で、桑名は右の通路側の席に着く。備え付けのタブレット端末を取り上げて、ヘッドフォンで音楽でも聴いてみようと思う。

「——もうすぐお昼！　でーもその前に、ちょっとひと呼吸、入れてみませんかあ？　午前中の締めくくり。香りのいいコーヒー片手に、妙なる音楽をお供に、あなたの新たなる一日を——」

「あなたの新たなる一日を応援するのは」

思わず桑名の口が動く。

えっ、なんか言いましたかと菩流土が訊いてくるのだが、無視する。タブレットから、ネットワーク経由でＦＭの生放送を拾っているようだ。

毎日聴いていたから、桑名はもう、口上を覚えている。あなたの一日を応援するのは、ＤＪの安西ゆかり。トーキョー・シティ・エフエムの、午前中最後の三十分間を、月金の五日間埋めている帯番組〈きまぐれヌーンまえ〉だ。

そうか、彼女は番組に復帰したのか、と桑名は知る。こっちが気後《きおく》れしてしまうような明るい口調も、復活している。あの事件当日に電話で話したときとは、全然違う。

ジングルのあと、一曲あって、安西の喋りが戻ってくる。なんでも、番組の枠自体はずっとあったのだけれども、事件以来、彼女は外れていたそうだ。そしてようやく復帰したのが、四日前なのだという。

「それでー、次の曲——なんですけれど、も。あれれ？　ブースの外でディレクターが、やめろやめろと手を振っていまーす！　なによぉ、失礼ねえ？　みなさんは、もうおわかりですよね？　はあい、今日も安西は、あの曲をかけまあす！　四日連続。ステーション記録ですよね？　違いますか？　あ、わかりませんか。まあいいや！　私、この曲をまたかけたいんですよ。きっとどこかで、聴いてくれていると思うから。あの刑事さんが」

ラジオがまた、俺を呼んだ。桑名はそう思った。

「報道で、いろいろあったじゃないですか。あのあと。それで、行方不明だってニュースもありました……………あー、ダメダメ。あんまり黙ってると、放送事故になっちゃいますから。だからかけますね！　私は、救われたんですよ！　ものすごぉぉぉく、怖かった。助けてほしかった。『もう死んじゃうのかな』とか思ったり……でもでも！　勇気ある刑事さんの活躍で、いまここにいられる。ありがとう！　だから感謝の気持ちを込めて——まあそのわりには暗い、変な曲なんですけども。いつも、いつでも私は、私たちは刑事さんのことを見ています、忘れていませんよ、という意味で——」

そして彼女は、エルヴィス・コステロのナンバー「ウォッチング・ザ・ディテクティヴス」をかけた。パンキッシュな暗いレゲエ調の曲で、シュールな歌詞、シニカルなトーンの、七七年製のニューウェイヴ・ロック・ソングだ。TVのフィルム・ノワール調のドラマに登場しているディテクティヴス——刑事、もしくは探偵——を観ている女性が描写されている。こんなふうに。

「彼女はディテクティヴスを観ている。うー、彼ってすっごいキュート。ディテクティヴスは撃って、撃って、撃って、撃って、ぶん殴る、泣き出すまで。でも怪我ひとつさせられない。ハートがないから」

安西ゆかりの言葉を、桑名は咀嚼する。そしてようやく完璧に、目が覚める。そうか、ラジオの向こうには、あの事件のことを、あのときの俺のことを憶えててくれた人もいたのか、と。陰鬱で不穏な、これで四日連続だという、コステロの古い歌を聴きながら。

呼ばれたのなら、応えてみよう。

ひとつ思いついた桑名は、タブレットを操作してみる。FM番組を終えて、映画を探す。機内には、まもなく離陸するというアナウンスが流れてくる。だから時間はない。しかし逆に言うと、タイミング的には、ここしかないかもしれない。

桑名は、左側の菩流土に話しかけてみる。窓際の席に座っていた彼も、ヘッドフォンをして外を見ていた。だから桑名に聞き返す。なにか言いましたっけ、と。

「ああ。お前って、ターミネーターみたいだよなって言ったんだよ。不死身だから」

「へえ。そうすか」

「でも、若いから知らないよな？　映画の『ターミネーター』なんて」

「知ってますよ、それぐらい。シュワちゃん、シュワルツェネッガーだって、だれでも知ってるでしょ。アメリカの大物俳優で、政治家になったんでしたっけ？」

「いや、ジェシー・ヴェンチュラってプロレスラー兼俳優に負けて、州知事にはなれなかったんだけれども。でもさあ、絶対に、この映画は知らないよな？　『コマンドー』なんて」

「うーんと……うん、それはどうかな。観たことない、かな」

「八五年の映画で、まあ大馬鹿なアクション映画なんだが、シュワルツェネッガーが無茶苦茶強い。ターミネーターでもないのに、島ひとつぶんの部隊をひとりで壊滅させるんだ。面白いぞ。ほら、観てみろ」

そう言いつつ桑名は、自分が左手に持つタブレットを、菩流土の顔の前に差し出してやる。軽く前かがみになりながら、菩流土は画面に見入る。

「へぇえー。あっ、すっごい筋肉。こりゃやり過ぎだあ」

「お前より、打ってるよな」

「そりゃ確実に」

話しているうちに、機体は動き始める。キャビン・アテンダントが通路を歩きつつ、シートベルトの装着などを確認していく。そこで桑名は、先を急ぐ。

「ちょっと進めてみよう。ここがいいんだよ。二十分過ぎなんだが。シュワルツェネッガーが、飛行機に乗る。とてもファースト・クラスには見えないけど、まあファーストらしい。ＣＡがそう言う」

菩流土は、画面を観ている。相変わらず、かがみ込んでいる。コステロの歌のなかで、ＴＶのノワール刑事ドラマを観ている女性みたいに、ただ流れる映像だけを、追っている。八五年のシュワルツェネッガー、ここでの役名ジョン・メイトリクスが、彼を拘束した集団の、監視役の男とともに席に着く。いまの菩流土と桑名のように、監視役が窓側、メイトリクスが通路側だ。そしてメイトリクスがＣＡにブランケットを所望して――。

「ここだ」

桑名が言ったところで、メイトリクスが監視役の顔に肘打ちを一撃。不意打ちだ。その一発で昏倒した彼の顔を帽子で隠し、胸元にはブランケットをかけて、眠っているかのように装う。

「なあるほど」

と応じた菩流土に、じゃあそういうことで、と桑名は言う。

「へっ？」

菩流土は顔を上げて、桑名のほうを見る。だから首元が、無防備になる。

「悪いな」

と言うなり桑名は、腰から上を一気に回転させる。時計とは逆方向の回転。左手で支え持っていたタブレットの上端に、掌底の要領で右の手の平を叩きつけ、そのまま打ち抜く。だからタブレットの側面が、手刀のように菩流土の喉仏すぐ下にめり込む。眼球が飛び出しそうなほど菩流土は目を見開く。次に彼の眉と眉のあいだの急所、印堂にも、桑名はメイトリクスのように左肘を入れる。そうやって菩流土の顎を上げておいたところで、いまは右手で握っているタブレットを、一撃、二撃、三撃、と喉に打ち込む。鼻と口から血を噴き出して、ぶるぶるっと震えたあと、菩流土は動かなくなる。

ここまで、ＣＡやほかの客には目撃されなかったようだ。だから映画よろしく、菩流土には顔までブランケットをかけておく。タブレットも、彼の膝の上に置いておいてやる。立ち上がった桑名は、やはり映画のように行動する。貨物室に降りていくエレヴェーターがあれば——途中、CAに制止されそうになる。離陸態勢に入っているんだから、当然だ。映画では、なんて言うんだったか？　とりあえず桑名は、おしっこなんです、と言うことにする。オムツが汚れちゃって、とも付け加える。

エレヴェーターは、あった。身体を押し込んで、機体下部の貨物室に。さっきのCAが騒いでいるような声が聞こえるが、きっと気のせいだ。よろけながら、荷物をかきわけて、ドアを開け閉め、壁状に空間を仕切っている覆いを破ってどけて——たしかにそこに、前輪があった。着陸装置、ランディング・ギアの、一番前に位置するやつ。機首の下についているやつだ。これがまだ外に出しっぱなしのまま、開口部から桑名の全身に向けて、ものすごい勢いで風がぶつかってくる。そして前輪はすでに、地上を離れている！　猛速度で後方へと吹っ飛んでいく滑走路から浮かんで、ぐんぐん上昇していこうとしている。

ひるんではいけない。きっと映画みたいに、大丈夫なはずだ、と桑名は自分に言い聞かせる。この速度でアスファルトの上に落ちたら、一瞬でめちゃめちゃだ。だから水の上に、羽田の海に——と思ったのだが、そこでふと彼の脳裏をひとつの疑念がよぎる。

「ある程度の高さを超えると、水面はコンクリートと同じ硬さとなる」

たしかそんなの、あったはずだよな。あれは一体、何メートルだったか。もうやばい高さなのか、どうなのか。速度も影響するんじゃないか。そんなことを考えているうちに、どんどん上昇していくじゃないか。しかもまだ、眼下に海が見えてこない！

だけど、このままで終われるかよ。落とし前、つけなきゃならないんだ。風のなかで、桑名はひとりごちる。

そして、ええいままよ、と心を決める。ようやく見えてきた、すぐそこにある、羽田の海の、セイタカヨシの群生があるあたり目がけて、運を天に任せ、彼は身を躍らせる。

章の九：警察のお仕事ってやつだ

～赤松の渡り廊下の決闘、勝負の手品～

1

　東京都千代田区麹町の麹町学園は区立の小中一貫校なれど、その立地ゆえ、日本の他地域の公立学校とは比ぶべくもない、選《え》りすぐりの、良家の子弟のみが集っていた。対象となる学区が、外濠の内側だけだったからだ。徐々に開放されつつあるとはいえ、平民にはきわめて越えづらい障壁によって守られた聖域に住まう子供のみが、ここに通うことを許された。御目見《おめみえ》以上の家格の家の子しか入学を許可されない湯島院大学付属の小中学校が貴族社会の代名詞である一方で、麹町学園は、次代の日本を背負って立つ、壮健にして聡明な子女を多数輩出する名門校として、広く世に知られていた。東京将国大学に、どこよりも多くの学生を供給しているのがこの学園だった。

　だから加賀爪忠直は、この日、緊張のなかで登壇を終えようとしていた。麹町学園小学部、六月初頭の、つまり学年最後の保護者参観日に恒例の「お仕事のお話」をするひとりに選ばれていたからだ。

子供たちの前で、教壇に立って、喋る。警視庁、いや警察機構の社会的役割について。そこで働く、警察官の喜びや日々の労苦について。自分自身の職務内容――については、曖昧ににごすほかなかったのだが、ともあれ、未来ある子供たちの興味を喚起しつつ、できるかぎり平明に、かつ教育的な内容となるよう、心を砕いた。二日前から、メモパッドに草稿を下書きしては、妻の明子《あきこ》の前で練習した。

二番目の妻である彼女が二十歳も年下だったため、末の息子の直久《なおひさ》は、まだ小学二年生だった。前の妻と、そのあいだに出来た数人はさて置いて、明子とこの直久には、目の中に入れても痛くないと実感できる愛着を忠直は感じていた。つまり、執着していた。出世して、この妻とこの子を得て、外濠の内側に戸建の家を持ち、その上での麴町学園なのだ。ゆえに今日のこの晴れ舞台で、いいところを見せなければならない。「さむらい」たる者の子孫、その血が脈々と流れる、日の本の警察官の英気や清浄を――子供たちが、引いてしまわない程度に、やさしく――話さねばならないのだ、と。

「……というわけで、ここまでの私の話は、みんな、わかったかな？　警察とはね、要するに、社会におけるお父さんなんですよ。みんなもおうちに、お父さん、いるよね？　いない人は、まあ、いると仮定して考えればいいんです。つまり私が言いたいのは、お父さんが、家を守る！　お母さんや子供たち、お爺さんもお婆さんも守る。そこで法と秩序なんです。この日の本が、幾度も戦火をくぐり抜けながらも、今日このように発展しているのは、我々みんなの父なる征夷大将軍様を頂点に戴いた『家』があるからなんです。

幕府も、警察も、軍も、学校も、全部みんな『家』。ひとつひとつの家とはね、お城なんですよ。この近くのお濠の向こうに、ありますよね。あの大きな大きな、堅牢なお城。日本は『家』という名のお城で成り立っている、それはそれは完璧な世界なんですよ。だからお父さんは、法の代行者として、家の者を監視し、外からの闖入者《ちんにゅうしゃ》やら秩序紊乱《びんらん》者を特定しては排除して、日々の平和をしっかり管理しているわけです。みんなも、お父さんの言うこと、守らなきゃいけませんよ？　そしてお家のため、お城という体制の維持のために命を賭けるのが、さむらいの道なんです。みんなもね、さむらいにならねばならない。この日本を、いや世界を背負っていく明日のエリートとして！」

この加賀爪の様子を、教室の後方から時実登志江が仰ぎ見ていた。あたかも、まぶしいものを直視しているかのように、目を細めんばかりにして。

こんなことを考えては、時実は興奮を憶えていた。あのタダちゃんが、これほど立派になって。直久だって、まあ、あの賢そうなこと！　もうじき三年生になるんだよー？　しかも、天下の麴町小。そこに、あたしの遺伝子が——と、父母でもないのに参観日にやって来た時実は、恍惚にも近いものに包まれながら、そんなことばかりを脳内で繰り返していた。かくあるべき理想家庭の一端が眼前に顕現しているかのような光景は、結婚せず、子もいない時実にとっては、ただただ、まぶしくも甘酸っぱいものだったから。

ぱらぱらとしたまばらな拍手とともに、加賀爪は話を終えた。彼は息子のほうを見てうなずきかけたのだが、分厚いレンズのメガネをかけた直久は、ぼうっとした顔で、猿のおもちゃのように単調に手を叩き続けるのみだった。その後方で、淡い藤色のスーツに身を包んだ明子が、やさしく微笑みかけていた。息子の後頭部か、夫のどちらかに。明子から数人分離れたところに、時実がいた。

クラスの子供たちは二十人程度だった。しかしその周囲をみっしりと埋めつくすように、各児童の保護者が詰めかけていた。そっちの人数のほうがずっと多く、児童の倍以上はいたかもしれない。上品な若奥様ふうもいれば、落ち着いた服装の、年配の男性もいる。

クラスの担任教師である槙目野《まきめの》は、それらの人々を背にして椅子に座っていた。腕を組み、目を閉じて首を垂れ、じっくりと加賀爪の話に聞き入っていた様子。あるいは、寝ていたか。先生、お話終わりました、と級長らしき利発そうな女子児童に声をかけられて、はっと目を開けて反応する。うんうん、いーいお話、でしたねえ、と。

「あー、じゃあ。質問の時間だね。質問行こう。だれかないかな？　手を挙げて」

白いシャツにチェックのタイを締め、その上にナイキの紺色のウォームアップ・ジャケットを重ねた槙目野が、袖口がチョークで汚れた手を上に挙げて、見本を示す。と、小さな手の平が彼の目に入る。

「うん。水沢くん。じゃあ立って。言ってみなさい」

はい、と答えた子供が立ち上がる。ちょっと太り気味な男児だ。

「はんにんは、うちころすんですか⁉」

クラスがどっと湧く。こいつは受け狙いで言っているな、と判じた加賀爪は、穏やかに受け流しつつ答える。

「それはねえ、韓国製のTVドラマやアメリカ映画のなかだけのお話かなあ。さっきね、私が言ったように。あれが現実的なね、仕事のありかただから。事件が起きたら地道に捜査して、証拠を集め、容疑者を確保するのが、警察組織のお仕事なんです。撃ったり殺したりは、しませんよ。悪者を現場で成敗してどうのこうのとかは、非現実的なんですよ。そんなのは」

男児は口を半開きにしたまま、ぼんやりと加賀爪のほうを見ている。だから加賀爪は、

「わかったかな?」

と念押しして、話が終わったことを教えてやる。軽く小首をかしげたような様子ながら、ひとまず児童は席に着く。

槙目野は腕時計を見る。もうそろそろ、終わりにしてもいいかなあ。あんまり引っ張っても、しょうがないし。加賀爪さんが最後だったから、質問終わりで僕が挨拶して、そこでチャイムが鳴って、というのが、流れとして美しいんだけど。彼の話って単調で、すぐに終わっちゃったんだよな。だからつまんない——いや、時間が読みにくい。

だから彼は、もうひとつ質問を募ることにした。

「質問、もうひとつ行けるかな。だれかほかに。手を挙げて」

しかし児童の席からは、だれも手を挙げる者がいない。ほうら、言わんこっちゃない。子供たちの前で話すときには、それ相応の技術と誠意をもって当たらないと。彼らはヒトというよりもケモノに近いんだから、すぐに注意散漫になっちゃう。

「あ、そちらの。保護者のかたでも構いませんよ。ぜひぜひ、ご質問を。この機会に」

と槙目野が指した先には、挙手がひとつあった。人垣の向こうから、頭越しに手が出ている。人物の顔は隠れているのだが、その手は特徴的だ。節くれだった指が目立つ、異様に大きな手。

「えーと、質問というか、なんというか。お願いなんですが」

人垣が左右に開き、挙手した者が姿をあらわす。室内で加賀爪と時実だけが、顔色を変える。

桑名がそこにいる。満面の笑みのもと、彼は言う。

「試合をしましょうよ。加賀爪さん。いまここで」

2

桑名は御前試合の話をした。御前と言っても、将軍の目の前でやるわけじゃない。幕閣高官が委員会に名を連ねる武術大会が年に一度あって、これが通称、そう呼ばれている。

正式名称を「連合将国大武道会」。警察官や軍人などを中心に、選抜された者だけが出場する。剣術や柔術、射撃術や銃剣術、そのほかの各種目を競うのだが、前々回の大会で加賀爪は、警視庁剣術の演武を披露した。それがじつに見事で流麗で、いつか試合《しあ》ってみたいものだ、と思った次第なんですよ、と桑名は述べた。自分の身の上については、休職中なれど正真正銘の警視庁刑事だ、と。しわだらけの吊るしのグレー・スーツ姿で。

槇目野は頭を掻きながら、申し訳なさそうに桑名に訊く。

「ええと、すいません。どちらの保護者さんなんでしょう?」

桑名はとっさに、さっきの小太りの児童を指す。

「あの、水田——いや水沢くんの」

えっだれですかお宅、と保護者のひとりが反応する。太りかたがよく似ている。たぶん彼の父親だろう。

「えー遠縁、ですね。いやあ、逢いたかった。みんなに。親戚に」

という茶番に、槙目野が割って入る。

「あのですね、突然、試合と言われましても。ここは、そんな場じゃないですし」

「道具はありますよ、ここに」

と桑名は、持参した大きめのスポーツ・バッグを持ち上げる。ジッパーを開けて、竹刀《しない》を二本取り出す。ほらここに、と強調する。

「竹刀だから、安全ですよ」

「いやそういう問題じゃなくって。ここは教室ですから。神聖なる学びの舎であって、運動場じゃない」

「あ、場所は移動しますから、もちろん。それに僕も素人じゃないですし。加賀爪さんが演武をやった大会の四年前、つまり六年前の御前試合では、演武をやったのは僕だったんですよ。居合の試し斬りなんですが、巻藁《まきわら》を斬った」

これに水沢の父親が反応する。

「ほほう、居合とは珍しい」

「よく言われます」と桑名が話を受ける。「据え物切りだって、揶揄《やゆ》する奴も多いんですがね」

「いえいえ、とんでもない。古武術は重要ですよ」

と、水沢からすこし離れた位置にいる初老の銀髪紳士が、興味深げに会話に入ってくる。

「ちなみに、ご流派は？」

「あー、いやあ。天然理心流《てんねんりしんりゅう》だと、聞いたんですが」

途端に男性の眉根が曇る。これもよくある反応だ。第二幕府制以降、乱立していた剣術道場は整理と統合へと向かっていった。つまり軍人と警察官のみが習得することのできる、幕府公認の実用戦闘術として、新たなる剣術の体系が構築されたのだ。これとは別に、古武術保存の目的のもと、おもに各地の警察と軍が監修した、言うなれば擬似流派もあるには、あった。古典剣術・××系統などと称されて、区分された。

しかし逆に、かつてはあれほど多く世に存在し、実体と実質をともなっていた剣術の諸派は、その秘伝もろとも、ほぼ消滅したに等しかった。幕府によって「保存」されなかった流派は、断種されたようなものだったからだ。

だから桑名の天然理心流も、本物かどうか、かなり怪しい。八王子千人同心の末裔を自称する大叔父が、彼の祖父より伝授されて、その身のなかに蓄えていただけのものだったからだ。それを桑名は、幼少期から学んだ。陸軍の実戦剣術を叩き込まれる、そのずっと前から。彼の居合はここに、大叔父に由来するものだった。

数人の父母が、がやがやと話し始める。うちの子には、剣よりも柔術かなあ。受け身がとれると、怪我しにくくなるそうですよ。ならば、学校にもクラブがある「柔道」というのが、いいんじゃないでしょうか。剣道も、いいなあ。安全そうで。

それら群衆の向こうの遠い位置で、ただ加賀爪だけが、桑名を睨みつけていた。教壇の前で捨て置かれたように突っ立ったまま、眉間で呪いの炎を燃やしている。時実は、顔色がない。普段はあれほど短気なのに。針が振り切れてしまった、ということなのか。加賀爪の妻の明子が心配そうな表情で、夫と桑名を見比べている。

「あーちょっとちょっと、ご静粛に！」

たまらず槙目野が止める。

「そろそろ時間なので、そんなお話は、また今度ということで。そもそもねえ、武術の試合とかなんとか。暴力的なねえ。僕は反対ですよ」

すかさず桑名は、槙目野の言葉尻を取る。

「暴力的かどうかは、あちらが決めることじゃないかなあ。ねえ、どうでしょう？　加賀爪さん、勝負してみませんか、この俺と？　それとも、逃げますか？」

加賀爪が、かっと目を見開く。

「……逃げる、だと？　この私が、貴様ごとき下郎《げろう》を相手に引くとでも言うのかっ！」

きゃっと叫んで、最前列に座る男児が身を引く。加賀爪の剣幕に、べそをかき始める子供もいる。

ちょっとちょっと、やめましょうよ大人げない、と槙目野が言う。

「喧嘩じゃあるまいし、野試合なんて。そもそも違法でしょう？」

「いいや」

水沢父が槙目野を遮《さえぎ》る。さっきまでの、息子によく似た、ぼんやりした目つきではない。

「私、聞いたことありますよ。さむらいにとって、果たし合いは神聖なものなんだって。先代の公方《くぼう》様も、そう仰《おつしや》ったって」

ああ、あるある。私も聞いた。新聞で読んだ、という声が湧く。さっきの銀髪紳士、武術に詳しい彼が、我が意を得たりとここで続ける。

「そのとおり！　五〇年代以降、決闘は禁止。でも例外がある、と。士分どうしの公正なる果たし合いなら『違法なれども、世に黙認の風あり』と」

そうだそうだ、という声が湧く。にやりと歯を見せた桑名が、加賀爪の目を睨み返す。右の眉を大きく上げて、挑発する。ここで授業時間の終わりを告げるチャイムの音が鳴る。黒板の上の小さなフルレンジ・スピーカーから流れてくる。

槙目野が頭を抱える。僕の授業が、滅茶苦茶じゃないか。せっかくちゃんと時間配分考えて、きちんとコントロールしてたのに、最後になんなんだよ……と。

だが最後の最後には、もっとひどいものがあった。

チャイムのメロディが、通常のひとつらなりを終了する前に、ブツっと音を立てて断ち切られる。あれっどうしたの、と槙目野が顔を上げるほどの短い静寂のあと、唐突に、今度はとてつもない大音量が鳴り響く。なにかが連続爆発しているかのような轟音。入力レヴェルが大き過ぎて音が割れ、小さなスピーカーが引き裂かれんばかりに振動する。騒音の主役はエレクトリック・ギター。ハード・エッジかつ軽快なロックンロールが、耳をつんざかんばかりに教室中を埋めつくす。

シン・リジィの「ザ・ボーイズ・アー・バック・イン・タウン」、桑名が選んだ一曲だった。

3

教室内は大混乱に陥っていた。両手で耳を押さえ、しゃがみ込む保護者もいる。聴き慣れぬものを聴くには苦痛に過ぎる、音量および音色のせいだ。しかし音に負けじと大声で怒鳴る者もいる。槙目野に向かって、なんとかしろと要求しているようだ。廊下に逃げ出た者は、そこにも同じ騒音が鳴り響き、学校中が恐慌状態となっていることを知る。

一方、子供たちは違った。水沢のせいだ。お調子者の彼は、フィル・ライノットの歌が始まるやいなや、弾《はじ》かれたように席を立つ。机の上に乗り、不格好ながらツイストみたいに身体をねじって踊り始める。これが伝染して、真似する児童が続出する。興奮して、笑いながら教室中を走り回る子もいる。親同様に耳を押さえて固まる子供も数人はいるのだが、槙目野の言う「ケモノ」のほうがいまは解き放たれているのか。興奮して駆ける子の背中を、耳を押さえながら親が追っかける、というありさまとなっていた。

桑名の依頼により、放送室のコンピュータをハッキングしたリルが、いまこの曲を流していた。とっかかりは彼の趣味で選んだのだが、あとは彼女に任せた。だからシン・リジィの曲終わりにクロスフェードしていくみたいに、シンセ・ベースがうなり続けるディスコ・ソングが流れ始める。ドナ・サマーの「アイ・フィール・ラヴ」をだれかがカヴァーしたもの数種の、マッシュアップだ。こういうのが、このあと延々続いていくのだろう。だれかが放送室のシステムを物理的にダウンさせないかぎりは。

「よう、場所変えようぜ」

加賀爪が振り返ると、すぐ近くに、いつの間にか桑名がいた。混乱の隙を突いて、そこまで詰め寄っていたのだ。加賀爪の脇には、時実がいた。意外なことに、いまにも泣き出しそうな顔をしている。

抵抗せず、加賀爪は受け入れる。

「……よかろう」

至近距離の桑名の姿に一瞬は驚いたものの、すぐに加賀爪の表情は落ち着いた。ついさっきまでの、怒りに満ちたものでもない。慇懃《いんぎん》な、仮面のような、勤務中の彼にもほど近い顔になっている。

腹を決めたということか、と桑名は理解する。そして加賀爪は時実をともなって、教室を抜け出す。混乱する廊下も通り過ぎて、渡り廊下へ。体育館へとつながる一階の通路だ。屋根がかけられ、両側の壁には小さな窓がいくつかある、幅一五〇センチにも満たない細い通路が、教室のある校舎から目的地まで、およそ三十メートルほど続いている。赤松材の木組みの床に長年にわたって塗り込められた、油性ワックスの臭いが鼻をつく。


渡り廊下に入るなり、桑名は後ろ手で校舎側のドアの鍵を閉める。放送の音がかなり小さくなる。体育館はいま使用されていない。だからこの場は、全長三十メートルの廊下は、ひとまず一種の密室となる。

加賀爪も瞬時にそのことを理解したのだろう。居丈高《いたけだか》に訊いてくる。

「いくらだ?」

「なんの話だよ」

「貴様、いくら欲しくてやってるのだ、と私は訊いている」

「おいおい、俺は強請《ゆす》ってるわけじゃねえぞ! カネのためにやってるとでも、思ってやがんのか?」

「じゃあ、なんのためなのだ?」

時実もようやく口を開く。

「……あんた、自分がなにやってるのか、わかってるの? こんなにも大切な大切な子供たちがいる、神聖なる学び舎を侵して。おびやかして！」

なるほど、と桑名は納得する。ひとまずは俺の狙いどおりにことは運んだのだな、と。

ハラール食品の流通トラックに便乗させてもらった桑名は、首都圏を脱出し、北陸から丹波篠山に下ったのちに、旧知の古刹《こさつ》に潜伏した。そこで怪我を癒やし、作戦を立てた。「私闘のための」作戦だ。標的は、どうあっても加賀爪だった。

指名手配されている桑名にとって、最大の難関が、警察権力から加賀爪を切り離しておいて、勝負に持ち込むことだった。つまり、桑名の姿を見たとしても、加賀爪が容易には、警官隊を動員できないような状況下が望ましい。さらには、加賀爪が自分の手で、その場で桑名を黙らせるしかない、と判断する形へと持ち込むことができれば……そんなことを、桑名は考え続けた。

そこで、この学校を襲撃場所として選んだ。今日の加賀爪は、選良が集う名門校に子供を通わせる父親として、この場にいた。陰謀を巡らせるイチホの部長としての顔は、学校側にも、名士が集う保護者のみんなにも、知られたくないはずだ。そんな面々に、自らが桑名を「消そうとした」ことを、知られたとしたら？　ホセの一件のあらましを、知られたとしたら？――ある意味それは加賀爪にとって、警視庁の内務監査によって身の上を洗われるよりも、ずっと恐ろしい結果をもたらすかもしれない。なぜならば愛息の、直久の将来に直結する可能性すらあるのだから。ゆえにみだりに、ポリス・カーや邏卒《らそつ》を呼ぶことなんて、できないはずだ――。

桑名のこの狙いは、おおよそのところは当たっていた。ひとまずは、加賀爪を追い込むことに成功していた。そこを瞬時に嗅ぎとった時実が、うろたえてしまうほどまでにも。

しかし、だからといって加賀爪が素直に、桑名ごときの軍門に下るわけはない。逆にあらためて威圧し直して、主導権を握ろうとする。

「もう一度訊くぞ？　これで終わりだ。カネではないのならば、なぜお前は、ここに来た？　まさか、あの情報屋のためなのか？　あんな者ひとりのために、なぜお前は、これほど面倒なことばかりやるのか。しつこく、しつこく。いつまでも、いつまでも」

　わからないんだろう、こいつにはきっと、と桑名は思う。なにを言っても、どう説明しても。だがここまで来て、言わないで済ませるわけにはいかない。

「あいつは、俺なんだよ！」

　加賀爪は、妙な顔をする。

「だれにも顧みられずに、寄るべなく、ひとり死んでいったホセは、奴の人生は、全体的には、俺よりも恵まれていなかったのかもしれない。父権の血の係累《けいるい》に、真の家系に守られるでもなく、頼りなげに、弱い立場のまま路頭へと迷い出ていった。奴のそんな不幸の本質、奴の孤立無援、奴が誤解したこと、人生を甘く見て、そのとおりに行かなかったこと……そういうのは全部、一切合切、俺そのものの写し絵なんだ。いや、俺だけじゃない。あんたですらある」

　加賀爪の表情が、不自然にゆがんでいる。笑うのを堪《こら》えているのだ、と気づいた桑名は、説明をやめる。

「……わかんねえか。やっぱり」

「ああ。わからんなあ！　さっぱり」

　明るい表情で加賀爪は言う。

「貴様はなあ、いやはや、わけのわからんことを言うときが、あるよな？　しかし私は、目をかけてやっていたんだぞ。特別に」

「それで停職かよ」

「そのとおり！　まあ、教育だな」

そうよ、そうなのよ、と時実が合いの手を入れる。

「そもそもねえ、だからあたしが、拾ってやったのよ！　忠直ちゃんが『こいつは風紀課暮らしがちょうどかな』ってね。その程度の人間なんだって。いまもあんた、わけのわからないことを。まるで駄々っ子みたいに、出来が悪い子供みたいに！」

ああそうかもな。俺は父親って柄じゃないからな、と桑名は腹のなかで応える。きっといつまでも、馬鹿なガキのままなんだろうよ、と。

加賀爪は首元に手をやると、ネクタイをゆるめる。

「貴様のような、世の理《ことわり》をわかっておらん輩《やから》は、放置してはおけんのだ。害毒となるから。日の本の健全な、そう、この麴町学園にいるような子供たちにとってな！」

「くだらねえ。そんなもん、全人口の何％いるんだよ？」

とつぶやいた桑名を、加賀爪は鼻で笑う。

「わかっておらんようだなあ！　貴様……そうだな、日本国は、ここの土地は、だれのものだと思っているのだ？」

「ああ？　地主のもんだろうよ。それぞれの」

かっかっかっか、と加賀爪が高笑いする。

「いやあ、まったく。貴様はどうしようもないな。いいか？　これが大人の常識だ、覚えておけ。日の本の地は、全国津々浦々、領海領空、どこもかしこもすべて、天皇陛下ただおひとりのものだ！　上様や幕府はもちろん、貴族も平民もすべて、ただ約束事を守り、その土地を一時的に使わせてもらっているに過ぎない。真の所有権は、天皇陛下以外のだれにもない。それ以外の全員は、便宜的に使用権を売り買いしたり、貸し借りしているだけなのだ」

「なに言ってんだよ？　どんな封建時代の話だ。いまの日本には、憲法がある。主権在民だろうが！」

「くだらん、なあ。貴様は本当に、頭が悪い」

加賀爪がまた嘲笑する。

「いまの日本国には、たしかに憲法らしきものがある。しかしなあ、いまの日本ごときが滅ぼうとも、天皇陛下はそのままにいらっしゃるのだよ！　だからそれに侍《さぶら》う者、さむらいも同時にまたいる。不滅なのだ！　日の本とは、天皇陛下およびそこに仕える者の家系のみが、永遠に続くという文化体系を意味する。倒されないかぎりはな。たとえばそう、外国の勢力による侵略支配や、平民が革命でも成就させないかぎりはなあ！　つまりそんなわけだから、支配と被支配の構図は、ここ日本では太古から、この上なくはっきりしているわけだ。だからこのあいだの情報屋、ああした下々《しもじも》の、末端の者どもは、幾重にも管理されざるを得ない。我々、さむらいに。そこに貴様が不必要な感情移入をするならば、つまりはさむらい失格ということだ。体制側から落ちこぼれて管理される側になる、ということなのだからな」

桑名は、あきれてものが言えなくなる。なんなんだ、このファナティックな妄想は。そんな概念に、白昼夢に、いい大人が雁首《がんくび》揃えて、真剣に浸ってやがるのか、と。それがこの国の「かたち」とか、そういうものなのか、と。

たしかにそのとおり、加賀爪の本音はこうだったのだろう。しかし同時にこれらの口上は、彼なりの時間稼ぎでもあった。

体育館から渡り廊下への出入り口となるドアを押し開けて、向こうのほうから、見苦しいあのふたりが入ってきた。金林と村末だ。それぞれの腰には打刀《うちがたな》があり、さらに金林は左手に、加賀爪の長大な太刀を持っている。金林は桑名の顔を見るなりなにかつぶやいて、ぎらぎらと目を光らせながら舌なめずりをする。

4

加賀爪をここまで連れ込んだ桑名の計画の、裏を取ったつもりなのだろう。干物になったキツネみたいな顔で、金林が嗤《わら》う。

「残念だったなあ、桑公よお。俺のほうは、嬉しいよ。あの青梅の小屋で、てめえを殺し損ねたからなあ。ちゃんとやるように、あの外人どもには言っといたんだけどよ。でも今日できっちり、終わらせられるぜ」

金林から手渡された太刀と剣吊りベルトを、加賀爪は身に着ける。

桑名の襲撃を予期してか、加賀爪は前よりも一層、どこに行くときもかならず、このふたりを引き連れては警護させるようになっていた。桑名が槙目野と押し問答をやっていたあたりで、加賀爪が携帯メールで奴らを呼んだのだろう。もっとも、こうなることをも桑名は予測していたのだが。

金林とともにあらわれた村末は、すべての怪我は落ち着いたように見えるのだが、傷痕を隠すためか、鼻まわりの絆創膏と右手のサポーターだけが残っている。彼はすでに、抜いていた。打刀の切っ先を桑名のほうに向けて、生ぐさい息を吹いている。恨み骨髄といったところか。

このふたりは、どうも、どうもと時実に他人行儀に挨拶する。彼女が言うように、どうやら本当に、こいつらは時実が「草」だとは知らない様子だな、と桑名は判ずる。加賀爪の親戚だとしか、認識していないのだろう。そのせいで、妙なことが起きる。

金林が、時実に剣を薦めるのだ。

「いらっしゃるとは、知らなかったもので。これでいいですかね？」

予備として身につけていたのか、短めの脇差《わきざし》、ほぼ匕首《あいくち》にも近いほどの長さの一振りを、彼は時実に手渡す。すごく嫌そうに、彼女はそれを受け取る。戦闘訓練など、入庁のとき以来やってないんだろう。まるで汚いものでも持たされたみたいに、柄を両手の指の先だけでつまんでいる。

桑名を振り返って、金林が言う。

「お前は、その竹刀でいいよな？　せっかく持って来たんだからなあ！　二本使っても、いいぞ。竹刀の二刀流――二竹刀流？　どっちでもいいが、まあ、お前はここで、斬り殺されるわけだ」

興味深そうに、桑名は訊く。

「そうなのか？」

「ああそうだ」

嬉しげに金林が答えると、村末も無言で、幾度も首を縦に振る。ベルトを締めた加賀爪が、長い長い太刀を抜く。その様子を見て、金林もおもむろに抜く。

「三対一、いや四対一だあ。切り刻んでやるぜ、この野郎！　そのあとで、死んだあとで、持たせてやるよ、俺の差料《さしりよう》でも。俺らは正当防衛よ。非番だった我々、正義の警察官が、武装して小学校を襲った凶漢を斬って捨てたと、こうなるわけだ」

そうなのか、ともう一度桑名が繰り返したところで、金林が怒り出す。

「当たり前だろうが！　わかんねえのかてめえ？　それ以外に、どんな筋書きがある！」

頃合いだな、と桑名は判断する。だからイヤフォンを叩いて言う。

「出番だ」

体育館側のドアが勢いよく開け放たれる。サイカ・コマンダーを構えた赤垣がそこにいて、四人組に銃口を向ける。

「フリーズ！」

と高らかに彼女が言う。

5

だが状況は一変しない。舐めきっているんだろう。銃を向けられながらも、時実以外の三人は、どこ吹く風だ。加賀爪は、ひどく残念そうに言う。

「いやはや。いい家のお嬢さんがなあ。とち狂ってしまって。こんなどうしようもない低劣男の、口車にでも乗せられたのか」

うすら笑いを浮かべながら、金林が言う。

「この桑公を叩き斬ったら、次はあっちの女、やっちゃいましょうや。あんな程度の拳銃一丁で、三本の刀は止められんってことを、教えてやらなきゃなあ。ぶっといの、ぶち込んでやるよ」

村末が汚らしく舌なめずりしながら、赤垣のほうを見て言う。

「動けなくなったところで、裸に剝いてやる。前から見たかったんだよ、こいつの身体」

「赤垣、聞き流せ」と桑名が彼女に声をかける。「脅しにすら、なっていない。弱い奴らが群れて、みじめに吹き上がっているだけだ」

ええ、そうね。私にもそんなふうに聞こえた、と、向こうのほうで赤垣が言う。桑名が続ける。

「しかしまあ、人間死ぬ前には性根が出るってのか。お陰で神聖なる果たし合いの場が、穢《けが》されまくりだ。やってられん下劣さだ」

「な、なんだとこの野郎！」

と金林が吠える。

「ともあれこいつらは、自らが吐いた血へどのなかで、いまのくだらない発言を悔いながらあの世に行くことになる。そもそも口数が多いってところが、弱い証拠だ。弱い犬ほど、よく吠える。怖さを誤魔化すために、雑魚《ざこ》はほざく」

「なにを！　てめえだって、いっぱい喋ってるじゃないか！」

と、村末が言い返す。

「うん？　俺のは心理戦だ。威嚇して、お前らを追い込んでいる。勝つのは、俺だ」

ぎろり、と桑名は三人を睨みつける。できるかぎりの、不敵な表情を装って。そしてまたイヤフォンを叩く。

「お次、出番だ」

桑名の声を受けて、赤埴の後ろに人影がひとつ、あらわれる。

「やっとかよ！　待ったぜー。待たされたぜ、本当によお」

伊庭大広が、そこにいた。

彼もすでに銃を抜いている。拳銃ではない。銃身と銃床を短く切り詰めたソードオフ・ショットガン、それを一丁ずつ、両手に持っている。フドウの十二番径、上下二連装だ。都合四発のダブルオー・バック弾が装塡された銃口四つ——つまり8・4ミリの散弾が各九粒ずつの計三十六個——が、加賀爪たちを睨みつける。

「俺はねえ、目ぇ悪くなっちまって。お前らのせいでな。いまやしがない、ラーメン屋開業準備中のおやじだよ。だもんで、銃がうまく狙えない。でもこいつならさ、適当に撃てば挽肉だから。上下同時に当てれば、縦に裂けるかもなあ。人が。やってみたことは、まだないんだけどよ!?」

と伊庭がすごむと、金林たちが静かになる。

伊庭は傷跡が残る顔に、黒く大ぶりなフェイスガードを装着していた。サッカー選手が顔面を守るときに着けるやつだ。片目を失明し、残りの一方の視力も大きく損なった彼は、リハビリテーションのあいだずっと、傷の保護目的でこのマスクを着けていた。いまは片方の目の部分にレンズをはめて、日常づかいしている。メガネよりも安定感があるように思い、気に入っている。ポークパイ・ハットは以前のままだから、古いアメコミ・ヒーローのザ・スピリットみたいにも見えた。そんな彼が、赤垣に言う。

「な？　俺が言ったとおり、威圧効果はショットガンのほうがあるんだよ。まあ俺が持ってるソードオフじゃなくて、長物を基準に考えると、たしかにハニーちゃんが言うとおり、この狭い場所じゃあつかいにくい。その気持ちはわかるんだけどね。マンスプレイニングしてるみたいで、悪いんだけどさ」

そうですね、たしかに伊庭さんが仰るとおりでした、と赤垣が応える。

「あとはこいつらさあ、筋金入りの性差別野郎だからね。だもんで、女だってだけで撃てないとか、思いがちなんだな。だからそんな奴らの相手するときは、先手を打って、思い切って大袈裟《おおげさ》なまでに、最初に脅し上げとくほうがいいのよ」

「勉強になります」

と話をまとめた赤垣が、銃を構えつつ、前に出る。彼女の背後で、伊庭が援護している。両手を肩ほどの位置に上げて、まるでいまにも、そこらじゅうに散弾の雨を降らせそうな勢いだ。残っているほうの目で桑名にウィンクする。

赤垣は的確な指示で、金林と村末に身に着けていた銃を捨てさせる。床に落とさせた拳銃を、足で蹴って、彼女のほうに寄せさせる。続いて壁に両手をつかせて、動かないように、と命令してから、ボディチェックする。それから持参してきた一振りの刀を桑名に与える。赤垣家の刀蔵から、持ち出してきたものだ。

桑名の要望に従って選んだ、刀身二尺四寸と二分、身幅は広く、反《そ》り浅く、重ねの厚い打刀。九州は肥後同田貫上野介《ひごどうだぬきこうずけのすけ》の写し。現代刀なれど、安土桃山の風をはらんだ剛刀だ。これを剣吊りベルトごと、桑名は受け取る。

「ようし、じゃあ、始めるか」

さわやかに桑名は号令をかける。本当に、さわやかな気分だったのだ。ようやく、勝負できる。この瞬間を、待ちに待っていた。

怪訝《けげん》な顔をして加賀爪が桑名のほうを見る。壁に手をついたままで訊く。

「なんだと?」

「だから、果たし合いだよ。あんたもやる気で、ここまで来たんだろうが。小判鮫のそいつらも」

「刀は、取り上げないのか?」

と、不思議そうに村末が訊く。

「あのお姐《ねえ》さんに、聞いてみなよ。なあ、刀はそのままで、いいんだよなー?」

遠い位置に引いている赤埴が、無言でうなずく。

「彼女は見届け人なんだ。果たし合いの」

と桑名が説明する。伊庭についても説明する。

「そしてあれは、彼女の護衛」

右手の銃を上げた伊庭は、それで敬礼のようにして、また構えに戻す。

村末は納得いかない表情ながらも、壁から身を離す。廊下の体育館口のほうにいる赤埴と伊庭を振り返り、次に、校舎側に近いあたりに戻っている桑名を睨みつける。

逃亡先で、桑名が練った計画の要諦《ようてい》とは、これだった。この方法、決闘によってなら、加賀爪一味に鉄槌を下し、償いをさせ、幕調の諸悪事に対して、自分らの正義のありかを示せるかもしれない、と気がついた。だから、ホセに求められたときにはあれほどやりたくなかった「果たし合い」を、自らの意志のもと、加賀爪たちにふっかけてみることを、桑名は決意したのだった。

かつての桑名は、とくに二度目の停職に至った日々の彼は、たしかに時実が言うとおり「やらなきゃいけないこと」以外からは、できるかぎり逃げているようなぼんくら警官だった。そんな彼が、死に瀕するまでに追いつめられたあとで「これだけは、やらねばならない」として選んだのが、この果たし合いだった。剣を手に、加賀爪一味と直接戦うことだった。

桑名は「一矢報いたかった」のだ。大きな機械に。これまでの桑名も、彼の人生のすべての領域を支配していた巨大な存在に対しては、それなりにあらがってはいるつもりだった。しかしこれは、よくある誤解だった。幕府が支配する日本社会の、そのすべての老若男女を構造の一部とするシステムのなかで、現実の彼は、ただひたすらに「なんの役に立つのかもわからぬ部品」のひとつとしての日々を、淡々と過ごしていただけだった。

そんな彼が、人生において初めて、能動的に「大きな機械」と正面から切り結ぶことを選んだのだった。加賀爪という体制の擁護者が陰で犯した罪を、自らの刃にて償わせることを、渇望した。その一刀のために命を捨ててもいいとすら、思った。

たしかにもう、ホセはこの世にいない。なにをどうやっても、無意味な行為でしかないのかもしれない。しかし、これ以上もう、桑名は許すことができなかったのだ。不正義のもとで、社会的に弱い立場にいる者が利用され、踏みつけにされ、すり潰されていくことが。目の前にあったはずの不条理をも見逃してしまう、役立たずの自分自身が。だから遅きに失していたとしても、この手で成し遂げたかったのだ。正義のひとかけらを。

そして赤埴と伊庭は、桑名のその意気、さむらいの純情とも呼べるものに反応してくれたのだった。計画への参加を、桑名が誘ったわけじゃない。ふたりとも、自主的に立ってくれた。両者ともに、身中の奥底に眠っていたからだ。くすぶり続けている未処理の火種が。うずき続けている傷が。

「Paybackということね」

桑名から電話で話を聞かされた赤埴は、最初にそう言った。

じゆうの城からの脱出後、桑名が初めて赤埴にとった連絡がこれだった。彼の用件としては、決闘に用いる打刀を借りたい、というだけのものだった。さすがにこれほど重要な勝負に、そこらへんのヤミ屋で手に入る程度のなまくらは使えない。そこで、名門の刀蔵に頼ろうと思い立ったのだ。

しかし赤埴は、ただ刀を貸し出すわけにはいかない、と述べた。条件がふたつある、と。そのひとつが、これだった。

「決闘というならば、私に立会人をさせること」

あの落城が、じゆうの城の無惨な陥落が、彼女の心を大きく蝕《むしば》んでいた。外事部に戻り、書類仕事中心の静かな日々を送りながらも、赤埴のなかでは、義憤の熾火《おきび》がくすぶり続けていたのだ。平穏な楽園を、彼女とリルの愛の巣を、仲間たちを、あんな目に合わせた者どもに償いをさせたいという、強烈な欲求が彼女のなかで芽生え、人知れず育っていた。だから彼女は、条件を出して、自らも桑名の計画への参加を申し出たのだった。

加えて赤埴は、伊庭の参加も強く推薦した。伊庭とは時折電話で連絡を取り合っていたのだという。

最初は、伊庭の予後についてのあれやこれやを聞いていた。そんならちに、赤埴は電話口で、伊庭のくやし泣きまで耳にした。妻の芳江には言いたくても言えない、彼なりの苦しみの吐露を、同じ警官として彼女は聞いた。

桑名が落ち延びているあいだに、伊庭には保険金が降りていた。満額だった。口止め料という意味もあったのだろう。退職金および年金についても、同様だった。それと引き換えに、伊庭は、彼が人生を捧げていた警察稼業から、不本意な形で去ることを余儀なくされた。下手人どもの告発もしないまま、屈辱的に。

そんな鬱屈が、伊庭のなかに澱《おり》のように溜まっていることを、赤埴は知っていた。だからこの際、旧友の桑名から、それとなく話をしてみるべきだ、と彼女は主張したのだった。

桑名が電話したところ、伊庭はきわめて前のめりに、参加を申し出た。

「おおよ！　そうこなくっちゃな！　俺だってよお、やられっぱなしってのは、寝覚めが悪いからなあ」

そんな計画があんならよ、ぜひとも手伝った上で、その場であいつらの吠え面見てみなきゃだよな、と彼は、むかしながらの快活さで言った。

「じつはかなり、根に持ってたんだよ俺も。普通仕返ししなきゃならんだろ、これ？　でもまあ、そうねえ、無償でってわけにゃあいかないから……今度一杯おごってくれるんならよ、手ぇ貸してやるぜ？」

このふたりの思わぬ参加によって、桑名の計画の細部は一気に煮詰められていった。加賀爪を誘い出した上で、相手方に銃があったならば捨てさせて、最終的に「刀と刀」の戦いへと持ち込むための、計略だ。

大叔父ならば、なんと言うだろうか。

計画を練っているあいだ、幾度か桑名は考えてみた。答えなど、わかるはずもなかった。これは、彼が教えてくれようとした「武のありかた」に即しているのか。それとも、よくあるただの悪しき仕返し劇の一幕ぐらいのものなのか。

戦いのこの場におよんでもなお、桑名のなかに明確な答えはなかった。

ただ、すでに投げられた賽《さい》の上で、運命の上で、まじりけのない戦士として、さむらいとして、渾身の力を奮いきれることだけを、いまの彼は念じていた。神仏ではなく、ただ一振りの、腰に佩《は》いた剣に向かって。


当面撃たれはしないとわかったせいで、気が大きくなったのか、金林があきれたように桑名に言う。

「果たし合いとか、お前は、阿呆か？　三人相手に斬り合って、勝てるとでも思ってんのかよ？」

桑名が答える。

「ああ。お前ら程度が相手ならな。自然な結果として、そうなる」

「舐めてんのか！」

金林が吠える姿を見て、村末も桑名に向き直る。

「やってやろうぜ。こいつに、思い知らせてやろう」

加賀爪の表情も、またいつものやつに戻っている。だから桑名は訊いてみる。

「なら、やるってことで、三人ともいいんだよな？　時実さんは？」

時実は、なにも返事しない。ほぼ完全に真っ白な、血の気のない顔になって、どこも見ていないような目をして、ただ力なく脇差を捧げ持っている。

「まあいいや。じゃあ念のために、そっちの三人にもう一度訊いておくけども。斬られりゃ、いてえぞ？　死ぬかもしれない」

「わかってるぜ、そんなこたあ！」村末が吠える。「思い知らせてやる。知った途端によお、後悔しながらあの世に行きやがれ！」


実際のところは、桑名には五分五分程度の勝算もなかった。

銃を捨てさせるところまでしか、どうやっても計画することができなかったのだ。三人を一度に相手することになるのは、避けようがなかった。

桑名には、複数人相手の斬り合いの経験は幾度かあった。しかし正面から相対しての決闘で、しかも三対一というのは、初めてのことだった。さらに、警視庁剣術の訓練を受けた奴らが相手だ。型だけだろうが、加賀爪の腕は達者だ。もし桑名に分があるとしたら、戦闘経験の数と、伊庭に「手品」呼ばわりされる、人の意表を突くアイデアぐらいだろうか。順当に考えると、確実に、彼が負ける。

敵の三人は、横に並んでいた。そのすこし後方で、時実は棒立ちになっている。前方の三人は、桑名から見て左から、加賀爪、金林、村末の順だ。すでに全員、構えに入っている。三人とも右利きだ。

加賀爪は八相《はっそう》を高く掲げた、いわゆる高波の構えをとっている。大仰かつ、華麗な構えだ。金林は正眼、ど真ん中。村末はまだ右手に不安があるのか、刀身を立てずに、腰だめの中段としている。突いてくる気か。廊下の幅が一五〇センチ以下しかないので、中央の金林がすこし前に出た位置にいて、ふたりがそれぞれ数歩下がったところにいる。

避けられない戦いだったから、桑名はずっと、三人と斬り合うことを想定して、策を練っていた。勝利の可能性をできるかぎり高めるために、時と場所を選び、この状況を作り上げた。今日もここまで、相手方の立ち位置をその都度観察しながら、あり得る動きと太刀筋を、ずっと想像し、計算し続けていた。そして桑名はこのとき、彼にとってのもうひとつの分に、勝機に気がついた。

どうやらこいつらは、数が上だと、たかをくくっていやがる。

自分たちが優位だと、有利な側にいると、思い込んでいる。いや「思いたがって」いる。だから、ひとりひとりが、いまの俺のように「計算」してはいない。生きるか死ぬかの、その一瞬を制するために、必死で頭を働かせては、いないのだ。自らがこの世に存在するための重い「責任」というものを、帰属する集団のどこかに投げ込んで預けたまま、なんとなくの「安心」を買ったつもりになっている。「家」だかなんだか、そんなところの内側で、お互いに乳くり合っては「外の者」を排除し蔑視して、安穏とした気分でいるだけなのだ。この期《ご》におよんでも、なお。

だから、俺より、ずっと弱い。三匹いやがっても、これで、五分だ――桑名は、そう確信した。

ゆえにこう挑発して、膝を折り、腰を低くした。

「試してみろよ。伊達や酔狂でイラクに三度送られて、そのたびに生きて帰ってきたわけじゃない」

桑名は左腰に吊っている打刀に手を添える。刃先が上に、棟の側が下になっている。左手を、鞘に。そして右手を、柄の上側にそっと置く。指はまだ開いたままで、指尖球《しせんきゅう》のすぐ下方のへこみの部分に、柄を合わせている。

「貴様、抜かんのか？」

加賀爪が問うたので、桑名は答えてやる。

「ああ。居合のほうが速い」

三者三様に、桑名の発言に軽く動揺する。

なぜなら常識外れだったからだ。抜刀した三本の刀相手に居合で抜き打ちをして、当たり前の話、速さで勝るわけはない。だからこれは、桑名のブラフだった。そして「手品」の一部だ。後《ご》の先《せん》を狙うための。

こうした立ち合いで居合に優位性があるとしたら、鞘に納めたままで刀を構えてもいないのだから、太刀筋が読みにくいところだ。だから抜きがけに一気に斬りつけることができれば、結果的に剣は相手にとって「速く」なる——こともある。これを利用する。

「どうした？　居合は見せ物かなんかだと、舐めてんだろう？　だったら、かかって来い」

言い終わると桑名は、さらに膝を深く曲げ、腰を低く落として、右前の半身になる。気づかれないように、身体に隠して、鞘に当てた左手を軽く外に、小指側にゆっくりと倒していく。加賀爪、金林、村末、そして時実の順に、相手の目を見据えながら、言う。

「俺が抜くより先に、斬りつけといたほうが得だぞ？」

そして目を下方、床のあたりに落として、誘う。だがしかし、相手の足元だけはよく見えているのだ。

「四人いっぺんでも、構わないぜ」

言い終わるか、終わらないかの瞬間だった。

金林の足が前に飛び出す。桑名に向けて突進してくる。大きな気合の声を上げながら、刀を振りかぶる。切っ先が低い天井を擦る。加賀爪、村末の足が金林に続く。

桑名は目を上げる。

同時に、右手をひっくり返す。左手の親指で鯉口《こいくち》を切った刹那《せつな》に、逆手《さかて》にした右手で、完全に横倒しとなっている鞘から一気に刀を抜き放つ。

金林は、刃先を外側にしたその回転軌道が自分を狙ってくることに気づく。咄嗟《とっさ》に刀を下ろして鍔《つば》際で受け止めようとするのだが、居合の一撃めのエネルギーのほうが遥かに大きい。金林の刀は押し飛ばされる。桑名の刀の物打《ものうち》が金林の首にめり込み、そして逆側に振り抜かれる。首の右前部およそ三分の一を喉仏のすぐ上あたりで水平に切開された格好で、金林は隣の村末の側に倒れかかる。それが村末の足を止める。ものすごい量の鮮血が、金林の首元から四方八方に勢いよく吹き出す。

桑名のこの動きのあいだに、加賀爪は自らの太刀を正しくまっすぐに、なんの邪魔もされずに振り下ろす。桑名の左肩から首のあいだを、袈裟に叩き切る軌道だ。が、斬撃を横目で捕捉していた桑名は、左手を上げて、計算した位置で防御する。桑名のロレックス・デイトジャストのケース、ちょうど文字盤のど真ん中が、反りの大きな太刀の、一番最初に彼に接触するはずの箇所を受け止める。サファイアクリスタルの風防ガラスが割れて飛び散って、滑った刃が桑名の前腕の筋肉を裂く。

体勢を立て直そうとする加賀爪よりも、桑名の第二撃のほうが速かった。

逆手で振り抜いていた刀を、ほぼそのままの軌跡で素早く戻して、切っ先を加賀爪の左脇腹に深々と突き立てる。そして一瞬手を離すと、また手の平をひっくり返し、今度は順手で柄を握り直す。そのあいだも、刺さった刀は同じ位置にある。これを一気に引き抜いて、中段の構えのまま突進してくる村末の両手を、手首の下あたりを狙って斬り上げる。奴が力を入れて刀を握っていたせいで、硬く重い、切りごろの状態となっていた。この一刀で、村末の両手首は切断される。刀を握ったままの両手が回転しながら上昇し、切っ先が天井に突き刺さる。

三人が倒れ、視界が広がったその後方で、時実はただ脇差を不恰好に握ったまま、血を浴びつつ尻餅をついていた。桑名と目が合うと、彼女は脇差を投げ出して、顔をそむけ、いやいやをするように両手の平を前方に向けて振り続ける。

最初に駆けつけたのは、あの銀髪の紳士だった。

村末がずっと大きな声で悲鳴を上げ続けていたからだ。放送室がようやく沈黙させられたあと、ただ彼の声だけが、閉め切った扉の向こうにまで響き渡っていた。

銀髪の彼は、どうやら衛生兵としての軍歴があったようで、てきぱきと校医に止血の指示をした。失血性ショックによってほぼ即死状態だった金林を除いたふたり、村末と加賀爪は応急処置を施される。伊庭もそれを手伝う。加賀爪の妻、明子は、救急車が到着するまでのあいだ、夫の手を握り、励まし続ける。息子の直久は、すこし離れた位置で、それらの様子を無言で見つめている。ほかの児童や保護者、教師たちは、さらにこれを遠巻きにしている。本来は子供に見せるべき光景ではないのだが、大人は大人で圧倒されていたので、目の前の状況にどう対処すべきなのか、だれもわかっていなかった。卒倒しそうになっている時実も介抱されている。

桑名は、血のなかに立っていた。そして全身、血まみれだった。返り血を浴び、自らも深手を負っていた。しかしそれ以上に、尻が猿のように真っ赤に濡れている。さっきまで、血だまりのなかでひとり、抜き身の刀をかたわらに置いて、ぽつねんと座っていたからだ。とはいえ、その状態はあまりにみすぼらしいと感じ、壁に背を預けてなんとか立ち上がった。流れ出る自分の血をそろそろ止めねばと、片手でネクタイを外し、どうにかしようと四苦八苦しているときに、ようやく赤埴が、彼のところにやって来てくれる。

だから桑名は、彼女に伝える。

「ふたつ目の条件も、守ったぞ」

「わかってる」

と赤埴は応える。桑名に協力するかわりに彼女が課した条件のふたつ目とは「決して死なないように」だった。しかし赤埴は止血をしながら、桑名の傷の深さに顔をしかめる。

「まあいまのところは、死んでないから」

桑名は、気が利いた科白《せりふ》のつもりで言う。

「だからこのあとも、当分、死にはしない予定だ」

作業しながら、赤埴は無言でうなずく。緊張し切った表情なれど、かつてのあの警察病院の夜のように、取り乱したり、落涙したりしているわけではない。

「間違っているのかもしれないけれど」

と前置きしてから、赤埴が言う。

「あなたは、よくやり抜いたと、私は思う」

彼女は例のスパイグラスをかけている。だからこの廊下で起こったことの一部始終の映像が、そこにとらえられているはずだ。ゆえに桑名は、ちょっと顔が近過ぎるなと思う。俺のつらをアップにしても、しょうがない。

「そうか」

と彼は赤埴の意見に応える。

「仕上がりは、まあまあかな。でもとにかく、お前のお陰だよ、いろいろと。あとはリルのお陰だ。伊庭も助けてくれた。仲間のみんなが協力してくれたお陰だ」

「ええ。知ってる」

「だからな」

桑名は付け加える。

「お前も、お前の友だちもみんな、死なないようにするんだぞ。滅多なことではな。とくに、次に俺が恩返ししてやるまでは、絶対に」

にっこりとやわらかく、赤埴が微笑んだ。なんとも素朴で無防備な、なごやかな笑顔だった。それは桑名が初めて目《ま》の当たりにする種類の、彼女の表情だった。

それから赤埴は、桑名の傷をなるべく刺激しないようにしながら、彼の両手を後ろ手に拘束する。そしてもうすぐ聞こえてくるはずのサイレンを待つ。斬り合いが始まる直前、赤埴が自らのKフォンを使って通報しておいたのだ。

ふと思いついた桑名は、廊下の入り口あたりで団子になっている子供たちに声をかける。

「よう、坊主たち。あと、お嬢ちゃんたちも。ぜひ憶えておいてくれ」

さすがに声が出なくなってきた。でも何人かは、彼のほうに視線を送ってくれる。だから顎で、真っ赤に染まったそこらじゅうを指し示してから、静かに言う。

「要するにこれが、『警察のお仕事』ってやつだ」

この小学校の立地なら、まず十中八九、第一騎捜が最初にやって来るに違いない。伊庭の不在を埋めて、若い世代がいま取り仕切っている小隊の連中が、まもなく駆けつけてくるはずだ。かつての桑名と、伊庭のように。ヒョンデ・グレンジャーを駆って。運転席と助手席のあいだにある、フロア・コンソールの一番奥、ガン・ラックの要領で剣立てを設置した、さむらいを乗せたポリス・カーを猛速度で走らせて。

結び∴ 〜エピローグ〜

東京には長年住んだつもりなのに、ここまで来たのは初めてだった。近くの幹線道路をクルマで通過したことはある。もしかしたら電車で通過したことも、あったかもしれない。しかし赤垣にとって馴染みがある「東京の西の端」といえば、青山か、せいぜいが渋谷の坂の下までだった。だから代官山の丘の隅、西郷従道《さいごうじゅうどう》邸跡の公園から見渡せる崖下の平坦な一帯には、一度も立ち入ったことはなかった。

だからこの日、うだるような酷暑のもとで、彼女は最初、道に迷った。そのあいだに、幾人もに声をかけられた。口笛を吹く者、話しかけながら付いてくる者などが。奇怪な動植物か寄生生物が増殖したような外殻にくるまれたビルの陰、そこかしこにいた。荷物を奪おうとする者までいたので、さすがにこのときは、あまり手荒くならないように気をつけながら退散させたところ、周辺にいた男連中は、潮が引くようにみんな消えた。あとに残った三人組の女のうちのひとり、紫と金色と緑の三色に髪を染め上げた東南アジア系の少女が、やるじゃんあんた、と言いながら煙草を吸っていたので、赤垣は彼女に道を訊いた。

「ああ、そうお。それはそれはご苦労さんだったねえ」

笑顔を見せながら、マリアがねぎらってくれる。赤垣は、生まれて初めて、中目黒移民街の地上にいた。ホセの遺品を届けに、マリアの店、グマメーラ食堂を訪ねたのだ。

写真立てに入った写真、携帯電話、ペーパーバック、衣類が少々、といったぐらいのものが、片手で抱えられる程度の段ボール箱に入っていた。チェンの自宅に残されていた物品と、ホセが最後まで身に着けていたものの両方だ。証拠品として警視庁内に一時的に保管されていたのだが、役目を終えて、遺族に返還されることになった。

アミーラは、ひとまずは石川県の両親のところに移っていた。しかしもうすこし子育てが落ち着いたら、また王子に戻ってくるつもりだと、マリアには電話で伝えていたという。

「最後にお会いしてから、こんなに大きくなったんですよ」

そんな言葉を添えて、アミーラはマリアに、イチタローの写真をメールで送ってきてくれていた。そのことを、マリアは嬉しそうに赤垣に伝える。そしてまた訊く。

「ほんとにいらないの？　食べないの？　お口に合わないかねえ」

自慢のカレカレ丼を食べていけと、さっきから赤垣に薦めているのだ。これに対して、すいません、いまお腹がいっぱいなので、と彼女は詫びる。

「今日はお昼をたくさん頂いてしまいまして」

「そうかね」

「お茶だけで、嬉しいです」

幾度もうなずきながら、マリアは立ち上がる。足を引きずりつつ奥に消えると、すぐにお茶菓子と急須を持ってあらわれる。そして赤埴と自分の湯呑みに茶を注ぎ足す。

赤埴がここに来たのは、自らの意志だった。

しかし同時に、警視庁上層部から「それとなく」示唆されての行動でもあった。なぜならば近い将来、ホセの残された家族の――つまり三人の姉とマリアの――DNA鑑定をおこないたいという意向が、幕調の内部に生じていたからだ。そして徳川家の血脈が確認できたならば、手順にのっとって、きちんとした誠意ある対応をしたい、とのことだった。イチタローおよび、アミーラ母子の保護についても同様だった。いまからでも、できる範囲内で、と。

いずれときが来たら、マリアたちに連絡を取る。そして、真実のすべてを伝える。だからひとまずは、今後の関係性へと寄与するような形での「顔つなぎ」をしてくれるなら、とても嬉しく思う――といった意向が、情報本部長から赤埴に直々《じきじき》に降りてきたのが、先週のことだった。そこには畏《おそ》れ多くも上様のご意向まで反映されているのだと、本部長は言外に匂わせていた。

つまりいま、警視庁上層部および幕調の全体を、深い反省が覆っていた。ホセに対しておこなった数々のオペレーションの、すべてについて。この一大変化は、つまるところ桑名のせいで起きた。彼が「最後の最後に」大きな機械へと放った一刀のせいで。

あの日の闘い、麹町学園での果たし合いの全貌は、赤埴のスパイグラスによって動画が撮影されていた。決闘の公正さを証明し、桑名の正当防衛を主張するための記録だったのだが、これが思わぬ効果を発揮した。赤埴宗家の介入を招いたのだ。

そもそも、幼少期より優等生一本槍だったジェシカ光津子が査察官に取り調べられる立場となったこと自体が、赤埴家の全員を震撼させた。さらに彼女が証拠として提出した、映像の内容が大問題だった。

こともあろうに、抜刀した男どもが、立ち会い人であるジェシカを脅したばかりでなく、口頭で性的嫌がらせまでおこなったのだ。烈火のごとくこれに激怒したのが、赤埴景成伯爵だった。高齢ゆえ、すでに貴族院議員を辞していた赤埴家先代当主の彼が、旧知の司法省高官を屋敷に呼びつけて、ステッキにて文字どおり打擲《ちょうちゃく》した。

ここから事態が急展開した。事件の全容解明に向けての、独立調査委員会が司法省内に設立された。桑名がまとめ、しかしだれにも顧みられなかった告発書など一式が、ここで生きた。入院中の加賀爪と村末はそのまま停職となり、新たな内務監査部長の指揮のもと、両者への厳正なる取り調べがおこなわれることになった。幕調においても、内部で点検作業が開始される、という。

これら内務監査の結果を待っているあいだに、まず最初に、ホセの名誉回復が模索されることになった。彼の射殺は、警察官による過剰防衛の疑いがあるとして、機動隊の警官一名が身柄拘束された。つまり一命を取り止めていた菩流土が、人生で初めて、取り調べの対象となった。時実も停職の上で拘束された。

さらに、政党間での裏取引にまで影響をおよぼした。

まもなく七夕を迎えることを、店の隅に置かれた植木鉢のなかに立てられた、小さな笹竹が思い出させてくれる。目にもあざやかな、色とりどりの短冊がくくりつけられているのだけれども、その数が意外に多い。そのほか、小さな網飾り、吹き流しまである。シーリング・ファンにかき回された店内の空気が、開け放たれた入り口ドアから外気を呼び込んで、入り混じっては風を育《はぐく》み、笹の葉や七つ飾りをゆらりゆらりと不規則に踊らせている。そんな様子を赤埴は、湯気が立つアンパラヤ茶の香りとともに楽しんだ。そして壁からほぼ剝がれ落ちている民主共和党のポスターが目に入る。ホセが事務所に出入りしていた、緑川由紀子のものだ。

この緑川が、じつは幕調の「草」であって、選挙が近づくと民共党支持層に対して攪乱工作をおこなう秘密部隊の一員であることを、赤埴は祖父から教えられた。乱波《らっぱ》とはくだらぬことをするものよ、との言葉とともに。

つまりあそここそが、「起点」だったのだ。ホセが岩倉楽々郷の英忠老人と接触しただけならまだしも、彼が「民共内部の草」に対して、政治的意図をもってプランを持ちかけてしまったことが、とにかくまずかった。ここでホセは、明らかなる「要注意人物」だと見なされてしまったのだった。幕調の一部筋、つまり時実の上司連中に。自公党を常勝させるためのシフトに基づいて、機能的に組み上げられたシステムにのっとった、緑川の密告によって。

祖父は明確には言わなかったが、次期総選挙に緑川の出馬はないだろうということは、ジェシカにはわかった。ホセを中心とした、あれら一連の作戦を推進した者は全員、多かれ少なかれ、なんらかの責を問われることになるだろう、ということも。

「あれえっ、これは、なにかね!?」

段ボールのなかに入っている封筒に、マリアが気づいた。だから赤埴は説明する。

「保険の申請書のようなものです。警視庁が作戦を進めていく過程で、物的、人的な被害を受けたかたへの補償制度のご案内と、申請書類ですね」

「あれあれ。それはまあ」

「通常の生命保険と同じぐらいの補償は、可能だと聞いています。記入など、もしご面倒なようでしたら、私がお手伝いできますけれども。いかがでしょうか？」

「うーん。じゃあ、頼もうかねえ。軍隊行った息子たちのは、あっちでみんなやってくれたから。私は、なにもやらなかったから」

赤埴は微笑む。軍人の遺族への給付金とは比較にならない金額が支給される可能性があることを、彼女は知っているからだ。

ふと思い出したように、マリアが言う。

「ときにあの人、桑名さんは、お元気かね？」

「ええ。お陰様で。こちらに来ることを伝えるため、先週一度、面会に赴きました」

「デカが監獄入ると、大変だって言うじゃない？　まわりじゅう、敵だらけで。毎日狙われて」

「そうですね。でも本人、荒っぽいことは苦じゃないようで。このあいだは、こんなこと言ってましたよ。『これで俺は、小伝馬町拘置所は東三号棟二階の牢名主《ろうなぬし》だ』って」

「へえぇー」

赤埴が苦笑しながら言う。

「そんなこと自慢しても、しょうがないと思うんですが……まあもうすこしして、正当防衛だけでも一部認められれば、保釈請求も通りそうなので。それまでのお遊びであってほしい、と私は思っています」

「本当にムショのギャングになっちゃったら、困っちゃうものねえ！　あの人はね、いい男だよ。気のやさしい。でも、根性もある。意外とね」

「あのう」

赤垣の表情を見ただけで、言い出す前にマリアは理解する。長年の、商売上の勘というやつだ。

「匂い嗅いでると、食べたくなっちゃうでしょ？」

とマリアが笑う。そうですね、と赤垣も笑顔で応える。

「やっぱり、頂きます」

そうこなくっちゃ、とマリアが受ける。

「小盛りもあるからね。ほんのすこし、味見したいときのために」

これもまた、赤垣の初体験なのだった。カレカレ丼そのものも、これまでに一度も食べたことがない。なのにいきなり、中目黒で本場の味なのだ。面会で言ったら、きっと桑名がうらやましがるに違いない。それを確信できるほどの、見事なる一杯だと赤垣は思う。甘じょっぱいスープがからんだ、バナナの若いつぼみを頬張りながら。


〈了〉

この物語はフィクションであり、実在する人物、
団体などとは一切関係ありません。
本書は書き下ろしです。

素浪人刑事《すろうにんでか》　東京《とうきょう》のふたつの城《しろ》

二〇二四年二月二十日　印刷
二〇二四年二月二十五日　発行

著者　川崎《かわさき》大助《だいすけ》
発行者　早川　浩
発行所　株式会社　早川書房

郵便番号　一〇一 - 〇〇四六
東京都千代田区神田多町二ノ二
電話　〇三 - 三二五二 - 三一一一
振替　〇〇一六〇 - 三 - 四七七九九
https://www.hayakawa-online.co.jp
定価はカバーに表示してあります

印刷・精文堂印刷株式会社　製本・株式会社フォーネット社

ISBN978-4-15-210303-1 C0093